POWER GAMES

Sur le fil du rasoir

TOM CLANCY ET MARTIN GREENBERG
présentent

Tom Clancy

POWER GAMES

Sur le fil du rasoir

ROMAN

Écrit par Jerome Preisler

Traduit de l'américain
par Jean Bonnefoy

ALBIN MICHEL

Ceci est une œuvre de fiction. Les personnages et les situations décrits dans ce livre sont purement imaginaires : toute ressemblance avec des personnages ou des événements existant ou ayant existé ne serait que pure coïncidence.

Edition originale :
TOM CLANCY'S POWER PLAYS : CUTTING EDGE
A Berkley Book
Publié avec l'accord de RSE Holdings, Inc.

1

Au large du Gabon
Afrique équatoriale

Ce fut le gobelin qui les conduisit à la catastrophe.

Cédric Dupain était au début tout au plus curieux quand leur étrange interlocuteur se glissa dans le faisceau des projecteurs de sa sonde – même s'il fut bientôt pris au piège de la fascination. L'un des plus grands attraits de ce boulot était la promesse de l'inattendu et Cédric prenait toujours plaisir à la découverte quand bien même celle-ci s'accompagnait d'un risque considérable. Cela faisait plus de dix ans qu'il exerçait ce métier, plus encore s'il comptait ses trois périodes consécutives de service dans la marine nationale française. Tant d'années, tant de plongées, et il n'avait jamais rencontré quoi que ce soit dans les abysses qui lui ait réellement fait peur.

Cédric coupa ses propulseurs, tourna la tête, regarda derrière la visière de son masque son collègue Marius et vit qu'il s'était lui aussi immobilisé net. Puis il se rappela que « visière de masque » n'était pas le terme exact. Le panneau transparent était une écoutille hémisphérique. Tout comme l'extérieur du scaphandre rigide était une coque de pression et les espèces de mains articulées en forme de gants des bras manipulateurs. Homme attaché à la précision, Cédric savait également qu'il était quelque peu abusif de dire que Marius Bouchard et lui étaient des plongeurs ou que leurs tenues étaient des scaphandres. Les deux hommes étaient plutôt des opérateurs pilotant des véhicules sous-marins anthropomorphes, des submersibles capables de descendre à six cents mètres – deux mille pieds, comme disaient les instructeurs américains de Cédric – sous la surface de l'océan.

La nomenclature lui avait donné une sacrée migraine, mais pour Cédric, c'était un rappel essentiel. Le monde d'en dessous était un monde à part et son scaphandre était plus proche d'une combinaison spatiale que d'un banal équipement de plongée. En fait, sa capacité à évoluer sur le plancher océanique était tout aussi remarquable que celle d'un astronaute à arpenter la surface grêlée de la lune. Il ne voulait pas se laisser distraire et oublier un seul instant les dégâts que l'incroyable pression des abysses pourrait faire subir à des corps humains bien vulnérables.

Cédric s'immobilisa. Il avait déjà localisé et filmé en vidéo la source du problème qui avait entraîné la demande urgente d'une équipe de réparateurs de *L'Africana*, un navire câblier de moyen tonnage affrété par Planétaire Systems Corporation pour entretenir ses câbles sous-marins en fibres optiques. Mais le spectacle qui s'offrait présentement à son regard l'emplissait d'une sorte d'allégresse teintée de crainte respectueuse, et c'était là ce qui réellement l'attirait dans le froid des profondeurs. Que cela lui rapporte un excellent salaire n'était somme toute qu'un prétexte pratique, sinon honnête, pour justifier un boulot pour lequel il aurait été prêt à donner jusqu'à son dernier euro.

Le gobelin faisait bien deux fois sa taille ; il s'approchait en décrivant un lent cercle dans la pénombre liquide. Cédric regarda son orbite se resserrer jusqu'à quelques mètres de lui puis se briser soudain, l'animal se détournant dans un brusque changement de direction, propulsé par un coup de fouet de sa queue.

Le mini-POD du scaphandre semblait fonctionner à la perfection.

Cédric demeura sur ses gardes. Montés sur les épaules devant son bloc propulseur dorsal, les projecteurs au xénon jouaient sur le corps allongé et sinuant du gobelin. Il nota un lacis rose de vaisseaux sanguins sous la peau lisse d'un gris blanchâtre ; les rangées de dents blanches acérées sur les maxillaires proéminents, jaillissant par réflexe de la gueule ouverte comme autant de mâchoires crênelées à ressorts ; il nota les minuscules yeux dépourvus de paupières de chaque côté de l'épaisse saillie aplatie de chair et d'os proéminente sur le museau... des yeux qui l'effleurèrent avec un intérêt qu'il aurait été bien en peine de décrire, et une attitude qu'il était incapable d'évaluer. Il y avait certes une expression dans ces yeux, et de l'intelligence, mais d'une variété étrangère impossible à situer.

Cédric vit pourquoi les pêcheurs japonais qui avaient découvert l'espèce l'avaient baptisée ainsi : *tenguzame,* le requin gobelin. Il décida sur-le-champ que ce devait être là la créature la plus spectaculairement hideuse qu'il lui ait été donné de voir – à la possible exception de son chef de chantier, en surface.

« Non mais, regarde-moi un peu ce truc ! » lança-t-il dans sa radio. Même si le dialogue avec Marius n'exigeait pas vraiment le secret, il avait utilisé leur canal secondaire privé pour communiquer. C'était une espèce de gag. Gunville ne pouvait s'empêcher d'avoir les oreilles qui traînent, là-haut dans la salle de contrôle du bâtiment, et Cédric prenait un malin plaisir à le contrarier. « Je pensais qu'on risquait de tomber sur des requins taureaux ou des requins tigres... mais je ne pensais pas que ces horreurs remontaient au-dessus de six cents brasses.

– Il a dû être attiré par le câble. »

Transmise en numérique, la voix de Marius était dénuée de toute distorsion. « Ce ne serait pas la première fois, à en juger au nombre de marques de dents qu'on a vues sur le segment détérioré.

– Ce n'est pas une explication.

– Pourquoi pas ? »

Cédric hésita un moment. Même si l'on pouvait compter sur lui et que c'était un brave compagnon, Marius ne faisait ce boulot que depuis moins d'un an, et sa stupidité était parfois agaçante. Certes, les requins recherchaient leurs proies à l'aide d'organes sensoriels spécifiques, des pores richement innervés qu'on appelait des ampoules de Loranzini, capables de détecter les champs électriques émis par les créatures des abysses... et tous les autres êtres vivants, du reste. Et si les brins de fibre optique au cœur du câble sous-marin n'émettaient aucun signal parasite, le courant qui circulait dans la gaine de cuivre entourant les faisceaux de fibres – dans ces anciens systèmes à répéteurs, tout du moins – générait, en effet, un faible champ à basse fréquence qui était susceptible d'amener un requin à confondre un tronçon de câble avec un repas potentiel.

Mais cela sous-entendait évidemment que le câble à fibres optiques soit en fonctionnement, ce qui n'était pas le cas du tronçon rompu qui avait entraîné une panne partielle des télécommunications pour des milliers d'utilisateurs des transmissions à large bande dans la région. D'où l'illogisme de la supposition de Marius.

« Le câble est mort. En court-circuit », nota Cédric, essayant de maîtriser son impatience. Marius avait beau être lent à la détente, on devait tenir compte malgré tout de sa relative inexpérience dans le métier. « Il n'y a pas la moindre tension électrique pour attiser l'appétit de la bestiole. »

Marius ne parut pas surpris derrière sa bulle de vision en acrylique, et Cédric en vint à se demander un instant si son compagnon ne prenait pas un malin plaisir à l'entendre dire et répéter des évidences. Une idée curieuse, et improbable, mais pas à éliminer totalement. Se pourrait-il qu'il se fiche de lui ?

Cédric chassa la question de son esprit, il avait des affaires plus pressantes. Par exemple, pourquoi le gobelin donnait à tout le moins l'impression de vouloir s'approcher du câble. Ignorant sa présence, le squale s'était éloigné vers le banc de sable sur sa gauche, puis il avait adopté une posture presque verticale, tête vers le bas, son mufle cornu tourné vers le câble détérioré.

Cédric regarda le requin se remettre à piqueter le sédiment du fond. Il lui revint qu'aux tout premiers temps de l'installation de câbles sous-marins – vers la fin des années 1980 –, il était fréquent de retrouver des dizaines de dents de requin incrustées dans des tronçons de lignes endommagées. Le problème avait été résolu en encastrant les câbles dans un blindage multicouches – une gaine d'acier plastifié résistante mais flexible entourée d'une épaisse tresse de nylon. Les requins mordaient toujours dedans mais leurs dents pénétraient rarement jusqu'au cuivre.

Rarement, ce n'était toutefois pas la même chose que jamais. Comme Cédric et Marius avaient pu le constater un peu plus tôt.

Pourtant, Cédric demeurait convaincu que les attaques de requins n'expliquaient pas tout et que la défaillance initiale du câble pourrait bien être attribuée à des chalutiers pêchant à la traîne – avec des chaluts dérivants râclant le fond pour récupérer thons, maquereaux, cuberas et, dans le cas des dragueurs, les coquillages. Outre la flotte gabonaise, les navires venaient également du Nigeria et d'aussi loin que du Maroc au nord ou d'Afrique du Sud dans la direction opposée. Ils ne venaient pas seulement du continent africain, mais d'Europe et d'Asie. Les pêcheries du pays natal de Cédric, la France, envoyaient également leurs bateaux. Tout comme des entreprises allemandes, néerlandaises, japonaises, coréennes ou encore chinoises. La plupart avaient des droits de pêche en eaux profondes dans le golfe de Guinée mais il y avait quantité de chalutiers qui mouillaient leurs filets sur les hauts-fonds près des côtes où pourtant la pêche commerciale était assujettie à des règles strictes… les Chinois étant à ce titre les pires contrevenants.

Cédric savait que l'impact sur l'environnement était un des motifs à ces restrictions. La pêche représentait les deux tiers de l'économie du Gabon et la faiblesse des rendements était devenue un problème ces dernières années. Mais un autre souci était de protéger le réseau sous-marin de fibres optiques qui représentaient un investissement coopératif de près d'un milliard de dollars pour les hommes d'affaires locaux et leurs partenaires étrangers de l'industrie des médias et des télécommunications.

Hélas, assurer la police des voies maritimes était un défi impossible pour le Gabon. Embryon de nation, le pays avait une marine réduite à cinq cents hommes, deux vedettes de patrouille et deux hydroglisseurs amphibies. Cette force dérisoire ne pouvait en aucun cas tenir tête aux braconniers habiles à s'échapper, bien aidés par leur équipement de contre-surveillance dernier cri.

Le câble endommagé que Cédric et Marius avaient été envoyés examiner au fond était terriblement détérioré – preuve qu'il avait été déterré de sa tranchée d'enfouissement de faible profondeur par un ustensile de dragage quelconque, a priori le soc en acier crênelé d'une drague à huîtres ou à palourdes. La tresse de nylon entourant le câble avait ainsi pu être aisément déchiquetée. Cédric put constater que l'entaille s'enfonçait jusqu'à la troisième couche de blindage. Il imaginait sans peine ensuite plusieurs attaques de requins pour finir l'œuvre de destruction, une fois la couche protectrice extérieure fragilisée.

Ce qui le laissait avec une importante question sans réponse. Le gobelin... qu'est-ce qui avait bien pu l'attirer vers un câble désormais électriquement inerte ?

Quelques instants plus tard, sa perplexité s'accrut encore. Le requin continuait de flotter quelques mètres au-dessus du câble, telle une aiguille pointée vers le chiffre six, le nez vers le bas, les nageoires caudales dressées vers la surface. Cédric le vit alors plonger vers le fond, son épais muffle cornu creusant le sable. Des sédiments s'élevèrent en un nuage turbide. Le gobelin recula, remonta, puis décrivit un rapide cercle autour de l'emplacement qu'il venait de frapper, sa gueule exhibant des rangées de crocs. Puis il fonça de nouveau vers la couverture de sable, fouissant l'épaisse couche de limon et de vase, continuant de l'extraire du fond dans une succession de coups de boutoir.

« Je ne comprends pas », dit Marius sur la liaison privée avec son collègue. « Il a vraiment l'air en rogne. »

Cédric réfléchit. « Faut qu'on voie ce qui l'énerve ainsi.

– T'en es sûr ? Je ne sais même pas si j'aurais envie de l'approcher quand il est calme.

– On a vu un répéteur une quarantaine de mètres plus loin. Ils sont espacés de cinquante mètres. À moins que je me goure complètement, on devrait en trouver un autre pas loin du requin.

– Tu crois que c'est ce qui provoque chez lui une telle agitation ? »

Le haussement d'épaules de Cédric demeura invisible sous l'épaisse coque d'alu du scaphandre rigide.

« Le laser à pompage optique est un appareillage

coûteux, Marius. J'aimerais autant éviter qu'il devienne un hors-d'œuvre. En outre, il pourrait avoir encore une charge résiduelle. Ce qui justifierait en partie ton idée que le câble puisse encore l'attirer. Ou en tout cas la rendre moins fausse. Et j'imagine que tu serais trop content de pouvoir me traiter de con.

– Dans le cas présent, je suis prêt à l'affirmer. »

Cédric étouffa un rire. « Est-ce que ton POD est activé ?

– Oui, mais...

– Alors, on n'a pas besoin de trop s'approcher. T'as vu de toute façon comment il s'est écarté de nous tout à l'heure. »

Marius ne répondit pas, trahissant ainsi que ses doutes n'étaient en rien apaisés. Mais Cédric avait été rassuré en constatant l'efficacité du dispositif protecteur lorsque le squale s'était approché. Conçu pour irriter les organes sensoriels qui permettaient aux requins de fondre sur leur proie, le POD émettait sur 360 degrés un champ électrique qui avait apparemment provoqué un désarroi suffisant chez l'importun pour qu'il préfère les éviter.

« Allez, viens, dit Cédric. Je vais passer devant, que tu ne sois pas le premier à te faire tailler en pièces. »

Avant que Marius ait pu exprimer un remerciement sarcastique, Cédric appuya sur les pédales intégrées aux bottes surdimensionnées du scaphandre – on ne lui avait jamais indiqué le terme technique exact pour ce logement abritant les pieds –, ce qui activa son unité de propulsion.

Les moteurs exercèrent leur poussée en douceur. Il y avait deux propulseurs à hélices horizontaux pour le mouvement horizontal, une autre paire pour la propulsion verticale, utilisés isolément ou ensemble pour assurer un contrôle directionnel total. Les quatre propulseurs ronronnaient à présent de concert.

Comme les vibrations du moteur se stabilisaient pour atteindre une pulsation régulière, Cédric se souleva du fond pour passer en vol sous-marin, le corps toujours dressé en position verticale. Marius l'accompagna en retrait sur bâbord, en veillant à rester à l'écart de ses remous.

Ils réduisirent rapidement la distance avec le squale qui aussitôt releva leur prudence. L'animal battit en retraite du banc de sable et pivota pour les considérer de ses petits yeux froids en alerte, qui scintillaient dans sa tête blafarde comme des éclats de miroir noir.

Les hommes passèrent en vol stationnaire, hélices horizontales brassant l'eau avec lenteur.

« Pourquoi ton ami n'a-t-il pas quitté les lieux ? s'étonna Marius.

– *Notre* ami, rectifia Cédric. Laisse-lui une chance de réagir à notre parapluie de protection électronique. »

Le requin continuait à les observer, tourné dans leur direction, soudain rendu immobile par leur intrusion.

Au bout d'un long moment, il plongea.

Cédric laissa échapper un soupir. Il entendit dans son oreillette Marius lâcher une flot d'invectives. Gueule béante, le squale fonça droit sur eux – avant de dévier d'un mouvement sec, arrivé à trois mètres à peine de l'endroit où flottaient les deux hommes.

Cédric le regarda disparaître, sentit le nœud dans son estomac se relâcher, et inspira profondément l'oxygène recyclé du scaphandre.

« Dis-moi un truc... », dit Marius. Le léger chevrotement de sa voix n'était pas dû à la mauvaise qualité de la transmission. « Quelle est la portée effective de nos POD ?

– Sept mètres.

– Le requin aurait dû être informé de cette caractéristique, tu crois pas ? »

Cédric se contenta de grommeler en guise de réponse avant de se lancer en avant. Marius le suivit. Quelques secondes plus tard, ils parvenaient à la zone des fonds labourés par l'assaut frénétique du squale, et descendirent en douceur.

À peine Cédric s'était-il posé qu'il vit la preuve que ses soupçons étaient fondés. Dépassant des dépôs sédimentaires retournés, un tronçon de câble exhibait une protubérance qu'on avait souvent décrite comme l'image d'un serpent ayant avalé un rongeur : le boîtier d'un répéteur. C'était sans doute, estima-t-il, ce qui avait attiré l'attention du squale. Rien de bien surprenant, même si Cédric se promit de coincer un des techniciens câbliers du navire pour avoir la confirmation qu'un tel composant pouvait encore conserver une charge résiduelle malgré une panne générale du réseau.

Il examinait toujours le tronçon de câble quand un détail incongru attira son regard. Plus qu'incongru, en fait.

Cédric le considéra un moment, interloqué. Non loin du répéteur, une section de câble demeurait partiellement enfouie sous une mince couche de sable et d'algues. Il se pencha pour dégager tout cela avec ses griffes préhensiles, ses doigts agissant comme des actuateurs à l'intérieur du bras manipulateur. Puis il examina sa découverte, maladroitement agenouillé

– le nombre limité d'articulations hydrauliques du scaphandre ne lui permettait pas en effet de se plier au niveau de la taille.

« Marius, viens jeter un œil. »

À côté de lui, Marius prit une posture tout aussi empruntée pour examiner le boîtier rectangulaire étanche.

« Un conteneur à épissure, remarqua-t-il. Je ne savais pas que le câble avait été réparé anciennement.

– Il ne l'a pas été. Ou il ne devrait pas. Nulle part.

– T'es sûr ?

– Nulle part, je te dis, répéta Cédric. Tu pourras vérifier sur les plans d'installation quand on sera remontés à bord. Mais fais-moi confiance, je m'en serais souvenu. Je fais la maintenance de ce câble quasiment depuis sa pose. » Il procéda délicatement à l'extraction du boîtier à l'aide de ses pinces préhensiles. « Non, c'est autre chose. Le boîtier ne ressemble à aucun des modèles utilisés par Planétaire. Très proche, d'accord. Mais pas identique. »

Marius fronça les sourcils, perplexe. « Tu crois que ça pourrait avoir un rapport avec la panne ?

– Non. Tu as vu l'endroit où l'armature d'un filet de traîne a déchiré le câble. La marque est caractéristique.

– Alors, qu'est-ce que tu essayes de dire ?

– Je ne suis pas certain. » Cédric marqua une pause. « Mais c'est un sacré mystère. »

Le front de Marius se rida un peu plus. « Est-ce qu'on en parle maintenant à Gunville ou est-ce qu'on attend d'être remontés ? »

Cédric retira silencieusement une main de la manche pour basculer un interrupteur sur la console radio qui illuminait la partie intérieure avant du torse de son scaphandre. Le canal de communication avec la surface s'ouvrit, accompagné de ce bruit un peu creux qu'il avait toujours associé aux téléphones à ficelle qu'il portait à l'oreille dans son enfance.

« On ferait mieux de le prévenir tout de suite », dit-il enfin.

Dans la salle de contrôle de *L'Africana*, le capitaine Pierre Gunville était déjà au courant.

De ses yeux verts, deux cercles de feu dans un visage à la peau moka parfaitement lisse – à cinquante-deux ans, l'homme était suffisamment vaniteux pour s'enorgueillir de ne pas avoir la moindre ride –, Gunville regardait un témoin d'alarme clignoter sur une colonne de signalisation devant lui. Il passa l'index droit sur son soupçon de moustache tout en murmurant en silence les paroles d'une balade folklorique qu'il avait apprise il y a bien, bien longtemps. Cette expression d'un cœur prisonnier du désir, d'une grâce envahie par la dévotion à l'amour... rien n'avait pu la surpasser depuis cinq siècles qu'elle avait été composée.

Belle qui tiens ma vie,
captive dans tes yeux,
qui m'a l'âme ravie,
d'un souris gracieux...

« Capitaine, Dupain nous appelle sur la radio. » Assis le dos tourné à Gunville, l'un des hommes d'équipage, parmi la demi-douzaine qu'il avait soigneusement sélectionnés pour surveiller les consoles, quitta des yeux sa radio marine. Il avait rabattu les écouteurs coiffant sa tête. « Comment voulez-vous que je réponde ? »

Le témoin d'alarme rouge continuait de clignoter régulièrement. Gunville se tenait à sa place habituelle, à l'arrière de la salle d'opérations, caressant du doigt l'ombre de pilosité au-dessus de sa lèvre supérieure, tout en continuant de murmurer les paroles de la chanson. Cela faisait moins d'une semaine qu'il se laissait pousser la moustache et elle en était à ce stade irritant où elle est là sans y être – tel un duvet d'adolescent. Mais Jacqueline lui avait dit qu'elle trouvait les moustaches séduisantes pour les hommes dans son genre, même si elle s'était abstenue de définir plus avant celui-ci, un manque de précision qui pouvait aussi bien signifier qu'elle voulait parler d'un mulâtre. Gunville savait lire entre les lignes et accepter le décorum fallacieux des conventions sociales. Il devait malgré tout admettre s'être laissé captiver par cette sirène. Et dans le fond, tout s'équilibrait. Gunville lui montrerait toute l'étendue de sa passion avant de la laisser victime de son mépris.

« Capitaine...

– Je sais. L'appel de Dupain. » Gunville était irrité par le caractère capricieux d'André. La découverte sous-marine avait été prévue. Seul, le moment de celle-ci était demeuré en suspens. « Tu peux lui dire que je suis occupé par un problème mécanique sur la grue arrière. Ou aux machines. Ou que je suis en conférence, ou que je fais la sieste dans ma cabine. Raconte-lui ce que tu veux, je m'en fous.

Mais fais-le poireauter jusqu'à ce que ce problème soit résolu.

– Bien. »

Gunville le regarda.

« Ah, encore une chose. Préviens les responsables du treuil. Je veux être sûr qu'il n'y a personne d'autre sur le pont, en dehors du personnel de manutention. Pas de témoins, c'est compris ? »

Après un instant d'hésitation, le radio acquiesça, coiffa de nouveau les écouteurs et reporta son attention sur la console.

Gunville regarda sa nuque. André était un type sympa. Marié, de jeunes enfants. D'origine bantoue, comme l'avait été la mère de Gunville. Et cela faisait des années qu'il travaillait à bord de *L'Africana*. Mais la nature des activités du navire avait rapidement évolué et il semblait qu'André n'avait pas réussi à s'y adapter. Gunville lui-même éprouvait un stress certain, mais il s'était également rendu compte qu'il devait faire avec, faire confiance à sa nouvelle alliance commerciale et à leur capacité commune à exécuter les plans d'urgence.

C'était triste, songea-t-il. Si triste.

André devrait partir, mais, dans le même temps, on ne pouvait pas le laisser aller ailleurs. Le laisser devenir une victime du changement. Un échec de l'évolution comme ces pauvres Cédric et Marius.

Gunville poussa un soupir mélancolique, creusa dans ses souvenirs et se reprit à murmurer à voix basse :

Libre de passion, mais l'amour s'est fait maître,
de mes affections, et m'a mis sous sa loi...

Bercé par le romantisme de la chanson, réconforté par ses paroles et sa mélodie, il eut tôt fait de se sentir rasséréné.

Le yacht roulait sur la mer calme et ridée entre les quais de Port-Gentil et la longue bande de plates-formes pétrolières qui s'étendaient vers le sud-ouest au large de la côte gabonaise. Ces ressources – le port de commerce et les gisements proches de la côte – définissaient un succès économique qui avait donné aux citoyens du petit pays un revenu moyen qui n'était dépassé, parmi ses voisins, que par celui de l'Afrique du Sud.

Si luxueux soit-il, le yacht – ou plutôt le super-yacht, au vu de ses quarante-neuf mètres, des améliorations de sa superstructure et de la complexité de ses technologies embarquées – ne détonnait pas particulièrement dans ses eaux du golfe de Guinée, qu'il traversait, cap au nord ; des eaux riches en marlins bleus géants, en tarpons et autres trophées potentiels pour la pêche au gros. L'opulence individuelle étincelle au milieu de la prospérité générale, et les élus peuvent goûter un luxe rare là où règne une satisfaction commune – comme le sait bien la reine des abeilles dans sa chambre de miel.

Sur les quatre ponts spacieux de *La Chimère*, chaque détail trahissait une élégance somptueuse mais de bon goût. Boiseries de sycomore et d'essences précieuses, cloisons recouvertes de soie de Canton damassée et brodée, placage de marbre importé des carrières de Pordenone en Italie. Sur les quartiers tribord extérieurs, une unique touche ostentatoire attirait l'œil : la peinture décorative de la créature mythologique qui avait donné son nom au navire : tête de lion, corps de chèvre et queue sinueuse de serpent. En l'occurrence, le monstre crachait des flammes.

Le propriétaire du yacht avait un goût pour les fables, il appréciait les récits anciens pour leur envergure, leur couleur et leurs sous-entendus. Il éprouvait le même faible pour tous les jeux sur les mots. Sous des dehors stricts, un visage impavide, il aimait en privé la plaisanterie ingénieuse, la blague au second degré, le tour de phrase habile.

Étymologiquement, chimère a donné chimérique, un adjectif qui qualifie un objet – ou un individu – dont la nature est trompeuse, allusive.

En ichtyologie, chimère est le nom d'un genre de poissons lointain parent du requin, qui existe dans les océans depuis quatre cents millions d'années – phénoménal triomphe de la survie attribué à sa capacité à nager dans les sombres abysses, hors d'atteinte de ceux qui pourraient le traquer et le piéger.

En génétique, une chimère est un organisme engendré par deux ou plusieurs espèces génétiquement distinctes. Des plantes chimériques sont propagées par les horticulteurs et appréciées des collectionneurs. Des laboratoires ont créé de même in vitro des rongeurs à partir d'espèces différentes. Nourries par le besoin d'organes et de tissus cultivés artificiellement pour les transplantations ; des technologies d'ADN recombinant ont produit les moyens de créer des chimères homme-animal grâce à la manipulation de cellules souches embryonnaires. Certaines de ces techniques ont été brevetées en Europe.

Homme aux multiples intérêts en affaires, le propriétaire du yacht était le principal – et discret – financier d'une firme de biotechnologie installée au Luxembourg qui détenait deux brevets dans ce domaine. C'était pour lui un pari mineur, une diversion, une passade, mais susceptible d'amener des profits sur le long terme. Et dans cette aventure, il croyait entrevoir également des significations cachées. Parfois, dans ses réflexions secrètes, il s'imaginait le rejeton d'un verrat et d'un nandou, cet oiseau coureur à la robe bariolée. En ces occasions, la comédie de la vie lui paraissait plus noire qu'une nuit nuageuse à minuit, plus acérée que la pointe d'une aiguille à cautériser.

Il était à présent à distance tolérable de telles pensées. Sur le large pont supérieur de *La Chimère*, il était installé sur un divan surélevé couleur mangue, disposé d'un côté de la timonerie ; ses doigts minces croisés sur le ventre, il regardait défiler lentement la mer et le rivage derrière la courbe des baies panoramiques. Il était vêtu légèrement pour cette chaleur torride : chemisette bleu ciel, pantalon crème, espadrilles beige. Autour de son cou, une mince chaînette avec en pendentif un petit porte-bonheur, tous deux ouvragés à la main en argent des mines de la coopérative de Cerro Rico, en Bolivie. Encore une de ses idées bizarres, l'amulette représentait le dieu des mineurs dont l'autel occupait une niche derrière l'entrée de tous les dangereux puits empestant le soufre : une créature cornue, accroupie, aux vagues airs de loup, au phallus imposant, dont on disait qu'elle avait le pouvoir de vie et de mort sur les *campesinos* miséreux qui s'échinaient à extraire son butin minéral, et que ceux-ci apaisaient par des dons de coca, de tabac, d'alcool de grain, et qu'ils honoraient par des célébrations orgiaques débordant de vice et d'excès.

Comme tant d'autres dieux et monstres du folklore, ce seigneur des Enfers était connu sous bien des noms. Les villageois des montagnes qui descendaient de l'Inca l'appelaient Supaï. La plupart des paysans boliviens le baptisaient El Tío. L'oncle sournois qui jetait un œil froid sur la vertu et le péché, seulement préoccupé par les tributs qu'on lui offrait. Un démon que des hommes désespérés avaient canonisé en échange de ses faveurs bien inconstantes.

Le propriétaire du yacht le savait et le comprenait fort bien.

Il regarda par les baies vitrées de la passerelle, par-delà les postes où son timonier et ses ingénieurs se tenaient assis avec leur chemises d'uniforme blanche garnies d'épaulettes. Il contemplait les eaux piquetées de soleil et le port international encombré, mais aussi les plates-formes de forage dressées avec leurs hautes grues, leurs derricks et leurs arbres de Noël.

C'est là qu'était la richesse. Une richesse prodigieuse, déjà bien visible en surface. Mais rien de tout cela ne l'intéressait. Le trésor qui avait fait de sa migration en Afrique quelque chose de plus qu'une fuite loin des filets de ses poursuivants, le plus grand butin de ce continent, c'était la lumière pulsant à travers les veines de verre qui couraient dans les abysses hors d'atteinte des rayons du soleil.

Il n'y avait pas la moindre chance que quiconque l'empêche d'y puiser.

« Casimir, dit-il d'une voix douce. Es-tu prêt ? »

Son pilote eut un bref échange en dialecte bandgabi avec son voisin devant la console. Puis il acquiesça.

« Oui, dit-il, repassant à l'anglais. Nous avons achevé un test de téléchargement bidirectionnel avec le modem... les capteurs télémétriques de débit en temps réel et les senseurs multimodes sont en ligne... tout concorde.

– Dans ce cas, pourquoi ne pas avoir encore procédé au déploiement ?

– Gunville. On attendait sa confirmation.

– Et il l'a donnée ?

– À l'instant, indiqua le timonier. Ses hommes sont en position à bord de *L'Africana*. »

Le propriétaire du yacht décroisa les mains pour, d'un geste las, en agiter une devant lui. Il avait hâte d'être débarrassé de ces sous-fifres de luxe qui travaillaient au fond.

« Fais-nous passer à l'étape suivante, dit-il. S'il te plaît. »

Un instant plus tard, il sentit une imperceptible secousse parcourir la coque et porta son regard sur les moniteurs.

Le poisson tueur venait de quitter sa chambre.

La chambre de déploiement située dans la cale tribord de *La Chimère* ne différait que peu d'un tube lance-torpille, mais le mini-sous-marin logé à l'intérieur n'avait pas la moindre ressemblance avec une arme classique ou un quelconque véhicule sous-marin téléguidé. Le reste de l'engin n'avait rien de classique non plus.

Avant d'être éjecté, il ressemblait à une boîte à

chaussures métallique, considérablement boursouflée vers le milieu, comme si on l'avait trop remplie et que les côtés s'étaient dilatés vers l'extérieur. Lorsqu'il quitta la chambre et que se déployèrent ses ailerons latéraux, supérieurs et arrière destinés à la stabilisation et l'orientation, son aspect se rapprocha un peu plus de celui d'un poisson à l'abdomen gonflé d'œufs.

L'une et l'autre comparaison étaient appropriées.

Le poisson tueur était plein et, dans un certain sens, prêt à mettre bas.

« Qu'est-ce qui retient Gunville ? demanda Marius.

– J'en sais rien », répondit Cédric. Ils avaient repris leur communication en circuit fermé. « André m'a dit qu'il est descendu en salle des machines. Un problème quelconque.

– Conneries. Il y a des téléphones là-bas, il pourrait très bien nous contacter s'il le veut, objecta Marius. Je parie que le fils de pute est sur le pot, les pantalons autour des chevilles et qu'il est en train de jouer la sérénade à son grand amour. »

Cédric sourit. Et de l'astiquer pour le faire reluire, aucun doute, *le cher petit*... Mais il n'allait pas discuter du cas de Gunville.

« Cela fait près de quatre heures que nous sommes en grande profondeur, poursuivit Marius. Pourquoi forcer jusqu'à la limite ? On devrait filmer le raccord sur le câble et basta.

– Pas de panique à bord, moussaillon. Cinq heures, encore je veux bien, ce serait pousser. »

Par ailleurs, estima Cédric, les réparateurs aimeraient mieux recevoir d'eux des images en direct, observer sa curieuse découverte sous les angles de leur choix avant de mouiller leur grappin pour relever le câble.

« On devrait avoir des nouvelles de notre oiseau d'une minute à l'autre. En attendant, on peut toujours faire ce que tu suggères, prendre quelques photos... »

Cédric fut distrait par un brusque mouvement sur la droite, à l'extrême limite de sa vision périphérique. Il fit pivoter la tête à l'intérieur de la bulle pour mieux voir, mais cela réduisait son champ visuel et il se rendit compte qu'il lui faudrait pivoter entièrement.

Il appliqua une infime pression sur sa pédale gauche pour que le jet propulseur le fasse dévier dans la direction opposée.

Une rapide inclinaison des pales, et Marius pivotait à son tour pour regarder dans la même direction. « Me dis pas que le requin est revenu alors que nos POD sont toujours activés.

– Sans doute pas. Ce que j'ai cru apercevoir n'était pas aussi gros. »

Cédric se tut un instant. À cette profondeur, il n'y avait pas tellement d'animaux aquatiques qui puissent présenter un risque quelconque, mais il était toujours à l'affût d'un spécimen inhabituel, ce qui faisait sans doute de lui l'équivalent d'un ornithologue amateur, version sous-marine. Même s'il paraissait excessif d'espérer deux observations exceptionnelles lors d'une même plongée, il pouvait toujours avoir eu du pot. Le bassin de l'Ogooué était réputé pour sa quantité d'occupants uniques, y compris des pieuvres et des nautiles de grande profondeur.

Il scruta la pénombre liquide, basculant l'interrupteur pour allumer ses lampes d'épaules à la puissance maxi. Puis son regard se fixa sur un objet qui approchait à grande vitesse, six mètres à peine à trois heures.

Il leva un bras pour l'indiquer. « Marius...

– Je le vois, dit son partenaire. Putain, c'est quoi, ce truc ? »

Le silence de Cédric ne venait pas d'un refus de répondre. Mais de ce qu'il n'en avait pas la moindre idée.

Un instant, l'idée l'effleura qu'il avait bel et bien eu le bol de tomber sur une nouvelle découverte. Que ce qui se dirigeait vers eux était un étrange poisson de grande taille à photographier en vue d'être archivé puis identifié par la suite dans son bestiaire sous-marin personnel. Mais comme il approchait, il se rendit compte toutefois qu'il ne s'agissait ni d'un poisson, ni d'un céphalopode, ni d'une quelconque créature vivante.

« Je crois... Marius, ça ressemble à une espèce de sonde téléguidée.

– Mais ça tient pas debout... on aurait été informés si un de ces engins opérait dans le secteur. »

Cédric se tut de nouveau. Marius avait raison, ça ne tenait pas debout. Pas plus qu'un raccord sur le câble qui n'aurait jamais dû se trouver là. Pourtant, il s'y trouvait bien, révélé sous le sable, à quelques pas seulement de lui. Et là, sous le faisceau de ses torches, un véhicule sous-marin autonome comme il n'en avait encore jamais vu dans toute sa carrière de plongeur.

Puis il s'avisa qu'en fait il ressemblait bel et bien à un truc qu'il avait déjà vu... et ce rappel soudain dévia aussitôt sur un autre, aussi vite que des données électroniques transitent sur une dérivation. Le premier souvenir clair de Cédric était celui d'un poisson qu'il avait souvent vu grouiller à travers les herbes marines alors qu'il travaillait, pour une durée d'un an, sur un projet de télécom de Planétaire aux Caraïbes. Le second était un article où il avait vu mentionner la même créature – un poisson de la famille des ostréidés – dans un des mensuels scientifiques qu'il dévorait avec avidité. L'édition française du *National Geographic*, peut-être, mais peu importait en fait. Seul ce qui caractérisait l'animal comptait : son épaisse carapace qui dissuadait les prédateurs mais rendait également son corps rigide... et son moyen de locomotion, qui lui procurait une manœuvrabilité et une stabilité exceptionnelles malgré cette armure inflexible, avait été étudié par des chercheurs militaires américains. Ceux-ci comptaient en effet le prendre comme modèle pour le guidage et la propulsion de VSA de nouvelle génération.

Tout cela lui traversa l'esprit en quelques millisecondes, parcourant des itinéraires de souvenirs parallèles mais indépendants pour finalement converger avec acuité tandis que son regard se fixait sur l'engin robotisé en train de lui foncer dessus. S'il avait eu le temps de les envisager, les implications de ce qu'il voyait auraient pu infiltrer un mince filet de peur dans sa surprise... mais ce ne fut pas le cas.

Quand enfin la peur l'envahit, ce fut comme une déferlante puissante et glacée.

Le VSA s'était immobilisé à moins de cinq mètres du pilote en scaphandre. Cédric nota une petite fenêtre lenticulaire sur la face inférieure, une saillie noire et trapue à l'avant, et tout cela ne lui dit rien qui vaille.

Puis une ouverture apparut au flanc tribord de la coque plate du véhicule. Cédric ne devait jamais savoir si l'écoutille ou le couvercle ou le panneau s'était rétracté à l'intérieur de la coque ou s'était éclipsé comme la trappe d'un piège... c'était arrivé trop vite. Mais l'ouverture apparut. Et avant qu'il puisse réagir, un compartiment situé derrière celle-ci libéra dans l'eau son improbable contenu...

La vingtaine de sphères qui se dispersèrent évoquaient des billes de roulement métalliques... bien que plus larges que des balles de raquette-ball. Chacune était dotée de quatre minuscules propulseurs à hélice – de part et d'autre de l'axe vertical et deux autres sur un diamètre transversal.

Les yeux écarquillés de surprise, Cédric songea, idée folle, à un jouet appelé Pokéball qu'il avait un jour offert au plus jeune de ses neveux pour son anniversaire... un machin qui s'ouvrait un peu comme un œuf pour libérer un petit lutin de dessin animé.

Il y songeait encore quand les sphères se regroupèrent en formation compacte avant de foncer droit vers l'endroit où il se trouvait avec son collègue de plongée.

« Cédric... qu'est-ce qui se passe ? » La tension dans la voix de Marius était audible. « C'est quoi, ces trucs ? »

Cédric n'avait pas de temps à perdre en devinettes. Il bascula sur la fréquence d'appel vers la surface.

« Africana, on a un problème. »

Silence à l'autre bout de la ligne.

« C'est un message de détresse, Africana, je répète, message de détresse, est-ce que vous copiez ? »

Toujours ce silence de mort côté surface.

« *Putain de merde, répondez, qu'est-ce que vous foutez, là-haut ?* »

Toujours rien. Et les sphères en évolution rapide étaient presque sur eux.

Cédric laissa tomber la radio, regarda Marius. Il n'avait pas la moindre esquisse de plan en tête, et savoir que leurs propulseurs n'étaient pas conçus pour la vitesse le faisait fortement douter qu'on leur vienne en aide. Mais Cédric était marin depuis fort longtemps et il n'aimait pas du tout que cette ouverture en forme de lentille et cette protubérance noire sur le sous-marin de poche évoquent furieusement un dispositif d'autoguidage de torpilles à tête chercheuse.

L'essaim robotique était synonyme de danger.

« Il faut qu'on se tire », lança-t-il. Une déclaration horriblement banale, évidente. « Essayer de... »

Ce furent les derniers mots qu'il parvint à articuler avant que les sphères ne fondent sur lui.

Il sentit trois claquements brefs, sonores, à l'arrière de son unité de propulsion, un quatrième contre le POD dans lequel était enfermé sa main droite, suivi d'un cinquième, puis d'un sixième sur sa gauche. Il sentit d'autres chocs secs sur son torse et le côté de son cou, et l'instant d'après, une série de crépitements sourds contre son pied qui manquèrent le faire basculer dans les sédiments vaseux.

« Mon Dieu ! entendit-il Marius glapir dans ses écouteurs. Ces trucs se collent sur nous. Ils se collent sur nous ! »

Encore une évidence. Les globes adhéraient à tout ce qu'ils touchaient. Cédric les vit se fixer sur le scaphandre de Marius, aux mêmes endroits que sur le sien, s'attacher au pack de propulsion, au joint du casque hémisphérique, s'agglutiner à l'extrémité des deux bras préhenseurs comme autant de baies métalliques géantes. Il se rendit compte dans le même temps qu'elles ne se fixaient pas aux bras et aux jambes de Marius comme elles le faisaient sur lui.

Là non plus, Cédric n'eut guère l'occasion de se demander de quoi il retournait. Il savait trop bien que si la paroi de leur scaphandre souffrait d'une brèche, l'environnement intérieur passerait brutalement à soixante atmosphères de pression – une force de compression tellement au-delà des tolérances de l'organisme humain que les organes internes seraient immédiatement réduits en bouillie et les parois de ses cellules sanguines pulvérisées...

Il sentit une autre sphère lui heurter le dos. Combien en avait-il sur lui à présent ? Dix, douze ?

À côté de lui, Marius était au bord de la panique. Ses bras se levaient et retombaient, cherchant à vaincre la résistance de l'eau, battant comme au ralenti tandis qu'il essayait de détacher les sphères de ses pinces de préhension.

Cédric savait qu'il était lui aussi à deux doigts de perdre contenance.

« Marius, arrête de bouger, je vais essayer de te les enlever. Il faut qu'on reste calmes, qu'on essaie de se les ôter mutuellement. »

Marius croisa son regard derrière la vitre arrondie de la visière, réussit à retrouver suffisamment ses esprits pour cesser d'agiter furieusement les bras.

Cédric tendit vers lui son bras préhenseur gauche, testant la mobilité de celui-ci à l'aide des anneaux de contrôle fixés à chaque doigt. Il fut quelque peu surpris de constater qu'il pouvait encore ouvrir et fermer la pince malgré le poids des sphères fixées à deux de ses quatre griffes inoxydables.

Il referma le grappin autour d'une sphère logée à la base du cou de Marius, tira avec force. Elle ne bougea pas d'un pouce. Il tira plus fort, les microcapteurs électromécaniques à l'intérieur des anneaux de contrôle transféraient son effort en proportion de l'accroissement de puissance. La sphère refusa de céder et Marius s'était remis à crier, lui rappelant inutilement que le truc collait, qu'il collait, que cette foutue saloperie ne voulait pas se détacher. Cédric sentait qu'avec la nervosité, il s'était mis à transpirer sous son scaphandre ; il exerça encore un effort supplémentaire, au troisième essai, poussant les servomoteurs du grappin à leur limite.

La sphère finit par se détacher du collier d'étanchéité – mais imperceptiblement. Quelques centimètres tout au plus avant de se plaquer à nouveau, entraînant avec elle le grappin du bras télémanipulateur de Cédric avec une puissance qui souleva brutalement son bras et l'attira vers Marius.

En l'espace d'un instant, son soulagement avait grandi, fleuri, s'était épanoui pour se faner en cendre grise tandis qu'une terreur mortelle glaçait son cœur. Il ne pouvait plus séparer la sphère de Marius, ni se séparer lui-même de la sphère qui les joignait désormais tous les deux comme si...

Cédric plissa les paupières, comprenant enfin, pour la dernière fois de son existence. Une chose d'une évidence si aveuglante qu'il se demanda comment il ne l'avait pas pressentie plus tôt.

« Elles sont magnétiques », s'entendit-il dire à Marius sur un ton presque détaché.

Les yeux de Marius étaient agrandis de terreur et de confusion derrière la vitre de son hublot. En fait, Cédric avait presque l'impression que ses traits s'étaient remodelés pour former comme un gigantesque point d'interrogation.

Cédric se demanda quel genre de réponse on attendait de lui quand les sphères fixées aux scaphandres explosèrent et que l'assaut de la mer vint noyer ses pensées.

« Eh bien, Casimir ? Je bous de curiosité.

– Succès total. L'essaim de chasse au néodyme a acquis et neutralisé les cibles. »

Les yeux du propriétaire du yacht scintillaient comme la glace. « Serait-ce trop demander que d'avoir une imagerie des dégâts ? »

L'attention de Casimir se reporta sur les moniteurs et les tableaux de commande.

« Ça peut se faire, répondit-il. Le poisson tueur a été rappelé hors de portée de la zone de déflagration et ses détecteurs de dispersion révèlent une forte densité de particules en suspension à l'intérieur de celle-ci. Mais nous pourrions le reprogrammer pour...

– Inutile, fais-le revenir, ordonna le propriétaire du yacht. Le manque d'imagination est un défaut par trop répandu à notre époque, Casimir. Nous ne devons pas y céder.

– Comme vous voudrez. »

Le propriétaire du yacht se rallongea sur son canapé orange pâle, sa silhouette maigre imprimant à peine son poids sur les coussins.

« Et son esprit s'est élevé au-dessus de la face des eaux, dit-il dans un murmure presque inaudible. *Fiat lux.* »

Casimir tourna brièvement la tête pour le considé-rer par-dessus l'épaulette de son uniforme blanc.

« Qu'est-ce que c'était, monsieur ? »

Le propriétaire du yacht fit danser dans les airs le bout des doigts.

« Des mots anciens d'une histoire très ancienne et ô combien fascinante », répondit-il.

2

Sites divers

Extrait de l'édition électronique du samedi
du Wall Street Journal

UPLINK INTERNATIONAL DEVRAIT ACHEVER LES TRAVAUX RESTÉS EN SUSPENS DU RÉSEAU SOUS-MARIN À FIBRES OPTIQUES

Les experts estiment que cela pourrait plonger le géant des télécoms dans une zone de turbulence

SAN JOSE – Dans une initiative où les analystes croient voir une action critique et risquée pour le leader dans le transfert des télécommunications mondiales, UpLink International a annoncé au début de cette semaine avoir conclu un accord longtemps suspecté avec Planétaire Systems Corp dans le but de récupérer une bonne partie des avoirs laissés par la débâcle financière de l'entreprise basée en France.

Naguère encore principal rival européen d'UpLink, Planétaire est la toute dernière industrie des télécoms contrainte à opérer des coupes drastiques dans ses activités dans une période d'incertitude économique globale qui a vu bien des entreprises technologiques fermement établies se débattre et finalement couler. Alors que nombre d'observateurs du secteur financier s'attendent à voir un accroissement à tout le moins marginal des profits industriels au cours du prochain trimestre, les pertes de Planétaire ont été plus élevées que prévu, à la suite de la combinaison de lourds emprunts en capitaux – on dit qu'ils auraient dépassé le milliard et demi de dollars – pour la construction d'un anneau sous-marin de câbles en fibres optiques entourant l'Afrique, et d'une importante baisse des revenus rapportés par sa branche de téléphonie mobile.

Même si les termes précis de l'accord n'ont pas été révélés, on rapporte de sources bien informées qu'UpLink se serait porté acquéreur de l'ensemble des équipements et réseaux de fibres optiques terrestres et d'« autoroutes logicielles » géré par Planétaire dans les pays d'Afrique équatoriale, considéré comme un des marchés les moins bien desservis du globe, en partie à cause de l'instabilité économique et politique constante dans la région. S'exprimant toutefois sur l'émission *Moneyline* de CNN, Megan Breen, vice-présidente et porte-parole habituelle d'UpLink a rendu un vibrant hommage au travail préparatoire effectué par Planétaire et exprimé sa confiance dans la capacité de l'entreprise à faire face aux défis auxquels elle pourrait être confrontée.

« Planétaire a connu naguère un énorme succès et je serais ravie que notre accord lui permette de consolider et réorienter ses actifs vers un avenir radieux, a-t-elle dit. Nos deux entreprises ont connu une intense rivalité mais, dans le même temps, l'interconnexion mondiale est un objectif que nous avons toujours partagé et UpLink s'est engagé à fond dans la poursuite de la construction des infrastructures établies par Planétaire sur le continent africain. »

Mme Breen souligne que cet engagement est à long terme, à l'horizon de la prochaine décennie et même au-delà. « C'est vraiment pour nous un objectif logique, a-t-elle ajouté. Notre philosophie d'entreprise, la conviction intime de notre fondateur Roger Gordian est que l'introduction de services de télécommunications et de connexion Internet modernes et fiables dans les pays en voie de développement est à mettre en parallèle avec l'essor du chemin de fer et du télégraphe dans l'Amérique d'il y a plus d'un siècle et qu'elle peut apporter des progrès industriels, politiques et sociaux comparables. »

Mais d'aucuns ont suggéré que Gordian et ses entreprises devront traverser une passe difficile dans une période de tourmente financière – et veiller à ne pas sombrer au milieu de ces courants contraires. L'expansion évoquée par Mme Breen mettrait à rude épreuve les ressources de n'importe quelle entreprise, même une en situation de quasi-monopole international comme UpLink. Une bonne partie du réseau africain de Planétaire est déjà connectée à l'Europe via des câbles sous-marins à fibres optiques et l'on évoque la possibilité qu'UpLink pose une liaison transocéanique jusqu'à la ceinture pacifique. Ce projet ambitieux exigerait la remise à niveau de portions entières d'un réseau existant depuis des décennies à l'aide de câbles sous-marins et d'équipements à haute capacité de la prochaine génération – une entreprise fort coûteuse.

En outre, l'entretien d'installations sous-marines peut également s'avérer dispendieux. Il y a moins d'un an, Planétaire a dû engager plusieurs millions de dollars de réparations pour remettre en état un tronçon de câble endommagé au large des côtes du Gabon, pays où est installé le centre nodal du réseau africain. Deux plongeurs en eau profonde ont trouvé la mort accidentellement en intervenant sur cette interruption de service. Même si ce tragique incident n'a officiellement pas eu d'incidence sur le retrait régional de Planétaire, il souligne bien néanmoins la complexité d'une telle entreprise surtout dans des conditions d'environnement inhospitalier et parfois dangereux...

« Qu'est-ce qui cloche ? demanda Pete Nimec.

– Hmm ? dit Annie Caulfield.

– Je me demande ce qui se passe.

– Rien. »

Nimec n'était pas du tout convaincu.

« Arrête ! fit-il en hochant la tête. Je suis sûr qu'il se passe quelque chose. »

Annie le toisa. Nimec lui rendit son regard. Elle tenait la louche. Lui, la spatule.

« Qu'est-ce qui te fait penser ça ? dit Annie, un rien distante.

– Ça ! »

Nimec brandit la spatule et l'agita dans les airs entre eux. C'était sa façon à lui d'exhiber une preuve manifeste.

L'air toujours plus ou moins préoccupé, Annie le considéra sans mot dire tandis qu'un torrent jaune d'or de soleil texan se déversait, brillant et chaud, par la fenêtre de sa cuisine, où ils étaient tous les deux en train de préparer le petit déjeuner devant le four électrique, Annie, blonds cheveux cascadant sur le col de son peignoir, Nimec déjà en Levi's et t-shirt, tandis qu'à l'autre bout de la maison, les enfants d'Annie, en pyjama, se retournaient encore sous la couette, on était dimanche matin après tout.

« Tu ferais mieux de retourner ce truc », lâcha finalement Annie.

Elle indiqua de la tête la bonne cuillerée de pâte à

crêpes grésillante qu'elle venait de déposer dans la poêle brûlante devant lui.

« T'es sûre ?

– À moins bien sûr que tu aies une bonne raison de servir à Chris et Linda des crêpes brûlées...

– Ah, ah, tu vois, je t'ai eue, là, fit-il.

– Je vois quoi ?

– Encore une preuve que tu es fâchée après moi. » Nimec brandit derechef son ustensile de cuisine. « Ce que j'ai dans la main, c'est une spatule métallique. Et la poêle est ton anti-adhésive qui coûte la peau des fesses. Ça veut dire que je suis censé utiliser une spatule couverte de Téflon ou alors, bonjour le revêtement, pas vrai ? »

Annie regarda la lame de l'ustensile et fit brusquement le point.

« Oui, c'est vrai, admit-elle.

– Ah, ah ! » répéta Nimec en la gratifiant d'un regard qui signifiait que l'affaire était close, emballé c'est pesé.

Il passa devant Annie, introduisit la spatule incriminée dans le râtelier mural déjà encombré d'ustensiles de cuisine, en retira une autre, garnie de Téflon, et sans coup férir, retourna la crêpe pour faire dorer l'autre côté.

« Je ne pige pas, dit-elle. Si tu sais que tu n'es pas censé utiliser celle en métal...

– C'était un test, expliqua-t-il avant qu'elle ait pu achever sa phrase.

– Un *test* ?

– Tout juste. Je l'ai prise pour voir si tu allais le remarquer et t'empresser de me rappeler quel type de spatule je suis censé employer.

– Oh, fit-elle.

– Mais non. Enfin, tu n'as rien remarqué, tu ne m'as rien rappelé...

– Non, effectivement...

– Or, tu le fais toujours, insista Nimec. Depuis le premier soir où je me suis installé ici. Sauf la fois où on s'est engueulés et où tu n'as pas ouvert la bouche, comme à présent, de toute la matinée. »

Annie le regarda faire glisser la crêpe sur le plat de service puis lui redemander de la pâte. Elle plongea sa louche dans la jatte et répartit son contenu dans la poêle.

« OK, pas plus, ou le milieu ne sera pas cuit, lui dit-il. Bon, à présent, si tu me disais ce qui te fout en rogne.

– Je ne suis pas...

– Tu l'es ! »

Le regard d'Annie le réduisit d'un coup au silence.

« C'était bien toi, et pas un clone de Pete Nimec, que j'avais dans mon lit quand je me suis réveillée, il y a, oh, trois quarts d'heure, une heure, hum ? fit-elle.

– Quel rapport ?

– Mon comportement à ce moment-là t'a-t-il semblé trahir de la colère ? »

Nimec sentit le rouge lui monter aux joues. « Ma foi, non...

– Parce que si c'était le cas, on aurait comme qui dirait un sérieux problème de communication...

– Non, non. Ton... euh, ta communication était très bien. Parfaite, même...

– Alors quand, et pourquoi crois-tu que j'aurais été vexée ?

– Fâchée, rectifia-t-il.

– Peu importe. »

Nimec la considéra un instant avant de soupirer.

« Quand tu es devenue tellement silencieuse ensuite, expliqua-t-il. Je me suis demandé si ça n'aurait pas un rapport avec le fait que je t'aie demandé d'emmener Chris et Jonathan voir les Mariners la semaine prochaine. Ce que je n'aurais pas dû faire, sinon que j'avais promis de les y emmener moi-même et que j'avais convaincu Gord de m'échanger ces billets d'entrée à tarif réduit. »

Quelques instants s'écoulèrent. D'un signe de menton, Annie indiqua la crêpe dans la poêle. Nimec la retourna.

« Pete, commença-t-elle. Pourquoi au nom du ciel verrais-je un inconvénient à emmener mon propre fils voir un match ?

– Eh bien, Jon est mon fils, lui...

– Eh bien, disons, nos fils respectifs, reprit-elle avant d'hésiter soudain. Jon n'a pas de problème avec moi, si ?

– Annie, tu sais que Jon est dingue de toi.

– Je le pensais en tout cas...

– Mais il l'est. Complètement dingue, en fait. Te fais surtout pas de souci de ce côté.

– Alors, explique-moi au juste quel pourrait être le problème ? »

Nimec haussa les épaules.

« J'en sais rien, admit-il. Même si je me dis que tu n'apprécies peut-être pas de prendre l'avion jusqu'à la côte Ouest, alors que je ne suis pas là. Ou peut-être de devoir te farcir neuf manches de base-ball, vu que tu n'es pas vraiment familiarisée avec ce jeu...

– Les garçons sont toujours ravis de m'en expliquer

les règles en détail. La dernière fois, j'ai eu droit à un cours sur les divers postes du jeu et les tactiques mises en œuvre pour lancer ou rattraper la balle. Et je crois commencer à maîtriser le jargon et à pousser des cris d'extase chaque fois qu'Ichiron est à la batte. »

La remarque suscita l'ombre d'un sourire chez Nimec.

« De ce côté, je te fais confiance, observa-t-il.

– Tu peux. » Elle esquissa un sourire à son tour, avant de lui indiquer la paillasse. « Bon, on ferait bien de mettre en route la prochaine crêpe. »

Ce qu'ils firent. Nimec regarda Annie se livrer au rituel tout simple de plonger la louche dans la jatte de pâte, puis verser celle-ci au centre de la poêle en faisant tourner la louche pour la répartir également. Il la regarda et remarqua les reflets dorés dans ses cheveux illuminés par le soleil matinal filtrant par la fenêtre, et se remémora tout soudain combien ces tonalités lui avaient semblé d'un bronze tellement profond quand il l'avait tenue contre lui dans la lueur d'une lampe à pétrole, au chevet du lit, la nuit précédente.

« Annie..., fit-il doucement.

– Oui ?

– Je t'en prie, aide-moi à comprendre ce qui te tracasse. »

Elle leva son regard vers lui, il baissa son regard vers elle, leurs yeux se rencontrèrent, alors qu'ils étaient là tous deux devant le fourneau dans une cuisine emplie de ce qui était devenu l'arôme familier et pourtant si précieux des week-ends ensemble après des semaines entières passées à travailler dans des villes différentes, des États différents, à des milliers de kilomètres de distance, elle au JSC, le Centre Spatial Johnson au Texas, et lui au siège d'UpLink en Californie, des milliers de kilomètres, tous ces milliers de kilomètres entre eux...

« L'Afrique, dit-elle au bout d'un long silence. Je m'inquiète de te voir partir en Afrique. Au Gabon. À un jet de pierre du Congo où des bandes tribales, qui ont passé le dernier quart de siècle à s'entre-massacrer dans des guerres civiles, sont également déchirées par des dissensions internes tout aussi brutales.

– Annie...

– Et c'est d'être si égoïstement, si pot-de-collement inquiète de savoir combien tu vas me manquer. »

Silence.

Nimec la regarda. Soupira.

« Annie, je ne serai absent que quelques semaines. Il n'y a pas de quoi se tracasser...

– Comme lors de ton séjour en Antarctique, l'an dernier ? Juste quelques semaines. Un continent entier où les gens ne sont pas censés posséder d'armes, et notre station qui s'est fait attaquer par une véritable petite armée[1]. Des commandos de mercenaires. Toi et Meg, vous auriez pu vous faire tuer. UpLink a des ennemis, Pete. C'est comme ça. On n'y peut rien. UpLink a de sérieux ennemis sur toute la planète et je l'accepte. Mais ne compte pas sur moi pour ne pas m'inquiéter. »

Nimec resta quelques instants sans mot dire. Puis il s'approcha soudain de la jeune femme, laissa tomber la spatule sur la paillasse près du réchaud, lui ôta des mains la louche dégoulinante qu'il fit sombrer dans la jatte, la prit par la taille et l'attira vers lui.

---

1. Voir *Power Plays 5 : Guerre froide*, Albin Michel, 2004. (Toutes les notes sont du traducteur.)

« Si nos chemins ne s'étaient pas croisés en Antarctique, nous ne serions pas ensemble, remarqua-t-il. C'est l'autre façon de voir les choses.

– Je sais, Pete, n'empêche... »

Il posa doucement un doigt sur ses lèvres pour la faire taire.

« Je tâche d'être prudent, promit-il. Toujours. Mais ces derniers temps, encore plus que d'habitude. Avant, je m'en serais foutu d'être parti une semaine, un mois ou un an. À San Jose, ce n'était pas si différent. Le boulot, c'était tout, toute ma vie, le reste, c'était pour occuper le temps. La seule chose qui m'attendait quand je rentrais le vendredi soir, c'était cette salle de billard que tu menaces toujours de désinfecter. À présent, les vendredis après-midi au bureau, je n'ai qu'une hâte : c'est de filer à l'aéroport. J'ai hâte de finir le boulot et de me retrouver avec toi. Et c'est comme ça que ça se passera en Afrique. Je ferai mon boulot, et puis je reviendrai. »

Annie le regarda, toujours silencieuse. Des yeux bleu vif soutenant son regard noisette. Des cheveux blonds qui brillaient au soleil. Puis Nimec la vit sourire et la sentit se serrer un peu plus fort contre lui.

« Je t'aime, Pete », dit-elle, et ses lèvres lui caressaient le menton.

« Je t'aime, Annie », dit-il, la gorge serrée soudain.

« *Ça sent bon les crêpes !* » s'écria Chris du bout du couloir.

Annie sourit.

« Le petit bonhomme est levé », fit-elle d'une voix enrouée.

Nimec lui adressa un clin d'œil.

« J'espère que c'est du môme que tu parles », et, à regret, il se remit aux fourneaux.

« "Plonger le géant des télécoms dans une zone de turbulence" », lut tout haut Megan Breen, penchée sur l'article du *Wall Street Journal*, une mèche de cheveux échappée lui balayant la joue. « "traverser une passe difficile..."

– ... "et veiller à ne pas sombrer au milieu de ces courants contraires...", ça, ça reste une de mes préférées, commenta Roger Gordian.

– Ouille... » Megan remit la mèche de cheveux derrière son oreille. Ils avaient le brun auburn des feuilles d'automne. « Tu parles de filer une métaphore... je l'entends presque gémir...

– Et supplier en vain qu'on mette un terme à ses souffrances, renchérit Gordian.

– Avant de finir par sombrer dans une incohérence tortueuse », s'esclaffa la jeune femme.

Gordian se retourna, quittant des yeux la machine à café installée dans un angle de son bureau.

« On ferait mieux de laisser tomber... On dirait presque que l'article a été rédigé par notre vieil ami Reynold Armitage, tu ne crois pas ? »

Assise devant le bureau du patron, Megan acquiesça. Elle reposa la copie papier de l'article.

« Maintenant que tu y fais allusion... comment déjà nous avait-il surnommés ? Une monstruosité en cours de développement ?

– Une monstruosité *inepte* en cours de développement, précisa Gordian. Tu sais, j'ai effectivement cherché la signature d'Armitage après avoir parcouru l'article. Mais il semble avoir littéralement disparu de la circulation depuis que nous avons esquivé l'OPA hostile de Monolith.

– Dieu merci, dit Megan. Que les vents de la destinée lui fassent prendre un cap éloigné du nôtre...

– Megan...

– Désolée. Ça me terrifie de penser que je puisse être devenue à ce point impressionnable... est-ce que ça pourrait être dû à ce long séjour dans les glaces ? »

Gordian ouvrit une boîte de thé vert, en versa une cuillerée dans le filtre en céramique de sa tasse, plaça celle-ci sous le robinet de la machine à café, et arrosa d'eau bouillante les feuilles séchées. Puis il mit le couvercle sur la tasse et se retourna à demi pour regarder Megan.

« Tu veux un café ? » demanda-t-il tout en indiquant d'un signe de tête le pot qui attendait sur la plaque chauffante.

« C'est quoi, le grain ?

– Pardon ?

– Le mélange torréfié. Je me demandais si tu pourrais m'offrir un de ces somptueux espressos italiens que tu faisais toujours ou si c'est ce jus de chaussette dépourvu de goût que ta chère secrétaire dépourvue de papilles te prépare.

– Aucune idée, j'en reste à ma lavasse, ces temps-ci, ordres d'Ash, fit-il, d'un ton absent. Mais je peux demander à Norma... »

Megan s'empressa d'évacuer la remarque d'un geste de la main.

« Pas de problème. Je passerai chez Starbuck dans la matinée. »

Gordian haussa les épaules, retourna derrière son

bureau, s'assit. Il y avait sur sa droite un carton de beignets assortis. Il lorgna dedans, en choisit un nappé de chocolat et constellé de sucre multicolore et mordit dedans tandis que le thé finissait de filtrer sur son buvard.

« Les beignets entrent-ils dans le cadre des règles diététiques d'Ashley ? » demanda Megan.

Gordia mastiqua, déglutit, eut de nouveau un haussement d'épaules discret.

« Je ne lui en ai pas parlé, dit-il, simulant une candeur parfaite. Sa grande préoccupation, ces derniers temps, semble de me procurer grâce au thé ma dose de polyphénols. Une histoire de propriétés antivirales et antioxydantes.

– Je vois », fit Megan.

Elle se dit que le patron avait, en effet, l'air incroyablement robuste et vigoureux. Peut-être pas vraiment autant qu'avant sa maladie – en fait, une tentative d'assassinat à l'aide d'une arme biologique [1] – qui avait bien failli lui coûter la vie deux ans plus tôt, mais il était incommensurablement mieux que lorsqu'elle l'avait laissé pour aller effectuer son séjour de neuf mois en Antarctique. Ses cheveux étaient devenus entièrement gris, certes, et ils se dégarnissaient quelque peu sur le crâne, mais dans son apparence, c'était à peu près tout ce qui rappelait sa fragilité anémique des tout débuts de sa convalescence. Il semblait, en un mot, rétabli. Et alors que Megan ne se sentait pas à même de disputer des vertus thérapeutiques des tanins du thé ou des capsules d'huile de lin ou de tout ce que l'épouse de Gordian incorporait dans son

---

1. Voir *Power Games 4, Frappes biologiques*, Albin Michel, 2002.

régime alimentaire à chacune de ses fréquentes virées chez le diététicien, elle restait persuadée que c'était Ashley elle-même, avec sa dévotion et sa persévérance sans faille, qui avait été au centre de son retour à la vie. Ashley, oui, sans discussion, et cet esprit combatif qui irradiait de son regard d'acier de pilote de chasse et l'avait soutenu durant ses cinq années de captivité cauchemardesque au Hilton d'Hanoï.

« Alors », dit Gordian en ôtant le filtre de sa tasse pour le placer sur le petit plateau près de son coude. « Qu'est-ce que tu en penses ? »

Megan le regarda et revint à ses préoccupations initiales.

« De l'article, tu veux dire ? »

Gordian hocha la tête. « Des articles, au pluriel. Et je fais allusion à leur mérite journalistique plus qu'à leurs qualités stylistiques. Nos plans pour l'Afrique ont suscité quantité de réactions depuis que nous les avons exposés à la presse financière, et aucune opinion n'est positive, du moins à ma connaissance. »

Megan haussa les épaules.

« Tu noteras mon absence totale d'indignation. Ces articles auraient pu montrer la situation plus en rose si les splendides et talentueux artisans de cette prose avaient fait l'effort d'effectuer un minimum de travail personnel... et ce qui me fout en rogne, c'est que ça ne leur coûterait pas plus que les cinquante ou soixante dollars de frais professionnels que coûte un de ces guides d'investissements hors de prix. N'importe quel journaliste dispose sur son budget – et donc gratis – d'un accès à des services d'information en ligne. Qu'est-ce que ça leur coûterait de trouver un profil économique du Gabon ? Ou plus généralement de l'Afrique de l'Ouest ? Cinq minutes de recherche, et ils auraient des tonnes de données sur les recherches gazières et pétrolières qui se déroulent en mer... en particulier les concessions accordées à Sedco Chemicals. »

Gordian sourit brusquement.

« Enflammée, lâcha-t-il.

– Quoi ?

– Scandalisée n'était pas vraiment le mot, précisa-t-il. J'espère simplement que les flammes que tu craches ne vont pas déclencher les arroseurs d'incendie. »

Megan sentit un sourire effleurer ses lèvres.

« Peut-être que je n'ai pas une si grande tolérance pour ceux qui tablent sur des charges négatives. Moins que jamais depuis l'aventure de Cold Corners et après avoir vu comment tout le monde s'était serré les coudes pour se sortir de la pire des situations. Mais, comme dit Alex Nordstrum, après les contrats militaires décrochés par UpLink il y a dix ans, tu aurais pu d'emblée prendre ta retraite. Passer le reste de ton existence à tenter de battre les records de vol autour du monde en montgolfière, faire les sommets de l'Himalaya, traverser l'Atlantique dans des répliques de drakkars... ce qu'Alex baptise les petits plaisirs délirants. Les spécialistes du dénigrement ne s'en prennent jamais à ceux qui ont fait ce genre de choix. Je ne suis pas sûre de le regretter du reste. Mais toi, en revanche, tu as décidé de rester dans le monde réel. De te donner à fond pour changer les choses, si ringard que ça puisse paraître. Et ils espèrent constamment te voir te casser la gueule. »

Gordian leva sa tasse, inhala le parfum floral qui s'en échappait, but une gorgée. Il la reposa, mordit dans son beignet, mastiqua tranquillement, déglutit.

Puis après avoir ôté un grain de sucre candi collé au coin de ses lèvres, il but une autre gorgée de thé.

« Megan, je suis flatté, mais ces questions me regardent, dit-il au bout d'un moment. D'abord, penses-tu qu'on dépasse nos compétences avec ce projet de fibres optiques ? Ensuite, puis-je supposer que l'effort de travail consciencieux auquel auraient dû se livrer les journalistes ait un rapport avec le fait que Dan Parker détient un siège au conseil d'administration de Sedco ? »

Megan le regarda une trentaine de secondes, songeuse.

« Je vais essayer de regrouper mes réponses, dit-elle. J'ai étudié les chiffres que nous avons reçus des moulineurs de données et considéré attentivement le rapport de Vince Scull sur l'estimation des risques. Puis j'ai fait intervenir la loi de Murphy et conclu que nos investissements en Afrique vont surpasser les estimations les plus pessimistes de deux à trois milliards de dollars dans les deux prochaines années. Pour parler franchement, quatre milliards ne me surprendraient pas si nous commençons à intégrer notre fibre à large bande et nos installations satellites. Cela réduirait notre réserve de liquidités à un niveau qui risque d'être difficilement supportable, même avec les garanties de crédit que nous assure Citigroup. » Megan marqua un temps d'arrêt et se pencha en avant. « Cela dit, nous avons une grande chance de succès. Mais je pense vraiment qu'il dépend d'un dédoublement de nos projets vers le bassin de l'Ougoué. Et ça, ça veut dire que nous devons emporter le marché du câblage entre elles des plates-formes de forage en haute mer de Sedco puis de la liaison de celles-ci avec leurs bureaux à terre. Les capitaux avancés par Sedco peuvent nous permettre de tenir un minimum de deux ans et d'ici là nous devrions voir un retour lent, mais régulier, sur l'ensemble de nos investissements de télécoms en Afrique. »

Gordian avait repoussé sa tasse de thé vert – encore pleine aux deux tiers, nota Megan. Il avait pris un second beignet qu'il attaqua.

« Un optimisme mitigé », dit-il après avoir englouti une bouchée de pâte frite, de gelée de groseilles et de nappage au chocolat. « Est-ce ainsi que tu qualifierais ton survol du lundi matin ? »

Megan haussa les épaules.

« Je dirais que c'est de l'optimisme mesuré, répondit-elle. Il y a une différence. »

Gordian acquiesça tout en mastiquant son beignet.

Megan contempla derrière lui, par la vaste baie, le mont Hamilton vers le sud, dans le lointain, son large flanc s'élevant au-dessus de la chaîne de Diabo comme une masse de muscles noueux. La journée était claire et ensoleillée et elle pouvait entrevoir les coupoles de l'observatoire Lick qui étincelaient, toutes blanches, sur leur sommet de douze cents mètres. La vue lui rappela quelque chose.

« Je suis passé par le bureau de Pete avant d'aller au mien mais il n'était pas là, dit-elle. Sais-tu s'il est resté bloqué à Houston ? »

Gordian secoua la tête. « Pete s'est pris un week-end prolongé. Il va partir pour le Gabon avec une équipe avancée, dès vendredi, et il voulait passer le temps qui lui reste avec Annie Caulfield. »

Megan eut un petit sourire, une expression trahissant une pensée non formulée.

« Ils sont devenus un sacré couple, observa-t-elle.

– Ça m'en a tout l'air, confirma Gordian qui la regarda. Je trouve intéressant la façon dont est née leur liaison. Les circonstances, je veux dire... »

Megan se tapota du doigt le bout des lèvres.

« Que veux-tu dire ? »

Gordian acheva son second beignet, prit une serviette en papier, s'essuya les lèvres, puis froissa la serviette et la jeta dans la corbeille.

« Ils se sont rencontrés pour la première fois en Floride. Quand Pete est descendu là-bas enquêter sur la tragédie de la navette spatiale à Cap Canaveral, expliqua-t-il. Il était clair qu'ils formaient une bonne équipe de travail mais leurs relations en étaient restées au stade strictement professionnel. Ou à tout le moins, ils ne sont guère allés plus loin. »

Megan le regarda.

« On ne peut jamais dire. Pete est tellement coincé, il est presque impossible de l'amener à dévoiler quoi que ce soit de sa vie privée.

– Je pense que j'avais une ouverture, dit Gordian. Annie et moi sommes restés en relation par la suite. UpLink et la NASA ont tant de contacts, et comme elle est une responsable du JSC, évidemment...

– Oui, évidemment...

– Annie me demandait souvent comment allait Pete, elle me demandait de le saluer de sa part, tout ça. Et je lui ai toujours transmis ses vœux.

– D'accord...

– Même si Pete n'a jamais exprimé de commentaire ou montré beaucoup de réactions, dit Gordian. Et puis, au bout d'un moment, Annie a entièrement cessé de lui envoyer ses salutations mais il lui arrivait à l'occasion de mentionner Pete durant nos conversations. La plupart du temps, pour savoir s'il allait bien. Je peux donc raisonnablement en conclure qu'ils s'étaient perdus de vue.

– Ma foi, dit Megan. Ça semble une conclusion logique.

– Certes, renchérit Gordian. Et c'est la raison pour laquelle j'ai trouvé intéressant que leur amour parvienne à s'épanouir au beau milieu des solitudes glacées une bonne année plus tard... »

Megan intercepta un regard en coin. « Pourquoi me regardes-tu comme ça ?

– J'étais en train de me demander si tu avais eu mes pressentiments, expliqua Gordian. Compte tenu du fait que tu étais avec eux à Cold Corners. »

Megan eut un bref hochement de tête.

« Non. Pas le moindre.

– T'es sûre ? Je ne peux pas me défaire de l'idée que quelque chose ou quelqu'un a contribué à les rapprocher...

– Tu ne t'adresses pas à la bonne personne.

– Oh, fit Gordian. Parce que je sais que tu es aussi proche qu'on peut l'être de Pete. En dehors d'Annie, bien sûr. Et que tu es devenue très amie avec elle depuis l'Antarctique...

– J'étais trop prise par mes responsabilités d'administratrice en chef pour porter un second chapeau.

– Second chapeau ?

– Celui des relations humaines.

– Oh, fit Gordian.

– Ou celui d'entremetteuse, si c'est ce que tu suggères...

– Bref, ils ne se voient pas pendant un bail et puis c'est le coup de foudre pour tous les deux ? »

Megan haussa les épaules.

« Je suppose. »

Gordian lui lança un autre regard. « Tout ça ne ressemble pas du tout à Nimec.

– Comme j'ai dit, on ne sait jamais. » Nouvel haussement d'épaules. « Bon, je ferais mieux de retourner à mon bureau, j'ai une tonne de paperasse qui m'attend depuis vendredi. »

Gordian hocha la tête en regardant Megan quitter son siège.

« Enfin, peu importe les circonstances de leur rencontre ou qui ou quoi a pu favoriser celle-ci, c'est merveilleux de voir Pete et Annie heureux. »

Megan marqua un temps d'arrêt devant le bureau de Gordian, un meuble d'acajou sombre de la taille approximative d'un galion espagnol du XVe siècle.

« Oui », fit-elle, résistant pour ne pas sourire. « C'est bien vrai, ça. »

Port-Gentil s'étend sur la péninsule basse de l'île de Mandji, au milieu des marécages et des deltas du Gabon qui s'enflent à la saison des pluies, avec leurs multiples chenaux d'écoulement enjambés par de petits ponts qu'il est plus agréable – et sans doute plus prudent – de franchir à pied qu'à bord d'un des taxis brinquebalants qui foncent à travers la ville.

Toutefois, ces ponts n'enjambent pas les divisions sociales entre les divers quartiers. Dans les banlieues de Salsa et Sans, le chômage et la délinquance sont endémiques. La criminalité peut être rampante ou affichée, se traduisant selon les cas par des bousculades ou des attaques à main armée.

Dans le centre, avec ses élégantes maisons coloniales, les oreilles sensibles aux conversations distinguées restent sourdes aux échos lointains du crime et du pillage nocturne. Était-ce le bruit d'une devanture qui se brise de l'autre côté du canal ? Le cri aigu d'une femme ? *Ce n'est rien** [1], que la gendarmerie s'en occupe. Ici on n'entend que le tintement discret d'une flûte à champagne, d'un verre à cognac. C'est là que prospèrent les magnats et les hauts fonctionnaires gouvernementaux – cette couche aisée et cultivée, modelée et trempée depuis plus d'un siècle, quand le Gabon était le fleuron de l'Afrique-Équatoriale française. On y trouve également nombre d'expatriés : banquiers, investisseurs, industriels, ingénieurs et techniciens attirés par les réserves du pays en pétrole et en minéraux précieux.

Leurs nuits sont calmes et confortables, leurs journées chargées et affairées.

L'homme au panama vêtu d'un costume tropical blanc avait trouvé que Port-Gentil était un endroit bien agréable pour s'installer. Il y avait échappé à ses ennemis et il s'y trouvait à même d'évoluer en toute liberté, de se plonger dans des courants qui lui permettaient de satisfaire son goût inné de la réussite. Quand il n'était pas à bord de *La Chimère* pour se livrer à ses sombres occupations, il aimait à déambuler dans les quartiers mêlés et bariolés de la cité et en goûter les contrastes tout de guingois : mosquées et casinos, calottes et brillantine, hôtels et bouis-bouis, terrasses de café et marchés aux fétiches. Il lui arrivait souvent

1. Les mots et expressions en italiques accompagnés d'un astérisque sont en français dans le texte.

de s'arrêter devant une grande église où les fidèles élevaient la voix en une fusion de cantiques chrétiens et de chants animistes, répartissant ainsi leurs chances en louant en musique le Christ tout en évoquant les antiques rites initiatiques du culte du Feu.

Le marché était parmi ses points de chute favoris, entassement de stands extérieurs alignés par allées dans un quartier de la ville baptisé le Grand Village.

Aujourd'hui, il y avait eu un mauvais moment durant sa promenade. La chaleur brûlante de la saison sèche l'avait ramené en Bolivie, au temps où il avait tourné son visage vers le soleil pour évacuer sa rage, sentant les couches de son épiderme rougir et se boursoufler à son contact cuisant. De tels éclairs de mémoire étaient exceptionnels chez lui. Il avait souffert de la douleur ressassée, comme recuite, s'était récuré des ultimes contaminations de la défaite, puis avait poursuivi sa route. Mais les nouvelles décevantes venues d'Amérique avaient amené le passé à s'insinuer dans son esprit et, durant ces quelques secondes, à y trouver une voie pourtant bien enfouie. A l'angle d'une rue, il avait pris un café avec du pain beurré, il avait réglé le vendeur mais laissé le petit déjeuner sur le chariot. La rue africaine s'était évanouie et il s'était retrouvé sur la veranda de sa maison du Chaparé, avec ses génisses aux yeux placides et stupides qui broutaient au loin. Et son visage enflammé sous le soleil.

Puis la fenêtre du souvenir fugitivement ouverte s'était brutalement refermée, et la Bolivie s'était évaporée à son tour. Il avait poursuivi sa route vers le marché pour trouver l'article qu'il désirait se procurer avant d'appeler son contact officiel à la mairie.

Une fois sur place, il s'était rendu directement chez

un marchand de charmes et de remèdes rituels connu de quelques élus pour la variété de son choix, transporté sur tout le continent au mépris des lois sur les espèces en danger et le transfert d'antiquités qui intimidaient ses congénères – tous articles stockés dans des barils, des tonneaux, des paniers, des cartons, des caisses, des sacs de jute, voire des boîtes de conserve rouillées disposés sous le dais en paille tressé de son étal. L'homme trafiquait ses marchandises d'arrière-boutique sans avoir d'arrière-boutique, gageait de la main gauche des peaux et des articles de contrebande, et de la droite vendait gris-gris et poudres médicinales... faisant parfois passer certains articles d'une main à l'autre.

Que ce marchand fût un maître escroc ne donnait que plus de piment au marchandage. Sa combinaison de fourberie et d'audace éhontée était méritoire et ne pouvait que tenir aiguisé l'instinct rusé de l'homme au costume blanc.

Vêtu d'un simple caftan, le marchand était assis derrière un large étal en bois simplement posé sur de grosses pierres, et encombré de crânes, de cornes et de sabots. Des masques de bois gravé étaient pendus à l'un des poteaux de soutien du dais, des cadavres desséchés de lézards et de petits mammifères, à un autre.

Il accueillit son client d'un bref sourire de connivence.

« *Je suis ravi de vous voir**.

– *Merci, vous êtes bien aimable**. »

Ce bref échange de salutations en français étant réglé, l'homme au costume blanc avait été fort précis dans sa demande et le marchand s'était empressé de déclarer qu'il pouvait l'honorer. À vrai dire, l'article désiré n'était pas à proprement parler du marché noir ; seules des considérations légales décourageaient la pratique pour l'obtenir et rendaient les stocks rares. Le marchand s'était détourné de son étal et, agenouillé, il s'était mis à bouger et déplacer ses divers récipients, se retournant parfois pour jeter un regard furtif aux passants. L'homme au costume blanc continuait de l'observer avec attention. Bientôt, le marchand repéra le carton qu'il recherchait, en souleva les rabats, en sortit une boîte de café, ôta le couvercle en plastique de celle-ci pour en extraire un sachet de plastique scellé qui avait été plié en deux et enfoui dans la sciure. Il souffla sur les fragments de celle-ci restés collés tout en se relevant pour rejoindre son client.

« C'est là-dedans, dit-il. Quarante ans d'âge, peut-être plus. On n'en trouve plus beaucoup aujourd'hui. C'est apprécié des collectionneurs... »

D'un regard, l'homme en blanc lui intima le silence.

« Je ne suis pas collectionneur, lâcha-t-il, la main tendue. Tu me garantis le lieu d'origine ?

– Les hautes terres de l'ouest du Kenya, près du lac Victoria.

– Je vois. C'est du Gusii, donc.

– Oui. D'un seigneur de la guerre, me suis-je laissé dire.

– Par qui ?

– L'*omobari omotwe* en personne, dit le marchand. Il vit toujours et maudit la Croix-Rouge et les médecins des missions qui lui ont volé ses patients. »

L'homme en costume blanc avait pris le sac, l'avait ouvert et retiré, entre pouce et index, l'article qu'il contenait pour l'examiner avec soin. La forme, le toucher et la couleur correspondaient ; après quelques minutes d'examen, il était convaincu de son authenticité.

« Dis-moi ton prix », demanda-t-il en remettant l'objet dans le sachet.

Il avait payé le prix demandé sans discuter et quitté le marché pour se rendre à son rendez-vous en ville.

Le titre officiel d'Étienne Bégéla était ministre du Développement économique, et son bureau était situé au quatrième étage de la mairie, un bâtiment dont les hautes colonnades et les murs de marbre reflétaient l'auguste susceptibilité des gouverneurs français pour l'usage desquels il avait été édifié. L'homme au costume blanc s'était présenté au bureau de la sécurité du rez-de-chaussée et, moins d'une minute après avoir passé un coup de fil, le garde lui indiquait l'ascenseur.

Il monta, traversa un hall qui aurait bien eu besoin de climatisation, et tourna à un angle. Une jeune femme apparut, s'engouffra dans la cabine qu'il venait de quitter – l'assistante de Bégéla. En détournant le regard, elle l'avait salué d'un bref signe de tête en passant devant lui d'un pas précipité.

Il lui rendit son salut discret, conscient de la nervosité de la jeune femme.

Un autre angle et il avisa Bégéla à sa porte, penché vers le couloir.

« Monsieur Faton, dit le ministre. Bonjour... entrez donc, je vous en prie. »

L'homme en blanc détestait tout contact physique mais il se plia à la coutume locale et serra la main tendue. Les Gabonais étaient d'humeur démonstrative, affectionnant poignées de main fermes et regards directs.

En pénétrant dans le bureau, Faton nota une tasse de café fumant et un dossier resté ouvert sur le bureau vide de la secrétaire. Sans grande surprise, il vit que la jeune femme avait été hâtivement congédiée.

Bégéla introduisit Faton dans son bureau privé, refermant la porte derrière eux. Faton avait déjà vu cette pièce, sanctuaire typique d'un fonctionnaire de haut rang, avec ses parois fortifiées de diplômes et de remerciements, de photos de l'occupant des lieux posant en compagnie de sa cohorte ministérielle, et le mât dans un angle arborant les couleurs nationales, vert, jaune et bleu.

D'un ample geste du bras, il invita son hôte à s'asseoir, d'une voix un peu trop forte, encore un exemple de cette expansivité pour le moins agaçante.
« Je sais la raison de votre visite mais laissez-moi vous assurer que j'ai fait de mon mieux à Libreville.

– De votre mieux ? » Faton se laissa couler dans un siège, ôta son chapeau et regarda le ministre contourner le bureau pour aller s'asseoir en face de lui. « Il semble, Étienne, que les nouveaux venus n'ont pas affronté de plus grand problème que de trouver un logement avant leur arrivée. Êtes-vous en train de me dire que c'est tout ce que je suis en droit d'attendre de vous ? Après avoir entendu vos promesses ? Après ce que j'ai dépensé ? »

Le ministre le regarda. Il avait le teint acajou, le visage formait un ovale allongé. Avec ses pommettes aplaties, ses yeux étroits sous de hauts sourcils arqués, on aurait dit la version animée d'un masque congolais que Faton s'était naguère procuré sur le marché aux fétiches.

« J'ai tenu ma promesse, dit Bégéla. Rien dans la vie n'est jamais certain et c'est particulièrement vrai au Capitole. Certains membres de l'Assemblée nationale se sont laissé influencer par UpLink et ses métho... »

Le brusque soupir sifflant de Faton le fit taire aussitôt.

« Surveillez vos paroles. Ce nom me blesse les oreilles et toute mention de celui-ci érode un peu plus ma confiance en vous. Seul un imbécile s'imaginerait que ce cagibi est à l'abri des oreilles indiscrètes... »

Bégéla ouvrit la bouche, la referma.

« Monsieur Faton, je partage votre déception devant les résultats de mon voyage, admit-il enfin. Mes liens avec les factions au sein de l'Assemblée ont déjà fait par le passé pencher la balance pour les décisions affectant Port-Gentil, et j'étais franchement convaincu que ce serait à nouveau le cas en l'occurrence. On m'avait indiqué que vos, nous dirons... incitations financières, seraient le ciment d'une coalition politique capable d'empêcher les Américains de conclure des accords avec mon gouvernement. Mais, au bout du compte, les parlementaires qui avaient promis d'agir en votre – en notre – faveur ont fait machine arrière. Tout comme leur collègue ministre de l'Office des postes et télécommunications... un personnage lié à mon clan et aux promesses de qui on peut en général se fier. Aucune offre n'a été suffisante. Le président et le Premier ministre insistent pour faire bon accueil à ceux que nous désirons tenir à l'écart. Ils contrôlent le parti au pouvoir et ce dernier détient plus de la majorité des cent vingt sièges de l'assemblée. Et inutile de dire que l'Assemblée contrôle l'OPT.

– Ah, dit Faton. Et que dois-je tirer de ce cours de droit constitutionnel gabonais ? Sinon une preuve supplémentaire que vos prétendus pouvoirs d'influence ne signifiaient rien. Que vous m'avez déçu. »

Bégéla protesta d'un signe de tête.

« Il est peut-être vrai que nous ne pouvons pour l'instant écarter les Américains de cette ville, admit-il. Mais leur avenir n'a toutefois rien d'inéluctable. Port-Gentil est à des kilomètres de Libreville. Et je peux toujours recourir à certains moyens pour leur rendre la vie particulièrement désagréable. »

Faton caressa du bout du doigt le rebord de son panama.

« Si vous entendez par là votre pathétique assortiment de techniciens, gendarmes et miliciens soudoyés, alors vous exagérez encore une fois votre influence. »

Bégéla continua de hocher la tête, les mains plaquées sur les bras de son fauteuil. « Avec le plus grand respect, je pense assez bien connaître mes compatriotes...

– Peut-être, Étienne, peut-être. Mais vous ne savez rien de la force de l'ennemi, rétorqua Faton. Je ne peux plus me permettre un autre faux pas... ce qui m'amène à la raison de cette visite. » Il marqua un temps, les yeux rivés sur son interlocuteur. « J'ai récupéré un cadeau. Un fragment d'histoire qui, je l'espère, vous profitera. Vous aidera à éviter d'autres erreurs de jugements similaires à l'avenir. »

Faton glissa la main dans sa poche intérieure de

veston pour en extraire le sac en plastique, en ôter le contenu et le déposer sur le bureau.

Les sourcils déjà arqués du ministre s'arquèrent un peu plus. De couleur blanc délavé, l'objet était un disque lisse, pas tout à fait plat, d'environ dix centimètres de circonférence.

« Qu'est-ce que c'est ? » dit-il avec un mouvement de recul involontaire.

Faton ne l'avait pas quitté des yeux.

« Allons, voyons, je ne devrais pas avoir à le dire à un homme de votre érudition et aux racines culturelles si profondément ancrées. »

Bégéla réprima un frisson. Il respirait par petites goulées, comme hors d'haleine.

« Une rondelle..., dit-il enfin.

– Nous y voilà, admit Faton. Ma source m'affirme qu'elle provient du crâne d'un chef Gusii. Je ne peux pas vous en donner confirmation, mais c'est de peu d'importance avec un objet de cette rareté. Comme vous pouvez le voir, la forme est proche d'un cercle parfait. Je pense qu'il convient d'apprécier la régularité des marques le long de la découpe lors de la trépanation. Bref, un superbe spécimen. Qui aura dû exiger le doigté d'un expert dans le maniement du couteau *omobari.* »

Bégéla fixait l'objet, les mains toujours agrippées aux bras de son fauteuil.

« Pourquoi ? souffla-t-il. Pourquoi venez-vous ici avec une chose pareille... ?

– Je ne vais pas me répéter, dit Faton. Je ne vous apprends pas qu'un patient doit être trépané pour le débarrasser des démons dont on croit qu'ils se sont logés sous son crâne. Des pratiques similaires étaient en usage dans la France médiévale, quand les chirurgiens cherchaient à ôter les *pierres de tête* – les pierres de folie – du cerveau des idiots et des déments victimes d'hallucinations. » Un sourire effleura ses lèvres. « Je ne sais pas si l'on en a jamais trouvé, Étienne. Mais vos compatriotes sont entichés de traditions françaises, non ? »

Le ministre resta assis, silencieux. Des filets de sueur s'étaient réunis dans le sillon au-dessus de sa lèvre supérieure.

« Prenez-le, dit Faton. Portez-le comme talisman autour du cou ou dans une poche sur votre cœur. Peu m'importe... tant qu'il reste sur vous. » Il continuait de sourire discrètement. « Qu'il protège votre tête des pensées empoisonnées et vous serve à vous rappeler le sort de celui qui y succombe. »

Bégéla le regarda. Puis une de ses mains quitta lentement l'accoudoir, se tendit vers le bureau et ses doigts se refermèrent sur la rondelle.

« Que devrais-je faire ? dit-il d'une voix rauque et sèche. Au sujet des Américains...

– Vous n'avez pas besoin de faire quoi que ce soit pour le moment – mais j'apprécie le fait que vous ayez demandé. C'est déjà la preuve d'une lucidité nouvelle. » Faton se leva et coiffa son chapeau. « Soit dit entre nous, j'ai en vue une étude approfondie de l'ennemi qui devrait nous permettre de décider de la conduite à tenir contre lui dans les jours à venir. Trouvez ce qu'il a de plus cher et vous aurez identifié sa plus grande vulnérabilité. Ôtez-le-lui, et vous tenez la clé de sa défaite et de sa destruction. C'est une doctrine simple qui peut toutefois s'avérer complexe à exécuter... mais un jeu sans défi ne mérite guère d'être joué, vous n'êtes pas d'accord ? »

Les yeux baissés, le ministre contemplait le dos de sa main toujours serrée, tremblante.

« Tout à fait », admit-il.

Faton se tenait immobile devant le bureau du ministre et son sourire grandit jusqu'à révéler une rangée de petites dents régulières.

« Je suis ravi de voir que nous sommes d'accord, dit-il avec indulgence. Il me semble que nous avons fait des progrès aujourd'hui. Et un progrès, Étienne, c'est toujours un soulagement immense. »

Le centre d'adoption était situé au bout d'une longue allée de terre et de gravier qui partait de la route goudronnée en lacets sinuant entre le parc du comté de Pescadero Creek et le parc d'État de Portola, depuis une petite fourche au sud-ouest.

Julia Gordon se considérait plutôt douée pour suivre les itinéraires, mais comme le panneau indicateur était masqué par un épais fourré de chênes et de sapins, elle l'avait raté au premier passage et avait roulé vingt minutes encore, dépassant sa destination pour se retrouver à l'orée du parc de Pescadero Creek. À la grille de celui-ci, un garde forestier serviable lui avait fait faire demi-tour, lui conseillant de se repérer à la sous-station de la Pacific Gas and Electric, deux cents mètres environ avant la fourche.

La station n'était guère plus qu'un abri de métal vert avec un terre-plein bétonné qui se fondait presque dans les bois sur la droite et Julia ne la repéra qu'au dernier moment. Mais peu après, elle avisa en effet parmi les arbres le poteau de bois sur lequel un panonceau portait le dessin pyrogravé d'un lévrier. Elle avait fait obliquer sa Honda Passport flambant neuve pour entamer l'ascension, murmurant un chapelet d'injures en entendant les gravillons projetés par les pneus venir cliqueter contre les vitres et la carrosserie, gardant quelques épithètes de choix pour les branchages de chaque côté de la route qui rayaient son étincelante peinture métalisée.

Julia conduisait avec lenteur. Elle venait de concocter une phrase accouplant les synonymes de fonctions excrétoires de divers animaux de ferme avec un acte sexuel particulièrement condamnable entre membres de la même famille, quand deux bâtisses apparurent devant elle – une petite maison à charpente en bois précédée d'une pelouse bien entretenue, sur sa gauche, et un préfabriqué en alu au toit plat, quelques mètres plus loin. Cinq lévriers gambadaient dans un vaste enclos derrière la maison. Deux étaient beige foncé, deux autres étaient rouans, et le dernier fauve tacheté. Malgré leur nom anglais de *greyhounds* pas un seul n'était gris, ce qui ne surprit pas Julia.

Elle gara la Passport sur le parking poussiéreux et envahi de plaques d'herbes, près du préfabriqué, coupa le moteur, saisit le sac à main posé sur le siège du passager, le passa à l'épaule et sortit. L'enseigne métallique surmontant la porte ouverte de la bâtisse affichait :

REFUGE ET CENTRE D'ADOPTION DE LÉVRIERS
DE LA PÉNINSULE

Elle se dirigeait vers le bâtiment quand un homme en jean, chemise à carreaux et casquette de baseball à la visière bien amochée apparut sur le seuil et descendit aussitôt les deux larges marches du perron pour l'accueillir.

« Julia Gordon ? » fit-il.

Elle acquiesça. « Et vous devez être...

– Rob Howell, ravi de faire votre connaissance », répondit-il avec un sourire instantanément sympathique.

Grand, dégingandé, une ombre de barbe noire, il avait un téléphone mobile dans la main droite et lui tendit la gauche. Une paire de gros gants de caoutchouc dépassait de sa poche revolver.

« C'est mon jour de nettoyage de l'aire de dressage, à l'arrière. Cynthia – c'est ma femme – vous a vue monter la côte et elle m'a appelé pour me prévenir. Je vous la présenterai tout à l'heure, quand elle aura fini de nourrir notre dernier chiot de six mois. »

Julia acquiesça de nouveau et attendit sous le chaud soleil.

« Eh bien, reprit, Howell au bout d'un moment. Comment s'est passé votre voyage jusqu'ici ?

– Oh, très bien, répondit Julia. Très relaxant, en fait.

– Pas de problème pour repérer la pancarte en bas de la colline ? Je me doute qu'elle est parfois dure à trouver. Avec toutes ces branches que j'oublie tout le temps de tailler...

– Non, non, je l'ai très bien vue », mentit-elle. Puis, indiquant la maison d'un signe de tête : « Ce sont des bêtes superbes que vous avez là... Vous comptez les placer ?

– En fait, c'est notre élevage personnel. Rachel,

Monica, Phoebe, Ross et Joey. Ne me demandez pas comment on les a récupérés...

– Mais je ne vois pas Chandler ? dit Julia. Parce que je suppose qu'ils tirent leurs noms de la série *Friends*...

– Tout juste.

– Et justement, Chandler est le – eh bien, le sixième ami...

– Cynthia et moi essayons de laisser une case libre. C'est juste au cas où un autre chien se révélerait lui aussi irrésistible, expliqua Howell avec un autre sourire. Vous avez vous-même deux ex-bêtes de course, si je ne me trompe ?

– Jack et Jill, confirma Julia. Ce qui signifie qu'il faudrait appeler le troisième Hill ou Pail of Water... si je reprends votre formule...

– C'est une leçon pour les futurs candidats à l'adoption, j'imagine, nota Howell. S'en tenir à des berceuses avec une tripotée de personnages...

– Ou des feuilletons bénéficiant d'une imposante distribution. »

Tous deux souriaient à présent.

« Suivez-moi, dit Howell et, d'un signe de tête, il lui indiqua le centre. Allons plutôt parler boulot. »

L'emplacement situé juste après le seuil du bâtiment tenait lieu à la fois de salle d'attente et de boutique de fournitures et de cadeaux. Il y avait le long d'un mur des chaises pliantes sans doute destinées aux visiteurs, un comptoir avec une caisse enregistreuse et des murs garnis de toutes sortes de produits liés aux lévriers : des livres sur l'histoire de la race et son entretien ; des statuettes en porcelaine et des affiches grandeur nature ; des cendriers, des tasses, des stylos, des serviettes de plage, des tabliers de cuisinière, des chandails, des t-shirts, des blousons et même des chaussettes à l'effigie de lévriers. Il y avait bien sûr également des laisses, des colliers et des manteaux ainsi que toute une panoplie de produits de santé et d'accessoires de soin.

Howell avait noté le regard circulaire de Julia.

« Chaque cent que rapporte notre boutique "Misez lévrier" – petit clin d'œil en passant, puisque les courses ont été supprimées de leur propre chef par les propriétaires et entraîneurs d'élevage après qu'ils eurent un peu trop misé – sert à l'entretien de notre chenil et au remboursement des frais vétérinaires pour les bêtes, expliqua-t-il. Nous faisons beaucoup de VPC et nous venons d'ouvrir une boutique sur Internet. »

Julia le considéra, impressionnée. « C'est toute une activité », observa-t-elle.

Howell posa le coude à l'angle du comptoir.

« Pour l'instant, c'est dur, reconnut-il. Cyn doit s'occuper du bébé, et, la nuit, je fais la comptabilité pour un hôtel près de la plage de San Gregario. Mais on tâche de jongler avec tout ça.

– Il n'y a pas d'autres volontaires ? »

Howell secoua la tête.

« On a eu deux réguliers, des gens formidables. Un étudiant qui venait deux, trois après-midi par semaine. Et une femme qui nous donnait un coup de main les samedis. Mais le jeune a été transféré dans un établissement d'un autre État, et la femme est une mère célibataire forcée de travailler les week-ends pour joindre les deux bouts. » Howell haussa les épaules. « Quand elle n'a plus réussi à tenir l'emploi du temps, j'ai décidé de passer des annonces dans les boutiques d'animaux de compagnie.

– Comme celle que j'ai vue, dit Julia. Et quelles ont été les retombées ? »

Il eut un geste dubitatif.

« Je dirais, tièdes. Il y a eu quelques candidats, à part vous. Tous étaient bien intentionnés, je leur en rends grâces. Mais aimer les chiens ou même avoir déjà travaillé à l'occasion dans un refuge n'est pas obligatoirement une qualification suffisante. Des gens qui n'ont aucune expérience des lévriers ne s'imaginent pas le genre de travail exigé une fois qu'on les a sortis du cynodrome. Les bêtes sont malades, mal nourries, et couvertes de blessures à force d'être restées entassées dans des caisses en bois entre deux courses. Elles ont passé toute leur existence dans ce qui est l'équivalent d'un état de privation sensorielle et il est facile de perdre patience devant un adulte de cinq ans et trente ou trente-cinq kilos dont le comportement est resté foncièrement celui d'un chiot. Ils ne sont pas propres. Il faut qu'on leur apprenne à monter ou descendre un escalier. Ils n'ont jamais vu de fenêtre et s'imaginent qu'ils peuvent sauter à travers les carreaux. Ils sont traumatisés, ils ont peur de tout. Et à juste titre. Il y en a bien soixante pour cent qui ont été couramment battus par leurs propriétaires. Il faut que je le devine, personne ne va venir s'en vanter. Mais les chiens m'arrivent avec des ecchymoses, des écorchures, les oreilles déchirées... même des dents ou des côtes cassées. »

Julia hocha la tête.

« Jill a mis six mois à s'habituer aux escaliers. Et Jack avait dû être sévèrement maltraité. Il dormait comme une souche et se réveillait d'un bond en hurlant à la mort, les yeux exorbités. Le son de ces cris...

bon Dieu, une horreur. Tellement humains. La toute première fois, j'ai pensé que c'était une douleur physique, une sorte de crise d'épilepsie. Je crois que c'était au beau milieu de la nuit. Mon mari... enfin, mon ex a appelé SOS vétérinaires, mais avant qu'on ait pu les avoir, Jack s'était calmé. Dès lors, j'ai tenté de le calmer chaque fois que ça s'est reproduit, en lui parlant comme je l'aurais fait à une personne qui a eu un horrible cauchemar. Au bout d'un moment, ça a fini par marcher. Mais il lui arrive encore d'avoir des crises. »

De l'autre côté du comptoir, Howell lui adressa un regard scrutateur.

« J'imagine que je n'ai pas trop à me soucier du côté de votre expérience. »

Elle sourit. « J'imagine que non. »

Howell demeura un moment silencieux.

« Vous voulez savoir ce qu'il y a de plus dur dans tout ce bastringue ? avoua-t-il finalement. Pour Cyn et moi, en tout cas. »

Elle secoua de nouveau la tête.

« C'est de laisser partir les chiens, une fois qu'on les a remis sur pied. Mais on trouve que s'occuper de plus de quinze ou vingt à la fois, c'est un maximum pour nous, même s'il nous est arrivé d'en héberger jusqu'à trente en même temps. Chaque lévrier qu'on sauve arrive avec tout un tas de problèmes et nécessite une attention extrême. Certains restent ici des mois, même des années, avant qu'on leur trouve un gîte convenable, et on finit par s'y attacher. Mais on doit toujours garder une certaine distance, presque comme dans une relation médecin-patient, et cela exige une forte personnalité. Si on s'investit par trop sur une bête en particulier, on risque d'avoir le cœur brisé le jour où elle sera placée. »

Julia le regarda.

« Ou alors de finir avec toute la distribution de *Friends* », dit-elle, tout en se disant qu'elle avait réussi à survivre à ses sept années d'investissement désastreux dans un mariage qui avait été liquidé le jour où Craig avait décidé d'en faire à sa tête... alors, les histoires de cœur brisé, merci, elle avait donné.

Le silence retomba. Howell était appuyé au comptoir, l'air songeur. Julia entendit l'aboiement rauque caractéristique d'un lévrier, quelque part, à l'arrière du bâtiment, suivi par celui d'un second chien. Puis le concert explosif de trois au quatre autres congénères.

« L'orage gronde, commenta Howell. Ils sont restés au chenil toute la journée et me font savoir qu'ils ont envie qu'on les sorte. » Il quitta le comptoir. « Vous avez le temps de me filer un coup de main ? »

Julia sourit.

« Volontiers. Même pour le sale boulot. »

Howell lui indiqua la porte.

« Alors, venez. En chemin, on mettra au point votre emploi du temps. »

3

San Jose, Californie
Madrid, Espagne
Gabon, Afrique

Dotés de lunettes protectrices et coiffés de protections acoustiques, les deux hommes se tenaient prêts, genoux fléchis, les mains serrées autour de la crosse de leur arme.

Puis ils entendirent le double bip dans leurs protections électroniques, le signal du départ de leur séance chronométrée.

Ils visèrent chacun dans sa rangée du stand de tir. Désormais, ou en tout cas d'un instant à l'autre, leurs cibles allaient commencer à se déplacer en changeant de vitesse et d'angle au sein du scénario tactique aléatoire généré par ordinateur.

Dans la rangée de Lane, les lumières discrètes décrurent pour simuler la pénombre. C'était l'aube ou le crépuscule, l'heure où rôdent les grands méchants loups.

Nimec vit une silhouette métallique dessinant les contours d'une tête et d'un torse masculins jaillir à distance de tir devant lui, il tourna aussitôt le canon de son Beretta 92 et pressa la détente. La cible exposée pivota latéralement sur son support pneumatique pour éviter la première balle de 9 millimètres.

Puis elle commença à s'abaisser. Mais le second tir de Nimec la toucha sur le flanc avant qu'elle ait pu se dissimuler.

Il n'eut pas le temps de s'autocongratuler. Une autre cible avait émergé du côté gauche de la piste pour charger. Nimec réorienta son tir alors que Metal Man faisait machine arrière et commençait à battre en retraite, couvrant trois mètres en une seconde environ. Un coup de feu, deux, le troisième stoppa net Metal Man.

Rapide, mon salaud, songea Nimec. Il inspira un grand coup, balaya la scène du regard. Une autre cible apparut de derrière le mur : une épaule, une tête. Son flingue cracha, salut Charlie !

Dans la rangée voisine du stand couvert récemment réaménagé, Tom Ricci se trouvait dans des conditions d'éclairage différentes : en pleine lumière, mais diffuse. Cela aurait pu être l'éclairage artificiel d'un immeuble de bureaux, d'un entrepôt. Ou bien...

Non, pas là-bas, il ne voulait pas se retrouver là-bas.

Tenant son FN Cinq-Sept par sa crosse rayée, Ricci attendit, le nez irrité par l'odeur de nitrate de la poudre propulsive. Il avait déjà allumé deux méchants qui avaient jailli dans son collimateur au bout de la travée et il en attendait d'autres, il savait qu'il y en aurait d'autres, il les guettait, les désirait.

Ricci continua d'attendre, concentré, le regard dur, prêt à tuer. Il avait un goût âcre sur le bout de la langue et ça lui plaisait.

Et puis, à une douzaine de mètres, jaillit le méchant numéro trois. Pile au centre, un canon scié dans la main, gonflé, celui-là. OK, OK. Ricci visa, pressé de l'éliminer.

Et soudain, son esprit bascula, reprit malgré lui ce chemin détesté. Peut-être la faute à cet éclairage programmé. Ou peut-être cherchait-il un prétexte. Il pourrait toujours y réfléchir plus tard. *Immeuble de bureaux, entrepôt... ou usine à virus.* Et voilà, il y était. Encore une fois.

Le nord de l'Ontario. L'usine Earthglow. Cette impression de déjà-vu qui revient encore et toujours[1]...

Ils progressent ensemble dans la coursive. Ricci en tête, suivi de Nichols, Rosander et Simmons, trois membres de la force d'intervention rapide de l'Épée, assemblée à sa demande insistante. C'est là leur première mission en tant qu'unité, et c'est un méchant cadeau : ils ont pénétré dans une installation sévèrement gardée, à la recherche d'un remède – ou d'une information pouvant déboucher sur un remède – au virus fabriqué en laboratoire avec lequel Roger Gordian a été délibérément infecté. Autour d'eux, d'austères murs gris, des portes arborant des inscriptions officielles. Ricci ralentit devant chaque panonceau pour le déchiffrer, puis il poursuit sa route au petit trot, jusqu'à celui qu'ils cherchent.

Le corridor tourne sur la droite, file droit sur sept mètres, tourne encore du même côté, puis c'est une nouvelle ligne droite jusqu'à un virage à gauche. Les hommes prennent au pas de course le dernier coude et tombent sur un cul-de-sac avec un ascenseur au bout. Une flèche sous l'unique bouton pointe vers le bas : l'accès à un sous-sol. Sur le mur, près du bouton, une plaque vitrée ; Ricci croit y déceler un détecteur électronique d'empreinte de main, de pupille ou de géométrie faciale. Un sigle trifolié de risque biologique surmonte la porte convexe en inox de la cabine. Au-dessous, on peut lire :

1. Lire *Power Games 4 : Frappe biologique*, Albin Michel, 2002.

LABORATOIRES P-4
ACCÈS RESTREINT
RÉSERVÉ AU PERSONNEL AUTORISÉ

Riccci sent une aiguille glacée lui transpercer le cœur.

Sans être expert médical, il s'est informé lors de la préparation du raid et sait que le niveau P-4 est le niveau de protection le plus élevé pour les personnels travaillant sur des agents pathogènes dangereux. Il lui vient à l'esprit que ce pourrait bien être le lieu de naissance du virus mutant qui est en train de transformer les organes internes de Gordian en bouillie sanguinolente sur son lit d'hôpital à San Jose. Il se rend compte également que le tueur que Rollie Thibodeau (son co-superviseur pour tout ce qui a trait à la sécurité sur le terrain) a surnommé le Chat sauvage doit faire partie des personnels autorisés. Ricci déteste le surnom que lui a donné Rollie, il trouve qu'il ressemble moins à un sobriquet qu'à une marque d'honneur. Mais enfin, Thibodeau et lui sont en désaccord sur quasiment presque tout.

Ricci oublie ces pensées pour le moment, un moment fort désagréable, puis il regarde Rosander et Simmons.

« Il faut qu'on se sépare, dit-il. Quelqu'un pourrait monter par cet ascenseur et nous prendre à revers. Il faut le surveiller pendant que je visite le reste de l'étage. »

Les deux hommes acceptent ses ordres en silence. Puis Rosander lève le pouce en l'air, les yeux rivés sur ceux de Ricci.

« Bonne chance, chef ! »

Il y a de l'orgueil et du respect dans la voix de Rosander. Chef. Même s'il en avait le temps, Ricci sait qu'il ne pourrait jamais lui exprimer à quel point cela le touche. Il n'est pas du genre enclin aux familiarités. Non, il en est bien loin.

Il hoche la tête, donne une tape sur l'épaule de Rosander, son regard se porte sur Nichols qui est jeune, un bleu qui a commis à l'entraînement des erreurs qui auraient pu en faire renvoyer un autre. En fait, le gamin s'était déjà préparé à poser la tête sur le billot. Mais Ricci avait retrouvé dans ses yeux une partie de son propre feu – une flamme simplement plus propre, plus vive, encore sans tache – et il l'avait convaincu de rester dans l'équipe.

« Prêt ?

– Oui, monsieur. »

Ricci hoche de nouveau la tête.

« Viens, juste toi et moi », et ils reprennent en hâte le couloir, laissant les deux autres surveiller leurs arrières.

Même si Ricci ne peut pas encore le savoir, la prochaine fois qu'il les verra, ils seront morts, sur le sol près de l'ascenseur. Simmons, se vidant de son sang par de multiples blessures par balles dans la cage thoracique, Rosander, la trachée écrasée et la cervelle suintant d'une balle tirée à bout portant, visant à l'achever comme une vulgaire pièce de bétail à l'abattoir.

Et ce ne sera pas le pire. Incroyable, oui, incroyable, mais pas encore le pire...

Ricci entendit le bruit sec, électroniquement assourdi, de son arme à travers ses oreillettes – un bruit qui le tira du gouffre sans fond des souvenirs alors qu'il avait encore le doigt sur la détente. Il se raccrocha au présent comme un homme en train de se noyer happe de l'air, alors que le troisième méchant du stand de tir s'affalait, cueilli d'une seule balle. Le Cinq-Sept brandi à hauteur de poitrine, Ricci attendait, prêt à tirer, désireux de rester en phase avec le déroulement de la séquence tactique. Pour maintenir son esprit dans les limites maîtrisables d'ici et maintenant, résister à l'attirance du passé.

Une seconde s'écoula. Ricci inspira, expira. Prêt. Ferme. Une silhouette accroupie apparut du côté droit du parcours, les lumières informatisées s'atténuant dans le même temps pour ajouter une touche de malice et de chaos. Go ! Ricci fit pivoter ses bras tendus, visa par-dessus le cran de mire de son canon, tira. Dézingué, le méchant accroupi.

Ricci maintint sa posture de tir, immobile. Inspira encore un coup. Essayant de ne pas penser mais d'*être*. Ici, maintenant. Dans l'instant, comme disaient les vedettes de cinéma. Puis un cinquième nuisible jaillit dans sa direction, dressé de toute sa hauteur, face à Ricci au milieu du couloir.

Non, non, le couloir du stand de tir.

Ricci jura dans sa barbe. Où et quand s'était-il cru au juste ?

Il avait de nouveau ce goût âcre, amer, dans la bouche, tandis que son arme pivotait pour se mettre en position, que son doigt s'apprêtait à exercer sa pression mortelle... avant de s'arrêter.

Une autre silhouette avait jailli de nulle part juste devant le méchant. Une femme, les yeux peints écarquillés, la bouche, peinte aussi, béant en un cri silencieux, expression caricaturale d'une terreur de bande dessinée. Ricci retint son feu. C'était fichtrement imprévu. Et bien sûr, pourquoi pas ? L'imprévu, c'était tout l'intérêt de l'exercice.

Rudement matois, le putain de logiciel.

Entraînement aux méchants, entraînement aux otages.

Ricci hésita. *Tic-tac, tic-tac.* L'instant décisif. À présent, la pensée devait réintégrer le processus. Et avec la pensée, le retour en avalanche des souvenirs étouffants de l'Ontario, alors qu'il fonçait dans ce dernier passage avec Nichols, pour se jeter dans le nid de frelons, dans sa quête désespérée de ce qu'il lui faudrait pour sauver la vie de Gordian, sans même savoir s'il serait capable de le reconnaître, de localiser l'endroit où il se trouvait. L'équipement intégré à son casque lui avait permis de rester en contact audiovisuel avec Eric Oh, l'épidémiologiste qui le guidait à trois fuseaux horaires de distance, depuis la Californie, et qui, avait-on dit à Ricci, pourrait éventuellement savoir, lui... s'ils avaient beaucoup de chance...

Sur sa droite, derrière un renfoncement protégé par une glace épaisse, Ricci avise une vaste salle emplie d'équipements qui semblent indiquer qu'il brûle. Des cuves, des tuyauteries, des gaines et des hottes, des pompes d'aspiration.

« Doc ? Vous êtes avec moi ? dit-il dans son micro de casque.

– Oui. Vous avez sous les yeux le labo de micro-encapsulation. Ce ne doit pas être loin de l'endroit où ils stockent le vaccin.

– D'accord. À supposer qu'il en existe un. »

Un silence accueille sa remarque.

Ricci contemple le mur de béton massif devant lui avec une certaine appréhension, presse le pas. Le problème est qu'il arrive bientôt au bout du couloir. Trois, quatre portes de bureaux de chaque côté, et c'est tout. Un cul-de-sac. S'il ne trouve pas ici ce qu'il cherche, il est douteux qu'il puisse poursuivre sa traque dans une autre partie de l'usine sans perdre tous ses hommes. Il sentirait presque le poids de leur vie reposer sur ses épaules.

« Ricci, attendez, ralentissez ! » La voix d'Eric est forte,

surexcitée, dans son écouteur. « Là, sur votre gauche, cette porte ! »

Il s'arrête, pivote, déchiffre la pancarte au-dessus :

ACTIVATEURS DE POLYMÉRASE / ANTIVIRAUX

« Tom, écoutez...

– Vous n'avez pas besoin de traduire, coupe Ricci. On entre. »

Il se porte prestement sur le côté gauche de la porte, fait signe à Nichols de se placer du côté opposé, manœuvre le bouton. Verrouillée. Alors il recule d'un pas, lève son arme – c'est une mitraillette compacte dotée d'un système de vélocité variable qu'on peut régler en mode létal ou non –, vise un point sous le bouton de la porte, lâche une brève rafale, puis donne un coup de pied dans le battant. Celui-ci s'ouvre vers l'intérieur sans résistance, le verrou pulvérisé par les balles.

Ils se ruent dans la pièce. Ricci balaie le côté gauche du canon de son arme, Nichols se plaque du côté droit de la porte, aux aguets, technique parfaite.

Le bureau est vide, les lumières éteintes. Ricci trouve l'interrupteur mural et elles s'allument.

Il est à quelques secondes d'une décision qu'il regrettera à jamais d'avoir prise.

La salle de taille modeste et dépourvue d'ouvertures est cloisonnée en quatre boxes centraux isolés acoustiquement entourant des plans de travail et des terminaux informatiques. La double rangée de classeurs multimédias intégrés aux murs fait un mètre quatre-vingts de haut, ils sont dotés de tiroirs coulissants et d'étagères rotatives logées dans des carters en acier : un système à accès rapide, sans portes ni verrous. Ricci n'est pas surpris. Les personnels autorisés dans ce bureau, ainsi que dans toute l'aile du bâtiment doivent de toute façon bénéficier d'une habilitation maximale.

Il s'enfonce dans la salle, se tourne vers Nichols.

« Tu ferais mieux de rester dehors dans le couloir, surveiller mes arrières », dit-il, accompagnant sa remarque d'un geste de deux doigts vers les yeux. « Ouvre l'œil. »

Cela lui semble une requête évidente et parfaitement logique. Il ignore combien de temps il va rester dans cette salle. Il ne sait même pas ce qu'il cherche. Mais ce qu'il sait, c'est qu'il sera vulnérable et distrait tout le temps qu'il va fouiner ici. Surveille mes arrières. Ouvre l'œil. Logique.

Nichols le regarde avec une expression que Ricci note sans pouvoir tout à fait la cerner. Dans les mois à venir, au long d'innombrables nuits de sommeil empoisonné quand il revivra mentalement ces instants, il comprendra que c'est tout simplement de la gratitude – gratitude de Nichols pour cette seconde chance qu'on lui a accordée et pour la confiance qu'on a placée en lui.

Le moment passe. Puis le gamin adresse à Ricci un petit signe de tête strict comme un salut, tourne les talons, et refranchit la porte pour sa rencontre avec le Tueur, et la grêle de balles qui arrachera la vie de son corps...

Ricci revint brutalement à la réalité du stand de tir, ramené cette fois par le bruit de son cœur qui battait à tout rompre. Il s'était encore une fois trouvé pris quelque part entre passé et présent, comme si les deux avaient convergé sur lui en une espèce de superposition vertigineuse – les traits schématiques et caricaturaux de la cible acquérant la précision de ceux du Tueur tel que Ricci l'avait découvert quelques années plus tôt. Il n'avait jamais eu sa chance pour battre ce monstre sauvage dans l'enceinte d'Earthglow, mais une telle occasion s'était présentée longtemps auparavant, quand ils s'étaient affrontés à mains nues dans un autre lieu perdu, combattant sans vainqueur défini sur le cosmodrome russe[1]. Cette fois-là, comme dans l'Ontario, le Tueur lui avait échappé, s'évanouissant dans les montagnes hostiles du Kazakhstan au beau milieu de l'ultime combat sans merci de la mission qui devait être archivée dans les dossiers de l'Épée sous le nom d'*Opération : Ronde furtive*.

Ricci se retrouvait les mains enserrant la crosse de son arme. Le Tueur avait commencé de battre en retraite, reculant à pas lents dans l'allée, se servant de la silhouette de l'otage pour se protéger en la maintenant devant son propre corps. Il faisait une bonne trentaine de centimètres de plus que Bonne Femme hurlante, à l'aise, et Ricci était persuadé de pouvoir le descendre vite fait bien fait, sans même déranger un cheveu de l'otage. Une balle dans la tête, emballé, c'est pesé. Mais il demeurait un risque indéniable pour Bonne Femme hurlante. Imaginons que le Tueur la tienne en respect, le canon de l'arme plaqué au creux du dos. Ou avec un couteau contre la gorge. Ricci savait que sa situation était risquée même s'il visait juste. Un imperceptible tressautement de la main du Tueur, un spasme machinal au moment de mourir, et Bonne Femme hurlante pouvait se retrouver ce que Ricci appelait « une victime civile » quand il portait un insigne de flic. Dans la police, la protection des innocents passait avant la traque du coupable. Quand des pertes intervenaient, c'était en dépit de tous les efforts pour les éviter. Mais en l'occurrence, une perte serait-t-elle involontaire ou secondaire ?

---

1. Lire *Power Games 3, Ronde furtive*, Albin Michel, 2001.

Ricci avait toujours les mains autour de la crosse, la détente lui titillait le doigt. Le doigt recula imperceptiblement, accentuant sa pression...

« Un choix difficile. Une bonne chose que tu n'aies pas à le faire. »

Ricci tourna la tête vers la voix de Nimec. Ce dernier avait quitté son couloir de tir, ôté son casque protecteur, il avait les lunettes autour du cou, et son Beretta était déjà rangé dans l'étui à son côté.

Ricci le regarda mais ne dit rien. Il avait l'air absent.

« T'as donc pas entendu les bips ? » dit Nimec. Il tapotait son oreille désormais découverte. « On a terminé. »

Ricci le fixa en silence quelques instants encore, son Cinq-Sept toujours brandi, les pupilles contractées comme des trous d'épingle noirs dans ses yeux bleu glacier.

Puis il reporta son regard sur le couloir de tir.

Celui-ci était devenu tout noir, silhouettes de la cible et de l'otage immobilisées. Un panneau lumineux sur le mur du fond clignotait en rouge, affichant :

TEMPS DÉPASSÉ
ARRÊT AUTOMATIQUE

Ricci rabaissa son arme et la glissa dans l'étui de cuir.

« Ouais, dit-il. Terminé. »

Le silence s'appesantit sur la salle, aussi envahissant dans l'air que l'odeur des munitions déchargées.

« Tom, il faut qu'on parle, dit Nimec. Sortons d'ici.

– Ici, c'est très bien.

– Il vaudrait peut-être mieux qu'on suive nos petites habitudes du soir. Monter nous asseoir dans ma salle de billard avec chacun une canette de Coca.

– Ici, c'est très bien », répéta Ricci, le ton guère plus expressif que ses traits.

Nimec avait presque l'impression d'être tombé sur un programme téléphonique pré-enregistré et de se retrouver coincé sur l'option de départ. Il étudia les angles acérés du visage de Ricci, haussa les épaules.

« Il y a deux ou trois trucs généraux que j'aimerais aborder. Avec mon départ pour l'Afrique, c'est toi qui seras responsable...

– Et Thibodeau, nota Ricci. Tu peux être sûr qu'il saura me rappeler de descendre le rideau de fer le soir. »

Nimec inspira, expira.

« J'aurais cru mériter mieux que ce genre de commentaire, observa-t-il. T'es resté absent un long moment. Je sais ce qu'il t'en a coûté de partir. Et ta déception d'être revenu sans avoir trouvé notre homme. Mais à présent, il faut mettre ça de côté ; avancer. »

Ricci acquiesça, semblant regarder à travers Nimec un point derrière lui.

« Bien sûr, dit-il de son ton neutre, machinal. T'as autre chose à me dire, à part ça ? »

Nimec se demanda s'il devait insister. Ricci avait beau être revenu de sa chasse à l'alligator trois mois auparavant, on avait toujours l'impression qu'il était ailleurs. Et cette impression d'absence prolongée s'intensifiait encore quand on essayait de s'approcher de lui.

Finalement, Nimec secoua la tête.

« Plus tard, peut-être », dit-il en consultant sa montre. Il était près de vingt heures. « Je vais faire un tour au siège. Il y a tout un tas de trucs à régler avant mon départ, et j'aime autant bosser au calme. Si tu veux rester, t'entraîner encore un peu, pas de problème. Je ne me fais pas de souci, tu fermeras derrière toi. »

Ricci demeura immobile et regarda Nimec tourner les talons pour quitter les lieux.

« Pete... »

Nimec s'arrêta près de la porte, se retourna, le regarda.

Ricci indiqua de la tête son couloir de tir, désormais obscur.

« J'ai une question. Ça concerne strictement la procédure.

– Vas-y.

– Cette affaire d'otage juste avant la fin du chrono, dit Ricci. À ma place, tu l'aurais gérée comment ? »

Nimec réfléchit une seconde, puis il haussa de nouveau les épaules.

« Je prie le ciel de ne jamais avoir à le faire. »

Les petites annonces étaient publiées le premier jeudi de chaque mois dans plusieurs journaux européens. Même si chacune était différente de celle du mois précédent, son contenu était identique le même jour pour tous les pays et toutes les langues. En Italie, le quotidien choisi était *L'Unita.* En Allemagne, c'était *Die Zeit.* Le *London Times* les publiait au Royaume-Uni, *Libération* en France, *El Mundo* en Espagne et *De Standaard* en Belgique. Pour des raisons pratiques, ces mêmes annonces étaient publiées dans les éditions anglaises de journaux hongrois, tchèque et russe : le *Budapest Sun*, le *Prague Post* et le *Moscow Times*, respectivement. De même, le quotidien grec choisi pour les passer était le quotidien de langue allemande *Athener Zeitung*. C'est que l'alphabet grec risquait d'interférer avec la stricte application du code simple intégré aux messages. Et un code sans règles strictes, ce n'était plus un code.

Cela faisait déjà un certain temps que le destinataire de ces messages secrets louait une suite luxueuse dans une résidence XIXe sur la Gran Vía, au centre de Madrid. Hôtel particulier destiné à loger autrefois des parents du roi Alphonse XII, il était désormais converti en hôtel quatre étoiles luxueux et fort discret, baptisé de manière fort appropriée la Casa Real – La Maison royale. Cela le situait dans la partie la plus active de la capitale, et l'occupant des lieux avait un jour caressé l'idée de s'installer dans le quartier tout aussi chic mais plus calme du Barrio de Salamanca, à l'est du centre. L'un et l'autre avaient des résidences à son goût et le prix n'était pas un problème. Son unique souci concernant la Gran Vía avait été le nombre dangereusement élevé d'yeux qui pouvaient se porter sur lui. Au bout du compte, cependant, son instinct s'était moqué des doux visages des *pijos*, ces gosses de riches qui hantaient les bars et les cafés du Barrio, et il avait décidé que mieux valait se cacher en pleine lumière au centre de la cité que d'entendre leurs jérémiades et sentir l'odeur du lait maternel suintant par tous leurs pores.

La Casa Real avait l'avantage supplémentaire d'être plus pratique pour lui. Elle n'était qu'à deux pas de la station de métro de la ligne verte ou de l'église de

San Jose sur la Calle de Alcalá. Passé l'église sur cette même rue, on débouchait sur la Plaza de Cibelles, où la statue de Cybèle, la déesse romaine de la Fertilité – la Rhéa des Grecs – trônait sur son chariot tiré par des lions de pierre sur un îlot de pierre d'où des chérubins nus, aux visages à jamais juvéniles mais jamais innocents, boursouflés comme des faciès de chats mourants, déversaient leurs jarres d'eau dans la fontaine à leurs pieds. Là, passé la base de la vasque, il pouvait tourner à droite pour enfiler le Paseo del Prado puis traverser la pelouse pour se rendre au grand musée où il pourrait admirer *Le Triomphe de la Mort* de Brueghel, dans la galerie du rez-de-chaussée réservée aux peintres flamands, à quelques pas de l'entrée de la Puerta de Goya.

Ces derniers jours, alors que les nuages de pluie de septembre arrivaient pour atténuer la chaleur estivale, il avait été attiré par une autre destination, à l'angle de la Calle del Arenal et de la Calle de los Boradores, dans le vieux quartier au nord-ouest de la Gran Vía – l'église de San Ginés, dont le clocher sonnait la messe dominicale quelques heures à peine après que la discothèque Joy Eslava, installée à son ombre, eut servi ses derniers verres et que les foules du samedi soir eurent déserté la piste de danse surchauffée pour s'égailler, hagardes et titubantes, dans les rues.

Il avait, à l'aide de son appareil numérique, photographié l'église sous tous les angles pour capturer ses épaisses corniches et ses briquetages, les répétitions architecturales qui suggéraient une tendance mauresque bien ancrée, comme pour retenir l'élan vigoureux et dominateur de la flèche.

De retour dans sa suite, il s'était servi des clichés

pour élaborer les plans détaillés d'un modèle réduit en bois de l'édifice.

Sans aucune expérience préalable, Kuhl avait ainsi scrupuleusement réalisé trois modèles de ce genre lors de son hibernation prolongée. La cathédrale Saint-Jean de Lyon, édifice gothique, avait été son premier ; si son but était de se mettre à l'épreuve, il devrait montrer quelque audace pour évoquer une resplendissante citadelle céleste, un trône d'archevêque. La deuxième église qu'il avait reproduite était la basilique de Santa Croce qui abritait les restes de Galilée, le chercheur de réponses accusé d'hérésie, et de Machiavel, le chercheur de pouvoir banni pour complot. Sa toute dernière réalisation était l'église de Saint-Thomas, en Autriche. Le petit édifice sévère lui avait réclamé beaucoup de travail mais il l'avait su à l'avance, ayant maîtrisé la technique bien avant d'entreprendre le projet. Et l'austérité claustrale de l'église lui avait paru exprimer à merveille sa propre situation alors qu'une première année de repli et de clandestinité laissait lentement passage à une autre.

En homme avide d'action, Siegfried Kuhl avait eu besoin de rester en sommeil. C'était une adaptation qui allait à l'encontre de sa nature la plus profonde et, plus d'une fois, il avait songé à refaire surface pour affronter l'agent de l'Épée dont la brûlante soif de revanche avait fait de sa traque une constante menace. Mais Kuhl s'était vu avancer une coquette somme pour disparaître de la circulation, avec en complément un million de dollars annuels déposés sur un compte numéroté en Suisse et répartis en versements mensualisés. Se définissant comme un mercenaire, il se sentait contraint d'honorer ce contrat – et l'imagination exceptionnelle dont faisait preuve son commanditaire tout comme son ingéniosité étaient une motivation tout aussi importante que l'appât financier. Il n'y avait en lui rien de médiocre ou de commun. Son raffinement encadrait une brûlante rébellion contre l'ordre établi que Kuhl avait su reconnaître et trouvait impressionnante. Tant que les paiements dévolus à leur accord non écrit se poursuivaient, il devait rester hors de vue et tenter d'étancher les rêves de combat qui s'infiltraient dans son esprit.

Son travail sur les maquettes d'églises était le bandeau, le garrot qu'il s'était appliqué, un moyen de contrôle qui lui était venu dans un moment de révélation imprévu, et presque incongru, alors qu'il se trouvait à Lyon. Il n'aurait su dire ce qui l'avait déclenché. Dominant la Saône, la cathédrale Saint-Jean était située non loin de son hôtel et Kuhl était passé sur les quais du fleuve bien souvent avant de s'arrêter pour lever les yeux et contempler ses arcs-boutants et ses pinacles, la flèche de son transept transperçant le ciel. Tout d'un coup, Kuhl avait cru comprendre la vision agressive nécessaire pour concevoir et dresser une aussi magnifique structure... pensée aussitôt suivie par ses visions personnelles de la torche, du bûcher et de l'épée dressée. Quelles furies de l'âme humaine avaient eu besoin de dresser une cage aussi élaborée ? Quelle force de volonté pour les contenir avait dû en nourrir la construction ? Et si sa déconstruction était réalisée avec le même acharnement, la même discipline ? De quelle volonté serait-elle la mesure ? De quelle consécration de la ferveur qu'elle contenait ?

Kuhl avait d'emblée décidé de se mettre lui-même à l'épreuve. Peu après, il avait entamé sa maquette de

Saint-Jean dans sa chambre d'hôtel, travaillant devant une fenêtre ensoleillée qui dominait le site où l'un des lieutenants de César avait fondé la ville, déclarant qu'elle accueillerait ses anciens combattants. Et depuis, il n'avait plus cessé son travail.

Ici et maintenant, toutefois, Kuhl n'avait plus de temps pour les ultimes prises de vue de la tour de San Ginés qui lui semblaient indispensables aux détails et à la patine de sa reproduction en modèle réduit. Désormais, il sentait l'attirance du Brueghel. Quittant l'hôtel à six heures du matin sous un automnal soleil madrilène qui s'était levé méprisant et torride, il s'était plutôt rendu dans la Calle de Alcalá, voir l'église San Jose, un édifice de moindre distinction qui ne l'intéressait que par l'emploi du temps quotidien du diocèse qui dictait les horaires d'ouverture d'un kiosque à journaux à quelques pas de ses marches.

À Madrid, même les églises oubliées des dépliants touristiques abritaient des œuvres d'art de valeur et l'entrée était généralement limitée aux heures des offices pour permettre la présence d'un gardien chargé de s'assurer que des voleurs ne s'étaient pas infiltrés parmi les fidèles et les touristes. Il était inhabituel qu'une église ouvre ses portes avant neuf ou dix heures du matin, mais l'église de San Jose était une exception car elle ouvrait à sept heures pour accueillir des légions de voyageurs étrangers, d'hommes d'affaires et de courtiers à la Bourse toute proche, dans ce quartier particulièrement fréquenté.

Le vendeur de journaux devant l'église de San Jose profitait de ces horaires matinaux pour accroître ses ventes. Il recevait les quotidiens du matin bien avant ses collègues du centre-ville et arrivait à son kiosque dès potron-minet pour installer ses étals et les garnir à l'intention des passants tandis que les fidèles convergeaient vers l'église pour l'office.

Kuhl supposait que le marchand de journaux avait dû convaincre ses livreurs de commencer leur tournée par lui en leur graissant la patte, mais peu lui importait en fait. L'essentiel était que cela lui permettait de récupérer son numéro d'*El Mundo*, le premier jeudi du mois, presque au sortir des presses. La petite annonce ne pouvait servir que pendant une heure, pas une seconde de plus. Le moment précis où cette heure commençait faisait partie de l'information transmise par le code, et tout risque de le manquer était éliminé dès lors que Kuhl prenait connaissance du journal dès sa publication.

Kuhl ne pouvait pas compter sur les éditions électroniques d'*El Mundo* et des autres quotidiens qu'il épluchait en quête de l'annonce dans ses diverses résidences sur le continent. Leur heure de mise en ligne pouvait être irrégulière et il arrivait que les sites soient indisponibles. Qui plus est, les éditions électroniques étaient souvent incomplètes. La plupart omettaient les pages de petites annonces, n'en offraient qu'un échantillon ou bien les publiaient en alternance. Pour être sûr de lui, Kuhl devait avoir des sources fiables. Aussi se reposait-il exclusivement sur les éditions papier des quotidiens.

Ce matin, son pas décidé l'avait conduit au kiosque au moment où le marchand était encore en train de couper les larges brides en plastique fermant ses liasses de journaux. Profitant des quelques minutes avant que ceux-ci soient disponibles, il était entré dans l'église et s'était arrêté devant un autel latéral pour allumer un cierge en hommage à une maîtresse dont il gardait un tendre souvenir mais qu'il avait dû, à son grand regret, supprimer pour préserver des secrets qu'elle connaissait trop bien... Il avait abandonné son corps au milieu des superbes collines de Castilla y León, dans la campagne espagnole. Kuhl était convaincu qu'elle aurait apprécié ce geste.

Il repassa le porche pour retourner dans la rue, nota qu'*El Mundo* avait été disposé sur l'étal, en prit un exemplaire, glissa quelques pesetas dans la main du vendeur et reprit le chemin de la Casa Real, au milieu de la foule grandissante qui arpentait la Calle de Alcalá. En attendant le feu au carrefour encombré avec la Calle de Hortaleza, Kuhl ouvrit le journal à la page des petites annonces et parcourut du regard les colonnes des messages personnels. Il s'agissait pour la plupart de demandes de rencontres ou de rendez-vous galants qui partageaient le même vocabulaire aussi banal que désespéré. Certains cherchaient un partenaire durable, d'autres un frisson rapide, un adultère discret. Le tout accompagné de l'indication de l'âge, de l'allure, assorti comme de juste d'évocations d'un souper aux chandelles, de musique et de voyages.

Kuhl trouva l'entrée à lui destinée dans la troisième colonne. Se conformant au format établi, c'était une brève *lettre d'amour**, identifiable grâce au même couple assorti d'expéditeur et de destinataire choisis dans une liste de vingt-quatre qu'il avait mémorisée : douze hommes, douze femmes. En fait, des astuces mnémotechniques étaient à la base du code. La méthode lui procurait le contexte pour les éléments clés, le mettant à l'abri de toute erreur. Kuhl savait ainsi que la première lettre du nom du destinataire correspondait toujours à l'heure à laquelle il aurait, si nécessaire, la possibilité de contacter son commanditaire sur Internet par une connexion de téléconférence sécurisée. La lettre « A » correspondant à une heure, « B » à deux heures, « C » à trois, et ainsi de suite. Pour savoir si l'heure de début du créneau était avant ou après midi, il lui suffisait de se reporter à l'initiale du prénom de l'expéditeur : une voyelle indiquait le matin tandis qu'une consonne désignait l'après-midi.

Là, Kuhl remarqua d'emblée que l'annonce commençait par « Mon Anya chérie » et se terminait par « Ton amant éperdu, Michel-Sébastien. »

Ces éléments de routine ne suscitèrent chez lui aucune impression en dehors d'une rapide relève de l'horaire. La brève fenêtre de contact allait s'ouvrir à une heure de l'après-midi, en temps universel – là aussi, utilisé pour des raisons de cohérence – et se refermerait à deux, une fois l'heure prédéterminée écoulée.

Ce fut un élément dans le corps du message qui fit accélérer son pouls.

Le texte entre les formules de politesse était celui-ci :

> Notre ardeur m'a fait monter par-delà les étoiles et je ne puis supporter la chute à présent que tu es partie. Aurions-nous pu être allés trop haut, trop vite, trop loin ? Nos cœurs ont-ils brûlé avec trop d'ardeur pour que leur flamme dure ? Maintenant que je dois supporter les ténèbres solitaires des cendres de l'amour, je crois qu'il aurait mieux valu, pour nous, prendre notre essor sans elles.

Kuhl fixa la page du journal, les yeux rivés sur cette expression de la quatrième et dernière phrase :

Les cendres de l'amour.

Plusieurs secondes s'écoulèrent. Kuhl continuait à fixer le journal, ces quelques mots, le bruit des voitures et des passants au carrefour était atténué, étouffé par l'afflux du sang à ses oreilles.

Les cendres de l'amour.

Ensemble, ces deux mots formaient une autre association mnémotechnique. Des mots de code qu'il avait espérés mais sans vraiment trop y croire.

Kuhl songea au cierge qu'il avait allumé à l'église, à cette minuscule étincelle dédiée au souvenir et à la passion. Puis il referma le journal et repartit d'un pas pressé vers l'hôtel tandis que le feu passait du rouge au vert.

Ces prochaines heures, il n'allait rien faire d'autre qu'attendre dans sa suite pour établir le contact.

« Cet endroit est délicieusement ringard, observa Megan. Manquerait plus à présent que le Blob vienne nous ingurgiter.

– Le quoi ? dit Nimec.

– Le Blob. Tu sais bien, comme dans cette vieille série B des années 1950. Avec en vedette Steve McQueen et mille tonnes de gélatine.

– Oh, vu. »

Derrière le pare-brise de son roadster Corvette 57 restauré Nimec regardait une enseigne au néon orange exhibant dans la nuit les mots : BIG EDDIE'S SNACK SHACK.

Assise à côté de lui à la place du passager, Megan l'observa.

« La masse gélatineuse était connue pour être humble et gracieuse dans la vraie vie, mais elle avait tendance à jouer les personnages particulièrement visqueux. Je suppose que c'est un trait caractéristique des distributions de rôles à Hollywood.

– Hummm.

– Enfin, remporter un Oscar pour le rôle a dû être une certaine consolation, malgré tout, poursuivit Megan. On dit qu'aucun membre du jury n'avait su s'il fallait le sélectionner pour le meilleur acteur ou la meilleure actrice, alors ils ont créé une catégorie spéciale. Meilleur rôle de chose verdâtre amorphe au sexe indéterminé. »

Nimec continuait de fixer sans rien dire l'entrée du restaurant drive-in lorsqu'une jolie serveuse à queue de cheval, qui semblait d'âge à être en deuxième année de fac, s'approcha de leur voiture en patins en roulettes.

Il poussa un bouton chromé du tableau de bord pour repasser en lanternes et se tourna vers Megan.

« Qu'est-ce que tu veux manger ?

– Je suis partagée entre la friture de crevettes en popcorn et le cornet de lamelles de palourdes frites.

– La fois où on a fait étape dans le Maine, il y a deux ans, tu m'as dit que tu n'aimais pas les palourdes.

– Les palourdes entières, précisa Megan. Bien trop caoutchouteuses. »

Nimec la regarda.

« On n'a qu'à prendre un cornet de chaque et partager.

– Miam-miam. Et n'oublie pas les pommes de terre en robe des champs. Et mon Diet Coke. Puisque c'est toi qui régales, cher homme. »

Bougonnant, il descendit à moitié la vitre. Du rockabilly envahit la Corvette, émis par des haut-parleurs accrochés sous l'auvent du restau – un truc qui ressemblait à du Buddy Holly mais n'en était pas.

« Salut ! » La serveuse se pencha vers lui, munie d'un calepin, d'un crayon et d'un très charmant sourire. « Est-ce que vous allez prendre deux menus ? »

Nimec lui répondit par la négative et donna leur commande, avant de regarder la serveuse filer sur le parking dans le cliquetis décroissant que font les roues de patins quand elles passent sur du pavé.

Il était redevenu silencieux.

« À propos de l'Oscar remporté par le Blob, reprit Megan. Une superstar non humaine à l'identité sexuelle indéfinie, ça a dû faire du foin, à l'époque. C'était en 57 ou 58, soit pas plus de trois ou quatre ans après les auditions de la commission McCarthy, les listes noires... au fait, tu savais que même Lucille Ball avait été soumise à une enquête ? L'*Incroyable Lucy*, t'avoueras ! Dingue. Mais le plus incroyable dans cette histoire, c'est que Desi [1]...

– Meg, tu me saoules. » Nimec la regarda. « Il y a des trucs dont il faut qu'on discute. »

Elle lui adressa un regard faussement surpris.

« Sans blague, fit-elle. Moi, je pensais que tu m'avais tiré de mon appart' à dix plombes du soir pour aller zoner en voiture dans le quartier de la Baie et aller se taper un fast-food. »

Nimec s'était mis à tapoter machinalement le volant.

« Ricci est passé chez moi un peu plus tôt dans la

1. Lucille Ball et son mari Desi Arnal, un couple de fantaisistes à qui l'on doit quantité de comédies dans les années 1950 (*La Roulotte du plaisir...*) et une série télévisée inamovible pendant 30 ans : « L'Incroyable Lucy. » Ils ont créé par ailleurs la firme de production DesiLu.

journée. Je lui ai demandé de venir au stand de tir s'entraîner un peu. Je me disais que ça pourrait le détendre, le distraire, l'amener à se confier. Un peu comme avant, parfois, avant qu'il parte.

– Et ça n'a pas marché. »

Nimec fit signe que non.

« Il a perdu une bonne partie de ses moyens. Peut-être l'essentiel. Il ne veut pas me dire ce qu'il pense, ni ce qu'il ressent. Je peux juste faire des suppositions. Mais bien assez pour me rendre compte qu'il n'est pas bien.

– Et ça te tracasse ?

– Un peu, ouais », admit Nimec. Il bougea les épaules. « J'aurais peut-être réagi autrement s'il ne devait pas partir au Gabon après-demain. Après son retour, j'avais fini par me persuader que la routine l'aiderait à se reprendre. Tu vois, on se remet au turf habituel, ça peut aider à arrondir les angles.

– Et tu n'as constaté aucun changement ?

– Pas d'amélioration, non. »

Megan rumina la réponse.

« Je n'ai pas manqué de remarquer les points que tu mentionnes, admit-elle. Mais je ne suis pas non plus revenue depuis longtemps à San Jo et on ne peut pas dire que je sois vraiment proche de lui. Je ne crois pas qu'il m'aime trop. Parfois même, je doute qu'il me respecte. » Elle marqua un temps. « Je suppose que c'est ma façon de faire des excuses pour t'avoir laissé en plan avec un problème qui aurait en fait exigé notre attention à tous les deux. »

Nimec regarda, par-delà l'entrée d'air sur le capot, la vitrine du restaurant derrière laquelle les cuistots préparaient leurs fritures. L'établissement de Big

Eddie était une petite affaire familiale qui avait ouvert du temps où Eisenhower était président et qui était restée dans la famille sans interruption durant un demi-siècle. Il continuait d'organiser des bals annuels et, pour autant que sache Nimec, si Big Eddie existait bien, c'est lui qui continuait de mener la barque. Même si c'était sans doute à présent Big Eddie Junior ou Big Eddie III.

« T'en fais pas une montagne, dit-il à Megan. T'as dû procéder toi aussi à tes propres ajustements. Je vois bien que le patron te refile un peu plus de responsabilités. Il se met à décrocher peu à peu. D'accord, c'est toujours Gord. Il a l'air en meilleure santé. Mais il n'est plus comme avant la frappe biologique. Et il ne le sera plus, pas vrai ? »

Megan le regarda.

« Non, fit-elle. Il ne le sera plus. »

Nimec regarda quelques secondes encore par le pare-brise avant de se tourner de biais vers elle.

« Alors, tu vois où j'en suis ce soir, reprit-il. À songer aux changements. Ceux qui se produisent, et ceux qui n'arrivent pas. Et d'un côté ou de l'autre, je n'y peux rien. »

Megan acquiesça. La serveuse arriva avec un plateau garni de plats dans des récipients jetables qu'elle accrocha à la vitre à moitié ouverte. Elle plongea la main dans sa poche de tablier et en ressortit des sachets de sauce cocktail, tartare et de ketchup, qu'elle disposa sur le plateau à côté des plats avant de demander à Nimec s'il voulait autre chose à part la note. Il lui dit que non, nota une fois encore son sourire aimable et facile et la gratifia d'un généreux pourboire.

Megan tendit une main par-dessus le levier de vitesses.

« OK, passe-moi ce festin graisseux. »

Calés dans leurs sièges-baquets, ils mangèrent en silence.

« Je vais te dire un truc, reprit Megan au bout d'un moment. Quand t'as voulu donner à Ricci un poste de commandement au sein de l'Épée, j'ai toujours été convaincue qu'il ne marcherait jamais et je me suis dit que tu finirais bien par constater ton erreur. Et à présent, j'ai comme l'impression que c'est à moi de défendre pour toi la justesse de ton choix. Tom s'en est formidablement bien tiré au Kazakhstan, tout comme par la suite dans l'Ontario. Il se donne à fond et il est sans doute vrai qu'il n'en ressort jamais entier. Mais si cela nous coûte, imagine ce que cela doit lui coûter à lui. La difficulté de devoir se montrer à la hauteur de ses propres aspirations. »

Nimec réfléchit une seconde. Il plongea une crevette dans la sauce tartare, la mit dans sa bouche.

« Faudra que tu le surveilles pendant mon absence, dit-il enfin.

– Oui.

– Il y a pas mal de colère et de frustration entre lui et Rollie Thibodeau, et je sens qu'une explosion se prépare. C'est assez évident à tout un tas de petits détails. Comme la façon qu'a chacun de parler de l'autre. Ou leur comportement quand ils se retrouvent tous les deux dans la même pièce. Ça aussi, c'est un truc que t'auras à surveiller.

– Oui. »

Ils continuèrent de manger. Dehors, le simulacre de Buddy Holly avait laissé place en fondu à Elvis

Presley – le seul, le vrai – qui chantait à quel point il ne pouvait s'empêcher de tomber amoureux.

Nimec regarda Megan.

« J'ai aussi une faveur personnelle à te demander, si ça ne te dérange pas.

– Non, pas du tout.

– C'est au sujet d'Annie. »

Megan attendit.

« Avant qu'elle n'arrive, j'avais presque oublié comment ça faisait de se tracasser pour quelque chose ou quelqu'un en dehors d'UpLink, avoua Nimec. J'ai dû y resonger, pourtant. Voir mes responsabilités sous un nouveau jour. Ce qu'elles sont, ce qu'elles devraient être. J'imagine que l'Afrique va être une affaire comme les autres. Mais tu sais ce que c'est... »

Megan acquiesça de nouveau.

« Oui, je sais. Tu ne peux pas te permettre de laisser les choses dériver. »

Nimec marqua une pause, transféra le plateau de ses genoux au-dessus du tableau de bord, s'avança un peu sur son siège.

« Jon a sa mère pour s'occuper de lui, et je sais qu'il s'en tirera toujours, dit-il au bout d'un moment. Avec Annie, c'est différent. Elle est dure. Elle sait se débrouiller, elle a dû compter sur elle seule un bout de temps. Mais je ne veux plus qu'elle y soit obligée. Je ne veux plus qu'elle puisse s'imaginer qu'il y ait un risque qu'elle puisse se retrouver seule. »

Megan acquiesça, pour la troisième fois.

« Annie est mon amie, Pete. Plus encore, elle est des nôtres, à présent. Pas de demi-mesures. Tu sais ce que ça veut dire. »

Il la regarda, bougonna.

« Elle sera en ville d'ici une quinzaine. Elle descend chez moi, avec les enfants. Les siens et les miens. On est censées aller voir un match... et si tu as le temps...

– Volontiers, dit Megan. Je les inviterai à dîner et leur demanderai s'ils veulent rester pour la nuit. Annie se moquait de ma prétendue virtuosité culinaire, alors, ça me donnera l'occasion de lui montrer et de nourrir la famille en même temps.

– Oh-ho, fit Nimec. Double risque.

– T'appelles ça de la reconnaissance ?

– Non, répondit-il. Du réalisme. »

Megan fit une moue exagérée, prit son plateau-repas, le reposa sur ses genoux.

« Va te manger des palourdes, mec. »

Madrid. Une heure de l'après-midi. Sa maquette d'église était sur la table près de la fenêtre. Les rideaux étaient tirés, une pâle lumière filtrait à travers le tulle blanc et jetait une ombre sur l'édifice, encore dépourvue de clocher, sur un mur et l'angle du plafond. Posée sur une loupe-lampe fluorescente articulée fixée au bord de la table, le soubassement du clocher attendait les derniers détails.

À l'autre bout de la pièce, Kuhl était assis devant un portable relié à l'Internet par le câble, les yeux rivés sur l'écran. Il cliqua pour accéder à un site de conférence privée, entra son code de sécurité. Le casque sur la tête, il attendit un moment et se retrouva transféré au niveau suivant d'authentification.

L'invite se mit à clignoter, demandant sa première phrase de code en vocal.

« Sur l'île à l'Érable blanc », dit-il dans le micro du casque.

Un instant s'écoula. Kuhl était assis à l'ombre tronçonnée de son église. Le logiciel client de son ordinateur convertissait les signaux vocaux analogiques en flot de données binaires cryptées avant d'être transmises sur le serveur.

On lui signala d'entrer une deuxième phrase clé :

« Au fond de la jungle brésilienne. »

Kuhl attendit. L'invite signalant d'entrer la troisième et dernière phrase clignota sur l'écran.

« Le professeur Summerlee trouva le Monde perdu. »

Kuhl attendit de nouveau. La procédure en trois phases garantissait une vérification d'une précision exceptionnelle, permettant aux moteurs de programmation biométrique vocale du serveur de mener une analyse comparative analogue à celle d'une empreinte digitale – les mots étant séparés en phonèmes et triphtongues, unités de base du langage humain analysés pour y rechercher les formants puis comparés à des échantillons vocaux stockés dans la base de données.

Une fois son identité confirmée, Kuhl vit l'ordinateur afficher le message ACCÈS AUTORISÉ. Une brève icône animée apparut en superposition : la Chimère des légendes gréco-romaines, vue de profil, sa tête de lion tournée vers lui, mâchoires béantes pour cracher dans un souffle un grand nuage de feu qui tourbillonna et envahit tout l'écran pour le transformer en draperie d'un orange coruscant. L'orange se dispersa promptement en filaments brillants pour ne plus laisser que la monstrueuse tête de lion – désormais statique, excepté les yeux de braise étincelants – qui faisait face à Kuhl.

Puis une voix se fit entendre dans ses écouteurs, électroniquement modifiée pour en altérer les fréquences et rabaisser la tessiture :

« Siegfried, enfin, dit Harlan DeVane. Quel plaisir d'avoir de vos nouvelles. »

Assis dans le bureau jouxtant le salon d'apparat de son yacht, DeVane demeura immobile quand l'écran plasma mural s'obscurcit. Il ôta son casque, prit le clavier sans fil reposant sur ses genoux et le déposa sur la superbe table en marqueterie de noyer à côté de lui.

Un sourire glacial parcourut ses traits. Amusante et bizarre, l'icône que Kuhl s'était choisie pour se représenter correspondait à son tempérament aussi bien que l'animation de DeVane reflétait sa propre personnalité... ou du moins en partie. La chimère était un clin d'œil mais Kuhl n'avait pas ce même penchant pour le folklore. Guerrier barbare hors de son temps, il aurait pu être figuré par un Viking, un Saxon, un Khan mongol.

DeVane se cala contre le dossier de son fauteuil, les coudes posés sur les accotoirs, les doigts croisés sous le menton. Si Kuhl avait été surpris par son avis d'activation quelques instants plus tôt, il n'en avait rien trahi. Mais le véritable objectif de la mission... cela lui avait donné une sacrée secousse. Même le traitement numérique du signal qui dépouillait la voix humaine de toute inflexion ou émotion n'avait pu masquer l'intense satisfaction de Kuhl de recevoir enfin lesdites instructions. Les mots que DeVane avait employés étaient délibérément l'écho des remarques qu'il avait faites dans le bureau de ce brave ministre du Développement de l'économie, Étienne Bégéla : pourquoi changer ce qui marche ?

« Trouvez ce que Roger Gordian a de plus cher et vous aurez identifié sa plus grande vulnérabilité, avait dit DeVane. Frappez-le, et vous l'aurez frappé au cœur.

– Je m'y attelle de ce pas, dans ce cas.

– Oui.

– Direction l'Amérique.

– C'est exact, Siegfried, l'Amérique. Où se trouve en effet le cœur de Roger Gordian. Et où les occasions favorables sont comme des chevaux sauvages prêts à être domptés et chevauchés. »

Kuhl n'avait par la suite posé que quelques questions pratiques.

Bien qu'éloigné, DeVane avait senti son excitation.

Avec lenteur à présent, il laissa ses yeux caresser la rangée de quatre masques africains alignés au mur au-dessus de l'écran à plasma. Il y avait un fétiche de dieu reptilien que les chefs ébriés avaient porté pour louer le meurtre de leurs ennemis tribaux, un casque de chasseur dogon, massif, primitif, destiné à protéger des esprits des proies massacrées, un masque de fantôme ashanté, aux cornes recourbées et aux dents acérées, et enfin le masque de la société secrète des Fang Ngi, dont DeVane – ou plutôt M. Faton – avait cru retrouver les traits sur le visage de Bégéla lors de leur récente rencontre à Port-Gentil.

Gérard Faton. Jack Nemaine. Henry Skoll. L'Arrangeur. *El Tío.* Tous étaient des masques de sa création, disponibles si nécessaires. Même son identité d'Harlan DeVane était une forme de déguisement. Taillée sur mesure, certes. Conçue et développée à partir d'éléments fondamentaux de sa personnalité. Malgré tout, pas moins inventée que les autres, un rôle qu'il avait appris à jouer à la perfection...

Un souvenir vivace lui remonta en mémoire et DeVane ferma les yeux comme pour le contenir, tandis que, décroisant les doigts, il les plaquait légèrement à ses tempes. Il resta ainsi quelques instants assis à lutter contre lui-même. Lutte vaine, cependant. Inutile. Le souvenir pulsait comme animé d'une vie autonome, impossible à supprimer.

DeVane savait qu'il ne pouvait que le laisser se dévider avec l'espoir que ce serait rapide. Il baissa les mains, quitta son siège, traversa le sol moquetté, et tira les rideaux devant un hublot cerclé de laiton.

La lumière du soleil le baigna. Il ouvrit le hublot et regarda dehors sans rien voir. L'air marin pénétra dans le bureau mais ses narines ne détectaient que le lourd brouillard de pollution urbaine tandis qu'images et sensations affluaient.

D'abord, le bâtiment.

Cela commençait toujours avec le bâtiment.

Alors qu'il en approchait, il lui avait semblé se dresser jusqu'à l'infini devant lui.

Nerveux, il avait traversé le hall jusqu'au comptoir de sécurité et donné son nom à un vigile en uniforme qui avait consulté une liste des visiteurs, l'avait autorisé à entrer puis lui avait indiqué l'un des ascenseurs.

Il avait eu un haut-le-cœur quand la cabine l'avait expédié jusqu'à l'étage d'une suite de bureaux remplis d'employés. Tous fonçaient, affairés, entre deux portes, même s'il avait décelé leurs brefs regards jetés à la dérobée. Un peu comme s'ils étaient les habitants d'une forêt luxuriante, abritée, et qu'ils ne savaient trop quelle attitude adopter face à la créature errante, anxieuse, qui venait d'atterrir chez eux, débarquée des landes extérieures.

Il s'était arrêté devant la réceptionniste, avait à nouveau donné son nom et elle avait quitté son siège pour lui indiquer le bureau de l'homme dont il avait appris qu'il était son père.

La table au long plateau de verre était imposante. Il y en avait une autre, plus petite, dans un angle, un vase avec des fleurs coupées, un pot à café, quelques fauteuils d'aspect confortable. Des étagères couvertes de bouquins, dont bon nombre reliés en cuir, sur un mur près des sièges. Il avait supposé qu'il devait s'agir d'une sorte d'espace d'accueil décontracté, réservé à une conversation détendue.

Lorsqu'il pénétra dans le bureau, celui-ci était inoccupé et il n'y régnait nulle odeur de café.

Au bout de plusieurs minutes, son père était entré et l'avait toisé depuis le bout de la longue table de verre. Lui, le fils, attendait près d'une fenêtre dominant le panorama des plus hautes tours de bureaux de la ville. Aucune n'approchait celle-ci en hauteur.

Ayant reçu l'ordre de s'asseoir au bas bout de la longue table de verre, le fils regarda le père qu'il n'avait jamais encore rencontré avant cet instant, l'étranger au visage si proche du sien, s'installer à l'extrémité opposée. C'était un homme de haute taille, à la posture très rigide. On les aurait dit à des lieues l'un de l'autre. Le père, vêtu d'un costume de coupe parfaite en étoffe fine et légère. Le fils espérant que la manche de son blouson de sport ne remonterait pas pour révéler le revers élimé de la manchette droite de sa chemise. Il avait économisé pour s'acheter le blouson en vue de cette rencontre. La vieille chemise était la plus présentable qu'il avait. Il ne lui restait plus assez d'argent pour la remplacer après l'achat du blouson.

Le père observa le fils depuis l'autre bout de la table et lui demanda pourquoi il était venu le voir. Sa voix était calme et dépourvue d'inflexions. Son costume exquis était pareil à une armure molle mais imperméable. Il semblait bel et bien à mille lieues de là.

Assis près de la fenêtre, le fils lui répondit et se demanda si sa voix allait le trahir, n'allait pas plus atteindre le fauteuil de son père que la cime des gratte-ciel en contrebas. Pourtant, sa requête semblait juste, et même modeste. Le fils était au courant de l'accumulation de la fortune familiale, mais n'en évaluait alors pas encore pleinement la signification, et aurait pris ses reliquats mal placés pour les plus rares et les plus précieux des joyaux. Le fils savait l'existence d'enfants légitimes et respectés mais il ne se considérait alors pas encore leur égal, encore moins leur supérieur, et de loin.

Non, ce qu'il cherchait, fondamentalement, c'était à être reconnu.

Le père le toisa un moment sans broncher. Puis il dit :

« Écoute-moi une bonne fois pour toutes, parce qu'il n'y en aura pas d'autre. Tu n'as nulle place ici, nulle aide, rien à gagner. Ta mère est une friandise oubliée dans un grand sac de bonbons. N'importe quel homme peut se servir et la prendre et j'ai pu avoir eu une faiblesse. Si l'on m'a passé le sac ou qu'il était à portée de main, pourquoi pas ? Je ne peux pas dire. Un bonbon croquant, c'est toujours tentant. Sucré, mais sans intérêt. Voué à une consommation immédiate puis à l'oubli. »

Le père s'était alors tu, immobile. Le regard neutre, évasif, sans même une place pour le mépris.

Le fils avait haï ces yeux tant ils lui rappelaient les siens.

« Je m'en vais toutefois te donner un conseil, entre nous, avait repris le père. Vis ta vie, fais-en ce que tu veux. Mais connais tes limites. Ne regarde pas plus loin que le bord du sac. N'escompte pas porter mon nom. Et n'ose jamais, au grand jamais, revenir ici. J'ai dit que c'était ta seule et unique chance, et je ne te mens pas. Si tu essaies de me revoir, de me contacter d'une manière ou d'une autre, ce sera aussi vain que de pisser contre le vent. »

Le père avait laissé quelques secondes s'écouler, comme pour s'assurer que l'avertissement avait été reçu et digéré. Puis, il l'avait congédié, la main tendue vers la porte jusqu'à ce que le fils ait quitté son siège et lui ait tourné le dos.

Tandis que le souvenir achevait de dévider son cours glacial dans sa mémoire, DeVane s'attarda devant le hublot ouvert de *La Chimère*, quelques instants encore, comme il s'était attardé avant de quitter la table de son père, tant d'années auparavant.

Il se rendit compte que sa main blafarde était ouverte devant lui ; baissant les yeux, il la contempla avec une colère rentrée et l'abaissa. Puis il ferma et reverrouilla le hublot, referma les rideaux d'un geste sec du poignet, chassant à la fois de la pièce la brise et le soleil.

Des traces de son souvenir s'attardèrent encore avec lui dans les airs.

DeVane avait écouté avec soin les paroles de son père, les avait laissé s'enfoncer et mener leur lent travail de sape. Il s'en était souvenu, comme de conseils, et, en ce sens, il s'était montré un fils obéissant.

Mais il avait attendu le bon moment et il était revenu.

Et quand il l'avait fait, le vent, le sacré vent du large avait soufflé inexorablement en sa faveur, gonflant ses voiles de bout en bout.

4

Gabon, Californie

Tout en se dirigeant vers le hall de l'hôtel Rio de Gabao, se préparant sans entrain au dîner officiel organisé par ses hôtes gabonais cultivés, Pete Nimec pressa à deux reprises un bouton multifonction sur sa montre-bracelet pour vérifier son Annie-mètre qui n'était pas le nom censé porter la fonction intégrée. D'après la notice qu'il avait tout juste effleurée, ladite fonction était censée s'appeler « pense-bête », « rappel de rendez-vous » ou « alarme compte à rebours »... ou une autre terminologie dans le même registre, mais qu'il avait renoncé à mémoriser.

Il y avait, songea-t-il, bien trop de noms et marques déposés, de raccourcis jargonnants pour tous ces innombrables gadgets dont on était abreuvé de nos jours. Ou peut-être simplement semblaient-ils soudain devenir trop nombreux quand on abordait les eaux de la quarantaine, et qu'on était assez âgé pour se souvenir d'un temps où le poste à transistors de poche était considéré comme la huitième merveille du monde, et où la télé portable noir et blanc devenait un appareil abordable qui finirait par rendre obsolète l'imposant récepteur du salon.

N'empêche, ce petit jeu des dénominations semblait trop compliqué pour Nimec. Même sa montre à affichage numérique n'était pas une montre ou exclusivement une montre si on tenait à couper les cheveux en quatre. C'était plutôt un micro-ordinateur de poignet, *WristLink*, terminal à écran couleur LCD haute résolution et port de transfert de données infrarouge distribué, tenez-vous bien, par son propre employeur, et équipé aussi bien d'une caméra numérique à zoom 5x intégré avec assez de mémoire interne pour stocker 150 clichés, que d'un positionneur GPS, d'un système de messagerie électronique par satellite, d'un calepin électronique, d'un carnet d'adresses, de jeux vidéo intégrés et – preuve que l'objet pouvait être utilisé comme montre par des Cro-Magnon dans son genre – doté de l'affichage programmable de l'heure pour tous les fuseaux horaires de la planète, avec un module récepteur pour synchroniser celle-ci avec l'horloge atomique du NIST, le National Institute of Standards and Technology, sis à Boulder ou Denver – il n'arrivait jamais à se rappeler laquelle des deux villes du Colorado – lui donnant la précision à la microseconde d'une agence fédérale officielle du gouvernement. En plus d'arborer tous ces gadgets, la montre, ou terminal de poignet, était certifiée étanche à cinquante mètres et, surtout, lui avait été fournie gratis, sous la forme d'un de ces luxueux petits cadeaux d'entreprise destinés à récompenser le chef de la sécurité de Roger Gordian.

Pourtant, pour lui, la fonction la plus sublime de ce gadget restait son Annie-mètre.

Comme il l'appelait.

Nimec l'avait réglé peu après avoir quitté Houston

pour San Jose au début de la semaine. Pour être plus précis, il l'avait mis en route quinze minutes après qu'Annie l'eut déposé à l'aéroport, où elle lui avait fait ses adieux avec un baiser doux, profond, intensément lascif par la porte ouverte de sa voiture alors qu'il se penchait au bord du trottoir... un baiser dont le goût lui était resté tout le temps qu'il lui avait fallu pour s'arracher d'elle à regret, s'extraire, lui et son fourre-tout, de la voiture, se retourner et franchir l'entrée du terminal, obtenir sa carte d'embarquement de l'hôtesse au comptoir d'enregistrement et enfin s'installer dans la salle d'embarquement pour faire joujou avec les contrôles presse-boutons des divers menus de la montre.

L'Annie-mètre, donc, le bien nommé, ressemblait, pour l'utilisateur lambda, à un banal calendrier électronique. L'usage exclusif que vous en faisiez, lorsque vous vous appeliez Pete Nimec, était d'abord de faire défiler celui-ci jusqu'à la case correspondant à la date où vous aviez quitté Annie (chaque fois que vous quittiez Annie), et d'enregistrer l'heure exacte, officielle, du NIST où s'étaient déroulés vos adieux généralement romantiques. Puis, vous ouvriez l'écran qui vous permettait de spécifier la date escomptée de la fin de cette période d'esseulement, et vous entriez ladite information, non sans introduire un petit rappel à côté de l'option ALARME – laquelle, grâce à un partagiciel téléchargé sur Internet par le fils d'Annie, remplaçait les bips et mélodies préprogrammés dans le terminal de poignet WristLink par une version électronique du « My Girl » des Temptations, le jour où vous étiez censé revoir Annie. La phase suivante, à supposer toujours que vous étiez Pete Nimec, étant d'ouvrir une nouvelle boîte de dialogue pour cocher l'option COMPTE À REBOURS vous permettant de surveiller, d'un simple coup d'œil, le nombre estampillé NIST de jours, heures, minutes et secondes qui vous restaient avant de pouvoir entendre la mélodie bénie. Finalement, après vous être assuré que les dates – d'adieu à et de retour vers Annie – étaient bien soulignées en rose sur le calendrier, une série de presse-boutons vous ramenait à l'affichage normal de la montre, et l'affaire était réglée.

Nimec avait consulté l'Annie-mètre dans la cabine d'ascenseur pendant qu'il descendait de sa suite au dernier étage réservé à UpLink, et noté qu'il était encore à vingt-trois jours, une heure et une poignée de minutes de la réunion avec son petit poussin en sucre. À l'issue de l'incontournable dîner de réception, peut-être même un poil plus tôt s'il ne traînait pas trop, le nombre de jours serait donc réduit à vingt-deux et des poussières. C'était, reconnaissait-il volontiers, couper un brin les cheveux en quatre. Mais comme le lui avait conseillé Tom Ricci, au temps où Nimec était encore sûr que le bonhomme avait la tête sur les épaules, on devait compter ses gains sou à sou.

Il entra dans le hall de réception, se joignant aux vingt-cinq et quelque autres invités qui l'avaient précédé. À une exception près, c'étaient des hommes en costume, dont la moitié étaient des cadres d'UpLink ou des consultants techniques de haut niveau intéressés par ce marché du réseau en fibres. L'unique femme présente était Tara Cullen, la responsable des opérations du réseau pour ce projet... une blonde mince et affriolante comme le démontrait à l'envi la grappe serrée de délégués africains qui l'entouraient.

Nimec vit trois ou quatre membres parmi les vingt de son unité de sécurité dispersés parmi les convives – ils portaient tous un insigne au revers de leur veston : un triangle émaillé exhibant une épée de chevalerie entourée de cercles concentriques symbolisant des faisceaux satellite.

Tous les membres d'UpLink avaient l'air aussi décalés que lui. Il avait voulu la présence à la réunion de représentants de son contingent de l'Épée par mesure de courtoisie, mais puisqu'ils ne faisaient pas partie de la délégation de travail, il n'avait pas vu la raison de mobiliser tout le groupe. Il avait donc juste demandé à une poignée de volontaires, laissant bien volontiers les autres échapper aux festivités après leur déplacement long et éprouvant depuis la Californie. Dès le lendemain, la tâche de son groupe allait être de procéder à l'inspection des nouvelles installations d'UpLink à terre et en mer, et d'établir les bases de la politique, des méthodes et des équipements adoptés sur site par le groupe. Alors, autant qu'ils se détendent tant qu'ils en avaient la possibilité.

En dehors d'une armada de serveurs en smoking noir et gants blancs sillonnant la salle avec leurs plateaux de hors-d'œuvres et de cocktails, le reste des personnes que Nimec repéra dès l'entrée appartenaient au comité d'accueil gabonais : hommes politiques et hauts fonctionnaires menés par Étienne Bégéla, dont sa fiche contact indiquait qu'il était le responsable officiel de l'agence de régulation des télécoms à Port-Gentil.

Bégéla, qui venait d'aviser Nimec, quitta en s'excusant le groupe de cadres d'UpLink avec qui il était en conversation pour s'approcher, le bras tendu.

Nimec s'avança pour le saluer. L'atrium était encore baigné de soleil même s'il était presque sept heures du soir. Il se reflétait sur les plateaux d'argent et les services de table, traversait la verrière du toit pour se répandre sur les plantes en fleurs que Nimec eût été bien en peine de reconnaître et qui semblaient presque trop bizarrement exubérantes pour être authentiques.

« Monsieur Nimec, hello, quel plaisir... » Bégéla lui serra vigoureusement la main, le gratifia d'un énorme sourire aux dents blanches et se présenta dans un anglais à l'accent français. Nimec se demanda fugitivement comment le ministre l'avait identifié d'emblée, puis devina qu'un des fonctionnaires avait dû signaler sa présence. Ça, ou bien Bégéla s'y entendait pour récapituler ses fiches. « J'espère que vous vous trouvez bien logé après cet interminable voyage et je tiens à vous signaler que j'ai veillé personnellement à la sélection des personnels hôteliers qui veilleront au confort de votre délégation tout au long de votre séjour.

– Je vous en suis reconnaissant, répondit Nimec. Tout est parfait. »

Et il est vrai que l'hôtel était très bien – élégant, en fait. Même si une simple case et une natte en paille lui auraient suffi après son dernier marathon de globe-trotter. Celui-ci dépassait de loin le trajet SanJo-Malaisie sur l'échelle de l'épuisement cumulé, et semblait rivaliser avec le parcours SanJo-Antarctique. Combien d'heures avait-il pris ? Un coup d'œil à sa supermontre lui aurait bien sûr donné la réponse à la minute exacte, officielle et NIST-atomique près, mais Nimec eut le bon sens de se douter qu'avec la réponse à cette question, il se sentirait encore plus lessivé qu'il ne l'était déjà. Il y avait eu d'abord le charter d'United Airlines au départ de l'aéroport de San Jose – enfin, pour être précis encore une fois, l'aéroport international Norman Y. Mineta, puisque c'est ainsi que le conseil municipal l'avait rebaptisé deux ans plus tôt en l'honneur de l'ancien maire – à six heures trente du matin la veille. Le vol avait amené son groupe jusqu'à sa correspondance, à l'aéroport O'Hare de Chicago, avec le vol international UA pour Paris-Charles-de-Gaulle, après une escale de cinq heures. Arrivés dans la Ville lumière aux alentours de sept heures du matin le lendemain après une journée entière de voyage, ils avaient à peine eu le temps de s'enfiler un café au MacDo et de passer par les toilettes du terminal – le point d'orgue de ce petit interlude, pas plus glorieux que les visites aux autres W.C. de la planète – avant de s'engouffrer à bord d'un A340 d'Air France pour passer sept heures encore dans l'azur avant enfin de se poser sur l'aéroport Léon M'Ba de Libreville vers dix-sept heures. De là, ils s'étaient traînés dans un Fokker 28 d'Air Gabon qui attendait pour les conduire à Port-Gentil, où ils s'étaient précipités dans leurs chambres respectives pour, chacun traînant sa lassitude personnelle, se préparer au banquet du soir.

« Dès que vous serez reposé, nous devrons vous familiariser avec notre ville, était en train de lui dire Étienne Bégéla. Vous la trouverez délicieusement captivante, j'en suis sûr. Je vous montrerai demain nos bâtiments officiels, et je pourrai vous recommander des endroits où faire vos emplettes, dîner et même quelques sites touristiques à visiter si le cœur vous en dit. Et je mettrai à la disposition de votre groupe des personnes prêtes à leur porter assistance si nécessaire. »

Nimec adressa au ministre un signe de tête approbateur.

« Je regarde tout ça dès que j'aurai rechargé mes batteries, lui dit-il. Nous essaierons de ne pas trop vous déranger. »

Deux garçons arrivèrent sur ces entrefaites, entourant Nimec de leurs plateaux où s'étageaient en équilibre des amuse-gueules. Le premier avait un choix de pâtés, de fines tranches de saucisses, de truffe et de saumon poché rafraîchi. L'autre avait un truc chaud, genre escargots farcis de champignons sautés. Nimec s'avoua un peu déçu. Certes, l'offre était alléchante. Et il avait fait son boulot en étudiant la longue tradition de cuisine française régnant ici. Le Gabon avait été visité par des navires commerciaux venus de Marseille et de Nice bien avant Christophe Colomb et le pays avait été colonisé dès le milieu du XIXe siècle. Pourtant, nulle part on ne pouvait trouver de plats français. C'était de la cuisine chic internationale, et toute cette affaire avait décidément un côté éminemment chicos. Mais voilà, Nimec n'était pas trop porté là-dessus, et il aurait sans doute préféré des mets plus régionaux. Quand vous vous tapez quelques millions de kilomètres en avion pour rallier l'Afrique, vous avez plutôt envie de bouffe africaine.

Nimec goûta le pâté et le trouva d'une fadeur décente. Mais il décida de prendre au mot l'offre de Bégéla de lui indiquer quelques lieux intéressants pour se restaurer.

Il nota le passage de Tara Cullen en compagnie

d'un des autres délégués gabonais et lui fit signe pour attirer son attention, estimant que ce serait la chance idéale pour la présenter... ainsi que le prétexte opportun pour s'évader et aller s'asseoir un moment. Et peut-être en profiter pour voir si l'un des pingouins servait du café. Il se sentait à la fois migraineux et dépenaillé.

« Tara, dit-il, j'aimerais vous présenter...

– Mme Cullen et moi avons fait connaissance. »

Bégéla lui servit son vaste sourire irrésistible, puis se tourna, radieux, vers Tara et lui saisit le coude. « À vrai dire, présentement, je me sens professionnellement obligé, et personnellement ravi, de profiter de cette occasion pour continuer. » Et d'un signe de tête, il indiqua le grand Noir qui accompagnait la jeune femme. « Macie Nzé, je vous présente M. Pete Nimec. Monsieur Nimec, Macie Nzé... mon ami et collègue au ministère des Télécommunications. Il pourra vous parler de notre récent voyage dans la capitale pour y défendre le programme d'UpLink. » Le sourire était devenu encore plus impérieux. « Et nous en reparlerons nous-mêmes un peu plus tard, Macie, n'est-ce pas ? » ajouta-t-il sans en dire plus.

Nzé acquiesça d'un signe de tête. Nimec eut l'impression qu'il avait l'air quelque peu désarçonné – ou surpris, en tout cas –, s'interrogea une seconde et se dit qu'il devait tout bonnement apprécier modérément de se voir piquer sa blonde compagne par un collègue.

Alors que Bégéla conduisait Tara au bar, Nimec décida lui aussi d'oublier sa petite tasse de café.

« Eh bien, dit-il en se tournant vers Nzé pour une

vigoureuse poignée de main. Parlez-moi de ce fameux voyage... »

Ce que fit l'intéressé, sans grand plaisir – un sentiment partagé.

Le vieux pèse-personne Detecto avait à l'origine appartenu à un médecin de campagne louisianais qui l'avait fait livrer à la marraine de Roland Thibodeau – femme soucieuse de sa ligne – à titre de *lagniappe*[1], un petit cadeau pour faire bonne mesure, quand elle avait lui acheté quelques meubles superbes lors de la vente pour son déménagement... c'est du moins ce qu'il croyait lui avoir entendu raconter. Il avait de vagues souvenirs de cette chère Nanaine Adèle Rigaud recevant quantité de charmants petits cadeaux du docteur avant qu'il ne quitte le bayou avec son épouse pour aller tout soudain s'installer à La Nouvelle-Orléans. Ces cadeaux eux aussi avaient pu être des *lagniappes*. Mais Thibodeau était encore tout jeune à l'époque, et peu au fait des manières des grands.

Ce dont il se souvenait clairement, en tout cas, c'était que Nanaine avait toujours conservé le pèse-personne contre le mur de sa chambre dans la modeste maison coloniale où elle l'avait élevé dès l'âge de dix ans, après qu'il eut perdu ses deux parents entre juin et octobre 1955 – son père, à la suite d'un accident déconcertant, puis sa mère d'une manière encore plus inexplicable. *D'vaient vraiment avoir la providence contre eux*, était une phrase qu'il avait souvent

1. De « pour la nappe », terme de français cajun, d'abord utilisé à table, et signifiant « petit quelque chose en plus ».

entendue murmurer parmi ses camarades d'école et leur famille... la première fois, de la bouche d'un parent éloigné, dans le sillage de Cecilia Thibodeau. À ce moment, et plus tard, il avait eu du mal à ne pas partager cet avis. Si passer d'orphelin de père à orphelin tout court en l'espace d'une seule horrible saison n'était pas la preuve manifeste de cette drôle de providence, – se retrouver versé dans une pétaudière noire, auraient dit ses petits gars de la 101e aéroportée – alors, qu'est-ce qu'il fallait demander de plus au ciel ?

Le pied et le lourd plateau métalliques du pèse-personne étaient couleur lilas, Nanaine Adèle ayant dissimulé son blanc médical originel sous un coloris seyant à ses goûts excentriques et colorés – une couche de peinture qui était aujourd'hui passée, craquelée et piquetée de rouille du haut en bas. Thibodeau avait bien songé une ou deux fois à la décaper, pour remettre l'instrument dans son état initial. Une balance lilas dans son bureau n'était pas vraiment du genre à évoquer la virilité d'un Cajun au sang chaud, et il se sentait parfois idiot lorsqu'il s'imaginait juché dessus. Lilas, c'était une couleur délicate. Comme Nanaine Adèle avait été un délicat petit bout de femme. Mais cela avait toujours été sa couleur préférée, sa fleur préférée, son parfum printanier préféré. Elle portait même des bonnets de coton tricotés main et teints de même pour se rendre à la messe le dimanche matin.

Thibodeau avait donc laissé le pèse-personne en l'état. Et si cela devait jeter un doute sur sa virilité, eh bien, il ne devait d'explications à quiconque et il était sûr de n'en laisser aucune à l'esprit des dames, qu'elles soient vulnérables ou intrigantes. Tout au contraire, une autre expression française qui circulait autour de Thibodeau dans la ville de Caillou Bay où il avait grandi était qu'il avait un *cœur d'artichaut**... prêt à fondre pour toutes les jolies filles des alentours.

Thibodeau n'avait pas non plus discuté cette réputation. Elles n'avaient pas été rares, les brunes chéries au regard sensuel à accepter de se livrer aux *fais do-dos*, ces danses villageoises, qui duraient du couchant à l'aube, dont le principal mouvement se déroulait dans le noir, par-delà la clôture de la cour derrière la grange, où l'orchestre jouait à tue-tête.

Les liens sentimentaux de Rollie Thibodeau étaient rares mais forts et il n'avait emporté qu'une poignée de souvenirs du pays. Quelques photos de famille en noir et blanc, passées par l'usure du temps. Des fleurs en papier que sa mère avait portées sur sa robe de mariée, aux couleurs passées elles aussi. Un carton de matériel de pêche aux coquillages venu de son père, quand ce dernier parcourait les marais à bord de sa pirogue de quatre mètres : de grandes perches en bois pour les huîtres, des filets, des lignes, une balancine à crabes, le seau dans lequel il ramenait ses prises quotidiennes, l'un des pièges qu'il posait sur la rive bourbeuse en cours de route pour attraper les rats musqués – les « rats de marais », comme il les appelait par dérision, même si les peaux atteignaient un bon prix au marché. Il y avait également un assortiment d'autres souvenirs dans des cartons. Et, bien sûr, le fameux pèse-personne Detecto. Durant son service dans la patrouille de reconnaissance à longue portée, chez les Viêts, Thibodeau avait loué un emplacement dans un garde-meubles de Baton Rouge, où il avait stocké le tout en attendant son retour aux États-Unis.

Quand la guerre fut achevée – et quand elle l'eut achevé, aussi – Thibodeau bourlingua pas mal, dans le pays comme à l'étranger. Durant près de deux décennies, il avait tiré profit de son passé de membre d'une unité d'élite en donnant des cours d'autodéfense et d'emploi des armes à feu, se chargeant parfois de missions de sécurité personnelle pour des clients qui allaient des cadres supérieurs aux stars d'Hollywood, en passant par des têtes couronnées d'Europe ou du golfe Persique. Dans l'intervalle, son fourbi personnel prenait la poussière dans tel ou tel entrepôt. Depuis 1995 environ – l'époque où Megan Breen l'avait attiré pour l'intégrer à la force de sécurité naissante d'UpLink International sur une simple remarque : quand on avait l'occasion de faire de sa vie quelque chose de constructif, pourquoi la gâcher en perdant son temps à surveiller les couches de jeunes princes et princesses trop gâtés ? –, toutes ses affaires personnelles étaient restées entassées dans un local en béton bon marché de la taille approximative d'une grande penderie, au fin fond d'un parking lugubre et désert à une quinzaine de kilomètres de Los Angeles.

Toutes, à l'exception de la balance lilas écaillé et rouillée de Nanaine Adèle.

Avant même UpLink, cette balance l'avait suivi où qu'il aille. Il ne savait trop pourquoi. À ses yeux, les rétroviseurs étaient censés aider les gens à se guider dans leur progression sur la grande autoroute de la vie, pas à inspecter leurs cheveux dégarnis et leurs cravates ringardes sur les aires de repos. Il n'était pas retourné en Louisiane depuis qu'un cancer du sein avait emporté Nanaine Adèle en 1989 et il n'allait pas perdre une minute à regretter l'Acadie. Les reliques du passé que Thibodeau gardait auprès de lui étaient les reliques utiles, sans doute la raison essentielle qui avait fait du pèse-personne une inséparable compagne de voyage. C'était un symbole plus qu'autre chose. Le rappel que les seuls souvenirs dignes d'être gardés étaient ceux qui rendaient la traversée du présent, et peut-être de l'avenir, un peu plus facile.

Par ailleurs, le satané bidule était tout simplement parfaitement fiable.

Même s'il n'avait jamais été soucieux de son poids, Thibodeau l'avait surveillé à l'occasion, et il avait toujours réussi à demeurer en bonne forme malgré le plaisir infini qu'il prenait à boire de la bière et manger copieusement. Avec son mètre quatre-vingt-dix et une carrure athlétique au squelette massif, il avait conservé le même poids presque toute sa vie d'adulte, 105 kilos de muscles entretenus par un exercice régulier et assidu.

Tout cela avait changé environ deux ans plus tôt, quand il s'était fait cueillir par une rafale de mitraillette alors qu'il défendait contre une attaque terroriste une installation d'UpLink au Brésil[1]... une balle lui avait transpercé l'estomac, obliqué à gauche dans le gros intestin puis éclaté la rate, la transformant en bouillie avant de finir par buter contre le fond de la cage thoracique. Il avait en outre souffert d'une hémorragie massive et d'un pneumothorax partiel, pour faire bonne mesure et empêcher les urgentistes qui l'avaient reçu de se montrer par trop blasés...

1. Lire *Power Games 2 : Ruthless.com*, Albin Michel, 2000.

Pendant plusieurs mois après sa blessure, la faiblesse de sa condition physique lui avait interdit tout exercice fatigant. L'entraînement de résistance était hors de question – en fait, il avait eu des jours où le simple fait de s'asseoir dans le lit ou se lever de sa chaise était une torture. Et quand enfin Thibodeau avait été de nouveau en état de rejoindre la salle de gym, il avait bien dû reconnaître que son corps ne retrouverait sans doute jamais sa vigueur perdue. Il y avait recevoir une balle et recevoir une balle dans le bide. Et bien souvent, les blessures par balles à l'abdomen vous laissaient amoché pour de bon... encore un sale coup de la providence.

Durant sa convalescence, Thibodeau avait été conduit à accepter ce qui était censé être une importante promotion chez UpLink et il avait reçu une substantielle augmentation correspondant à ce surcroît de responsabilités. Il aurait dû sans doute se montrer reconnaissant. Sans doute avait-il tort de s'indigner en privé de ce légitime progrès dans sa carrière. Malgré tout, Rollie Thibodeau n'était pas dupe et il avait compris d'emblée que ses défaillances physiques avaient été prises en compte dans cette offre. Dans quelle mesure, il l'ignorait. Et peut-être ne cherchait-il pas à savoir. Pour quoi faire ? Il s'était laissé convaincre que c'était en partie parce que Megan Breen et Pete Nimec avaient voulu le détacher d'un service actif où il ne serait plus efficace à cent pour cent... et rien n'aurait pu l'en dissuader.

Plus précisément, il allait devenir le superviseur administratif d'un tout nouveau service à deux postes, baptisé *Supervision générale de terrain, Opérations de sécurité.*

Ils pouvaient l'empêcher d'aller sur le terrain, mais ils ne pouvaient s'empêcher de mettre le terrain dans sa description de poste, s'était-il dit alors.

Ce trait d'humour macabre avait été une bien piètre consolation.

Thibodeau était debout sur le plateau de son Detecto et fronça les sourcils – un rictus dégoûté qui affaissa les coins de sa bouche sous sa barbe. La barbe avait deux ans et elle était impeccablement taillée. Ces six derniers mois, il l'avait laissé pousser pour cacher ses joues rebondies et son double menton.

Durant un moment, après la fusillade, il s'en était tenu à ses 105 kilos en dépit des changements qu'il voyait dans sa glace – mais c'était un chiffre trompeur. Le poids s'était immiscé lentement, insidieusement, pour l'envelopper, telle une immense limace, en silence. Les signaux d'alerte avaient été présents, bien sûr. La disparition du menton, l'empâtement de la taille. Mais tant qu'il était resté à tourner autour de la marque des 105, ils avaient pu être considérés comme quantité négligeable. Thibodeau avait senti ses pantalons – et même ses slips, pour être franc – commencer à le pincer et le serrer à tous les endroits critiques et désagréables. Senti sa chemise se tendre autour de son ventre, ses manches l'engoncer aux bras et aux épaules. Si les poussées graduelles de l'index inférieur du pèse-personne de 106 à 107, puis 108 et même 110 arrivaient à le compenser, tout cela semblait encore tomber à l'intérieur de sa zone de tolérance personnelle. D'autant qu'il pouvait encore réduire le poids mesuré en grappillant 300 grammes par-ci, par-là, voire jusqu'à 700 en ôtant ses chaussures, sa chemise, ses chaussures *et* sa chemise et peut-être quelque autre pièce de sa garde-robe si nécessaire – mettons, quelques jours après de franches ripailles, par exemple.

Un autre truc qu'il avait découvert était de redescendre de l'instrument pour vérifier le bon alignement des deux flèches du zéro de l'index. Si elles n'étaient pas alignées, cela pouvait décaler son poids d'un quart de livre ou plus, et il fallait qu'il joue sur la vis de réglage pour recaler le tout. Et bien qu'il eût été désemparé le jour où il avait dû pousser l'index supérieur du fléau au-delà de la barre des 115, alors même qu'il était presque tout nu sur le plateau, il avait élargi un peu plus sa zone de tolérance déjà passablement malléable en se disant qu'il ne tarderait pas à agir – réduire sur les andouilles et le pain de maïs, passer à une bière plus légère, s'empêcher d'aller puiser dans le frigo en pleine nuit. Bientôt...

Bientôt étant un de ces mots dangereux dont la valeur est impossible à calculer, et par conséquent notoirement ouverte à l'interprétation.

D'après le fléau du pèse-personne, Thibodeau avait atteint 139,5 kilos. Moins d'une livre de la limite des 140 fièrement gravée et émaillée à l'extrémité du fléau. Soit une formidable prise de poids de 35 kilos en l'espace de dix-huit mois.

Et 139,5 kilos, tous les vêtements – à l'exception des chaussettes et du slip – ôtés, un vaste tas sur la chaise derrière lui.

« V'là que je me suis transformé en *ouaouaron* », grommela Thibodeau de sa voix de basse, usant du terme cajun pour désigner le crapeau-buffle qui reflétait le penchant culturel de ses compatriotes pour l'onomatopée, en imitant les sons produits par ces créatures à l'aube et au crépuscule. « Ouais, un foutu putain de *ouaouaron* », répéta-t-il, l'animal se voyant pour le coup gratifié d'un qualificatif coloré.

Il ne savait pas pourquoi il avait choisi ce matin particulier pour se peser. Ayant admis la nécessité de se délester du poids superflu, il était monté sur la balance à intervalles fort irréguliers au cours des deux derniers mois, pour s'éviter la déconvenue de la lecture prématurée de chiffres décourageants. La vérité était qu'il n'avait pas encore vraiment décidé de se mettre au régime. N'avait pas vraiment décidé quels mets il convenait de réduire ou quelles bières allégées étaient aussi savoureuses que sa marque préférée. Il avait été trop accaparé par le travail, et de telles décisions ne se prenaient pas à la légère. À se précipiter, on était sûr de ne rien y gagner.

Donc, pourquoi le pèse-personne, se demanda Thibodeau. Pourquoi aujourd'hui ? Pourquoi grimper dessus quand Tom Ricci, co-responsable de la case Supervision générale sur le terrain – l'homme de sa force de déploiement rapide, et l'un des types qu'il détestait le plus au monde – devait le voir pour son briefing au sujet des améliorations apportées ici, au siège de SanJo, alors qu'il se livrait à son safari solitaire contre le Chat sauvage ? Pourquoi diable faire une chose pareille alors qu'il était certain d'être déçu... et même honteux, à moins de descendre au plus vite du plateau et remettre son uniforme, *tout de suite** ?

Thibodeau resta planté là quelques minutes encore, juché sur le pèse-personne et reluquant sa triste silhouette effondrée. Il avait trifouillé au maximum les réglages, boutons et index coulissants. Il n'était guère plus vêtu que d'air pur. Et l'index était resté calé, en parfait équilibre, sur 139,5 kilos.

Comme s'il avait eu besoin d'une mesure chiffrée pour constater les dégâts qu'il s'était infligés. Ils étaient évidents, de l'oreiller saillant qu'était devenu son estomac naguère plat et ferme, aux mous replis de chair au-dessus des cuisses trop gentiment appelés « poignées d'amour », et plus déprimant encore, les plaques de tissu adipeux sur le torse qui montraient une tendance précoce à se transformer en ce qu'on appelait, pas gentiment du tout, des « tétons d'hommes ».

Mais il avait perdu assez de temps à s'inspecter. Bien assez. Ricci devait déjà être en route depuis son bureau au bout du couloir et Thibodeau avait rudement intérêt à avoir réintégré son futal avant que l'autre ne se pointe.

Les lèvres dessinant encore une grimace, il descendit du plateau pour renfiler ses vêtements, déconcerté par le claquement sonore des mécanismes du plateau et du fléau, soudain soulagés de son poids prodigieux.

Thibodeau essayait de faire passer le bouton du milieu de sa chemise dans sa boutonnière quand il entendit frapper trois coups secs à sa porte.

Tom Ricci, homme d'action. Comme de juste, à l'heure pile.

« *Un instant* », lança Thibodeau en français, tout en continuant de se battre avec le bouton récalcitrant. « Juste une minute... »

Ricci toqua de nouveau rapidement puis saisit le bouton extérieur et entra.

Là encore, comme de juste.

Les pans de sa chemise battant au-dessus de son pantalon déboutonné, Thibodeau le lorgna avec un agacement qu'il ne chercha pas à dissimuler... et sentant soudain le rouge de la honte l'envahir, qu'il espérait bien, en revanche pouvoir, cacher.

« J'croyais t'avoir demandé de patienter. »

Immobile sur le seuil, Ricci fit pivoter son poignet pour brandir le cadran de sa montre.

« Me fais pas une crise, on a rendez-vous. »

Thibodeau le considéra quelques secondes encore, déconcerté. Puis il inhala, retint sa respiration – et rentra le ventre – tandis qu'il renfilait les pans de sa chemise, remontait sa braguette et bouclait son pantalon d'uniforme.

« OK », dit-il en expirant. D'un signe de tête, il indiqua son bureau. « Prends un siège, on va causer. »

Julia Gordian se sentit convaincue que Vivian était bonne pour l'adoption. Certes, il y avait encore le test du chat, mais elle ne se faisait pas trop de souci. C'était quasiment un coup sûr.

Elle regardait par la fenêtre de la boutique la zone d'accueil près du parking poussiéreux où Viv était promenée en laisse par ses futurs sauveteurs. Viv était une femelle de dix-huit mois dont la carrière en course s'était brutalement achevée après qu'elle fut partie du mauvais côté de la porte lors de deux de ses trois premiers départs. Quant aux sauveteurs promis, c'était une famille plutôt sympathique, les Wurman – père, mère et fils de huit ou neuf ans – originaires de Fremont. Les chiens étaient toujours conduits auprès des gens qui venaient les regarder, au lieu que ces derniers entrent dans le chenil, ce qui était pourtant l'habitude dans la plupart des refuges. La raison en était qu'outre le fait d'être faibles et sous-alimentés, certains des nouveaux venus n'avaient pas encore été vaccinés et pouvaient donc être sensibles à des maladies canines pour lesquelles l'être humain est un porteur sain ; les bêtes étaient donc tenues à l'écart jusqu'à ce que Rob Howell ait pu les faire examiner par son vétérinaire habituel qui donnait son visa pour leur placement. Une faible poignée de visiteurs se plaignait d'une telle politique, désireux qu'ils étaient de pouvoir choisir entre tous les lévriers disponibles, mais ceux-là, Rob tendait à les envoyer paître le plus poliment possible – sa position étant que quiconque n'était pas fichu de trouver un chien à aimer parmi la demi-douzaine qu'il était disposé à leur présenter comme candidats, n'avait aucun droit à posséder un lévrier.

Julia se figurait que les critères de Rob étaient à peu près identiques à ceux qu'une travailleuse sociale appliquerait à des couples désireux d'adopter un bébé... même si elle avait eu l'occasion de se demander à une ou deux reprises si les critères de son employeur n'étaient pas encore plus rigoureux.

« Vous devez entamer le processus de filtrage à la seconde même où les gens descendent de voiture », lui avait-il dit dès son premier jour de travail. « Il faut chercher le bon accord, et ne pas laisser votre désir de placer les chiens affecter votre jugement. Regardez comment les gens se comportent, écoutez ce qu'ils disent, tâchez de détecter les vibrations qu'ils envoient aux chiens, et celles que les chiens leur envoient. J'ai beau vouloir placer mes bêtes, elles sont encore bien mieux avec nous que dans un mauvais foyer où l'on ne s'occupera pas bien d'elles. »

Placée derrière le comptoir, les coudes posés à côté de la caisse enregistreuse, Julia avait cru voir des signes encourageants tendant à démontrer que les vibrations Wurman-Vivian étaient accordées sur une fréquence cosmique harmonieuse. La laisse de Vivian était à présent entre les mains de papa Wurman qui souriait à maman Wurman, laquelle renvoyait un sourire radieux à son mari et à un Wurman junior tout excité, accroupi près de la chienne pour lui caresser doucement les flancs. Viv, avec tout ça, était ravie de toutes ces attentions. Un bon accord ? Ils semblaient en vérité s'accorder comme la musique des sphères.

Julia se rendit compte qu'elle fredonnait, reconnaissant le refrain de « Matchmaker », le succès de Broadway... Elle commençait à se demander comment cette vieille scie avait réussi à remonter du fin fond des archives de sa mémoire quand son téléphone mobile se mit à pépier.

Elle le détacha de le ceinture de son jean, regarda l'écran pour voir le numéro qui appelait et sourit en pressant la touche LIGNE.

« Yente, service de rencontres canines, ouvert de l'aube au couchant, dit-elle. À la vie ! »

Un « Pardon ? » hésitant à l'autre bout du fil.

Julia étouffa un rire. Roger Gordian. Un sorcier des affaires sans équivalent, mais un rien coincé côté humour.

« 'Lut, p'pa ! fit-elle. Raccroche pas, t'as bien fait le bon numéro.

– Oh, répondit Gordian. Une seconde, j'ai cru que tu disais...

– Juste une blague. Mon patron est sorti nourrir les chiens et j'attends mon premier test félin. Il veut me voir faire l'expérience. On aurait vraiment dû le faire passer à Viv... c'est une de nos plus gentilles bêtes... avant qu'une famille se pointe et tombe amoureuse d'elle, mais quelqu'un a mélangé les fiches. Ou alors, ils n'ont jamais dit à Rob qu'ils avaient un chat lors de l'entretien téléphonique, ou c'est Rob qui a oublié de le noter, c'est tellement dingue ici qu'on n'est pas trop sûrs. Toujours est-il qu'il faut que je règle la question....

– OK », dit Gordian. Puis, après une pause : « Si je peux me permettre, c'est quoi le... ?

– Test du chat ? Un test pour les chiens susceptibles d'être placés dans un foyer où un chat a déjà ses pénates, expliqua-t-elle. Tu sais que les lévriers sont doux et faciles, mais des problèmes peuvent toujours surgir quand l'un d'eux prend un chat pour un lièvre.

– Un lièvre ?

– Ils servent de leurres pour les courses. Je crois que dans la plupart des États, la loi stipule que le propriétaire de la piste doit utiliser des lièvres mécaniques, et c'est ce qu'ils font durant les compétitions pour ne pas avoir les flics sur le dos. Mais quand ils entraînent les bêtes hors de vue du public... mais, bref, je ne vais pas te bassiner avec certaines des histoires écœurantes que j'ai entendues. Pour faire court, on doit avoir la certitude que nos chiens sont compatibles avec d'autres animaux domestiques.

– J'espère que ça ne veut pas dire qu'il y a un stock de chats cobayes à votre centre.

– Nân. Juste une vieille chatte écaille-de-tortue du nom de Léona que les patrons sont allés récupérer à la SPA. Ils la protègent et la gavent en récompense de son dévouement inaltérable à la cause, t'en fais pas.

– Si tu me le dis. Quoi qu'il en soit, si t'es occupée, je peux rappeler...

– Non, crois-moi, je faisais qu'attendre que l'homme et la bête fassent connaissance, répondit Julia. Quoi de neuf ?

– Ma foi, ta mère et moi espérions te voir ce week-end. Tu pourrais venir dîner demain soir, naturellement, t'amènes Jack et Jill, et vous pourrez tous les trois dormir à la maison. Si tu veux, bien sûr. Ensuite, tu pourrais rester le dimanche pour le brunch et vous laisser bichonner...

– Hmm, ça paraît tentant, p'pa. Surtout la dernière partie, pour le traitement de princesse. Mais ça tombe vraiment mal. Rob... Rob Howell, je veux dire...

– C'est ton patron, c'est ça ?

– Voui, pardon. Bref, Rob fait la garde de nuit à un hôtel, le Fairwinds, je crois qu'il est quelque part sur la nationale 1. Il ne fait que superviser, mais de temps en temps, il s'occupe du standard et de la réception, aussi, et je crois qu'il s'est vu proposer le remplacement d'un des employés de jour pour les deux dimanches qui viennent... C'est un copain et le gars avait un empêchement familial. En plus, Rob a un bébé et ce revenu d'appoint est le bienvenu.

– Ce qui te laisse à devoir diriger le centre.

– Toute seule avec mes petites mains blanches. J'aimerais bien avoir quelqu'un avec moi. Rob cherche du renfort. Avec sa femme accaparée par les soins du bébé, toutefois, je ne peux pas non plus franchement me reposer sur elle. » Julia marqua un temps. « Pas de possibilités qu'on se voie pendant la semaine ? Je suis libre lundi et mercredi et je pourrais te retrouver à ton bureau pour un de ces déjeuners père-fille où tu me fais la leçon pour m'expliquer qu'il serait temps que je me trouve un travail honnête et ré-mu-né-ra-teur.

– Là, c'est vraiment ce que j'appelle de la tentation, rit Gordian. Hélas, je suis en déplacement de lundi matin jusqu'à jeudi ou vendredi. Je vais dans la capitale. Tu te souviens de Dan Parker ? »

Julia sourit. Était-ce seulement ses parents ou bien avaient-ils tous la manie de demander à leurs enfants, une fois adultes, s'ils se souvenaient de gens qu'ils avaient connus toute leur vie ? Avec son père, la personne en question était très souvent Dan, avec qui Julia avait quasiment grandi – et qu'elle avait même invité à son mariage. Sa mère était de la même façon constamment ébaubie qu'elle ait souvenance de son oncle Will, qui avait toujours été l'un de ses parents préférés et qui leur avait souvent rendu visite jusqu'à sa mort soudaine d'un infarctus alors qu'elle avait dix-huit ou dix-neuf ans. Mais qu'est-ce qu'ils pensaient ? Que leur progéniture passait l'enfance et l'adolescence avec la mémoire calée en effacement automatique ? Qu'ils oubliaient tout ce qui les entourait jusqu'à ce qu'ils aient oh, disons, quarante-cinq, cinquante ans ? Ou s'agissait-il plutôt de questions pièges ?

« Hmm, Dan Parker », fit-elle, évitant délibérément toute trace de sarcasme. « C'est bien ce copain de régiment du Viêtnam, non ? Celui qui était membre du Congrès à San Jose ?

– C'est cela, il était à ta réception de mariage », répondit Gordian, manifestement ravi par sa bonne mémoire des noms. « À présent, Dan est un des dirigeants de Sedco, la société pétrolière, et on doit se retrouver avec le reste de son conseil d'administration pour négocier les derniers termes d'un contrat de fibres optiques. »

Julia regarda par la fenêtre, vit que les Wurman revenaient du parking avec Viv. « Je suppose qu'il vaut mieux reporter tout ça à la semaine suivante, dit-elle.

– Je suppose, oui. »

La porte s'ouvrit.

« Bon, faut que j'y aille. Bonne chance avec ton voyage, p'pa. Je t'aime.

– Moi aussi, ma puce, dit Gordian. Oh... et *lechaim*[1], au fait », ajouta-t-il.

Et il raccrocha.

Julia regarda le téléphone et plissa les paupières de surprise, un sourire amusé éclairant son visage.

Ah, les parents, songea-t-elle.

Elle n'était décidément pas au bout de ses surprises.

Pareil, quoique différent, c'est ainsi que Rollie Thibodeau aurait pu tenter de caractériser l'ensemble des dispositifs de sécurité d'UpLink International, et en particulier du siège de la firme à SanJo, depuis le départ de Ricci.

Pareil, plus ou moins, pour ce qui était des exigences et des protocoles.

Différent, légèrement, pour ce qui était de leur application avec l'accent mis sur la gestion et la préparation à tout incident.

Il y avait eu également quelques modifications aux systèmes de sécurité électroniques – en gros, des ajus-

1. « À la vie », « pour la vie », en hébreu.

tements mineurs dans le domaine de la surveillance générale et des opérations de contre-surveillance, avec les améliorations les plus notables du côté de la détection et du contrôle des menaces biologiques et chimiques.

« C'est dû en partie aux temps que nous vivons. Avec tout ce qui se passe de par le monde, il faut qu'on prenne un surcroît de précautions », était en train d'expliquer Thibodeau en regardant Ricci assis en face de lui de l'autre côté du bureau. « Sans compter qu'on s'est déjà fait mordre une fois, tu vois... »

Ricci resta sans mot dire. Quand il répondit, ce fut d'un ton sec, haché :

« Parle-moi de l'aspect technique.

– Il y a du matériel opérationnel de toutes dimensions, mais on va commencer par les éléments de base sur le site, répondit Thibodeau. On a planqué de nouveaux détecteurs d'armes dans la plupart de nos bâtiments. Et pas qu'aux accès. On a également songé aux environnements intérieurs. Quel que soit le niveau où tu te balades, tu passeras sous des détecteurs électromagnétiques dissimulés.

– Je les ai notés aux angles du hall, remarqua Ricci. Je suis capable de voir les encadrements de portes qui ont été remplacés.

– Je m'en doutais bien, répondit Thibodeau. Tout à l'heure, je t'amènerai au poste de surveillance pour te montrer où ils sont tous installés...

– Te fatigue pas, dit Ricci. C'est très bien. La majorité des gens ne les repéreront pas. Ceux qui en seront capables seraient assez bons pour fabriquer tous les types de détecteurs qu'on pourra installer. Je voulais juste savoir leurs performances. »

Thibodeau se trémoussa sur son siège. Il était soudain conscient de son uniforme trop étriqué, de la ceinture de son pantalon trop serrée, des accoudoirs de son fauteuil qui pressaient contre ses flancs charnus. S'il retirait sa chemise, il y trouverait de petites marques rouges d'irritation, à coup sûr.

Il se demanda ce qu'il y avait chez Tom Ricci qui avait ainsi exacerbé chez lui cette sensation de gêne. Ou peut-être était-ce juste de la projection. Ricci n'avait ni dit ni fait quoi que ce soit qui pût avoir un rapport avec son tour de taille. Mais Ricci demeurait sec comme un coup de trique, semblable à l'année précédente. Quand lui-même avait pris une bonne trentaine de kilos.

Thibodeau se souvint du claquement sonore du pèse-personne quand il en était descendu. Il se trémoussa de nouveau derrière son bureau.

« Ces détecteurs, reprit-il. Ils sont... comment dire ?.. plus discriminants. Les portiques que nous avions précédemment n'étaient pas supérieurs à ceux qu'on trouve dans les aéroports commerciaux. Tu connais les problèmes qu'ils posent. Pas fichus de faire la différence entre une Uzi et un trousseau de clés ou de l'argent de poche. Incapables de localiser l'emplacement d'un objet sur le corps de quelqu'un. Et un champ électrique suffit à les berner. Avec tous ces ordinateurs et ces téléphones mobiles... on n'arrête pas d'avoir de fausses alertes. C'est du temps et des ressources gâchés. Ces systèmes de détection qu'on a installés sont capables de dire la taille et la forme d'un objet et d'indiquer où il est situé. Qu'il soit planqué sous ton aisselle gauche, fixé autour d'une cheville, ou enfourné là où le soleil ne brille pas... »

Ricci hocha ostensiblement la tête.

« Très bien. Quoi d'autre encore ?

– J'aime mieux ne pas y penser, mais on a mis en place tout un système de réaction en cas d'incident biochimique. Tout ce bâtiment a été truffé de capteurs. Chaque pièce. Chaque bureau. Du toit au sous-sol. »

Ricci le regarda.

« Putain...

– Je sais, dit Thibodeau. Ça nous a coûté une fortune. »

Ricci continuait de le dévisager.

« Je ne parlais pas de ce que ça a coûté. Je faisais un commentaire sur l'état du monde. »

Thibodeau demeura silencieux. Il n'avait jamais trop apprécié Ricci mais il avait fini par nourrir une certaine confiance en lui. En ses aptitudes, sa maîtrise de soi dans les situations difficiles. À présent, il ne savait plus trop quoi penser. Certes, extérieurement, Ricci n'avait pas changé. Intérieurement, toutefois, il y avait une grosse différence. C'était comme si ces yeux durs, secrets, étaient devenus opaques comme des miroirs. Thibodeau ne savait pas ce qui se passait derrière.

« Les détecteurs, reprit Ricci. Ils utilisent des spectromètres de masse ? »

Thibodeau acquiesça.

« Ceux que j'ai vus ont la taille de camions de déménagement, observa Ricci. Trop gros pour être trimbalés dans des bureaux. Les militaires les tractent avec des Humvees... »

Thobideau haussa les épaules.

« C'est vrai pour la majorité d'entre eux. Je crois que c'est à cause de tout l'air qu'ils doivent absorber pour avoir des échantillons fiables. Il faut loger dans le bastringue des tuyaux, des pompes à vide, plus un chromatographe à laser. Tout ça, ça prend de la place. Le laser envoie un faisceau à travers l'échantillon d'air, et celui-ci est dévié par les particules piégées dedans. Ensuite, un ordinateur nous dit ce que sont ces particules, selon l'angle de déviation, un peu comme nos yeux distinguent les couleurs. » Il marqua un temps, se remit à tirailler sur les poils de sa barbe. « Pour le reste, faudra que tu demandes à nos techniciens du service recherche et développement si tu veux des détails. Ce que j'en sais, c'est que le truc agit comme un nez électronique invisible qui renifle les microbes et les produits chimiques un peu comme le ferait notre nez... ou pour être plus précis, le nez d'un limier entraîné... Des cellules spéciales dans la cavité nasale, des récepteurs, comme disent les spécialistes, connectés aux nerfs pour dire au cerveau de quoi il s'agit. Ensuite le cerveau traduit ces informations en odeurs. Eh bien, notre nez invisible utilise ces fameux capteurs – des microcapteurs, en fait, composés de divers polymères – qui fonctionnent exactement comme nos récepteurs olfactifs. Mais au lieu de connexions nerveuses, ce sont à des fibres optiques qu'ils sont raccordés. Ou plutôt ils en sont revêtus. Une fibre détectera, mettons, le charbon ou la variole. Une autre, le microbe qui a failli tuer le patron. Une troisième, une bouffée de cyanure, de sarin, ou d'un autre agent neurotoxique relâché dans l'atmosphère... »

Ricci le coupa d'un geste.

« Abrégeons... Mettons que nous soyons attaqués. Le nez invisible se fronce, on évacue, on soumet à un traitement médical d'urgence tous ceux dont on sait qu'ils auront été exposés, on s'assure que tout le reste des gens susceptibles d'avoir été affectés est bien examiné. Ça, c'est notre réaction immédiate.

« À présent, comment procède-t-on pour la décontamination et l'inspection du site ? Qui se charge de l'enquête ? Les Fédéraux et le CDC[1] ? La FEMA[2] ? Ou les gars de la sécurité intérieure ? On est supposés les laisser pénétrer sans encombre, venir tous se marcher sur les pieds, comme ils l'ont fait chez Gordian et sa fille, il y a deux ans ? Ou quand ils se sont loupés avec la détection des lettres au charbon, en 2001 ? »

Thibodeau expira entre ses lèvres pincées. « Ça fait un sacré paquet de questions, observa-t-il. Je suppose que l'attitude des agences extérieures dépendra des conditions spécifiques. S'il y a une menace d'infection publique, on devra le leur faire savoir... et dès qu'il s'agit d'un problème chimique ou biologique, il faut s'y attendre, fatalement. Mais personne ne peut nous coincer avec des histoires de conflits de compétences. Donc, on essaie de coordonner tout ça, en espérant qu'ils auront le bon sens de collaborer avec nous et pas de chercher à nous contourner. Comme ça, ça nous évitera de chercher comment les contourner, *eux*.

– Et la première partie de ma question ? insista Ricci. Même exemple : les capteurs détectent un truc méchant. Une souche de virus. Une bactérie. Est-ce

1. Center for Disease Control : Centre du contrôle épidémiologique, à Atlanta.

2. Federal Emergency Management Agency : Agence fédérale de gestion de crise.

qu'on a les moyens de nettoyer les lieux avant que le truc se répande ? »

Thibodeau soupira de nouveau. Il avait vraiment horreur de réfléchir à cette question.

« On a installé des brumisateurs de décontaminant avec la capacité d'en éliminer certains. Le charbon, entre autres. J'en ai toute une liste, si ça t'intéresse... il doit bien y en avoir plusieurs dizaines. Une fois qu'on est sûrs que l'évacuation est achevée, on libère le produit, il se répand dans toutes les zones où pourrait se trouver l'arme biologique. Les conduits d'aération, les interstices entre toutes les touches d'ordinateur, partout. On m'a dit que les particules brumisées sont ultrafines, plus petites que des spores. Elles tuent les germes en les brisant jusqu'à leur ADN.

– Et ceux qu'elles ne peuvent pas tuer ?

– Ça nous ramène au problème de la préparation et des moyens d'application des procédures déjà en place. Quelqu'un entre dans le bâtiment et il a une tête qui ne nous revient pas, je le fais inspecter. Enfin, on vérifie s'il porte une tenue de coursier ou de facteur, s'il est inscrit sur une liste d'invités, ou s'il est à la tête d'une délégation sénatoriale. Il peut bien faire de la lévitation devant nos yeux, guérir les aveugles et les infirmes, dire qu'il est Jésus-Christ en personne et pressé d'annoncer la Résurrection des Morts... si on le trouve louche, il ne passera pas le poste de garde tant qu'il n'aura pas eu la patience d'attendre de nous avoir convaincus. Et si ça veut dire qu'on doit fouiller sous sa tunique et examiner ses sandales pour voir s'il n'a pas planqué du plastic dans les semelles, voire lui demander un numéro de téléphone pour appeler la

Vierge-Marie et Dieu le Père pour vérifier son identité, eh bien, ainsi soit-il.

– Il va y avoir des plaintes », observa Ricci.

Thibodeau haussa les épaules.

« La sécurité israélienne procède ainsi depuis des années dans tous leurs aéroports et leurs immeubles de bureaux et personne ne s'est plaint, rétorqua-t-il. On ne viole la liberté de personne. Que quelqu'un veuille soulever une objection, il ou elle est libre de ressortir. L'aspect gadget technique est super. Je suis content qu'on en dispose. Mais moi, je préfère voir nos gars se laisser guider par leurs yeux, leurs oreilles et leur nez, plutôt que par leur équivalent électronique. Moi, je fais confiance à l'élément humain.

– Tu ne m'as pas entendu dire le contraire. » Ricci le regarda droit dans les yeux. « Je veux juste savoir de quel élément tu parles. »

La remarque surprit Thibodeau et son expression le trahit.

« J'ai peur de ne pas saisir...

– Je pense peut-être que si. On peut choisir nous-mêmes nos options ou les laisser en suspens. Je suis curieux de savoir comment tu réagiras, toi, en cas de crise. »

Thibodeau demeura silencieux. Il ne savait trop quoi répondre, à vrai dire, il n'était même pas sûr d'avoir saisi l'allusion de Ricci. Mais ce regard fixe, ce ton bizarre étaient déstabilisants.

Ricci continua de le dévisager quelques secondes encore. Thibodeau fut presque soulagé quand enfin il se décida à quitter son siège.

« Je suppose que nous en avons terminé », dit Ricci.

Thibodeau le regarda. *Terminé, c'est parfait*, songea-t-il. Excepté que c'était loin d'être le cas.

« Nous n'avons pas eu l'occasion de parler de l'équipement du personnel sur le terrain, objecta-t-il.

– Non, dit Ricci. Peut-être plus tard. »

Thibodeau ne savait trop pourquoi il se surprit à ouvrir son tiroir de bureau pour fouiller dedans. Il supposa que l'incertitude était, à sa manière, une façon adéquate de mettre un terme à leur petite conversation de reprise de contact, qui l'avait laissé pour le moins perplexe... en particulier sur ce qu'avait bien voulu lui signifier Ricci, et ce qu'il désirait lui signifier à son tour.

« T'as peut-être intérêt à garder ça sous la main », dit-il en posant sur le plan de travail deux petits tubes d'alu sortis du tiroir du bureau. Ils faisaient environ cinq centimètres de long – la taille d'échantillons de pâte dentifrice.

Ricci les ramassa.

« Qu'est-ce qu'ils contiennent ?

– Un gars du labo me les a refilés avant-hier, expliqua Thibodeau. C'est un gel pansement. On s'apprête à en livrer une tonne aux militaires – ils fournissent déjà un truc équivalent aux unités de combat avancées, mais celui-ci est censé refermer les plaies mieux que toutes les autres formes de produit, en la maintenant propre et en la laissant respirer jusqu'à ce que le blessé soit transféré à un hôpital de campagne. L'idée est de le fournir également à tous nos personnels sur le terrain. Au cas où un gars se ferait trouer la panse comme ça m'est arrivé il y a quelques années...

– Comment se fait-il que tu me donnes ça maintenant ?

– Je dois parcourir cette semaine le rapport d'essais, décider si je dois ou non en approuver la distribution », expliqua Thibodeau. C'était une vérité qui sonnait comme un mensonge. « Je me suis dit que t'aurais peut-être envie d'avoir ton mot à dire. »

Ricci examina les tubes au creux de sa paume, puis les laissa tomber, mine de rien, dans la poche de son blouson de sport.

« Tu décides ce que tu veux, dit-il. Je les mettrai dans ma trousse de rasage, si jamais je m'égratigne. »

Thibodeau haussa les épaules sans répondre, regarda Ricci quitter le bureau, puis resta à en contempler la porte fermée durant de longues minutes, cherchant à discerner ce qui s'était passé au juste entre eux deux.

Au bout du compte, toutefois, sa seule certitude était que ça lui avait flanqué une sacrée trouille.

« Il me semble qu'on est prêts à y aller, dit Julia Gordian. Si quelqu'un a des questions à me poser, je serai ravie d'y répondre après vous avoir expliqué comment cela marche. »

Cela étant le test du chat, qui était sur le point de commencer dans une petite arrière-salle du centre d'adoption. À côté des deux chaises en plastique et du panier en osier dans lequel Léona, la chatte, était roulée en boule, la pièce était occupée par Vivian, la femelle lévrier, la famille Wurman et Julia – un environnement exigu qui ne devait rien au hasard, puisque forcer Viv et Léona à partager le même espace vital donnerait à Julia une excellente idée du comportement de la chienne dans des conditions similaires, mais sans contrôle, au sein d'un foyer.

« Le test se déroule en deux parties », poursuivit Julia, tenant Viv près d'elle, au bout d'une laisse courte. Son regard passa de M. à Mme Wurman. « Dans la première, je vais amener Vivian tout près de la panière de la chatte pour voir si elle manifeste des tendances agressives vis-à-vis des félins, ce qui est plutôt rare. La plupart des lévriers sont, soit curieux, soit indifférents, soit, croyez-le ou non, effrayés... comme le sont les deux jeunes que j'ai chez moi. À l'occasion, ils peuvent même se montrer joueurs...

– Comment pouvez-vous mettre cette horrible chose sur la gueule de Vivian, elle ne peut même pas l'ouvrir ou respirer ? » protesta Wurman junior, qui, incidemment, avait appris Julia, se prénommait Thomas.

Julia regarda son visage accusateur.

« Une muselière n'est pas vraiment une horrible chose, et ça n'empêche absolument pas Vivian de respirer, expliqua-t-elle. Les lévriers ont l'habitude d'en porter quand ils courent, et si je la lui ai mise, c'est uniquement pour m'assurer que Léona ne soit pas blessée au cas où elle chercherait à la mordre. »

Thomas avait l'air méfiant. « Mais vous nous avez dit que ça n'allait pas se produire.

– J'ai dit que *probablement* pas, répondit Julia avec un sourire rassurant. Mais on doit être prudent, d'accord ? »

Vague signe d'assentiment d'un Thomas pas convaincu. Il alla se coller contre ses parents, sans cesser de contempler Julia avec une méfiance critique.

Cette dernière reporta son attention sur les adultes, se faisant un peu l'effet de Cruella. Avec des crocs de vampire.

« Si tout se passe bien, notre étape suivante sera de voir si Vivian présente des traits par trop possessifs quand l'un d'entre vous tient le chat, reprit-elle. Une certaine jalousie réciproque est normale, et pas différente de la rivalité entre frères et sœurs chez les humains. Viv pourrait le montrer en se mettant à geindre ou en se couchant en position de jeu pour attirer votre attention. Si cela se produit, vous devez en tenir compte, répartir équitablement votre affection, et tout le monde sera heureux. Mais il est important que vous vous rendiez bien compte que nous parlons d'une bête imposante, musclée, de trente kilos, capable de sprinter presque à la vitesse d'un pur-sang, comparé à un animal qui pèse peut-être dix fois moins et qui est d'un bien plus petit gabarit. Un chat qui se retrouve pris dans les mâchoires d'un chien est en mauvaise posture et on aime autant contribuer à vous épargner ce genre d'incident malencontreux...

– Est-ce que moi, je peux tenir Léona quand on le fera ? » demanda Thomas, ce qui faisait déjà sa deuxième interruption.

Julia le toisa. N'avait-elle pas indiqué qu'elle répondrait aux questions *après* avoir terminé son exposé ?

« Je pense qu'il vaut mieux laisser papa et maman en décider, dit-elle. Par mesure de précaution...

– Mais vous avez dit que cette chose sur la gueule de Vivian était faite pour l'empêcher de mordre quelqu'un !

– C'est exact. » Julia aurait bien aimé que l'un ou l'autre parent se manifeste pour la tirer de ce mauvais pas. « Elle peut sauter sur Léona, malgré tout, et tu pourrais être un peu décontenancé...

– Ça veut dire quoi, *décontenancé* ?

– Eh bien, un peu surpris, si tu veux...

– Vous la tiendrez pas en laisse ?

– Eh bien, si, mais...

– Pourquoi que je serais décontenancé si Vivian est en laisse et qu'elle peut mordre personne... ?

– Nous, on ne voit pas d'objection si Thomas veut tenir le chat », dit enfin papa Wurman, dont le prénom était Stanley. Il posa une main sur l'épaule de son fiston qu'il serra affectueusement. « Desmond – c'est notre chat – est à lui. Et Vivian sera sa nouvelle meilleure amie. Alors, si nous lui laissions le choix, qu'en dites-vous ? »

Julia regarda Stanley. Ce n'était pas exactement le genre de médiation paternelle qu'elle avait à l'esprit. En fait, l'harmonie cosmique qu'elle avait cru détecter naguère commençait de plus en plus à se muer en jolie cacophonie. Elle en vint à penser que ses émotions avaient bien pu l'attirer dans le genre de pièges contre lequel Rob l'avait mise en garde : en gros, se montrer trop enthousiaste à l'idée de trouver un toit pour l'un de leurs protégés.

Elle demeura un moment silencieuse. C'était Rob qui avait le dernier mot pour le placement d'un chien. La procédure normale était que Julia le consulte à l'issue de toutes les séances d'orientation qu'elle menait et qu'elle lui donne ses impressions, que celles-ci soient négatives ou positives. Le moindre doute sur le comportement des candidats à l'adoption interviendrait de manière significative dans l'évaluation du patron, et, si nécessaire, il jouerait les dresseurs sévères, expliquant pourquoi un lévrier n'était pas fait pour eux avant de les envoyer gentiment paître. Mais Julia ne s'était pas encore forgé une opinion sur les Wurman, et elle ne voyait pas de mal à poursuivre avec le test du chat. Tout comme aucune règle stricte n'édictait que le gamin ne pouvait pas tenir le chat dans ses bras. À supposer que le test aille jusqu'à ce point, son comportement pouvait même figurer en bonne place dans sa recommandation.

« Très bien, dit-elle. Allons-y. »

Vivian passa la première partie du test, haut la main – si l'on peut dire. Les yeux agrandis d'anxiété, sa longue queue entre ses cuisses encore pelées et enflammées par le séjour dans les caisses sur la piste, Vivian se raidit des quatre fers quand Julia l'approcha du panier où sommeillait la chatte et n'acquiesça qu'après quelques mots d'apaisement, une petite tape sur la tête et deux tractions fermes mais douces sur sa laisse. Quand Julia fit tourner la laisse entourant son poignet pour lui donner un peu de mou, Vivian opta pour battre en retraite plutôt que de s'approcher du lit. Quand Julia la tira un peu plus et que Léona se retourna légèrement pour gratifier la chienne d'un regard assoupi, paupière lourde, genre finissons-en avec cet exercice que je puisse reprendre ma sieste de chat, Viv recula derechef, tournant légèrement la tête pour éviter son regard.

Julia s'éloigna du lit et la femelle lévrier, nerveuse, s'approcha d'elle en hâte, frissonnant un peu, se collant contre sa jambe en quête de réconfort.

« Comme tout le monde aura pu le constater à son langage corporel, la réaction de Viv face à Léona était quelque part entre la timidité et la franche crainte », expliqua Julia. Elle caressa doucement le cou et le flanc de la chienne pour la rassurer. « À l'évidence, rien d'un comportement agressif. À présent, Thomas...

– Est-ce que je prends la chatte ? »

Julia le regarda, se mordilla la lèvre inférieure.

« Oui, fit-elle, en exhalant un léger soupir. Tu peux la prendre. Ce que j'aimerais que tu fasses, c'est que tu prennes délicatement Léona, puis que tu échanges ta place avec un de tes parents, pour que tu puisses t'asseoir et la caresser sur tes genoux. Quand je t'amènerai Viv, fais semblant de ne pas nous remarquer. Continue juste à parler et caresser Léona. C'est d'accord ? »

Thomas répondit avec son habituelle moue impatiente, malpolie et très limite, se pencha pour extraire la chatte de son panier et alla s'asseoir avec, tandis que maman Wurman – Helen de son prénom – lui laissait sa place.

Julia lança un regard au père de Thomas. Elle ne savait trop pourquoi elle s'était attendue à voir plutôt celui-ci se lever mais Stanley demeura rivé à son siège, bras croisés. Et même si cela n'avait rien à voir avec l'éligibilité pour la possession d'un lévrier, Julia ne put s'empêcher de noter que la galanterie n'était pas le point fort de la branche Wurman.

Elle s'avança de nouveau, donnant du mou à la laisse et guidant Viv vers le jeune Thomas.

Le gamin avait un don inné pour jouer le rôle de provocateur avec les animaux, elle devait bien en convenir.

« Ouh que je t'aime, petit minou », roucoulait Thomas. Il nicha Leona dans ses bras, la gratouilla derrière les oreilles, enfouit son visage dans l'épaisse fourrure de son ventre et lui infligea une série de baisers bien baveux. « C'est toi que j'aime le plus, je t'aime tant, tout plein beaucoup... »

D'un seul coup, Vivian se jeta en avant, tirant sur sa laisse. Elle grognait, les dents grinçaient à l'intérieur de la muselière tandis qu'elle projetait son long museau vers la chatte. Avant que Julia ait pu éloigner la chienne, Thomas poussa un hurlement et se recula sur sa chaise, qui vint buter contre le mur. Sifflant, crachant, les poils dressés, Leona se défendit d'un coup de patte. Puis échappant aux bras du gamin, elle sauta par terre, traversa la pièce ventre à terre et franchit en coup de vent l'entrée sans porte pour gagner l'avant de la boutique avec un feulement sonore.

« La dame, elle m'a menti ! » beugla Thomas. Il était en larmes, le visage cramoisi. « Elle savait que le chien allait être méchant et elle m'a menti !

– Thomas, je suis désolée que tu aies eu peur, mais ce n'est pas vrai. » Julia avait tiré sur la laisse, entravant Vivian entre ses jambes, et déjà, elle la sentait se calmer. « Je t'ai dit qu'il y avait un risque... »

Thomas se leva d'un bond et la chaise bascula avec fracas. Ellen l'accueillit dans le réconfort de ses bras maternels.

« Non, vous l'avez pas dit ! » beugla le marmot. Il agitait ses poings serrés, les phalanges blanches, le long de ses flancs. « Vous êtes une menteuse, une sale, sale menteuse ! »

Stanley quitta sa chaise et, de l'autre bout de la pièce, toisa Julia.

« Dans ces circonstances, et compte tenu du traumatisme qu'a subi mon fils...

– Une sale menteuse avec un méchant chien idiot...

– Je pense qu'il vaut mieux pour nous reconsidérer ce projet d'adoption », dit Stanley.

Sans trop savoir comment, Julia réussit à contenir son sourire.

« M. Wurman, je dois avouer que vous m'ôtez les mots de la bouche. »

Macie Nzé avait fait de son mieux pour repérer la piste des 4×4, et ainsi en déduire la direction générale. Les bruits et les odeurs qui entraient par la vitre ouverte confirmaient qu'on avait dû le conduire dans la brousse. Assez loin, même, à en juger par la longueur de cet interminable parcours, qui semblait avoir pris déjà une bonne partie de la nuit. Bien que ses yeux fussent masqués par une cagoule ou un sac de toile, il était convaincu que ses ravisseurs avaient roulé vers le sud durant plusieurs dizaines de kilomètres, puis vers l'est sur une distance équivalente, ce qui l'amenait aux alentours de la réserve de Wonga-Wongé sinon à l'intérieur même de celle-ci.

Nzé avait lutté pour demeurer conscient, rester aux aguets des bruits environnants, garder trace des virages effectués par le véhicule... à gauche, à droite, plus ou moins serrés. S'orienter n'avait pas été facile. L'endroit où on l'avait détenu les premières heures après son enlèvement était situé, à l'évidence, à l'intérieur de l'agglomération, mais on l'avait forcé à porter tout le temps la cagoule et il n'avait donc eu qu'une vague idée de leur point de départ. Pourtant, ni sa vision entravée, ni sa peur, ni son inconfort permanent – et à l'occasion la douleur cuisante – n'avaient empêché Nzé de discerner quand le 4×4 franchissait un pont ou s'immobilisait à une intersection. Ou quand ses pneus avaient quitté le pavé des rues de Port-Gentil et de sa banlieue pour gagner la brousse environnante.

La sensation procurée par les diverses pistes parcourues depuis lui avait fourni une série d'indices sur sa direction. Même un nouveau venu dans le pays aurait pu faire la différence entre le macadam d'une route nationale et les ornières d'une piste de brousse, et hormis la parenthèse de quatre ans d'études universitaires à l'étranger, Nzé, qui fêterait dans un mois son cinquantième anniversaire, avait vécu toute sa vie au Gabon. Il était capable d'identifier le type même de surfaces sur lesquelles il avait roulé, qu'il s'agisse de sable côtier ou de latérite, cette terre meuble, riche en fer, caractéristique des lagunes et des marais intérieurs, capable de retenir l'humidité jusqu'au cœur de la saison sèche. Cela faisait déjà un moment que la latérite collait aux roues du véhicule, le faisant piquer et se cabrer, patauger dans cette vase molle comme l'argile.

Le balancement constant était déjà pénible pour lui mais les coups qu'il prenait dans le coffre à bagages du 4×4 chaque fois que celui-ci jaillissait d'une ornière étaient bien pires, tirant des gémissements d'agonie de sa bouche bâillonnée par du ruban adhésif. Après que ses ravisseurs l'eurent traîné hors de sa cachette temporaire – cagoulé, bâillonné et sous la menace d'une arme –, ils l'avaient forcé à se tasser à genoux dans le coffre du 4×4, puis ils lui avaient ligoté poignets et chevilles à l'aide de fil électrique. Le premier cahot lui avait fait perdre l'équilibre et basculer sur le côté gauche, projetant son corps contre un gros pneu... sans doute la roue de secours. Il était resté dans cette position depuis, incapable de se redresser, les marques de la bande de roulement imprimées à travers ses habits. Le moindre mouvement ne faisait qu'accroître l'abominable tension sur son cou, son dos, ses jambes. Et ces embardées soudaines du véhicule... Mon Dieu, c'était presque insupportable.

La route s'était poursuivie. Nzé avait l'impression que l'aube était toute proche – l'étoffe épaisse de la cagoule n'avait pas entièrement bloqué sa perception de la lumière et de l'obscurité. Bien plus tôt, avant que le 4×4 ne se glisse hors de la ville, il avait distingué la lueur des feux de circulation, des lampadaires, et même, parfois, le faisceau des phares des autres véhicules. Il discernait à présent une vague atténuation du noir derrière les vitres, associée à un éveil des bruits de la jungle. Il entendait les chants discordants des oiseaux, et il croyait avoir reconnu le cri perçant d'un singe mangabey derrière lui sur la piste forestière.

Une partie de son esprit avait hâte de voir s'achever la torture de ce voyage. Une autre, toutefois, comprenait combien ce désir était insensé, sachant ce qui l'attendait au bout de la route. Il avait essayé d'ignorer ces avertissements intérieurs de plus en plus pressants, de ne pas les envisager, mais ils avaient persisté néanmoins.

Le vice-ministre Macie Nzé était un homme de raison, un trait qui lui empêchait de nier la réalité.

Si seulement sa capacité pour la logique et le bon sens avait guidé ses actions récentes, sans doute ne se serait-il pas retrouvé en si mauvaise posture. Mais l'avidité était un défaut imbécile capable d'aveugler le meilleur des instincts. Dans son cas, cela s'était produit une fois de trop.

Tandis que le véhicule cahotait sur la piste, les pensées de Nzé revinrent soudain au moment où il s'était fait enlever devant chez lui quelques heures plus tôt... puis elles remontèrent un peu plus haut encore, au moment précis où il s'était fait attirer dans ce piège.

Le téléphone avait sonné peu après onze heures du soir la veille, donc. Onze heures dix-sept pour être précis. Il y avait une horloge Berthoud sur son bureau dans le séjour et Nzé se rappelait avoir regardé l'antique pièce d'horlogerie au moment de décrocher le combiné, après avoir posé son dernier verre de vin de la soirée.

« Bonsoir, Macie, avait dit la voix en français – celle d'Étienne Bégéla. Ça va ?

– Bien, merci. »

Nzé avait attendu. Le ton cordial de son interlocuteur l'avait pris de court, comme à l'hôtel, un peu plus tôt dans la soirée. Son supérieur à l'Office des postes et télécommunications, et Beti Fang par sa mère, Bégéla ne lui avait pas adressé la parole durant des semaines avant la réception... en fait, pas avant cette conversation tendue à bord du vol Avirex au départ de Libreville, après que l'Assemblée nationale eut approuvé la concession des licences à UpLink. Bégéla l'avait accusé alternativement de maladresse et de double jeu pour avoir retiré son opposition à la Chambre. Nzé avait rétorqué que les exigences politiques ne lui avaient pas laissé d'autre choix qu'une retraite stratégique. Le soutien aux Américains parmi les membres éminents du parti était écrasant, avait-il insisté. S'entêter dans le défi n'aurait fait que leur valoir l'étiquette d'obstructionnistes à leurs dépens.

– Ne me parle pas de ça, avait dit Bégéla, une fois que l'appareil avait décollé. Ce n'est pas toi qui dois faire face à notre financier.

– Il nous a payés pour faire pression...

– Il nous a payés pour qu'on lui rende service. »

Sur quoi, Bégéla avait quitté le siège voisin pour aller s'asseoir dans un fauteuil inoccupé un peu plus loin, et par la suite il n'avait fait que lui tourner le dos sans mot dire.

Jusqu'à ce coup de fil de 23 heures 17.

La veille.

Nzé se souvenait d'être resté immobile et silencieux, le combiné à l'oreille, plusieurs secondes après leur premier échange d'amabilités. Plusieurs secondes à étudier son antique horloge décorée. À regarder osciller la tige en cuivre poli du pendule éclaboussée par les gouttelettes de lumière tombées du lustre au-dessus de lui.

« Nous avons une ouverture, avait dit Bégéla. J'ai rencontré l'individu dont nous avons parlé dans l'avion. Les choses se sont passées bien mieux que prévu.

– Il ne nous reproche plus le vote ?

– Disons que j'ai réussi à l'éclairer sur les derniers débats à Libreville en particulier et sur notre système politique en général.

– Comment cela ?

– Notre échec l'a déçu. Tout comme l'arrivée du groupe avancé d'UpLink. Mais il comprend les complexités que nous avons rencontrées dans la capitale, il a donc reconsidéré ses objectifs et conserve l'espoir que nous pourrons jouer de notre influence avec notre opposition, les amener à réviser leur décision. »

Nzé avait hoché la tête. « Avec les Américains dans notre pays, je ne vois pas trop comment...

– Écoute-moi, *mebonto* », avait coupé Bégéla, usant du terme fang familier réservé aux membres de la famille nucléaire. « Notre associé nous demande encore nos faveurs et nous lui devrions l'obliger. Il sait que cela ne va pas sans compensations notables. »

Nzé avait marqué une pause pour réfléchir. Il avait repris son verre de clos-du-marquis, bu une gorgée. L'implication de Bégéla était manifeste. L'étranger avait été une source de profits débordants auquel ni l'un ni l'autre n'était prêt à renoncer.

« A-t-il précisé ce qu'il veut de nous ? »

Bégéla bougonna un oui.

« Mieux vaut que l'on en discute en tête à tête. Je t'envoie ma voiture pour te reconduire au bureau. »

Surprise de Nzé. « À cette heure ? Je viens juste de m'installer...

– Considère que cela vaut bien quelques heures sup, avait coupé Bégéla. Nous ne devons pas traîner. Il y a des mesures que nous pouvons prendre dans la matinée pour rassurer notre commanditaire, mesures en accord avec une approche graduée propre à satisfaire des penchants à la prudence. »

Nzé avait bu une autre lampée de vin, laissé l'arôme chaud et légèrement râpeux du saint-julien envahir l'arrière de sa langue.

Pas sans compensation notable.

« Laisse-moi un quart d'heure pour me préparer », avait-il dit finalement.

Le coupé noir Mercedes 500E s'était immobilisé devant sa maison coloniale pile un quart d'heure plus tard, et Nzé n'avait rien remarqué de spécial lorsqu'il s'en était approché sur le trottoir désert. André, le chauffeur personnel de Bégéla s'était précipité pour lui ouvrir la portière arrière, du côté droit.

Nzé se penchait pour monter quand il avait aperçu l'autre individu sur le siège arrière – un homme que les doubles vitrages réfléchissants du coupé avaient jusqu'ici dérobé à sa vue. Avec son treillis sombre, il n'avait décidément pas la dégaine d'un employé du ministère.

Durant un bref instant de confusion, Nzé s'était demandé s'il s'agissait d'une escorte officielle quelconque. Et puis, une odeur aussi incongrue que caractéristique l'avait soudain assaillie... l'odeur âcre, végétale, du khat.

Même si la drogue stimulante était légale au Gabon – comme du reste dans toute l'Afrique –, Nzé savait qu'aucun garde du ministère n'aurait eu l'audace de la mastiquer durant son service.

Il s'était immobilisé à demi engagé dans l'habitacle, hésitant, envahi d'un soupçon soudain.

On lui avait alors murmuré à l'oreille, en français : « Tête d'enculé ! »

Venant de derrière, des mains puissantes s'étaient refermées autour de son cou, le tirant brutalement vers l'arrière avant qu'il n'ait pu réagir. La cagoule lui était tombée sur la tête pour être rabattue sur ses yeux, son visage. Puis Nzé avait été propulsé dans la voiture où on lui avait prestement plaqué du ruban adhésif sur la bouche.

Quelqu'un était monté à ses côtés et l'on avait claqué la portière de la Mercedes.

Un instant plus tard, Nzé avait entendu le chauffeur remonter à bord.

Nzé avait émis des sons étouffés sous le ruban, il s'était débattu mais il pouvait à peine bouger, écrasé qu'il était entre l'homme au treillis sombre et l'agresseur inconnu qui l'avait poussé dans la voiture.

Un objet avait été enfoncé entre ses côtes. Dur. Le canon d'une arme.

« Ça suffit ! » Toujours en français, l'ordre avait été craché par cette même voix rauque qui lui avait soufflé à l'oreille sur le trottoir.

Nzé se calma, et c'est alors qu'il entendit une autre voix, venant du côté opposé.

« Allez, dépêche-toi, vas-y, fonce ! » C'était l'amateur de khat qui s'adressait cette fois au chauffeur.

La Mercedes avait démarré avec une embardée.

Nzé était certain que la planque où on l'avait conduit était située près du port – peut-être un entrepôt ou une cale sèche. Il ne leur avait fallu que quelques minutes pour s'y rendre. Comme ils l'extrayaient sans ménagement du véhicule, il avait senti sous ses pieds la transition entre l'asphalte et les vieilles planches, humé l'odeur de l'eau de mer et du mazout, entendu ce qui évoquait le claquement régulier d'une coque contre des amarres. Puis le bruit d'un rideau de fer rouillé qu'on remontait devant lui.

On l'avait conduit à l'intérieur. Jeté sur une chaise. Prévenu qu'il serait abattu à la moindre résistance.

Le rideau avait été redescendu.

Nzé était resté assis, immobile, de longues heures avant qu'on ne le fourre dans le 4×4. À ce moment-là, il n'avait aucune idée de la raison pour laquelle on l'avait conduit à ce lieu de transit... mais bien plus tard, après que ses ravisseurs eurent franchi les limites de la cité, il devait en conclure qu'ils avaient attendu que la nuit soit plus avancée. Logique. Les routes conduisant à la brousse étaient déjà lentes à parcourir en plein jour, et remplies de dangers invisibles dans l'obscurité, devenant de plus en plus ardues à mesure que l'on s'éloignait des faubourgs de Port-Gentil. Ils avaient dû vouloir limiter la portion de trajet à couvrir avant que les premiers rayons de l'aube ne blanchissent le ciel.

Le soleil était à présent levé et sa chaleur s'accumulait dans la soute autour de Nzé tandis que le véhicule tournait et virait dans la jungle épaisse sur des pistes caillouteuses et creusées d'ornières. En septembre, la chaleur était vite étouffante, les climatiseurs de bord devenaient inutiles et restaient inutilisés. Il sentait la sueur ruisseler sur son visage sous la cagoule de toile, sentait le caoutchouc du pneu enfoncé dans son flanc se réchauffer lui aussi. Tout son corps n'était que douleur, de toute façon, et ses membres étaient envahis de fourmis par manque de circulation sanguine.

Il était incapable de dire avec certitude combien d'hommes l'accompagnaient, mais il avait repéré au moins quatre voix. L'une était très douce, appartenant à un individu qui parlait français avec un accent étranger... américain, croyait-il. L'amateur de khat du siège arrière de la Mercedes était également du nombre et il n'avait même pas besoin de l'entendre parler pour le savoir : la conbinaison de l'amertume légèrement écœurante de la drogue et de la chaleur étouffante dans la soute du véhicule l'avait poussé au bord de la nausée. Et les soubresauts constants n'avaient pas aidé. La bouche scellée par le ruban adhésif, il avait craint de s'étouffer dans son propre vomi si le parcours devait se prolonger un tant soit peu – craint de rendre le peu qui lui restait du dîner de la veille, et de ce bon vin, songea-t-il, misérable, en repensant au verre qu'il avait déposé pour répondre au téléphone.

Nzé se surprit donc à remercier le ciel quand le véhicule s'immobilisa enfin dans une dernière embardée, et qu'il entendit le moteur s'arrêter avec un soubresaut... pour aussitôt se dire qu'il fallait qu'il soit en bien piètre posture pour éprouver un tel sentiment, le réaliste constamment en éveil en lui comprenant parfaitement qu'être parvenu à destination n'avait rien de rassurant.

Les portières des deux côtés s'ouvrirent, se refermèrent et Nzé entendit des pas fouler la terre et les herbes derrière lui. La porte du coffre fut relevée. Un air aride – mais frais – envahit la soute, diluant la chaleur moite et envahie de khat.

Cette fois, Nzé fut incapable d'éprouver la moindre gratitude. Il en avait épuisé son maigre quota.

Des mains saisirent le dos de sa chemise trempée de sueur pour l'extraire du coffre comme un animal troussé. Il atterrit sur l'épaule avec un choc sourd qui lui coupa le souffle. Il sentit quelqu'un se saisir des cordes qui lui liaient les poignets, entendit des machettes trancher le feuillage tandis qu'on le menait, toujours à l'aveuglette, apparemment sur un étroit sentier. Épines et rocailles lui écorchaient les mains. Une liane grimpante s'accrocha à sa jambe gauche de pantalon, la souleva, lui érafla les chairs au-dessus de la cheville. À un moment, il avait perdu l'une de ses chaussures en se tordant brusquement le pied. Il avait étouffé un cri.

Nzé ignorait jusqu'à quelle distance ses ravisseurs l'avaient traîné au milieu de la jungle. Quinze mètres, vingt, peut-être plus. Il n'aurait su dire.

Soudain, ils s'arrêtèrent.

On le prit de nouveau par le col et on le força brutalement à s'agenouiller, avant de le maintenir par-derrière pour ne pas qu'il bascule comme lors du trajet en voiture.

On retira le ruban adhésif scellant la cagoule. Puis la cagoule proprement dite.

Ses yeux s'emplirent d'une explosion aveuglante. Il grimaça pour s'accoutumer à la lueur du jour, plissant les paupières pour chasser les larmes.

Défaillant de fatigue, la vision brouillée, Nzé s'aperçut qu'il pouvait malgré tout voir pas mal de choses autour de lui. Il se trouvait dans une petite clairière circulaire, bordée de hauts bosquets de marantacées aux feuilles vert sombre grosses comme des oreilles d'éléphant. Les limites franches de la clairière, son sol au tapis de laiche bien délimité suggéraient une intervention humaine ; sans doute l'endroit avait-il été dégagé à la machette comme la piste empruntée par ses ravisseurs. Tout autour de lui et sous lui, les herbes étaient brûlées, presque noires, donnant l'impression d'une large tache répandue sur le sol.

Puis il avisa le pneu posé devant lui. Sans doute le même que celui contre lequel il avait été couché durant les longues heures de son trajet en voiture. Un jerrycan posé à côté. Une rangée d'hommes sur la droite, leurs genoux à hauteur de ses yeux.

Il leva la tête pour contempler leurs visages.

Ils étaient quatre – André, avec sa tenue de chauffeur peu discrète, et deux Bantous, le fusil semi-automatique à l'épaule, vêtus de treillis identiques à celui de l'amateur de khat. Nzé ne pouvait pas voir ce dernier mais sans doute était-il à l'origine de l'ombre jetée par la silhouette derrière lui... avant de se rendre compte qu'il n'était pas le seul amateur du groupe. L'un des Bantous saisit en effet une chique de la drogue au creux d'une feuille de bananier tenue dans sa main, la passa à son congénère, prit une seconde chique et, de deux doigts, la fourra dans sa bouche.

Ils mastiquèrent en le fixant de leurs yeux brillants, dilatés.

Nzé détourna les yeux pour contempler le seul Blanc du groupe, un grand maigre en blouson de safari, coiffé d'un chapeau de brousse. Il avait les yeux bleu pâle, le teint blanc comme la craie.

Nzé remarqua aussitôt l'appareil photo accroché à son cou. Un 24×36 muni d'un gros objectif.

L'autre croisa son regard et l'étudia. Les deux mains dans les poches à gousset de sa veste.

« Bienvenue », dit-il dans un français légèrement accentué.

Nzé demeura silencieux.

« J'imagine que vous avez deviné qui je suis », poursuivit le Blanc.

Nzé acquiesça lentement.

Le pneu.

Le jerrycan.

Le sol noirci autour de lui.

« Mais j'aimerais vous entendre prononcer mon nom, dit le Blanc. Le trajet a été éprouvant pour tout le monde, mais aussi épuisés que l'on soit, nous devons nous efforcer d'être polis. »

Nzé voulut répondre mais sa voix se brisa. Il humecta ses lèvres desséchées, refit une tentative.

« Gérard Faton », dit-il d'une voix rauque.

Le Blanc continuait de le dévisager sans ciller.

« Eh bien voilà, fit-il, l'ombre d'un sourire sur ses lèvres. Monsieur Nzé, vous devriez être flatté que je sois venu en personne vous faire mes adieux, et capturer cet instant pour qu'il soit mémorisé et goûté à sa juste valeur. »

Le tremblement de Nzé empira. Il ne pouvait plus le contenir.

« Je n'ai rien fait...

– Et c'est bien ce qui m'a coûté. »

Nzé secoua la tête.

« Ce qui s'est passé à Libreville... j'ai fait de mon mieux, implora-t-il. Mes arguments ont été contrés... mais vos désirs ne m'ont été clairs que tardivement. Bien trop tardivement. J'ai dû faire vite pour les comprendre... et me préparer. Si j'avais eu plus de temps... »

Faton siffla entre ses dents.

« Un mensonge de plus et je te fais trancher les mains pour rendre l'immolation un peu plus douloureuse. »

Nzé tremblait sans pouvoir se contrôler. Il ne pouvait plus nier la vérité de ce qui l'attendait. Il sentit sa vessie se vider et peu lui importait que ses ravisseurs voient la tache d'humidité s'élargir sur l'entrejambe de son pantalon. Il pouvait survivre à la honte, si tant est qu'il trouve un moyen de survivre.

« Vous avez changé votre vote pour quémander les

faveurs de quelque complice gouvernemental de bas étage, lâcha Faton. De vulgaires rustres. De petits sous-fifres qui veulent jouer les mandarins.

– Je réessaierai, promit Nzé. Je peux mieux faire. Bien mieux. Je n'ai jamais eu l'intention de renoncer, vous devez me croire...

– Stop. Taisez-vous. Vous me vexez. »

Faton ferma les yeux, inhala, bouche fermée, retint son souffle. Au bout d'un long moment, il expira par les narines, haussa les paupières avec une sorte de lenteur reptilienne et se remit à fixer Nzé.

« "Je ne vois pas moyen de faire d'avancées", dit-il. Est-ce que cette phrase vous est familière ? »

Le visage de Nzé trahit la terreur anxieuse d'une bête traquée. Familière ? Bien sûr. Encore une pièce du puzzle du piège qui se mettait en place. Faton répétait simplement mot pour mot la phrase que le vice-ministre lui-même avait dite à Étienne Bégéla au téléphone, un siècle plus tôt, lui semblait-il.

Faton fixa Nzé quelques brèves secondes encore avant de se tourner vers le petit groupe d'hommes à côté de lui.

« Ligotez-moi ce porc et qu'on en finisse avec lui. »

Tandis qu'il parlait, un des gardes armés de Faton s'approcha du pneu, s'accroupit, et se mit à l'arroser de gazole. Il versa jusqu'à ce que la nourrice soit presque vide, puis sortit un mouchoir de sa poche, l'imbiba du reste du contenu avant de le nouer autour comme une mèche. Finalement, il jeta la nourrice dans la brousse avant d'être rejoint par un autre des gardes qui l'aida à soulever le pneu et à l'amener près du carré d'herbe noircie au milieu duquel Nzé assistait à la scène, impuissant.

Nzé voulut bouger, sachant que c'était futile. Derrière lui, l'amateur de khat de la Mercedes – lui ou un autre, peu importait – tenait fermement le fil électrique qui lui ligotait mains et chevilles. Nzé ne pouvait que se débattre, en proie à une terreur impuissante, sous cette emprise implacable.

Le pneu fut passé au-dessus de sa tête pour reposer sur ses épaules. L'odeur de gazole était écœurante.

Il sanglota.

« Très bien », dit Faton aux deux hommes en treillis. Puis, pour Nzé, sur un ton de calme remontrance : « Je t'avais prévenu si tu mentais une deuxième fois, petit porcelet. »

Nzé sanglotait à chaudes larmes.

Faton regarda derrière son épaule.

« Omar, dit-il. Coupez-lui les mains, s'il vous plaît. »

Nzé sentit un brusque appel d'air, entraperçut l'éclat du soleil sur la lame dressée de la machette. Il hurlait déjà quand celle-ci s'abattit dans un mouvement vif, un hurlement assez fort pour effaroucher une compagnie d'oiseaux et les chasser de leur perchoir dans les fourrés. Une douleur glaciale remonta de ses poignets quand la machette y pénétra, s'arrêtant momentanément sur une résistance, un nœud de muscles ou d'os. Puis, avec un mouvement de scie, elle poursuivit de part en part dans un écœurant crissement mouillé. Un instant après, le froid se mua en chaleur pulsante.

Nzé hurla à pleins poumons, tandis que son sang imbibait l'herbe assoiffée et noircie. L'ombre de l'amateur de khat, l'homme à la machette, le boucher qui venait de l'estropier, se plia et se déplia, comme il s'accroupissait derrière Nzé, puis se relevait, avant de lâcher les deux mains tranchées devant lui, les laissant tomber à quelques centimètres de ses genoux, ruisselantes de sang cramoisi, des fragments de chair encore accrochés aux moignons des os des poignets, l'index et le majeur encore agités de soubresauts comme les pattes d'un crabe qui va mourir.

À travers un brouillard de douleur défaillante, Nzé regarda Faton sortir son poing de sa poche de gousset droite et le brandir devant lui d'un geste brusque comme un prestidigitateur qui fait son numéro. Puis il ouvrit les doigts pour révéler la boîte d'allumettes dans sa paume.

« Des allumettes », précisa-t-il, toujours en français. Et toujours sur ce ton égal, satisfait. « Voici un conseil d'humanité, mon ami. Quand le gazole imbibant le pneu va s'enflammer, il serait opportun pour vous d'inhaler de grandes quantités de fumée. Certes, cela va à l'encontre de la réaction réflexe. Les fumées seront très chaudes et susceptibles de vous brûler la gorge et les poumons. Mais si vous parvenez à vous contrôler – de profondes inspirations, rappelez-vous – elles vous rendront inconscient avant que la gomme fondue mélangée au carburant enflammé commence à couler sur votre corps. Ce mélange colle à la peau, voyez-vous. Et j'imagine la torture que cela doit représenter quand les chairs se mettent à cuire. »

La main gauche de Faton apparut, jaillissant de l'autre poche, pour extraire une allumette de la boîte, et la frotter contre le grattoir.

L'embout s'entoura d'une lueur orangée et Faton s'approcha à portée de bras du prisonnier.

Nzé le regarda, les joues ruisselant de larmes, le nez et la gorge encombrés de mucus.

« S'il vous plaît, je vous en conjure... », commença-t-il.

Faton fronça un sourcil désapprobateur, effleura de son allumette brasillante la mèche de tissu.

« Tiens, au moins, mon travail n'aura pas été vain », fit-il en s'écartant alors que la mèche improvisée s'allumait avec un souffle audible.

Le gazole imbibant le pneu s'embrasa presque aussitôt, gagnant rapidement toute la circonférence.

Peu après, c'est l'ensemble de la gomme qui prit feu dans un grondement. Nzé haleta et sentit la chaleur bouillonnante envahir sa bouche. Étouffé par son propre cri, il se débattit grotesquement pour échapper à ses liens avec des doigts qu'il n'avait plus, tandis que le souffle embrasé l'encerclait, l'étouffait dans la vicieuse étreinte de ses serres. Des gouttes de carburant mêlées à la gomme fondue dégouttaient sur sa peau, se collaient à sa peau, s'enfonçaient peu à peu dans sa peau, goutte à goutte. Il entendait son sang grésiller au milieu de la chaleur du brasier tandis que la mixture bouillonnante venait éclabousser les moignons ensanglantés de ses poignets.

Les paupières brûlées et détachées de ses yeux, ratatinées en lambeaux noircis, Nzé souffrit encore quelques derniers instants de vision avant que ses globes oculaires eux-mêmes ne soient cuits dans leur orbite – une brève agonie d'horreur durant laquelle il put voir Faton entre deux déchirures dans le rideau de flammes, debout devant lui, appareil photo brandi, ses pâles lèvres tendues sur un rictus sous le grand cercle noir de l'objectif.

Puis la gorge de Nzé se libéra enfin pour relâcher le cri que depuis le début il essayait d'émettre. Alors même que son corps était devenu une torche ardente, il continua de hurler quelques instants encore, des beuglements qui montaient haut dans le ciel entre les flammes et la fumée. Faton les entendit encore longtemps après que lui et ses hommes eurent réintégré le 4×4 et fait demi-tour pour reprendre la piste qui sinuait dans la jungle.

Nzé n'avait semblait-il pas suivi son conseil de respirer à fond... et en Afrique, comme sans doute nulle part ailleurs sur terre, les erreurs personnelles pouvaient avoir les plus terribles conséquences.

5

Sites divers

Pour sa dernière soirée à Madrid, Siegfried Kuhl, assis devant sa haute porte-fenêtre dominant la Gran Vía, regardait le soleil couchant baigner d'une intense lumière bordeaux sa maquette enfin achevée de l'église de San Ginés. Contre le mur près de la porte de l'appartement, étaient déposés ses quelques bagages. À côté de sa chaise, il y avait un grand sac de courses en papier contenant l'achat fait à la boutique de fournitures pour artistes située à quelques rues de la Casa Real.

Il s'était empressé de boucler ses affaires ici et il en était arrivé au dernier acte avant de partir.

Tandis que son regard embrassait la maquette, Kuhl songea au long effort qu'elle représentait, ce concentré d'application des aptitudes apprises. La construction pièce par pièce avait été d'une lenteur pénible, mais c'était l'impatience plus que la patience qui l'avait retenu, un désir irrésistible de voir le modèle prendre sa tournure définitive. Il songeait aux heures passées à esquisser des plans à partir des photos numériques stockées sur son ordinateur portable, à la confection soigneuse des divers éléments à l'aide de scies, de gouges, de limes, de ciseaux et de couteaux à bois. Il se remémorait jusqu'au bout des doigts les impressions tactiles lors du travail des matériaux, la sculpture méthodique, à la main, de blocs de balsa pour reproduire l'appareillage de brique et les façades ; ses corniches, ses moulures, ses remplages ; les moindres détails architecturaux, les textures – jusqu'aux petits bouts de verre taillés pour reproduire les vitraux.

À l'intérieur de l'église, Kuhl avait reproduit les trois nefs de San Ginés et la sculpture de la Vierge Marie sous la forme de la Dame de Valvanera, sainte patronne des remèdes, dont on recherchait la grâce pour la guérison et la protection en temps de guerre. C'est là, disait la tradition, qu'un groupe d'assassins s'étaient un jour faufilés dans le vestibule pour tuer un jeune homme agenouillé devant la Vierge en adoration, laissant à ses pieds son corps décapité, tandis que son esprit désormais hantait les bas-côtés, chantant des élégies spectrales à une transgression restée impunie... et, imaginait Kuhl, une colère impatiente devant un tel respect bafoué.

Après avoir détaillé le modèle comme il convenait, Kuhl avait nettoyé et apprêté les divers sous-ensembles avant de les peindre aux teintes mélangées pour recréer les tons ocre des murs extérieurs, ceux, plus sombres des balustrades et du toit, du dôme et du clocher, sans oublier la cloche de bronze patiné trônant fièrement dans la tour de San Ginés et le crucifix qui dominait le tout. Il avait appliqué les couches de peinture à coups de brosse précis, avant de procéder à la patine avec une éponge pour reproduire l'effet des ans, du soleil et de la suie. Puis, avec d'habiles petites touches de couleur, il avait suggéré les rares œuvres d'art décorant les parois intérieures – des toiles du Greco, de Salvatierra, de Nicolás Fumo, ainsi qu'une reproduction du maître vénitien Sebastiano Ricci qui avait été détruite au XVIIIe siècle dans un incendie. Ricci, dont les peintures dévotes commandées par les autorités pontificales contrastaient tant avec sa réputation d'impiété et de défi délibéré de la loi religieuse.

Assis de l'autre côté de la chambre, Kuhl contempla sa maquette, les yeux fixés sur le clocher qu'il venait de coller à la résine sur le toit quelques minutes plus tôt.

Comme des flammes, le soleil couchant bouillonnait au travers de ses arches semi-circulaires.

Avec la fin du jour, la période de latence de Kuhl avait également touché à sa fin. D'ici quelques minutes, il partirait pour l'aéroport de Barajas et quitterait le pays en usant de documents d'identité falsifiés – l'un des nombreux pseudonymes qu'il avait essaimés de par le monde et qu'il gardait en réserve pour quand il recevait un signal de DeVane. À des milliers de kilomètres de là, sa cellule d'agents dormants installés en Amérique avait été activée et prenait rapidement des dispositions pour sa venue. Sur des ordres précis de sa part, ils avaient préparé une base qui convenait parfaitement à sa couverture et à ses impératifs tactiques. Elle devait lui fournir un abri crucial, un terrain exploitable et, dans le même temps, le placerait à proche distance de sa ou ses cible(s) potentielle(s).

Trouvez ce que Roger Gordian a de plus cher et vous aurez

identifié sa plus grande vulnérabilité. Frappez-le, et vous l'aurez frappé au cœur.

Kuhl était sûr de parvenir à ces objectifs. Il avait réuni dans sa tête un dossier complet sur Gordian et savait que les renseignements recueillis par Harlan DeVane étaient encore plus complets. Ses agents en Amérique lui avaient en outre procuré des informations fort utiles. La plupart acquises sans grand mal car, malgré toute sa considération pour la sécurité de l'entreprise UpLink International, Roger Gordian faisait peu de mystère sur sa personne. Kuhl n'en avait pas été surpris. Gordian était un homme d'affaires en vue, quelqu'un qui menait une intense vie publique. Dont le succès dépendait pour partie de sa disponibilité et d'une réputation qui inspirait une large confiance. Son passé était bien connu. Ses liens personnels et professionnels s'étalaient sur la place publique. Certains étaient déjà passés sous la loupe impitoyable de Kuhl, et il estimait que leur ordre d'importance dans la vie privée de Gordian était relativement simple à déterminer. Une fois convaincu, au-delà de toute hésitation, du lien qu'il valait le mieux rompre, il ne serait pas moins simple d'en évaluer la vulnérabilité avant de glaner les ultimes éléments nécessaires, pour compléter son enquête au plus vite.

Son regard dévia vers l'horloge posée sur la table près de lui, puis il reporta son attention sur la maquette de San Ginés.

L'heure et la minute étaient arrivées.

Il ne lui restait qu'une seule chose à faire, une chose encore avant de partir.

Kuhl glissa la main vers le sac qu'il avait posé contre le pied de sa chaise et en saisit la poignée. Puis il se leva et s'approcha de la table de travail où l'église resplendissait, rouge sang dans les cendres du couchant.

Il la contempla longuement, appréciant le moindre trait, se remémorant l'intensité de son travail avec un sentiment d'harmonie puissante et intime. Y sentant un investissement de soi qui, par quelque chemin indescriptible, le reliait à son tour à la vieille église sur la Calle del Arenal qui avait servi de modèle à cette réplique scrupuleuse.

Calle del Arenal, la rue du sable, l'ancien cimetière juif, dont la poussière et les os avaient été rasés sur ordre d'un tribunal de l'Inquisition.

Kuhl songea aux danseuses concupiscentes de Joy Eslava, assemblées dans l'ombre de la croix comme autant d'oiseaux libérés devant la cage qui les avait empêchés de prendre leur essor, comme si ce rappel du confinement ajoutait quelque part de la ferveur à leur ballet cinétique.

Au bout d'un moment, il glissa la main dans le sac pour en sortir le maillet de sculpteur acheté dans la boutique de fournitures pour artistes. La panne en fer ne pesait pas beaucoup – six cents grammes, pour être précis – mais elle suffisait amplement à la tâche qui lui serait dévolue.

Il se pencha, déposa le sac en papier, ouvert, sur le sol près de la table, et ouvrit tout grand la bouche. Puis il se redressa, éleva le maillet de sculpteur au-dessus de l'église et, les dents serrées, l'abattit violemment sur le clocher qu'il venait d'achever et de coller.

Il ne fallut qu'un seul coup de maillet pour le propulser à travers le toit fendu jusqu'à l'intérieur de la maquette. Trois autres coups réduisirent le tout à un assemblage méconnaissable de petits bouts de bois écrasés.

Kuhl ne marqua pas un temps d'arrêt pour contempler les débris, les chassant plutôt de sa vue d'un large revers de bras qui les envoya par-dessus le rebord de la table se répandre à l'intérieur du sac en papier déployé.

Après avoir épousseté sur la table les derniers fragments de l'église détruite, il reprit le sac, l'amena à la porte de la suite, récupéra ses bagages et sortit sans un regard en arrière.

Kuhl abandonna le sac en papier dans une poubelle de l'impasse derrière l'immeuble, et il sentit la crispation de sa mâchoire commencer à se réduire alors qu'il hélait un taxi pour rallier l'aéroport. Son existence à Madrid était bel et bien achevée ; il avait été libéré pour une mission à l'accomplissement de laquelle il se croyait presque voué de naissance.

De l'autre côté de l'océan, Big Sur attendait.

« Je vais te dire, Gord, pas à tortiller, c'est le steak le plus juteux que j'aie jamais mangé », dit Dan Parker en avalant une bouchée. Il avait commandé sa viande avec une portion de purée. « J'ai l'impression qu'on ne s'est plus vus depuis des années.

– C'est parce que c'est le cas », observa Roger Gordian qui avait opté pour le filet mignon-pommes sautées. « Trois ans, si tu comptes bien. »

Parker quitta des yeux son assiette, un brin étonné. « Sans blague ? Si longtemps ? »

Gordian acquiesça, écrasant un peu de crème aigre sur ses pommes de terre à l'aide de sa fourchette.

« Si longtemps », répéta-t-il. Il est vrai que c'était un peu dur à croire. Le déjeuner au Washington Palm sur la 19e Rue avait été pour eux un rendez-vous régulier mais cela remontait avant la maladie de Gordian. C'était également avant que Dan ait perdu son siège au Congrès pour le comté de Santa Clara – victime des retombées politiques après avoir aidé son ami à faire pression contre la dissémination sans contrôle des techniques américaines de cryptage à l'étranger. Cette campagne s'était révélée impopulaire parmi ses électeurs de la Silicon Valley qui, à l'exception d'UpLink International, semblaient se contrefiche que les Al Qaïda, Hamas et autres Cartels de Cali puissent avoir accès à des produits capables de détourner les meilleurs efforts de surveillance des organismes de maintien de l'ordre international, au prétexte que les terroristes et les pontes de la drogue pouvaient toujours mettre la main sur des programmes de codage similaires fabriqués par d'autres pays ou bien sur des copies pirates de programmes américains malgré les obstacles légaux. Si vous ne pouvez pas les battre, faites du fric avec eux, constatait Gordian, même s'ils envisagent de vous inonder d'héroïne ou de raser les fondements de la civilisation occidentale.

« On a eu pas mal de pain sur la planche, observa-t-il.

– À qui le dis-tu », répondit Parker, avec un petit signe de tête en direction de la caricature de Tiger Woods accrochée au mur au-dessus de leur table d'angle d'antan. « Enfin, au moins Tiger est toujours ici avec nous.

– C'est bien vrai. Et si tu veux mon avis, il fait partie des meubles. »

Parker sourit. Les caricatures sportives et politiques accrochées partout étaient une tradition de l'établissement qui remontait à près d'un siècle, au temps du premier Palm installé dans l'East Side de Manhattan. Avant que Woods ne connaisse la célébrité sur le green, son emplacement actuel au mur avait été occupé durant plus de dix ans par la caricature d'une ancienne star du football adorée des fans de tous âges jusqu'à ce qu'il se retrouve impliqué dans une sordide affaire de double homicide, l'une des victimes étant son ex-femme et la mère de ses enfants. L'image du footballeur avait alors été décrochée et remplacée par le dessin d'un journaliste sportif de télévision qui devait bientôt se faire virer après des allégations de pratiques cannibales sur sa maîtresse assortie de travestisme ou quelque chose dans le genre. Woods avait donc remplacé le journaleux aux alentours de 1998, et il y était resté depuis, même si le commentateur sportif avait finalement trouvé suffisamment de sympathie parmi ses fans et ses collègues de la presse télévisée pour récupérer à peu près son créneau horaire sur les ondes.

Parker prit son martini pour faire descendre une autre bouchée de steak. Il but, émit un *ahhh* de sublime délectation et reposa son verre sur la nappe blanche.

« OK, Gord, reprit-il. Assez parlé de mes envies politiques chroniques. Comment te sens-tu, toi, en ce moment ?

– Très bien, dit Gordian, songeur. Plus vieux, ajouta-t-il avec un haussement d'épaules. Et... »

Son expression songeuse s'accrut, mais il se contenta de hausser à nouveau les épaules avant de réattaquer son steak.

Parker attendit une trentaine de secondes puis lui adressa un vague geste qui signifiait : « À part ça ? »

Gordian étudia le visage de son ami, empreint de curiosité.

« Pardon, je n'avais pas l'intention de ménager le suspense. C'est que je n'arrivais pas à trouver le mot juste. Tu sais comment c'est avec moi... »

Parker eut un petit sourire. Brun, dans la force de l'âge, de taille moyenne, vêtu d'un blazer en toile de jute noire, d'une chemise bleu ciel et d'un pantalon de flanelle grise, l'homme n'avait dans l'ensemble rien de particulier jusqu'à ce qu'on remarque immanquablement ses yeux. En eux brûlait un regard qui n'avait pas changé depuis l'époque où il était ailier de Gordian lors de leurs centaines de sorties au-dessus du Viêtnam, quand ils pilotaient leurs F-4 Phantom au milieu de vagues de DCA tandis qu'ils cherchaient dans la jungle les positions retranchées du Viêtcong. C'était un regard similaire à celui de Gordian au point que les gens les prenaient parfois pour deux frères.

« D'accord, l'expansivité n'a jamais été ton trait de personnalité le plus remarquable, admit-il. Tu veux quand même faire un essai ? »

Gordian hésita, couteau et fourchette en suspens au-dessus de son assiette.

« C'est une espèce de sentiment. Ou une envie de se raccrocher à un sentiment, si ça peut t'aider... Je ne crois pas pouvoir mieux l'expliquer. Mais parfois, quand je sors du lit pour attaquer ma journée, que je viens de repousser la couverture et que j'ai presque posé le pied par terre, je me retourne pour regarder Ashley et je me sens parfaitement satisfait de ma situation en cette fraction de seconde. Cela me donne une incroyable tranquillité d'esprit de savoir que je n'ai pas vraiment besoin de la quitter et rejoindre UpLink pour être bien. Plus que bien. Que tout ce que j'ai bâti est assez solide pour tenir, et grandir, quand bien même je déciderais de rester là, dans cette maison. » Il marqua une pause, but une gorgée de son verre – de l'eau minérale avec une rondelle de citron. « D'un autre côté, je n'ai pas envie de rester sur la touche, de perdre ma vigilance. Je n'ai pas envie d'arrêter. Voilà. Et c'est aussi essentiel au mélange que le sentiment de réussite ou d'accomplissement. Vouloir arrêter et ne pas vouloir arrêter... continuer à influer sur les choses et dans le même temps, laisser aller. Honnêtement, j'ignore quel est le mot pour qualifier ce sentiment, Dan. Ça peut donner l'impression qu'il y a là comme une contradiction, mais je n'en suis pas certain. Et je veux trouver la réponse, trouver ce qui me permettra de continuer. »

Parker mastiqua en silence une minute encore, regarda son martini, fronça les sourcils. Il ne restait plus dans le verre que les glaçons. Il attira l'attention du serveur, indiqua son verre, et continua de manger en silence jusqu'à ce que son remplaçant arrive.

« Le coup de ne pas vouloir quitter la maison, ça risque d'avoir à attendre », marmonna-t-il dans sa barbe, en buvant une grande lampée du cocktail, avalant les mots avec.

Gordian le regarda : « Qu'est-ce que t'as dit ? »

Parker écarta la réponse d'un geste de la main.

« On aura le temps d'en parler plus tard, fit-il rapidement. Pour l'heure, je m'en vais te faire une proposition. Après que nous aurons réglé nos affaires dans la capitale, je retourne chez moi, à Saratoga, méditer sur ce mot qui ne cesse de t'échapper, le *mot juste**, comme disent les Français, voir si je peux l'attirer à découvert. Toi, de ton côté, tu mobilises ton intellect si riche en ressources et tu réfléchis à un moyen de me faire retrouver ma place.

– Au Congrès. »

Parker haussa les épaules.

« Dans la fonction publique. Je suis ouvert à toutes les suggestions innovantes. »

Gordian marqua une nouvelle pause. Puis il prit sa citronnade et leva son verre.

« OK, entendu. C'est jouable. »

Ils entrechoquèrent leurs verres, puis restèrent quelques instants silencieux.

« On devrait revenir à ces affaires dont tu parlais », observa Gordian.

Parker acquiesça.

« D'après moi, ta venue ici pour affronter toute une armée d'experts était un coup inspiré, reprit-il. C'est ce qui va faire toute la différence. »

Gordian sourit. « Dan, on a déjà trinqué à notre marché...

– Je suis sérieux, l'interrompit Parker. Sedco, c'est avant tout le pétrole. Ce n'est pas insulter mes collègues au conseil d'administration de dire que c'est ce qui les intéresse. Ce qu'ils savent. Ils ont lu le dépliant d'UpLink, les analyses et recommandations préparées par notre batterie de conseillers. Ils n'ont pas besoin de conférences techniques sur les tenants et les aboutissants des communications par fibres optiques. Ils n'ont même pas besoin d'en évaluer les caractéristiques, les avantages et les capacités. Il leur suffit de comprendre que les opérations de forage en mer s'informatisent un peu plus chaque jour, et que des transmissions à haut débit entre les puits au large et nos installations sur le rivage sont une nécessité. Raccorder nos plates-formes à ton réseau africain de télécoms n'est pas simplement un avantage pour nous, c'est inévitable.

– Tu es convaincu qu'une majorité au conseil voit les choses ainsi ?

– Totalement, affirma Parker. Les quelques éléments encore réticents ou franchement hostiles auront peut-être besoin d'un petit coup de main, surtout pour leur rendre confiance ; et c'est là que t'interviens, Gord. En inspirant la confiance et la crédibilité. (Il marqua un temps.) C'est la raison essentielle pour laquelle je crois qu'il était si important que tu viennes ici seul. »

Gordian se massa le menton. « Quel est ton influence sur eux ? Les éventuels opposants ?

– Déjà, ils ne sont pas nombreux. Je parie que c'est Bill Fredericks qui aura le plus besoin de persuasion. Chez lui, la résistance au progrès est une sorte de croisade réflexe. Il était cadre chez Sedco quand le carburant fossile qu'on vend était encore formé de plantes et de protozoaires...

– Je croyais que c'était de plantes et de bactéries...

– Protozoaires, bactéries, aardvarks volants, peu importe. Le fait est que Bill semble être le seul membre du groupe à avoir un problème à saisir le B.A. BA des systèmes à guide d'onde.... ce qui ne me surprend pas, étant déjà allé chez lui. N'essaie pas de lui vanter les mérites de la vidéoconférence. Ses téléphones ont encore des sonneries à timbre et marteau, et je te jure d'en avoir vu avec des cadrans... Il refuse de se servir du courrier électronique ou même de consulter Internet. Parle-lui d'accroissement de la bande passante et il croira que tu lui sors des obscénités. Il ne voit pas ce qu'il y a de mal à continuer de recourir aux liaisons radio marine qu'on utilise depuis des dizaines d'années et se demande sans doute pourquoi diable on ne continuerait pas d'utiliser le morse pour dialoguer avec le continent. »

Rire de Gordian.

« Je tâcherai d'être des plus attentifs quand je le bichonnerai, promit-il et il termina son plat. Qui d'autre ?

– Paul Reidman. Il est calé, lui. Très pointu sur l'aspect sécurité d'entreprise, il aime bien cette idée que détourner un flux de données transmises sous la forme d'impulsions lumineuses n'est pas une mince affaire, en fait une tâche quasiment impossible quand on en viendra d'ici quelques années au codage photon par photon. » Parker sirota son verre. « Reidman peut s'avérer myope question fiscalité, il s'inquiétera des coûts unitaires à court terme face à un investissement raisonnable dans l'avenir. Mais son acuité est à double tranchant. Il a vu les rapports révélant que les frais de maintenance après installation d'un système de fibres sous-marin sont relativement peu élevés. La moyenne est de quelque chose comme deux ou trois défaillances majeures par quart de siècle, c'est ça ?

– Trois, d'après nos études de risques préliminaires, confirma Gordian. Vince Scull ne devrait pas tarder à nous fournir une évaluation affinée.... Il s'est rendu au Gabon de son côté, mais il devrait à l'heure qu'il est avoir rejoint notre équipe avancée. Nous sommes, en outre, sur le point d'engager une flotte de dépannage pour garantir un déploiement rapide.

– Insiste bien là-dessus avec Paul. Rappelle-lui que Planétaire a déjà eu une de ces fameuses défaillances statistiques en mai dernier, c'est toujours ça de mieux pour tes chiffres. » Parker vit l'air narquois de Gordian. « Qu'est-ce qui te fait marrer ? »

Gordian haussa les épaules.

« Je me disais que t'étais vraiment fait pour les campagnes électorales. »

Parker ne se laissa pas démonter. « Je n'essaie pas d'exploiter les infortunes de quiconque. Pas de gaieté de cœur en tout cas. Mais c'est le genre de recherche de marché qui peut faire basculer Paul. »

Gordian haussa de nouveau les épaules.

« Ce n'était pas une critique. Juste une observation.

– Bien, tu sais combien je suis susceptible », nota Parker. Il lorgna son dernier morceau de steak. « Pendant qu'on est au chapitre des garanties, donne-moi votre échéancier de capacités.

– Nous pouvons garantir un débit initial d'un à deux téra-octets par seconde. Voix, vidéo, données, en proportions variables. Au bout d'un an d'amélioration, on devrait pouvoir passer à quatre téra-octets. Dès 2006, on peut virtuellement en assurer près de dix. En prenant le chiffre de départ, l'exemple favori de Megan Breen est que c'est l'équivalent de plusieurs millions de conversations téléphoniques simultanées, une pile de seize kilomètres de papier imprimé et vingt longs métrages.

– Chaque seconde ?

– Voui. »

Parker émit un waouh silencieux.

« Pense aussi à rappeler ça à notre ami Paul. » Il souleva sa fourchette, puis nota que Gordian reluquait son assiette de l'autre côté de la table. « Qu'est-ce qu'il y a ?

– Si Ash était ici, elle te dirait de laisser le gras. »

Ce qui lui valut un reniflement. « À quoi je lui répondrais que c'est du gras maigre. »

Gordian sourit, le regarda manger. « Très bien. On a fait le tour des traitements de faveur pour Reidman et Fredericks. D'autres encore ?

– Tu persuades ces deux gars, et t'es un super mec.

– Bien, conclut Gordian. Alors, je n'ai plus que deux trucs à l'esprit.

– Vas-y.

– Je me demandais si tu ne pouvais pas te faire aligner pour ce qui serait perçu comme un possible conflit d'intérêt.

– Tu veux dire, en poussant à l'installation de fibres optiques ? demanda Parker en écartant son assiette vide. Ce serait ridicule. Au mieux, c'est l'exemple parfait d'intérêts convergents.

– Je sais. C'est bien pourquoi j'ai employé le mot perçu.

– Ne perds pas une seconde de plus à y songer, Gord. Notre amitié n'est un secret pour personne. Et je ne crois pas que quiconque chez Sedco puisse mettre en doute mon intégrité. »

Gordian acquiesça. « Très bien. Question suivante. Je veux que tu m'expliques ta gaffe plus ou moins délibérée. Ce commentaire sur le fait que je risque de devoir attendre avant de pouvoir rester à la maison. »

Parker se racla la gorge.

« J'ai cru te dire qu'on en parlerait plus tard.

– En effet. (Gordian le regarda.) Et moi je te demande de m'en parler tout de suite.

– Gord...

– Tout de suite, Dan. Ta conscience t'en implore, elle te conjure de l'entendre.

– T'en es sûr ?

– Absolument. Tu n'aurais pas fait ce lapsus manifeste si tu n'avais pas voulu que je t'interroge là-dessus. »

Soupir de Parker.

« OK, t'as gagné. Le fait est que le président et le vice-président de la boîte qui sont, comme tu le sais, de fervents supporters d'UpLink, se sont rencontrés il y a quelques jours et ont concocté l'idée d'un événement pour célébrer nos nouvelles relations. En tablant sur le fait que le marché sera signé et conclu, bien entendu, ils en ont touché un mot à Hugh Bennett...

– Le P-DG de Sedco ?

– Tout juste, le roi Hughie, président du conseil d'administration, également prêt à me conseiller de donner le feu vert de cette installation de réseau en fibres optiques. Et lui, il s'est montré enthousiasmé par leur idée.

– Ils veulent une couverture presse, un dossier photo, dit Gordian. C'est compréhensible. »

Parker hocha la tête.

« Sedco est confronté à une terrible compétition pour les licences de prospection off-shore en Afrique de l'Ouest. Les plus grosses firmes pétrolières sont engagées dans ce bras de fer : Exxon, Chevron, Texaco, Total-Fina-Elf... Il y a également des compagnies d'État comme Petroleos Brasileiros et leurs filiales. Toutes ont loué d'énormes parcelles contiguës de fonds marins tout au long de la côte équatoriale du Nigéria à l'Angola. Certains de ces sites sont ce que les géologues appellent des éléphants... On s'attend à ce qu'ils fournissent jusqu'à un milliard de barils de brut. Deux zones de prospection trouvées par Texaco dans le bassin d'Agbami – c'est au large de l'Angola – devraient produire cent cinquante mille barils par jour avant la fin de cette année, et ce chiffre pourrait bien doubler quand l'ensemble du site tournera à plein rendement. Pour rester dans la course, Sedco doit faire réévaluer son profil sur le marché boursier. Une entente avec UpLink qui ferait les gros titres serait la condition idéale. Ça nous aiderait à avoir le soutien du ministère américain de l'Énergie pour obtenir des garanties auprès de l'OPIC. »

Gordian réfléchit un moment. On ne pouvait pas sous-estimer l'Overseas Private Investment Corporation, l'organisme chargé d'assurer le risque politique pour les entreprises américaines qui investissaient dans les pays émergents.

« Et si cela pousse les gouvernements africains désireux d'entrer dans notre réseau de fibres optiques à considérer d'un meilleur œil les propositions d'investissement et de développement de Sedco...

– Alors, raison de plus pour que le roi Hughie manifeste son enthousiasme... et fasse tout ce qui est en son pouvoir pour que ledit enthousiasme se transmette par contagion au reste de ses collègues au conseil », termina Parker.

Gordian finit son verre d'eau minérale.

« J'imagine que Bennett apprécierait ma présence à cette grande fête des pontes de nos deux boîtes.

– J'irai jusqu'à dire qu'il te fera savoir à quel point

il y serait sensible lors de votre entretien de demain », confirma Parker.

Gordian rabaissa son verre. « Une idée de l'endroit où se tiendraient les festivités ? »

Parker le regarda.

« Au Gabon, répondit-il. Sur une de nos plates-formes pétrolières. »

Gordian le fixa, les yeux ronds.

« À qui le tour de payer, aujourd'hui ? demanda-t-il.

– À toi.

– Bonne réponse, dit Gordian. À présent, dis-moi qui va réellement régler l'addition.

– Je suppose que c'est moi.

– Et qui va la payer les douze prochaines fois ? » insista Gordian.

Parker laissa échapper un sourire.

« Ah, toujours moi, je suppose. »

Gordian acquiesça. Une fois.

« On en reste là ? »

Parker chercha des yeux le serveur, et griffonna dans les airs pour lui indiquer qu'il voulait la note.

« Tu sais, Gord, j'aimerais vraiment que ma conscience aille se faire voir. »

Pescadero, Californie. Neuf heures du matin. Un soleil radieux accueillit Julia Gordian quand elle sortit de chez elle pour son jogging matinal, jetant des reflets dorés sur la mèche blonde teinte au milieu de sa chevelure brune. La mèche, c'était nouveau, comme sa tenue très rétro années 1960, et elle trouvait la combinaison épatante. Il lui était venu à l'esprit que la mèche décolorée irriterait son père lorsqu'il la découvrirait la semaine prochaine mais cela faisait indubitablement partie du jeu. Immature, à coup sûr. Mais Julia n'avait cessé de l'irriter depuis l'âge de sa puberté, il y a si longtemps et, à trente-deux ans, en femme indépendante, elle se figurait qu'elle pouvait bien continuer sur la même voie. Et puis, papa était si chou quand il surcompensait, et qu'il gaffait un max pour tâcher de ne pas montrer qu'il était irrité.

Julia brûlait également d'envie de lui dévoiler son tatouage à l'épaule, un discret idéogramme kanji qui en japonais signifiait « liberté ».

Pour l'accompagner aujourd'hui, comme tous les jours, ses deux lévriers rescapés – Jack le mâle tacheté et Jill la femelle gris sarcelle. Julia fit ses étirements habituels dans l'allée bordée de haies épaisses tandis que les chiens faisaient leurs besoins de l'autre côté. Puis elle les attacha avec une laisse rétractable à deux brins et s'engagea sur le trottoir, tournant à gauche vers l'angle de son lotissement résidentiel.

Un Subaru Outback passa devant elle, il filait dans la même direction et ralentit imperceptiblement au moment de la dépasser.

Clic-clic-clic.

En cette radieuse matinée, Julia avait passé un short moulant noir, une brassière de sport de même couleur, elle portait une ceinture avec sa bouteille d'eau minérale, elle était chaussée de Nike et avait pris un petit pull blanc pour déjouer la fraîcheur matinale et les voyeurs du voisinage... surtout Doug, le père de famille d'en face qui comme par hasard semblait toujours sortir ramasser le journal sur son seuil quand elle passait devant chez lui au petit trot.

Et en effet, il était bien là, pile à l'heure. Rien

qu'une fois, songea Julia, on aurait pu imaginer qu'il serait occupé à changer les couches ou donner le biberon à son môme.

Elle l'ignora comme d'habitude et se concentra sur le rythme de son exercice. Jill, qui était la moins agitée des deux bêtes, et la plus régulière à la course, trottinait à ses côtés, pressée de quémander les louanges qu'elle recevrait immanquablement pour sa coopération. Pendant ce temps, Jack caracolait un peu à l'avant pour montrer son caractère de mâle dominant – et, comme de bien entendu, se retrouvait emmêlé autour d'un arbre après s'être fait attirer et piéger par le mouvement des feuilles... ou pis encore, par un insecte bourdonnant, la plus redoutable créature de la création selon sa perspective névrotique.

Julia parvint au bout du pâté de maisons et prit à gauche Trevor Avenue où – et ce n'était pas une coïncidence – était située sa pâtisserie favorite, ses pains aux raisins à la cannelle tout chauds comme une invite dans leurs paniers géants dans la vitrine, cinq cents mètres plus loin.

Arrêté au feu à l'angle de Trevor, le chauffeur de l'Outback attendit qu'il passe au vert, puis tourna dans la même direction que Julia. L'homme assis à la place du passager approcha son appareil numérique de la vitre et prit une seconde série de clichés en rafale au moment où le véhicule arrivait à sa hauteur.

Clic-clic-clic.

Le gros 4×4 la doubla de nouveau et poursuivit dans l'avenue.

Un autre espionnerait ses mouvements un peu plus loin.

Jean-Jacques Assélé-Ndaki était un des trente-cinq hauts dignitaires gabonais à trouver une copie de la photo dans son courrier. Sur le nombre, seize, lui compris, siégeaient avec les cent vingt membres de la Chambre basse du Parlement, l'Assemblée nationale. Six autres étaient membres du Sénat, la Chambre haute avec ses quatre-vingt-dix membres ; quatre étaient des secrétaires d'État au cabinet présidentiel ; quatre dirigeaient d'importants services gouvernementaux. Les cinq derniers enfin étaient ministres délégués au ministère de l'Économie, chargés de la privatisation partielle de certains secteurs de l'industrie restés sous contrôle de l'État gabonais avant le début du programme de restructuration économique, au milieu des années 1990.

Dans chaque cas, la photo était placée dans une enveloppe kraft anonyme, soigneusement protégée entre deux plaques de carton pour l'empêcher de se corner. Des étiquettes adhésives aux angles inférieurs gauche et droit de l'enveloppe indiquaient « Personnel et confidentiel », pour assurer qu'elle ne serait ouverte que par son destinataire. La police de ces étiquettes comme de celle de l'adresse était un Times Roman classique produit par quantité d'imprimantes informatiques. Même la cartouche d'encre utilisée était d'un modèle parfaitement normal. Aucune des enveloppes ne portait mention d'une adresse de retour. Et aucun message n'accompagnait l'envoi.

L'image horrible de Macie Nzé était parlante en soi.

Même si une inspection du tampon de la poste devait révéler que les envois avaient été déposés à la poste centrale de Libreville sur le boulevard de la Mer, peu avant le dernier tri au soir du 26 septembre et avant que le suivant ne soit chargé dans les fourgonnettes au matin du 27, même le plus élaboré des tests de police scientifique n'aurait pas trouvé la moindre trace de manutention sur les photos ou le pli. Aucune empreinte digitale, aucun échantillon biologique, nulle trace de fibre ou de matériau microscopique susceptible de fournir la moindre information. C'était comme si les envois avaient été préparés en laboratoire dans de rigoureuses conditions d'asepsie.

Bien sûr, quasiment aucun des hommes politiques n'envisagea d'informer d'emblée les autorités. Ils avaient bien trop à perdre à une enquête policière sur leurs contacts clandestins et leurs affaires.

Comme les bureaux d'Assélé-Ndaki étaient situés au début de la tournée postale dans le quartier Louis, son courrier lui était en général délivré avant qu'il n'arrive à son bureau pour la journée. Cela convenait au parlementaire qui avait pris l'habitude de lire sa correspondance tout en buvant une tasse de moka bien fort pour arroser le gâteau à la crème achetée en chemin dans une pâtisserie proche du boulevard Omar Bongo.

Le contenu de l'enveloppe kraft, toutefois, lui avait fait regretter de l'avoir ouverte. Aujourd'hui, ou un autre jour.

Si la terreur d'Assélé-Ndaki en découvrant le cliché était analogue à celle vécue par tous ceux qui avaient posé les yeux dessus, elle était bien plus profonde, et son chagrin était tout à fait personnel. Nzé et lui avaient nourri une amitié fraternelle qui remontait à leur enfance. Nés tous deux dans des familles d'hommes politiques, ils avaient grandi voisins à Port-

Gentil où leurs parents avaient l'habitude de se voir souvent. Enfants, ils avaient fréquenté les mêmes écoles primaire et secondaire, ils avaient joué au foot dans la même équipe. Ils avaient partagé la même chambre d'étudiants lorsqu'ils étaient à la Sorbonne à Paris, dont ils étaient sortis avec une maîtrise d'économie et, après leur retour au Gabon, ils avaient tenu des postes de responsabilité dans les plus grandes entreprises de prospection minière ou de distribution d'énergie du pays. Quelques années plus tard, leurs chemins s'étaient de nouveau croisés quand tous deux avaient obtenu un siège à l'Assemblée nationale lors de la même élection législative.

Et ensemble, ils avaient assisté à une série de réunions secrètes avec Étienne Bégéla et d'autres personnalités du gouvernement, rencontres où on les avait persuadés d'accepter de coquets pots-de-vin du Blanc Gérard Faton... en vue de contrecarrer l'emprise par UpLink sur le réseau national de télécommunications. Bégéla avait attiré Assélé-Ndaki et son ami d'enfance dans le complot, tout comme il avait sans aucun doute courtisé le reste des participants. Mais Assélé-Ndaki ne devait s'en prendre qu'à lui pour ses décisions. Elles n'étaient venues d'aucune forme de pression ou de coercition. Il s'était plutôt senti attiré par l'argent facile... et pour être franc, avait succombé à l'excitation de franchir les limites de l'éthique et de la légalité, comme un désir viscéral de sonder ses capacités personnelles à la roublardise.

À présent, le frisson de l'inconnu avait été remplacé par la vertigineuse prise de conscience de la folie de ses actes. Leurs actes... les siens et ceux de Macie, peut-être ceux des autres, aussi bien. Tout cela lui avait presque semblé un jeu jusqu'à ce que le Parlement de Libreville se réunisse pour voter. L'amendement qu'ils avaient déposé pour retarder le vote assurant l'extension des licences temporaires d'UpLink pour une durée d'au moins vingt-cinq ans avait été un petit bijou de langue de bois. Mais quand le président avait eu vent de leurs intentions par le truchement de ses députés loyalistes – la Constitution gabonaise, très présidentialiste, lui permettait de choisir lui-même neuf parlementaires pour diriger les diverses commissions des lois –, les auteurs et les défenseurs de l'amendement proposé s'étaient vu conseiller de le retirer en termes bien moins fleuris que leur prose châtiée. Le choix était sans appel : ils pouvaient poursuivre leurs menées obstructionnistes et s'attirer la curiosité du ministre de la Justice qui viendrait fouiller et enquêter dans leurs affaires privées et officielles, leurs archives financières, voire leurs activités sexuelles... Toutes leurs affaires sans considération pour leur statut social ou leur droit à la vie privée.

Ou ils pourraient laisser passer la loi existante. Et ainsi poursuivre leur existence sans autre inconvénient ou interruption gênante.

L'amendement avait donc été retiré et l'approbation officielle d'UpLink obtenue haut la main à l'Assemblée.

Ce qu'Assélé-Ndaki et son ami n'avaient pas réussi à saisir – ce qu'aucun des défenseurs de l'amendement n'avait compris à l'époque –, c'est qu'ils étaient en grand risque de se voir balayés par la force inexorable qui les avait conduits jusqu'ici. Le Blanc ne tolérerait qu'une seule chose désormais : qu'ils continuent sur la même voie, une fois qu'ils se seraient engagés sur son programme, ou alors il les écraserait sur place, purement et simplement, si jamais ils faisaient mine de s'arrêter ou de faire demi-tour.

Assélé-Ndaki sentait à présent la chair de poule l'envahir. La sueur perlait à son front, luisait sur les larges arêtes de ses pommettes. Macie. Ce pauvre Macie...

Il avait été assassiné. Pour faire un exemple sordide. Les enquêtes et les scandales, cela c'était les intruments des politiciens. Et le Blanc n'en était pas un.

Assélé-Ndaki frissonna en contemplant la photo de Macie posée sur ses genoux, avec son collier embrasé lui ceignant les épaules. Macie, brûlant comme une torche humaine, le visage déformé par les tourments de la mort derrière les langues de flammes chargées de carburant. Macie, brûlant, les mains tranchées aux poignets et déposées sur le sol à ses pieds pour qu'il puisse les voir tandis que le feu s'élevait autour de lui et que sa vie se carbonisait dans sa chair.

En exemple, songea de nouveau Assélé-Ndaki.

Bien qu'engourdi par le choc, il lui restait encore assez d'instinct de conservation. Par définition, les exemples servaient d'avertissements, et on ne lui aurait pas envoyé la photo s'il avait été trop tard pour éviter de partager le sort de Macie. Il y avait encore une chance que la législation sur les télécoms soit annulée ou se retrouve tellement noyée dans la procédure parlementaire que le résultat soit le même. Après avoir été voté par l'Assemblée, le test devait encore être ratifié par le Sénat, normalement une simple formalité pour satisfaire à la volonté présidentielle. Mais Assélé-Ndaki avait de nombreux alliés, dont certains étaient au fait des manœuvres du Blanc. Si les vénérables sénateurs repoussaient la loi après les délibérations de la Chambre – s'ils pouvaient être assez nombreux à être convaincus de voter contre –, alors elle se retrouverait ramenée devant le parlement en deuxième lecture et soumise à nouveau aux commissions parlementaires en vue d'être modifiée. Dès lors, de nouveaux amendements pourraient être introduits, de sorte qu'en définitive le processus recommencerait du début.

Le cœur d'Assélé-Ndaki battait à tout rompre. C'était un plan désespéré, il le savait. Tous ceux qui contrecarraient les visées du président en payaient le prix. Ils se retrouvaient sondés, censurés – leur réputation personnelle était entachée, leur carrière au gouvernement traînée dans la boue. Certains pouvaient tout y perdre. Si jamais l'épouse d'Assélé-Ndaki devait apprendre ses frasques extraconjugales...

Tout, oui, le rejet de l'amendement leur ferait tout perdre.

Sauf la vie.

Assélé-Ndaki contempla la photo de Macie sous son manteau de flammes et se sentit à la fois pénétré par l'horreur et le chagrin.

Mieux valait connaître la disgrâce que la mort. Surtout ce genre de mort.

Il rangea la photo dans un tiroir, tendit une main tremblante vers le téléphone – mais sa secrétaire l'appela sur la ligne intérieure avant qu'il ait eu le temps de soulever le combiné de sa fourche.

Le sénateur Moubouyi était en ligne pour une affaire de la plus extrême urgence, l'informa-t-elle.

S'il n'avait pas été d'humeur aussi noire, Asselé-Ndaki en aurait souri.

Il venait, semblait-il, de se faire coiffer au poteau.

Nimec avait pris ses dispositions pour qu'ils retrouvent le capitaine du navire câblier également responsable du projet pour vingt-deux heures à dîner au club « Scintillements ». Son nom était Pierre Gunville et, pour une raison quelconque, cela posait un problème à Vince Scull. Scull avait également un problème avec le nom du club et le fait que la rencontre n'ait pas lieu dans un immeuble de bureaux aux heures normales de bureau. Nimec ne pouvait pas dire que ces plaintes l'étonnaient. La contrariété était le ressort émotionnel de Scull. Le jour où il ne serait pas en train de bouillir pour une raison ou pour une autre, cela vaudrait le coup de consulter Nostradamus pour voir si c'était le présage de quelque imminente catastrophe.

Scull avait commencé à bougonner dès l'instant où il avait croisé Nimec dans le couloir de l'hôtel Rio de Gabao où ils logeaient. Alors qu'il venait d'entrer dans la cabine de l'ascenseur et d'appuyer sur le bouton RDC, il continuait de pester et bougonner tandis que les portes se refermaient en coulissant.

« Putain, mais pourquoi toutes ces conneries ne te cassent pas les pieds ? remarqua-t-il.

– Quelles conneries ? dit Nimec. J'aimerais savoir...

– Ce gars au nom à coucher dehors, cet endroit improbable où on doit le retrouver, cette heure de rendez-vous tout aussi improbable alors que je descends tout juste de l'avion de Paris », expliqua Scull, récapitulant d'un ton bilieux sa liste de plaintes. Il se passa une main sur la tête pour lisser ce qui lui restait de cheveux. « Voilà quelles conneries, Pete. »

La cabine entama sa descente. Nimec essaya sans succès de trouver une réponse adéquate, décida de reprendre les choses en récapitulant.

« Tu aurais pu prendre le vol d'Air France avec nous, tu serais arrivé avant-hier, commença-t-il. Personne ne t'a forcé la main pour attendre un jet privé.

– Putain, t'es sérieux ?

– Très.

– Eh bien, je ne vais pas revenir sur ce que ça m'a coûté pour bénéficier de ce service, dit Scull. Une dépense qu'incidemment le patron aurait pu me proposer de prendre à son compte. Enfin, en partie. »

Nimec le lorgna. « C'est crétin, comme argument. Si tu as peur de l'avion...

– Ça fait combien de millions de fois qu'on aborde ce sujet ? Je n'ai PAS peur...

– D'accord, d'accord, on dira que tu as des problèmes avec les vols commerciaux », convint Nimec, qui avait horreur de se voir embarquer dans ce genre de dispute. « C'est ton problème, tu payes... »

Ricanement de Scull.

« Mon problème, si tu tiens à l'appeler ainsi, c'est leur façon de gérer la sécurité. C'est toi l'expert. Dis-moi que tu te sens détendu de voler dans un ciel si accueillant pour les terroristes. »

Appuyé à la barre du fond de la cabine, Nimec regarda au-dessus de la porte l'indication des étages. Le chiffre 24 clignotait. Onze de passés, encore vingt-trois.

« Je ne gâche pas d'énergie à me soucier de ce que

je ne peux pas contrôler. De Marco a le droit de faire ce qu'il veut, si tu veux savoir ce que je pense. Si les incidents terroristes en avion étaient la norme, ils ne feraient pas les gros titres. S'ils font les gros titres du vingt heures, c'est bien parce qu'ils ne se produisent pas tous les jours.

– Comme les inondations, les séismes et les éruptions volcaniques, c'est ça ? Un gars qui embarque avec une bombe au Semtex dans le talon de ses chaussures, ce n'est que le hasard de la Divine Providence, c'est ça ?

– Rends-nous service à tous les deux, laisse un peu courir, Vince.

– Comment ça, laisser courir ? C'est moi qui me suis tapé ces négociations à Paris toute la semaine dernière, pendant que tu te prélassais au siège. S'il n'y avait pas eu quelqu'un pour raccommoder les choses avec la flotte d'entretien des câbles de Nautel, on n'aurait pas rendez-vous ce soir avec le capitaine Gunmachin.

– Le patron avait d'autres négociateurs sur place, dit Nimec. C'est toi qui t'es porté volontaire.

– C'est là où tu te fourres le doigt dans l'œil, Petey. Je suis l'élément avancé de la boîte. L'éclaireur chargé de déterrer les mines. Celui qui évalue les risques. Ce qui veut dire que...

– Que c'est ton boulot d'évaluer les risques », termina Nimec, qui avait l'habitude de ses jérémiades.

Il lorgna son Annie-mètre : encore trop long. Puis il regarda l'indication des étages. Dix, neuf. Presque arrivé. Il faudrait voir à calmer le jeu. « Le fait est, Vince, que tu gagnes de quoi te payer ton vol en jet privé. On aurait besoin de discuter avec Gunville même si sa boîte ne remportait pas le contrat. Pour l'instant, nos équipes n'ont l'intention d'utiliser les rafiots de Nautel que pour les opérations de soutien logistique. Mais voilà, deux plongeurs de *L'Africana* se sont fait tuer alors qu'ils effectuaient des réparations sur la même ligne en fibres que nous comptons descendre faire inspecter par nos gars. Je connais la version officielle de ce qui est arrivé à ces deux types. J'ai lu la presse. Et je persiste à vouloir le sonder. Entendre le récit de sa bouche. Parce que c'est mon boulot à moi de veiller à ce que nos gars travaillent dans les conditions les plus sûres, malgré les risques encourus.

– M'as-tu entendu dire que j'avais un problème avec ça ? » Scull se frappa la poitrine du pouce, indigné. « Qu'on en revienne plutôt à ce que je demandais au début, ça, t'en as rien à foutre. »

Nimec haussa les épaules, résigné.

« Ces Gabonais dînent tard, expliqua-t-il. Neuf, dix heures du soir, c'est leur horaire habituel. Il est également de mise d'inviter les hôtes d'affaires étrangers à l'extérieur. De les distraire. Et l'endroit où nous sommes censés retrouver Gunville est censé être coté. » Il marqua un temps. « Tu devrais profiter des choses tant que tu le peux. T'estimer heureux en te disant qu'on a encore deux jours avant de devoir plonger dans la brousse pour aller inspecter les nouvelles installations à terre.

– Je serais encore plus heureux si on pouvait ne pas dévier du sujet. Scintillements, tu sais ce que ça veut dire ? Sans doute encore une de ces boîtes avec des lasers qui éclaboussent les murs et le plafond, à vous donner l'impression d'être un cinglé en train de barbouiller tout ça avec un gros feutre.

– Je ne suis pas sûr que ce soit ainsi. J'ai pris un dépliant touristique dans ma chambre et il y avait une pub...

– Allez, depuis quand t'es devenu si crédule ? Ce doit être ta vie rangée qui t'affecte. »

Air perplexe de Nimec. « Vie rangée ?

– Je t'ai demandé à l'instant de ne pas dévier de sujet. Tu veux mon conseil sur ton histoire d'amour au Texas, on pourra toujours en discuter plus tard, dit Scull. Le club, Petey. Concentre-toi sur le club. Réfléchis une minute à ce nom, dis-moi si franchement tu t'attends à de la bonne bouffe. Ils peuvent jouer les prétentieux tant qu'ils veulent en le maquillant à la française pour faire genre, moi je te dis qu'il est dans la même lignée que cette minable discothèque de Brooklyn comme celle qui appartenait à ce mafieux russe que t'as descendu... Merde, comment s'appelait-elle, déjà ?

– Le Platinum.

– Ouais, c'est ça...

– Vince, le français est la langue officielle, ici.

– Et alors ?

– Alors, peut-être que tu devrais te servir de ta tête. » Nouveau haussement d'épaules. « Personne ne maquille quoi que ce soit. Personne ne joue à rien ou ne fait le prétentieux.

– C'est encore pire, s'entêta Scull. Si les propriétaires de cette turne savent que les clients comprennent le nom de leur boîte, franchement, quel intérêt ? Et pour rester dans les noms crétins, qu'est-ce que tu dis de ce capitaine Gun-en-ville. Si tu crois que tu vas mettre la main sur son acte de naissance, réfléchis-y à deux fois. » Scull se mit à bougonner. « M'rappelle un gars que j'avais croisé un jour à une soirée. S'était présenté sous le nom de John Viesauvage. Sans blague. Je te l'ai catalogué vite fait comme un de ces fils de riches dilettantes dont les parents pleins aux as avaient dû mettre une fortune dans son équipement d'alpiniste ou peut-être son kayak s'il avait envie de descendre des rapides. Ça a dû leur coûter une fortune. De quoi lui permettre de financer une de ces fondations d'écologistes de mes deux à Washington... Georgetown, au moins. Le mec avait un étage entier de bureaux dans la 16e Rue pour sa fameuse fondation – tu sais le montant des loyers dans le quartier. Et la raison ? Pour lui permettre de se reposer de temps en temps de ses activités de loisir, de s'extraire de l'écume des rapides, le temps de se sécher le cul. John Viesauvage, tu parles... »

Leur ascenseur s'immobilisa au rez-de-chaussée avec un *ding* assourdi. Dès que les portes s'ouvrirent, Nimec vit le réceptionniste derrière son comptoir lui adresser un sourire accueillant. Il laissa échapper un soupir de soulagement. Scull était parvenu au bout de sa tirade.

« Allez, viens, Vince. » Il sortit de la cabine. « Trouvons-nous un taxi. »

Scull le suivit, un pas en retrait, fronça les sourcils.

« Tiens, je serai content si on trouve un chauffeur qui ne nous prend pas pour deux crétins de touristes. »

Le réceptionniste s'efforça de se montrer aimable avec les deux Américains qui sortaient de l'ascenseur. Avaient-ils besoin qu'on leur change leur argent ? leur demanda-t-il dans un anglais scolaire. Désiraient-ils qu'on leur indique où aller ? Désiraient-ils un service particulier à la chambre pour leur retour ?

Le premier homme à passer devant le comptoir – M. Nimec, suite d'honneur numéro 9 – déclina avec un merci poli. Le nouveau venu – M. Scull, qui avait tenu dès son arrivée à ce qu'on change sa chambre de la 8 à la 12, déclarant la première incommode et bruyante – se contenta d'un signe de dénégation et suivit son collègue.

Le réceptionniste ne laissa pas la mauvaise humeur de son second client entamer le moins du monde la courtoisie de son expression. Il avait l'habitude du métier et savait tenir ses distances.

Il suivit des yeux les deux hommes qui se dirigèrent d'un bon pas vers l'entrée de l'hôtel devant laquelle un chasseur en uniforme à épaulettes et brandebourgs leur tint ouvertes les grandes portes vitrées. Puis il décrocha son téléphone, composa un numéro, laissa un bref message à son interlocuteur et raccrocha.

Maintenant qu'il leur tournait le dos, le sourire qu'il avait présenté aux deux hommes avait quitté son visage.

Dehors, le chasseur s'empressa de héler un des taxis qui attendaient sur le trottoir devant le dais rouge et or ; il en ouvrit la porte arrière pour les représentants d'UpLink. Puis il leur demanda leur destination – là encore dans leur langue –, qui lui fut donnée par le grand type à mâchoire étroite qui était sorti le premier de l'ascenseur, indication qu'il communiqua, serviable, au chauffeur, dans son français natal.

Le grand bonhomme lui fila la pièce et monta dans le taxi. Son compagnon, plus râblé, se tassa dans le siège voisin, claquant la porte avant que le chasseur n'ait eu le temps de le faire pour lui, quoique certainement avec plus de douceur.

Le pourboire glissé dans la poche de son uniforme chamarré, le chasseur regarda le taxi s'éloigner sur le boulevard. Un instant après, le deuxième taxi dans la queue vint se couler juste devant l'entrée de l'hôtel.

Cette fois, le chasseur ouvrit la portière avant et se pencha à l'intérieur.

« Scintillements, dit-il au chauffeur.

– Voir Gunville ?

– Ça n'est pas notre affaire. »

Leurs regards se croisèrent brièvement. Puis le chauffeur acquiesça sans ajouter un mot, et il reporta son regard devant lui, les mains posées sur le volant. Savoir qui les Américains devaient rencontrer ne les regardait pas. Mieux valait pour eux qu'ils en sachent le moins possible.

Le chasseur se redressa, referma la portière.

Une seconde plus tard, le taxi quittait le trottoir et s'insérait dans la circulation clairsemée, quelques dizaines de mètres derrière le véhicule emportant Scull et Nimec.

Les eaux océaniques du Gabon reçoivent des courants tièdes et *La Chimère* flottait ce soir au-dessus du bassin de l'Ogooué, une large ceinture de sédiments alluviaux qui descendait en pente douce vers les bassins regorgeant de pétrole situés au large. C'est dans cette zone, quatre mois plus tôt, que Cédric Dupain et Marius Bouchard avaient connu une mort subite à trois cents brasses de profondeur, mais les explosions et la surpression qui avaient réduit leurs corps en bouillie n'avait en rien troublé la tranquillité de la surface.

Les pires actes de violence de l'existence pouvaient demeurer enfouis, cachés et silencieux. La mer est un lieu où criminel et victime peuvent se rencontrer sans témoins, où les crimes commis engendrent de sordides intimités, où la culpabilité s'échappe, fugace et drapée de honte.

Étendu sur le lit d'apparat de son yacht, Harlan DeVane fixait l'écoutille levée et attendait impatiemment la venue du sommeil. Bien que clos, ses yeux étaient caressés par les feux de position des bouées et des plates-formes vers l'ouest, et par les feux de navigation des grands pétroliers lents amarrés entre elles. Certaines nuits, toutes ces lueurs vacillantes attiraient DeVane dans un oubli temporaire mais, ce soir, elles ne faisaient au contraire que l'en ramener.

Le mince rideau translucide tendu devant le hublot s'enroulait, drapé dans les bouffées d'air marin tiède. Nu sur les draps, DeVane sentait la brise satinée glisser sur ses jambes et son torse, il sentait le doux balancement régulier du bateau tenter de l'attirer dans le noir. Mais son corps demeurait tendu, crispé. Il avait bien tenté de ne songer qu'à ses affaires, se concentrer sur la préparation des discussions imminentes avec ses clients. Il y avait toutefois eu peu d'éléments à envisager. Son offre était à prendre ou à laisser. Il avait perdu une bonne partie de sa fortune et presque perdu la face après la débâcle du virus dormant et s'était retrouvé en position délicate face aux acheteurs déçus de ses activateurs génétiques. Et pourtant, il ne leur avait pas raconté d'histoire. L'échec n'avait pas été la conséquence d'une défaillance dans la délivrance du produit, ni d'un défaut de performances, ni d'une évaluation erronée de ses potentiels ravageurs. Mais dans son domaine de travail, il n'y avait aucune garantie face aux contremesures déployées par l'ennemi. UpLink International avait été l'obstacle qui l'avait fait échouer, et il avait bien l'intention de s'en débarrasser. Il n'allait pas réparer la confiance entamée de ses clients en se muant en distributeur au rabais, en trafiquant à la petite semaine comme les vendeurs du marché de Port-Gentil.

Une fois prises ces bonnes dispositions, les souvenirs étaient revenus vriller la volonté de DeVane. Même ceux qui étaient satisfaisants avaient quelque chose d'un plaisir maladif.

Ils lui montraient à présent sur l'écran de sa mémoire l'image de l'immeuble en grès rouge de New York, souvenir vivace de son aspect la première fois qu'il l'avait vu. C'était à des milliers de kilomètres et deux ans jour pour jour après qu'il se fut assis à la longue table vitrée dans la tour paternelle, quand il dissimulait les poignets élimés de sa chemise sous les manches de son blouson bon marché. DeVane avait su dès l'instant de son expulsion les leçons importantes qu'il conviendrait d'en tirer. Dans le temps qui s'était écoulé depuis, il s'était acharné à les extraire une par une, avait veillé à ce que le traitement de cette information soit entier et complet. Il n'avait pas perdu une seconde à se tourner les pouces.

Son apparence avait changé... non, il s'était plutôt transformé. C'était la toute première leçon qu'avait apprise DeVane : la transformation était nécessaire à ceux qui étaient nés à l'extérieur de la forteresse du pouvoir s'ils voulaient réussir. L'inconnu sans visage devait se couler dans les moules qui lui permettraient de faire sa place.

Le moule adopté par DeVane, le costume adopté alors qu'il se dirigeait vers l'immeuble de grès rouge de l'Upper East Side était taillé dans du crêpe de laine noir, sa chemise était de coton gris tricoté, sa cravate en soie tricotée main était impeccablement nouée. Il n'avait chaussé ses souliers bas à lacets qu'une fois auparavant pour en assouplir légèrement le cuir, avant de les cirer avec soin. Accroché négligemment à son épaule, il y avait une sacoche Coach Hudson.

DeVane avait acheté cette coûteuse garde-robe avec l'argent d'articles volés et fourgués dans une autre ville. Ses mains étaient devenues habiles au maniement du crochet et de la pince-monseigneur, à l'entrée furtive dans les logements inoccupés. La tour de bureaux paternelle l'avait amené à comprendre que le sens du droit était comme une mue dont il convenait de se débarrasser... et l'avait finalement conduit à découvrir que le mérite n'ouvrait pas les portes mais vous aidait simplement à rester à l'intérieur de la pièce. Il s'était rendu compte, en outre, qu'il y avait plus d'une seule porte, plus d'une seule pièce. Pour l'inconnu sans visage, la ruse et la tromperie étaient les véritables clés du royaume.

Abracadabra.

S'arrêtant devant la demeure bourgeoise XIXe, DeVane en avait relevé les moindres caractéristiques avec une attention maladive pour le détail. Une clôture basse en fer forgé séparait la courette pavée du trottoir. Un pied de bambou, s'élevait, grêle, vert et jaune, d'une jardinière en béton près des marches du perron. Les fenêtres à meneaux plombés étaient munies de barreaux noirs et de volets intérieurs. La porte en boiserie sombre était munie d'un lourd heurtoir en fer à cheval, d'un bouton de cuivre et surmontée de deux appliques en forme de poire. Au chambranle, un interphone. Des motifs floraux ornementaux décoraient les corniches en surplomb.

DeVane avait levé les yeux sur les appliques au milieu de la cohue du trottoir et s'était rappelé les avoir vues en photo sur un guide des antiquités ornementales écrit par la propriétaire des lieux. Son nom était Melissa Phillips et elle était l'auteur de nombreux articles de magazine et de trois ouvrages sur des sujets analogues. Son dernier livre avait été publié dix ans plus tôt, peu après la disparition de son mari, directeur de collection dans une maison d'édition réputée et bien plus âgé qu'elle.

Avant son voyage à New York, DeVane avait appris tout ce qu'il fallait savoir sur la veuve. Elle avait mené une existence réservée, sinon recluse, depuis son veuvage. Elle avait la réputation d'être une légère excentrique qui se targuait de jouer les bohémiennes. Elle avait un petit cercle d'amis avec qui elle se réunissait régulièrement, la plupart des femmes de la bonne société qu'elle connaissait depuis des années. Même si elle possédait une fortune conséquente, Melissa Phillips louait parfois des suites luxueuses dans le spacieux hôtel particulier dont elle avait hérité, plaçant pour ce faire des petites annonces dans le *New York Observer*, un hebdomadaire de Manhattan très lu dans la bonne société. Les loyers mensuels étaient élevés mais ces locations d'appartements venaient plus d'un désir de relation que d'un besoin financier, et elle montrait une douceur et même une générosité de mécène vis-à-vis de certains occupants... ou plutôt certains hôtes, comme elle préférait appeler ses locataires. Les jeunes gens aspirant à une carrière artistique faisaient souvent vibrer en elle une corde empathique. Écrivains en herbe, musiciens, danseurs et comédiens faisaient des occupants pleins de vie autorisant des conversations animées en soirée, et il lui arrivait de rajuster à la baisse ses loyers pour les soulager de leurs déboires financiers ou, dans certains cas, elle allait jusqu'à en reporter l'échéance quand la poursuite de la muse leur vidait les poches.

La veuve avait montré une affection toute particulière pour les jeunes gens intéressants et doués aux alentours de la trentaine, et c'était vers eux que ses faveurs s'orientaient le plus et le plus souvent.

DeVane avait appris cette préférence après avoir lu un vieil article publié en page six du *New York Post*, bien connu pour ses potins mondains sur les célébrités et les membres de la bonne société.

Il avait cru y voir comme un signe.

Sur le perron de la maison de grès rouge, il se présenta à la domestique dans l'interphone et se vit annoncer que quelqu'un allait descendre lui ouvrir dans un instant.

Quand la porte s'ouvrit, DeVane ne fut pas surpris de voir Melissa Phillips en personne dans l'entrée. C'était une femme séduisante. De petit gabarit, frêle, mince, cheveux blonds avec juste une touche de gris.

La veuve l'avait évalué de ses yeux bleu pâle, attentifs.

« Bonjour, monsieur Nemaine, avait-elle dit, souriante. J'avais cru que votre rendez-vous avec cette agence littéraire risquerait de vous retarder... cela peut être parfois épouvantable de venir ici depuis le centre. »

DeVane haussa les épaules, lui retourna son sourire avec un autre sourire qu'il avait étudié sur d'autres visages et s'était entraîné à reproduire.

« L'emploi du temps d'un auteur dramatique se doit d'être parfait, et j'essaie de ne pas rater une mesure », dit-il en prenant la main tendue. Elle avait les doigts longs et fins.

« C'est un honneur, madame Phillips. Vous avez une grande réputation de mécène. »

Un éclat dans les yeux de la veuve qui croisèrent les siens.

« Je suis ravie de savoir que mes efforts sont appréciés. Et je vous en prie, appelez-moi Melissa... je ne suis quand même pas beaucoup plus vieille que vous. »

DeVane garda la main dans la sienne. Derrière elle, il entrevit un hall au plafond haut et aux proportions immenses. Le lustre aux ors patinés suspendu au plafond voûté lui fit forte impression, avec ses chandelles blanches et ses bras inclinés et gracieux.

Elle nota qu'il contemplait les lieux par la porte entrouverte et tourna la tête pour voir ce qui avait captivé son attention.

DeVane agit rapidement ; il avait bien répété son coup pour l'amener à la perfection.

« Excusez-moi d'être ainsi distrait mais ce lustre est vraiment magnifique, dit-il. En bois doré, n'est-ce pas ? J'imagine qu'il doit remonter à la restauration anglaise. »

Melissa se retourna de nouveau pour le regarder, impressionnée.

« Pas loin, dit-elle en ouvrant tout grand la porte pour l'inviter à entrer. Il est anglais. Du tout début du XVIIIe, toutefois. Vous le trouverez encore plus beau le soir quand les chandelles sont allumées. »

Il avait hoché la tête et pénétré dans l'entrée.

Alors qu'il la suivait, il s'était senti presque comme un chasseur de trésors qui vient de déterrer le butin qu'il avait recherché toute sa vie – s'échinant, s'escrimant, creusant, forant sous d'innombrables couches de terre et de pierre pour le révéler – et maintenant qu'il l'avait mis au jour, maintenant qu'il était à portée de main, il découvrait qu'il contenait un magot plus grand encore que tout ce qu'il s'était permis d'imaginer.

Il voulait en voir chaque pièce, tout embrasser d'un coup...

Mais soudain, le fil des souvenirs d'Harlan DeVane se brisa comme une bobine de film qui vient d'achever de se dévider dans une cabine de projection déserte...

Dans sa cabine à bord de *La Chimère*, son corps s'était finalement libéré de sa tension pour le laisser plonger dans un sommeil sans rêve.

« Je dois l'admettre, Petey, t'avais cent pour cent raison de dire que les Gabonais ont le chic pour savoir distraire leurs visiteurs », dit Scull, de bonne humeur, levant la voix au-dessus de celle de leur hôte qui s'accompagnait au piano sur la scène centrale du club. « Si je m'étais rendu compte à quel point, tu m'aurais pas entendu me plaindre.

– Parfait, dit Nimec.

– Et puis, t'aurais dû me dire aussi que la cuisine

était sénégalaise. Ne t'avais-je pas entendu dire que tu voulais depuis longtemps tâter de la cuisine africaine ?

– C'est bien possible.

– Eh bien, c'est encore plus le cas pour moi, crois-le ou pas. Raison pour laquelle...

– Je te l'aurais dit, interrompit Nimec. Si j'avais su.

– Mais la pub que t'as lue, alors ? »

Nimec lui adressa un regard.

« J'imagine que les détails concernant la cuisine m'auront échappé. J'avais d'autres priorités en tête.

– Eh, pas besoin de te justifier. Je disais juste que c'est dommage que t'aies pas remarqué. » Scull but une gorgée de bouillon à la cuillère. « En tout cas, leur soupe de poisson est délicieuse. Les épices, mon vieux, ça te prend en traître ! La chaleur te rampe sur la langue, d'avant en arrière. Et puis, là, bang !

– Ravi que ça te plaise.

– Faudra que je me rappelle le nom. Encore mieux, je devrais demander au serveur de me le gribouiller sur un bout de papier ; du *tiébou dienn*, c'est ça ?

– Je crois, oui.

– Parce que c'est un truc que j'ai pas l'intention d'oublier. Quand t'arrives au riz et aux trucs qu'il y a au fond, crois-moi sur parole, c'est vraiment le pa-ra-dis...

– Tu m'en vois ravi. »

Scull le regarda. « Tu l'as déjà dit.

– Dit quoi ?

– Laisse tomber. Comment est ton poulet yassa ?

– Bon.

– Alors, pourquoi cette tête d'enterrement ? insista Scull. Gunville n'aurait pas pu nous traiter mieux, question bouffe. Pas mal l'orchestre, non plus. Quoique, pour être franc, j'aurais préféré qu'il ne chante pas en français, que je puisse au moins comprendre les paroles. »

Nimec se garda de répondre.

Scull haussa les épaules, plongea sa cuillère dans le bol, aspira. Nimec le regarda de l'autre côté de la table, cherchant à deviner si ces louanges appuyées sur la cuisine et l'accompagnement musical offerts par Scintillements étaient sincères, un numéro destiné à le titiller ou peut-être encore un savant mélange des deux particulièrement pervers et typiquement scullien. Quoi qu'il en soit, Scull avait réussi à réduire sa patience à zéro. Enfin, il y avait grandement contribué.

Nimec se tourna vers le centre de la salle qui n'étincelait et ne grouillait d'aucun rayon laser barbouilleur ambiance crayon feutre, mais au lieu de cela correspondait point par point à la description donnée par le dépliant touristique : *Une atmosphère classique et paisible, toute de lumières tamisées.* Disposées autour de la scène, une trentaine de tables étaient occupées par des couples élégamment vêtus, dont un pourcentage notable était composé d'expatriés venus des États-Unis ou d'ailleurs. Sur scène, Pierre Gunville, maître d'équipage de *L'Africana*, assis sur un tabouret à côté du piano demiqueue, vocalisait une ballade sentimentale qu'il avait présentée comme une histoire d'amour trouvé, trahi et abandonné – le tout en français et en anglais pour complaire à son auditoire cosmopolite. Gunville était en smoking noir, chemise blanche à col cassé, et cravate noire qu'il avait peu à peu dénouée durant sa prestation pour révéler l'épaisse chaîne en or qui lui ceignait le cou. C'était d'un ostentatoire achevé.

Nimec mangeait, écoutait, attendait. Quand Scull et

lui s'étaient présentés devant leur table réservée un peu plus tôt, Gunville avait quitté la scène – où il faisait quelques gammes –, proclamé son intense ravissement de faire leur connaissance, puis les avait guidés dans les méandres de la carte, leur recommandant les spécialités de la maison. Il avait ensuite expliqué que chanter dans cette boîte était à la fois son plaisir et son petit à-côté, un extra pour compenser l'ennui et les pressions accumulées lors de ses longs et durs séjours en mer. Il espérait qu'ils apprécieraient la première de ses deux apparitions d'une demi-heure durant le dîner. Il se hâterait de les retrouver à l'entracte et serait ravi, et même avide, de discuter de ce qu'ils avaient à l'esprit concernant sa vocation première.

Nimec avait supposé qu'il faisait allusion à son poste de capitaine de *L'Africana*.

La sérénade triste de leur hôte semblait toucher à sa fin. Ou à son crescendo. Enfin le type de conclusion séant à ce genre d'élégie aux amours perdues. Le pianiste, que Gunville avait simplement présenté sous le nom de « Maestro », plaqua un accord mineur, et termina la mélodie sur une note bleue. Alors Gunville se leva de son tabouret, porta le micro contre sa bouche, serra le poignet gauche contre son flanc dans un geste tremblant et passionné, et termina son numéro par une note sonore et soutenue suivie d'une profonde révérence. Nimec nota son regard qui s'attardait sur une femme assise seule à une petite table pour deux tout près de la scène, les mains levées un peu plus haut que les autres, tandis que résonnaient des applaudissements clairsemés mais chaleureux. Elle était blonde, bien faite, et portait une robe sans manche au dos nu vertigineux.

Ayant glissé le micro sur son pied, Gunville remercia l'assistance de son amabilité et de son merveilleux accueil, avec un « Merci, merci beaucoup, mes amis ! » lancé en français. Puis il jeta sur la blonde un nouveau regard, posa discrètement une main sur son cœur, et après avoir échangé un sourire intime avec elle, il descendit de scène.

Une fan ardente, songea Nimec.

Il regarda le capitaine baladin s'approcher de sa table et prendre un siège.

« Messieurs », dit Gunville, le souffle encore un peu court à l'issue de son tour de chant. « J'ose espérer que vos commentaires seront indulgents. »

Scull leva les yeux de sa soupe.

« Vous pouvez me remettre ça quand vous voulez, m'sieur », lâcha-t-il.

Nimec se demanda si le meurtre d'un collègue en public risquait d'entraver son avancement chez UpLink.

« C'était très agréable, dit-il avant de marquer un temps. Mais maintenant qu'on vous tient hors des projecteurs, reprit-il, je me demandais si nous pourrions en venir à certaines affaires qui nous concernent directement.

– Bien entendu, dit aussitôt Gunville. Au nombre desquelles l'inspection de câble que vous comptez lancer depuis *L'Africana* dès son retour de cale sèche la semaine prochaine ?

– En partie, confirma Nimec. Si vous n'y voyez pas d'inconvénient, j'aimerais également vous demander votre avis sur l'accident de mai dernier. Je suis sûr que c'est un sujet dont vous n'aimez pas trop parler... »

Gunville leva une main.

« Une affaire difficile que chacun aimerait laisser dans le passé, mais je peux certainement comprendre votre inquiétude, convint-il. Permettez-moi d'abord de commander des consommations, et j'essaierai ensuite de répondre à toutes vos questions dans la mesure du possible. »

Nimec acquiesça. Gunville fit signe à un garçon, demanda à ses deux visiteurs s'ils désiraient boire quelque chose. Nimec déclina l'offre. Scull commanda un Courvoisier. Gunville choisit pour sa part un whisky avec des glaçons.

« Ce qui s'est produit était tout aussi tragique qu'inattendu, dit Gunville après qu'on les eut servis. Cédric Dupain était le responsable de la plongée et l'un de nos meilleurs plongeurs. Je crois qu'il avait plus de vingt ans d'expérience dans l'armée d'abord puis dans le civil, et j'avais travaillé avec lui sur les mers de trois continents. Il a été le premier à bord de mon bateau à être entraîné au pilotage de submersibles personnels en eaux profondes...

– Des scaphandres autonomes et mobiles, c'est ça ? »

Gunville acquiesça.

« De nos jours, on se sert de plus en plus de véhicules télécommandés. Les machines n'ont pas notre sensibilité aux risques des profondeurs et il n'y a aucune comparaison entre perdre un simple appareil et perdre une vie humaine en cas de pépin. Mais notre perception, notre jugement et notre dextérité demeurent des qualités irremplaçables dont sont dépourvus les robots. Et la sécurité du scaphandre autonome mobile reste impressionnante en conditions de mer calme. Je n'ai connaissance que d'un seul incident critique avant la tragédie qui a emporté Cédric et son partenaire, Marius Bouchard.

– Bouchard était-il aussi bon plongeur ?

– Il n'avait pas son expérience, mais c'était un professionnel digne de confiance. On n'envoie personne plonger à sept cents mètres sans un entraînement complet et des certifications draconiennes.

– Le jour où ces hommes ont été perdus, reprit Nimec, qu'est-ce qui a cloché ? »

Gunville but une gorgée de whisky, reposa son verre sur la table.

« Une calamité imprévisible, expliqua-t-il. Ils étaient en train d'inspecter la source d'une défaillance partielle et venaient de découvrir une détérioration dans le câble, sur un tronçon qui court au fond d'une faille sous-marine essentiellement remplie de vase et de sédiments. Nous pensons que les dégâts avaient été provoqués par des requins. Peu après qu'ils eurent repéré la partie détériorée, il s'est produit l'équivalent d'un glissement de terrain sous-marin.

– Déjà connu un incident pareil ? Je veux dire, sans que vos plongeurs n'en pâtissent ? »

Gunville secoua la tête.

« C'est l'origine de l'incident qui est la plus révoltante S'il s'était agi d'un effondrement massif, j'aurais peut-etre pu mieux admettre leur mort... j'aurais peut-être pu m'y faire, comme vous dites vous autres Américains, plus facilement. Quand vous savez que quelqu'un se trouve dans un immeuble qui s'est effondré, vous vous préparez aussitôt au pire. Mais imaginez qu'une personne s'est fait tuer après avoir reçu quelques briques détachées d'une corniche ou d'un échafaudage... Dans ce cas, c'étaient deux personnes. Le glissement était confiné quasiment à la zone précise où Cédric et Marius travaillaient.

– Je me demande ce qui l'a déclenché », observa Scull. Il avait quitté des yeux son bol de soupe. « Les rapports que j'ai lus disent tous que la tectonique de cet arc est particulièrement stable. »

Gunville le regarda.

« C'est exact. Nos estimations s'orientent vers une érosion progressive. Il y a des interactions naturelles qui peuvent changer la configuration d'un paysage sous-marin même dans des conditions apparemment sûres. Des vagues de marée, des effets gravitationnels, une tempête, la présence d'animaux fouisseurs ou colonisateurs. Tout cela créé des non-conformités. Des zones de détérioration qui peuvent rester indétectées, surtout si elles sont de petite taille. Sur une longue période de temps, un surplomb rocheux s'est trouvé miné, fracturé, ou peut-être aura-t-il simplement cédé. »

Scull grommela. Il fit tourner sa cuillère au fond du bol pour racler le rest de *tiébou dienn* avant de l'enfourner dans sa bouche.

« Avez-vous fait des relevés sismographiques par la suite ? » C'était Nimec. « Cela aurait pu contribuer à éliminer l'hypothèse d'un séisme mineur. »

Gunville hocha la tête.

« Planétaire Systems n'en a pas vu la raison. Franchement, moi non plus. L'événement était localisé. Ses causes manifestes, après les inspections ultérieures par des plongeurs et des engins automatisés. Et nous avions confiance dans les données sismographiques déjà relevées. » Il saisit son verre. « Vous devez en outre comprendre que ma priorité immédiate était la récupération des corps de mes deux équipiers.

– Bien sûr, fit Nimec. Nous ne cherchons pas à ramener notre science.

– Cela resterait malgré tout logique de procéder à un relevé géologique comparatif, insista Scull. Avec toutes ces plates-formes *off-shore* qui jaillissent dans la zone de l'Ogooué, on a intérêt à s'assurer que les forages n'ont pas bouleversé le relief sous-marin, affaibli celui-ci comme des vacanciers mettant leur pied sur des châteaux de sable. »

Gunville le regarda.

« Je suis d'accord avec votre suggestion. Si Planétaire ne s'était pas retiré de la zone, il est probable qu'une nouvelle inspection aurait été menée par mes employeurs chez Nautel. Hélas, sans leur soutien financier...

– UpLink en commandera une, coupa Nimec.

– Excellent. » Gunville demeura un instant silencieux puis son regard se tourna vers la scène. « J'espère que vous me pardonnerez, mais je dois me préparer pour la deuxième partie de mon tour de chant. » Il adressa aux deux hommes un sourire courtois. « Je suis certain que nous aurons l'occasion de nous reparler au cours des prochains jours. »

Nimec acquiesça.

« Vous pouvez y compter. Nous vous sommes reconnaissants de nous accorder de votre temps. »

Échange de poignées de main, puis Gunville avait retraversé la salle.

Nimec le vit se tourner vers la blonde au pied de la scène, s'attarder pour lui parler.

« Joli petit lot, commenta Scull, qui avait suivi son

regard. Si je pouvais chanter comme lui, j'emballerais un max, moi aussi.

– N'oublie pas que t'as eu des ennuis de ce côté quand t'étais marié.

– Euh, quand ça ?

– Ce ne sont sans doute pas les exemples qui manquent. »

Scull haussa les épaules.

« Tout ça, c'était avant que je perde mes gentils airs de petit garçon », se contenta-t-il de lâcher.

Ils demeurèrent quelques secondes silencieux.

« Très bien », reprit Nimec et du menton, il indiqua la direction prise par leur hôte. « File-moi tes impressions. »

Scull indiqua le verre de scotch de Gunville resté à moitié plein. « L'a pas fini son verre.

– J'ai remarqué.

– Tout ça m'a comme qui dirait l'impression qu'il a abrégé les préliminaires.

– Ouais.

– D'un autre côté, il a tout son temps pour causer à l'autre blonde, là, il est pas pressé du tout.

– Ouais. »

Leurs regards se croisèrent.

« J'arrive pas à deviner ce que ça peut être, mais j'ai dans l'idée que notre sacré crooner de Roméo a quelque chose à cacher », conclut Scull.

Nimec acquiesça.

« À nous deux », ajouta-t-il.

Port-Gentil. Le siège de la police gabonaise. Quarante-sept minutes après minuit. Son quart depuis longtemps achevé, épuisé nerveusement par le surcroît de travail, son uniforme parfaitement amidonné en temps normal devenu aussi ramolli que lui, le commandant Bertrand Kilana restait avachi devant un écran d'ordinateur dans son bureau à la porte verrouillée.

L'air dans la pièce sentait le renfermé, la sueur, le mégot de cigarette et l'odeur du café froid abandonné dans des gobelets à moitié vides. L'un de ceux-ci posé sur son bureau avait commencé à fuir du fond, mais Kilana n'avait pas remarqué l'anneau brun humide qui s'arrondissait autour. Il ne le remarquerait pas avant demain matin, quand il reviendrait au travail après quelques trop rares heures de sommeil. Dans l'intervalle, le café aurait imbibé en partie une pile de documents importants et les pages d'un de ses manuels de référence favoris avant de goutter au sol en laissant une tache noire, permanente, sur la moquette. Kilana trouverait la tasse vide et se maudirait d'avoir négligé de la jeter.

Sur le moniteur de Kilana s'affichait en ce moment une vidéo en streaming de l'hôtel Rio de Gabao montrant deux des Américains sous surveillance quitter un ascenseur dont la cabine était montée jusqu'à l'étage de leurs suites luxueuses et se diriger chacun vers sa chambre.

Le commandant les identifia – plus ou moins – d'après sa liste de personnels d'UpLink portant en regard le numéro de leurs chambres. Cette information était stockée dans la base de données cryptées de son ordinateur, mais pour des raisons pratiques, il en avait une copie papier sous la main à côté de son clavier. D'après la sortie d'imprimante, les deux hommes étaient Pete Nimec – suite n° 9 – et Vincent Scull – suite n° 12.

Il ne savait pas ou ne désirait pas savoir où ils s'étaient rendus ce soir – juste qu'ils étaient sortis peu avant vingt-deux heures, et qu'ils étaient restés absents trois heures environ. Il ignorait leur poste chez UpLink, même si cette information aurait pu être aisément obtenue par des sources dans son service. Il ne savait pas vraiment non plus pourquoi il avait reçu instruction de les garder sous surveillance constante.

Kilana jouait son rôle dans l'intrigue et laissait les autres joueurs s'occuper du leur. C'était ce qu'on lui avait dit de faire. C'était également ce qui lui semblait le plus sûr pour lui.

Kilana referma la paume sur sa souris, déplaça le curseur sur la barre d'outils de son navigateur Web et cliqua sur FICHIER – ARCHIVE – ENREGISTRER. Quand la boîte de dialogue s'ouvrit pour lui demander un nom de fichier, Kilana tapa le mot français *hibou* suivi du chiffre 12.

Puis il cliqua de nouveau et les images en temps réel de la caméra cachée furent stockées en format DivX compressé haute résolution dans sa base de données. Puis il prit un DVD réinscriptible sur l'étagère au-dessus de son bureau, l'introduisit dans le graveur et revint à la barre d'outils.

Quelques clics plus tard, il avait fusionné la douzaine de fichiers de surveillance *hibou* pris dans le couloir qui longeait les luxueuses suites du Rio de Gabao en un seul gros fichier stocké sur le DVD. Ce dernier contenait en outre plusieurs fichiers isolés pris à l'intérieur des suites proprement dites, ceux-là désignés *faucon*. Ces derniers comprenaient une vidéo des plus intéressantes de Tara Cullen – suite n° 5 – en train de se doucher avant d'aller au lit, fichier que Kilana s'était repassé plusieurs fois, pour son plaisir personnel tandis qu'une cigarette tout juste allumée brûlait jusqu'au filtre, oubliée dans son cendrier.

Les fichiers copiés, Kilana ôta le disque du tiroir du graveur, le rangea dans un écrin, éteignit son ordinateur. Puis il se leva, essaya, pour la forme, de lisser son uniforme tombant et froissé, y renonça, et d'une chiquenaude coupa la lumière avant de refermer la porte.

Sur le parking, un coursier attendait dans l'ombre près de sa voiture. Le commandant de police connaissait l'homme de visage mais pas de nom. Là aussi, ignorance délibérée ; il était parfaitement en son pouvoir de tout savoir de lui, du nom de jeune fille de sa grand-mère à sa pissotière favorite.

Lui ayant passé la pochette contenant le DVD sans un mot, le commandant Kilana le regarda s'éloigner du parking à pied pour disparaître dans la nuit.

Après quelques instants, il monta dans sa voiture et rentra chez lui, chassant de son esprit toute conjecture sur la destination finale du DVD.

Oui, moins il en savait, mieux ça valait.

Excepté, peut-être quand il s'agissait de la superbe occupante de la luxueuse suite n° 5 de l'hôtel Rio de Gabao.

6

Californie, Gabon

C'étaient les franciscains de la mission Saint Charles Borromée, au XVIIIe siècle, devant ce qui allait devenir la ville de Carmel qui avaient donné à cette vaste étendue de côte californienne déchiquetée son nom originel : « El País Grande del Sur », le Grand Pays du Sud. À mesure que l'expansion américaine amenait toujours plus de chariots de colons sur leur territoire, les frères hispaniques de la mission, dont le nombre et l'influence étaient déjà sur le déclin, avaient dû être chagrinés d'entendre le nom du lieu abrégé, anglicisé, et vulgarisé en Big Sur. Mais enfin, on pouvait supposer que les vagues de chercheurs d'or des années 1849 et l'annexion ultérieure de la Californie par le Colosse du Nord allaient rendre ce genre de réflexion sur de tels détails bien futile face aux coups extrêmes du destin.

Le chalet de location que les agents dormants de Kuhl avaient acheté pour lui à Big Sur était perché à la lisière d'une gorge profonde dont les falaises dominaient de neuf cents mètres le niveau de la mer ; ses fenêtres côté ouest offraient un large panorama sur l'océan Pacifique par-delà le canyon. L'isolement des lieux était garanti par une imposante porte grillagée haute de dix mètres, quinze cents mètres en contrebas sur la pente orientale. Bâtie en 1940 pour servir de planque secrète à l'un des premiers barons du bois millionnaires de l'État – et aujourd'hui dévolue par ses héritiers à la gestion d'une société immobilière spécialisée dans les propriétés sises en pleine nature sauvage –, le chalet meublé était une vaste structure d'un étage en pierre et rondins de pin Douglas dotée de larges espaces intérieurs ouverts, d'un escalier central en colimaçon, de larges portes-fenêtres et, sur ses deux niveaux, de balcons qui surplombaient à l'ouest la plongée vertigineuse sur le canyon. L'accès depuis les poteaux d'angle en grès à l'entrée de la propriété se limitait à un vague chemin sinueux bordé par quinze hectares de chênes et de séquoias, de falaises schisteuses, de prairies ondoyantes et de torrents épars qui ne cessaient de bruisser, clapoter et dévaler les failles étroites dans les pentes couvertes de forêts.

Derrière une haute fenêtre donnant plein ouest à l'étage, assis dans un confortable fauteuil de cuir souple, Kuhl surveillait à la jumelle l'arrivée de la fourgonnette. Le véhicule gravissait avec peine la colline entre les arbres, ses roues s'enfonçant parfois dans les ornières gravillonneuses du chemin d'accès. L'étroitesse de la route n'aurait pas permis à deux voitures, même de petit gabarit, de se croiser, et elle s'était creusée d'ornières profondes après les dernières averses violentes de la fin de l'été. L'offre de l'agent immobilier de combler les ornières et refaire le revêtement avait été déclinée par les représentants de Kuhl. Leur employeur recherchait une période de total isolement loin de toute distraction, avaient-ils cru bon de souligner. Les travaux de réparation, avec leur bruit, auraient, au minimum mordu sur la première semaine de son séjour, et il tenait à jouir d'une solitude absolue.

Un dépôt de garantie de dix mille dollars lui avait assuré la totale accession à ses vœux.

Le fourgon était à présent en train de tressauter et cahoter sur les dernières dizaines de mètres du sentier. Kuhl se demanda si ce parcours mouvementé avait secoué les occupants qui devaient se trouver dans la soute. Ce n'était pas une idée en l'air. Il devait avoir une absolue confiance en leur fiabilité. S'ils montraient le moindre signe de désagrément, il s'excuserait auprès du chauffeur pour le dérangement avant de le renvoyer.

Au bout de quelques instants, Kuhl rabaissa ses jumelles et les posa sur l'appui de la fenêtre. Le fourgon avait atteint le chalet pour s'immobiliser sur le carré d'herbe non entretenue à côté de son Ford Explorer. La mention ANAGKAZO ÉLEVAGE & DRESSAGE peinte sur le flanc était aisément lisible à l'œil nu.

Quand le chauffeur descendit, Kuhl se leva et se tourna vers l'homme qui s'était tenu derrière lui près de la fenêtre.

« Reste hors de vue, Ciras, lui dit-il. Je descends. »

Le dénommé Ciras acquiesça. C'était un homme mince, d'aspect presque délicat, aux petits yeux de mangouste d'un noir éclatant, des cheveux bruns bouclés, le teint olive. Il y avait chez lui un calme tendu, en alerte, tout d'énergie contenue. Il semblait rarement bouger sauf absolue nécessité. Quand il le faisait, c'était par brusques soubresauts. Un jour, dans une rue bondée de Munich, Kuhl l'avait vu s'en prendre à un agent de renseignement du Verfassungsschutz qui le filait, et lui ouvrir le ventre d'un geste si vif qu'on n'avait même pas vu la lame étinceler dans sa main.

Alors qu'il arrivait au pied de l'escalier en spirale, Kuhl entendit le carillon retentir et traversa le séjour pour ouvrir la porte.

« Monsieur Estes, bonjour », dit le visiteur. Grand, barbu, trapu, il portait une chemisette en chambray, un jean et des bottes de cow-boy. Sous son bras, une serviette noire. « Désolé pour ce léger retard, mais j'ai failli rester embourbé à deux reprises...

– Le trajet peut être assez pénible. J'ai vu que vous avez eu des difficultés en montant. » Kuhl s'effaça pour le laisser entrer. « Vous devez être Monsieur Anagkazo. »

L'homme dans l'entrée acquiesça et tendit la main.

« Vous pouvez m'appeler John. Beaucoup de gens écorchent mon nom et plus d'une personne m'a dit que je devrais le changer contre un plus facile à mémoriser. Pour le bien de mes affaires. Mais comme je dis toujours, ça fait un bout de temps qu'on l'a dans la famille. »

Kuhl arbora un sourire.

« Grec, d'origine ?

– Tout juste. Mes arrière-grands-parents sont venus de Corinthe.

– Une ville superbe.

– C'est ce qu'on m'a dit, répondit Anagkazo. J'ai un peu honte de dire que je n'ai jamais fait le voyage. J'ai là-bas toute une ribambelle de parents que je serais ravi de voir, mais il y a toujours une raison ou une autre qui me retient. » Son regard embrassa le séjour. « Vous êtes photographe professionnel, c'est ça ? Je parie que vous avez pas mal bourlingué. »

Kuhl le regarda. Il avait délibérément placé son appareil sur une étagère contre le mur – pas le numérique, mais le 24×36 Nikon. À côté, dans un fourbi savamment orchestré, il y avait des sacs fourre-tout, un posemètre, un trépied replié, et plusieurs rouleaux de pellicule Kodak.

« Pas mal, oui », admit-il au bout d'un moment.

Le visiteur retourna la tête vers le fourgon garé. Un second homme en était descendu et contournait le côté droit.

« C'est Greg Clayton, le meilleur de mes dresseurs entraîneurs, expliqua Anagkazo. Il lui faudra cinq, dix minutes pour s'habiller et se préparer à la démonstration. » Il brandit son porte-documents. « D'ici là, je suppose qu'on devrait s'asseoir et revoir deux, trois détails. Je vais vous montrer les pedigrees et les certificats de dressage, et je répondrai à toutes les questions que vous pourrez me poser au sujet de mon programme. »

Une pause. Puis Kuhl reprit : « J'ai déjà eu des Schutzhunds[1] dressés. Mon assistant l'a bien stipulé lors de vos conversations, n'est-ce pas ?

– Tout à fait, oui. Enfin, généralement... »

Déjà las de cet homme et désireux de le voir parti, Kuhl se remémora que ces intermèdes banals étaient tissés dans la trame de son rideau de camouflage. « Un rottweiler et un berger allemand, à plusieurs

1. De *Schutzhund*, en allemand « chien de protection ». Également discipline sportive canine réunissant étroitement maître et chien et visant à assurer pistage, obéissance et protection.

reprises, confirma-t-il. Mais je vous en prie, asseyez-vous. »

Anagkazo traversa la salle, s'installa dans un canapé en chêne rustique, et contempla de nouveau le matériel photographique. Il semblait intrigué.

« Vous êtes ici pour des prises de vue particulières ? demanda-t-il en ouvrant sa serviette. Si vous excusez ma curiosité. »

Kuhl toisa son visiteur depuis le fauteuil en face où il s'était installé.

« Non, pas le moins du monde. (Il sourit.) Je travaille sur un livre à paraître en Europe. Un compte rendu illustré de mon voyage contemporain sur la Route royale.

– *El Camino Reál*, bien sûr. Celle qui relie toutes les anciennes missions de San Diego à Frisco, répondit Anagkazo. Je crois que vous trouvez la majorité de ces monastères le long de la 101. Ou à proximité. Il doit bien y en avoir une vingtaine au total, non ?

– Vingt et un. »

Anagkazo opina, une ride d'intérêt plissant son front.

« Vous savez, j'ai entendu dire que Saint-Antoine de Padoue, c'était autre chose, dit-il. Il est bien après mon élevage, au milieu de nulle part. Une plaie pour l'atteindre parce qu'il faut emprunter une petite route locale sinueuse, la G-16, à travers les montagnes. Mais le voir, ça doit vous donner une idée de ce qu'était la dureté de la vie pour ces premiers missionnaires espagnols.

– Oui, dit Kuhl. Ça fait partie de mes destinations de balade.

– Tâchez simplement de pas oublier un casse-croûte

et un Thermos de café. Et vous avez intérêt à être blindé, côté papiers. Il y a une base militaire de l'armée, Fort Hunter Liggett, dans l'arrière-pays de Ventana. Le terrain doit bien couvrir quatre-vingts hectares, croyez-le ou pas. Presque que du désert. La base proprement dite est désaffectée depuis une dizaine d'années mais ils s'en servent encore pour des exercices des réservistes et de la Garde nationale. Il y a des chars, des hélicos, un champ de tir, des stocks de munitions. J'ai entendu dire qu'ils y organisaient aussi des entraînements des unités spéciales, même s'ils ne sont pas trop causants là-dessus. » Il sortit de la serviette posée sur ses genoux une petite chemise frappée de l'emblème de sa société. « Si je vous dis ça, c'est parce que la mission se trouve au fond d'une vallée, pile au milieu du camp militaire. Même qu'il faut franchir un poste de contrôle pour la visiter et la sécurité a été renforcée ces derniers temps. Comme je vous ai dit, ça peut être un vrai défi. »

Kuhl avait ses raisons d'être amusé.

« Mais qui en vaut le coup, je pense », nota-t-il. Il prit la chemise des mains de son visiteur, l'ouvrit et feuilleta rapidement les minces piles de documents agrafés. « Tous les papiers sont là ?

– Les pedigrees, les certificats de récompenses, et la répartition de toutes les phases du dressage. Chaque phase signée et portant le sceau de maîtres-chiens de protection, dit Anagkazo. J'ai également inclus les informations de notre propriétaire et les garanties, bien sûr.

– Les bêtes ont des titres de niveau trois ?

– Et d'autres distinctions particulières, oui. Vous allez avoir des bêtes vraiment superbes. Lido, Sorge et Arek. Tous trois de la même portée, des bergers allemands mâles noirs, directement d'une lignée ouest-allemande. Ils ont au minimum vingt mois pour entrer dans la qualification de niveau trois, et j'ai passé quatre mois de plus à les dresser pour des titres supplémentaires en protection et en pistage. Vous n'en trouverez pas beaucoup dans le coin qui aient remporté de tels scores. (Il haussa les épaules.) Mais mieux vaut que vous regardiez par vous-même. Greg doit être prêt, à présent, et vous avez sans doute hâte de rencontrer vos nouveaux meilleurs amis et de vous faire une idée personnelle. »

Kuhl le regarda.

« Oui, fit-il. Tout à fait. »

Ils se levèrent et se dirigèrent vers la porte.

Sur l'herbe, à une dizaine de mètres du chalet, l'assistant d'Anagkazo avait sorti les trois bergers noirs par la porte latérale coulissante de la fourgonnette. Grand, large, imposant, largement plus d'un mètre quatre-vingts, l'homme attendait, tenant les bêtes par une laisse en cuir à plusieurs brins attachés à leurs colliers d'acier. Immobiles, les trois chiens étaient assis à ses pieds.

Kuhl étudia la chemise de flanelle trop grande de Clayton, son survêtement trop ample, il nota les drôles de boursouflures autour des bras, sur les jambes et le torse, et comprit que cet aspect imposant était dû pour partie aux matelassages de protection dissimulés sous les vêtements.

Anagkazo se tourna vers Kuhl qui guettait devant la porte.

« Votre collaborateur m'a dit que vous seriez intéressé par la protection. Tout seul sur cette montagne, ça me paraît une démarche sensée. Puisque vous avez déjà eu des schutzhunds, je ne vous apprendrai sans doute rien de nouveau, mais certains n'apprécient pas qu'un travail de garde efficace passe d'abord par l'obéissance et le contrôle » – il croisa deux doigts – « comme ceci. Vous ne pouvez pas les séparer. Tout excès d'agressivité est considéré comme un défaut, soit dans l'héritage génétique du chien, soit dans son comportement appris. La bête ne devrait pas manifester la moindre agressivité tant qu'on ne le lui a pas ordonné. Ce sont des chiens de protection, pas des chiens de garde au sens commun du terme... tout ce qu'ils font, c'est obéir aux ordres de leur propriétaire, ils n'attaqueront personne sans un ordre direct. »

Kuhl acquiesça sans mot dire.

« Nous allons démontrer comment ces qualités essentielles se combinent dans un engagement de protection simulé, expliqua Anagkazo. La raison pour laquelle Greg porte une tenue protective dissimulée et non la tenue habituelle qui se met *par-dessus* les vêtements ordinaires, est qu'un intrus sera habillé de vêtements ordinaires. Nous voulons être sûrs que nos bêtes se trouvent placées dans des conditions réalistes. Cela fait partie du surcroît de dressage dont je vous ai parlé tout à l'heure, et n'est même pas nécessaire pour la certification de niveau trois. » Il marqua un temps. « Ne soyez pas surpris ou inquiet quand Greg dégainera son arme. C'est un pistolet d'alarme Bruni... l'aspect et le bruit sont identiques à ceux d'une arme réelle, mais celle-ci ne tire que des balles à blanc. »

Kuhl lui sourit. « Merci de m'en avoir averti. »

Anagkazo fit signe à son assistant de commencer.

Lâchés, les chiens restèrent toutefois aux pieds de Clayton jusqu'à ce qu'Anagkazo les appelle. Ils se précipitèrent alors aussitôt vers lui, filant silencieux comme le vent.

« Assis », dit-il d'une voix ferme.

Les bergers obéirent sans hésitation. Kuhl les étudia. Ils étaient réellement impressionnants : le squelette massif, la fourrure épaisse, tout en muscles, leurs oreilles triangulaires bien dressées au-dessus du dôme de leur large tête allongée.

Anagkazo fit un nouveau signe.

« OK, Greg, s'écria-t-il. Vas-y ! »

Clayton glissa la main dans la poche de son survêtement pour en sortir le pistolet d'alarme. Kuhl nota que c'était en effet la réplique exacte d'un Colt 9 mm semi-automatique.

Les deux mains autour de la crosse, levant légèrement le canon, l'assistant brandit son arme, pressa la détente. Une détonation retentit, sonore, résonnant en écho parmi les arbres proches.

Les yeux de Kuhl se portèrent vers les chiens. Ils étaient immobiles. Parfaitement immobiles à côté de leur dresseur, faisant face à Clayton dans l'herbe.

Par ce côté, et peut-être par d'autres, songea Kuhl, leur attitude lui faisait penser à celle de Ciras.

Clayton laissa à peine au silence campagnard le temps de retomber en l'ébranlant avec un deuxième coup de feu, un troisième, un quatrième.

De nouveaux échos résonnèrent à travers la cime des arbres, effarouchant les oiseaux partout sur la crête.

Kuhl regarda les chiens.

Aucun n'avait montré le moindre signe de surprise

ou même cillé. Ils restaient assis, regardant, immobiles, l'homme au pistolet, leurs yeux vifs couleur noisette fixés sur lui.

Kuhl regarda Anagkazo. « Ils maîtrisent parfaitement leurs pulsions naturelles », observa-t-il.

Le dresseur acquiesça.

« Et sans peur, ajouta-t-il. Vous allez voir ce que je veux dire. »

Anagkazo agita encore une fois la main au-dessus de sa tête. Clayton s'approcha du chalet, le pistolet brandi devant lui, l'inclinaison vers le haut du canon à peine perceptible même pour Kuhl.

Deux nouvelles détonations retentirent.

« *Attaque !* » commanda Anagkazo.

Les chiens se ruèrent en avant, fonçant droit sur Clayton, rapidement et sans bruit. Le pistolet cracha de nouveau, une série de détonations rapides, mais cela ne les arrêta pas, ils continuèrent de charger dans sa direction.

Clayton rabaissa son arme quand les chiens l'atteignirent, la braquant sur eux.

Ils plongèrent. L'un d'eux se dressa sur ses pattes arrière et Kuhl vit l'éclair des crocs blancs quand ses énormes mâchoires noires se refermèrent sur le bras armé juste au-dessous du coude. Un autre berger se rua sur la cuisse droite. Le troisième sur la cheville gauche. Clayton se tortilla, criant des menaces, tirant les chiens avec lui, les traînant, mais ils tinrent bon, toujours en silence – en silence – pesant de tout leurs poids combinés contre lui, réussissant finalement à lui faire perdre l'équilibre et le faire basculer. Lorsqu'il tomba lourdement sur le côté, le pistolet échappa à ses mains pour atterrir à quelques pas de là dans l'herbe.

Anagkazo s'écria alors : « Stop ! »

Les trois bergers allemands relâchèrent l'assistant, reculèrent et s'assirent sans le quitter des yeux, restant à trente centimètres de l'endroit où Clayton avait chu, formant un cercle étroit autour de leur victime. Ils étaient toujours silencieux, leur épaisse queue laineuse balayant le sol.

Anagkazo se tourna vers Kuhl.

« Sans peur, comme promis. Et ils ne bougeront pas tant que je ne les aurai pas rappelés.

– Et si l'intrus avait fait mine de fuir dans les bois ? » Kuhl observait toujours les chiens. « S'il avait essayé de s'échapper plutôt que d'aller au-devant d'une confrontation ?

– Pourvu que vous en ayez donné l'ordre, ils le traqueront et le trouveront où qu'il se cache, promit Anagkazo. Gardez à l'esprit que vous n'avez pas besoin d'être en danger ou dans des circonstances extraordinaires pour obtenir d'eux le même niveau d'obéissance. Cela va jusqu'à leur comportement de tous les jours. Que ce soit pour marcher dans la rue à vos côtés, retrouver un Frisbee lors d'un pique-nique, peu importe. Avec ces chiens, il n'y a pas de négociation. »

Appréciant cette dernière phrase, la savourant, Kuhl attendit un long moment avant de fournir sa réponse à l'éleveur.

« Excellent, monsieur Anagkazo, dit-il enfin. Vraiment excellent. C'est exactement ce que je voulais entendre. »

Steve DeMarco était un des neuf membres de l'unité avancée de l'Épée à avoir rejoint l'avion sur la piste d'atterrissage.

L'appareil était un cargo Boeing 737 qui avait apporté près de vingt tonnes de chargement pour la station de réception satellite et la tête de réseau en fibres optiques en cours de construction à l'orée de la forêt de Sette Cama, quarante-cinq kilomètres au sud de Port-Gentil. L'essentiel de la cargaison consistait en pièces détachées commandées par la horde d'ingénieurs, d'électriciens, plombiers et autres experts en travaux publics à l'œuvre sur les installations du complexe. Il y avait des palettes entières de matériel de bureau classique, y compris des classeurs, des tables, des chaises, des ordinateurs, des modems, des routeurs, des téléphones, des télécopieurs, des photocopieurs, avec des ramettes de papier, des cartouches de toner et ainsi de suite. Et il y avait également une première livraison de coûteux composants de remplacement et de mise à niveau pour l'infrastructure de communications optiques de Planétaire, tels que des amplificateurs de lumière à longue portée, des multiplexeurs diviseurs à guide d'onde, des démultiplexeurs, et des boîtiers de routage. L'équipement de télécoms à lui seul valait plus de deux millions de dollars, raison suffisante pour que les trois quarts du contingent de sécurité de Nimec se trouve là pour réceptionner le Boeing.

Et ils en avaient une autre.

Une portion comparativement plus réduite de la précieuse cargaison expédiée au Gabon via UpLink Europe avait été réquisitionnée par les gars de l'Épée. Elle comprenait des clôtures périmétriques électrifiées, des panneaux de glace balistique, et des barricades en béton destinées aux points d'accès routiers, mais aussi des dispositifs plus raffinés comme des systèmes d'alerte anti-intrusion, des scanners de contre-surveillance, des robots de garde mobiles (que Rollie Thibodeau avait surnommés « hérissons »), et une bonne partie des mêmes détecteurs d'armes ou substances biologiques et chimiques que ce même Thibodeau avait décrits à Tom Ricci durant leur brève rencontre – pour le moins tendue – au siège d'UpLink à San Jose.

Pour compléter les équipements mis à disposition de l'Épée, il y avait les trois premiers éléments de ce qui devait constituer sous peu une flotte entière de Land Rover blindés et modifiés sur commande, ainsi qu'un stock d'armes et de munitions que l'équipe de Nimec avait l'autorisation d'utiliser pour sa défense personnelle et celle des installations, par accord spécial avec les autorités gabonaises. Parmi ces matériels, il y avait plusieurs caisses d'armes à feu classiques, mais également des mitraillettes VVSS « Big Daddy » – des armes à vélocité variable de troisième génération – ainsi que toutes sortes de munitions létales ou non.

Une fois les équipements déchargés, ils étaient expédiés vers des entrepôts temporaires et là, vérifiés, triés et apprêtés pour la dernière partie de leur voyage : c'est là qu'intervenaient Steve DeMarco et ses collègues. Tout le matériel et l'équipement était ensuite dirigé sur Sette Cama pour être stocké et distribué, sous une surveillance attentive lors du transfert, par le personnel d'aéroport sur de gros camions tout-terrain et des hélicoptères gros porteur.

Quatre des agents de l'Épée avaient accompagné le

convoi routier sur des pistes isolées qui pouvaient présenter des points d'embuscade tentants pour des brigands ou des terroristes. Chacun des deux hélicos lestés de la cargaison initiale avait décollé avec un agent à bord. En tant que responsable, DeMarco avait également assigné trois hommes à la garde de l'entrepôt jusqu'à ce que le reste du fret soit évacué, une opération d'une durée estimée à soixante-douze heures au bas mot.

Toutes ces affaires une fois réglées à l'aéroport, DeMarco était monté dans son véhicule de société pour retourner au Rio de Gabao. Il avait prévu d'y faire un brin de toilette, puis de manger un morceau au restaurant de l'hôtel avant de faire à Pete Nimec le compte rendu de la réussite des opérations de transit.

Il allait en avoir bien davantage à lui raconter.

Alors que DeMarco sortait de l'ascenseur, la curiosité le poussa à tester en vitesse un des nouveaux matériels arrivés avec le 737. Même si ce n'était pas le plus cher ou le plus imposant, l'article était néanmoins un petit gadget astucieux... si tant est qu'il fonctionnât comme prévu. De prime abord, il ressemblait à un briquet argenté, long et mince. D'autres agents s'étaient choisi une autre version du même appareil, conçu pour ressembler à une breloque de porte-clés. Chacun son goût.

Quelle que soit la configuration adoptée, les entrailles du minuscule gadget étaient les mêmes. Sa véritable fonction n'était pas d'allumer des cigarettes ou de retrouver ses clés dans sa poche – même si cette dernière était assumée sans peine à cause même de la forme de l'objet, contrairement au briquet qui, lui, était entièrement factice. Toujours est-il que la destination réelle de l'objet était de repérer les caméras de surveillance cachées. À l'intérieur du boîtier se trouvait un capteur directionnel d'ondes de très basse fréquence sensible aux émissions électromagnétiques dans la gamme de fréquences de quinze à vingt kilohertz ; celle-ci correspondait aux émissions VLF émises par les oscillateurs permettant le mouvement de balayage latéral des caméras de surveillance télécommandées. Le détecteur avait deux modes d'alerte commutables alternativement. Sur la simple pression d'un bouton, il pouvait signaler la présence d'une caméra cachée avec une discrète vibration analogue à celle du vibreur d'un téléphone mobile dont on a coupé la sonnerie, ou bien en émettant une série de petits bips transmis dans un écouteur. Plus on s'approchait de la source de l'émission basse fréquence, plus la minuscule diode rouge intégrée au boîtier clignotait rapidement, ce qui permettait de repérer avec précision la position de la caméra... en théorie, du moins. La confiance de DeMarco dans les armes ou les gadgets devait répondre aux mêmes critères qu'il appliquait à la gent féminine : il réservait son jugement jusqu'à l'épreuve du test.

D'où celui qu'il avait élaboré. Dès son premier jour à l'hôtel, il avait remarqué deux mini-caméras sous dôme dans le couloir à l'extérieur de sa chambre. La première à avoir attiré son œil d'aigle était montée au ras du plafond près de la batterie d'ascenseurs et aurait aisément pu être prise pour un des plafonniers du couloir avec lesquels elle était alignée. Le second mini-dôme était encore plus visible, une soixantaine de centimètres sur la droite de la porte de sa chambre – et un mètre trente environ au-dessus de sa tête –

dans l'angle entre mur et plafond. Aucun des deux appareils ne le gênait par sa présence. Tout au contraire, en fait. Le Rio était un hôtel classé cinq étoiles qui accueillait des clients internationaux plutôt huppés. Et de nos jours, tout établissement de ce type se devait de garantir la sécurité de ses hôtes. Celle-ci devait être pour le moins assurée par la présence de personnels de sécurité et d'un réseau de vidéosurveillance des parties communes fonctionnant vingt-quatre heures sur vingt-quatre et sept jours sur sept.

L'idée de DeMarco était de tester discrètement la caméra proche de sa chambre à l'aide du détecteur, juste pour s'assurer que celui-ci se manifesterait par son vibreur ou son petit témoin clignotant. Si l'appareil fonctionnait, il en accepterait l'augure et l'adopterait. S'il échouait, il devrait réévaluer ses relations avec le bidule et mettre en garde ses hommes contre un excès de confiance envers celui-ci.

Comme avec les bonnes femmes.

DeMarco descendit le couloir en direction de sa chambre, le détecteur niché au creux de sa main droite. Arrivé à la porte, il sortit de sa poche de chemise la carte d'accès qu'il introduisit, de la main gauche dans le lecteur, en même temps que, de l'autre, il faisait passer le détecteur sous la caméra, tout en le cachant à l'œil inquisiteur caché sous le dôme en saillie... dans le geste d'un client un peu fatigué qui se masse légèrement le cou après une matinée agitée.

Le gadget se mit à vibrer à mi-passage.

Bien, songea-t-il.

D'un geste dégagé, DeMarco fit descendre la main entre ses omoplates, puis la releva et la ramena devant lui, lorgnant au passage la diode. Elle clignotait rapidement. Il continua son manège en se massant sous la chemise, avant de rabaisser la main contre son flanc, hors champ de la caméra de plafond, pour jeter un autre coup d'œil à la diode rouge. Le clignotement ralentit, cessa.

Encore mieux.

Satisfait de s'être acquis un compagnon fiable, DeMarco ouvrit sa porte et pénétra dans sa chambre. Il fila droit vers la commode et posa dessus la carte-clé, déboutonnant déjà sa chemise sous son col ouvert, pressé de se retrouver sous le jet rafraîchissant de la douche pour se rincer de la sueur et de la poussière de l'aéroport. Même s'il n'était pas encore midi, la température extérieure approchait déjà des trente degrés, et l'humidité dense la faisait paraître encore plus torride.

Alors qu'il allait laisser le détecteur de caméra près de la carte, le doigt déjà posé sur l'interrupteur pour l'arrêter, DeMarco perçut une brusque vibration émaner de l'appareil et se rendit compte que la diode s'était remise à clignoter entre ses doigts.

Vite.

Très vite.

Il arqua les sourcils. Le témoin rouge continuait à clignoter entre ses phalanges et il sentait dans ses mains les pulsations silencieuses du signal d'alarme. D'un mouvement du pouce, il éteignit alors l'appareil, les yeux balayant la pièce de gauche à droite, embrassant toute la chambre : murs, plafond, mobilier, gravures encadrées, miroirs, bloc du climatiseur. Tout.

DeMarco jura in petto. Sans bouger les lèvres ni

trahir le moins du monde par un geste la moindre trace de surprise.

Après quelques secondes, ayant fini de se dévêtir, il entra dans la douche, ouvrit le robinet, se sentant tendu, exposé, mais essayant néanmoins de faire comme si de rien n'était.

Son test d'équipement s'était révélé plus informatif qu'il l'aurait parié. Bien plus.

Il allait devoir s'en ouvrir à Pete Nimec sans tarder.

Après une nuit de cauchemars, Julia Gordian avait espéré s'éclaircir les esprits avec un dimanche au boulot mais le temps gris et couvert ne faisait rien pour soulager son humeur.

Le refuge avait été relativement calme depuis son arrivée. Rob était parti faire son boulot de comptabilité à l'hôtel de San Gregario Beach, Cynthia se dépatouillait avec son môme pris de coliques dans la maison au bout de l'allée, et Julia se retrouvait donc seule à la barre. Cela ne la dérangeait pas, mais elle aurait été plus heureuse si la journée ne s'était pas annoncée aussi creuse, côté perspectives d'adoption. Il n'y avait en effet aucun rendez-vous de prévu pour la matinée, et deux seulement inscrits pour l'après-midi. Le calme, plus la brume basse collant à la devanture ajoutaient à son humeur maussade.

Julia s'agenouilla devant le colis de croquettes pour chiens livrées la veille, glissa un cutter entre les rabats scotchés du carton, les ouvrit et compta rapidement les sacs de trois livres pour les comparer au total inscrit sur le bon de livraison. Derrière le comptoir, avec elle, Vivian se prélassait sur son coussin, la tête levée au-dessus de ses pattes croisées pour renifler le carton avec un intérêt plus que modéré.

« Encore merci pour cette vigoureuse assistance, Viv. Mais le compte y est », dit Julia en gratouillant le lévrier derrière les oreilles mollement repliées l'une sur l'autre comme les oreillettes d'un bonnet, la gauche inclinée, la droite rabattue dessus et recouvrant la fine fourrure fauve entre les deux.

« Pas de manque à signaler. »

Viv émit une sorte de bâillement sifflant, s'étira, roula sur le dos. Depuis qu'elle avait essuyé la rebuffade de la famille Wurman, elle était devenue la complice honoraire de Julia, se gagnant cette position à force de charme et de sympathie.

Julia lui adressa un sourire affectueux.

« Les petites gratouilles au ventre devront attendre, mon bébé, indiqua-t-elle. Il faut que je gagne mon absence de salaire. »

Julia plongea la main dans le carton. Et pendant qu'elle le vidait pour garnir les étagères, elle se prit à songer à ses rêves.

Ils n'avaient cessé de la tourmenter depuis son divorce d'avec Craig. Moins souvent ces temps derniers, mais il lui semblait que la série n'était pas encore tout à fait terminée et qu'ils continueraient encore à se rappeler désagréablement à elle une ou deux fois par mois. Julia ne savait jamais quels événements venaient susciter l'émoi de ces turbulences de l'inconscient ou pourquoi elle s'y était retrouvée plongée telle nuit plutôt qu'une autre. Et elle était toujours abasourdie par la force avec laquelle ils la désarçonnaient, quasiment deux ans après son tout dernier contact avec son ancien mari.

Comme la plupart des rêves, ils étaient insipides. De simples variations sur un thème de base ; confus, pâles, et même idiots une fois remémorés à la lumière du jour. Mais son esprit assoupi était à la fois un public captivé et un juge bien peu critique du matériel qu'il régurgitait lui-même, et plus d'une fois ces images l'avaient fait se tourner et se retourner dans son lit.

En ouverture de programme de la nuit précédente, elle avait eu droit à la rediffusion du spectacle d'horreur qu'elle avait baptisé *Julia ne retrouve plus son logis*. Le titre se suffisait à lui-même. Elle rentrait chez elle en voiture – chez elle étant la résidence qu'elle avait partagée avec Craig durant leurs six années de mariage – puis empruntait la bretelle de sortie habituelle sur la nationale et se retrouvait alors soudain dans le mauvais quartier. Ou, pour être plus précis, dans une version curieusement transformée de ce qu'elle savait être malgré tout le bon quartier. La disposition des rues était vaguement familière. Il y avait des repères qui semblaient à leur place, des maisons qu'elle avait l'impression de reconnaître, mais altérées d'une manière incertaine, et mélangées comme des pions sur un jeu de Monopoly. À mesure qu'elle tournait un nouveau coin, sa perplexité initiale se muait en panique. Nulle trace de son allée, de sa pelouse. Elle était perdue. La maison avait disparu. Elle n'était nulle part. Elle n'arrivait même plus à retrouver le chemin de la nationale. Elle avait perdu tout sens de l'orientation, n'arrivait plus à se repérer et en venait à parcourir en tous sens des rues de plus en plus étrangères et inconnues, tournant en rond dans une quête interminable et futile d'un logis qui avait disparu.

Cette prise de conscience l'avait éveillée en sursaut dans un cri, la poussant à se rendre à la cuisine boire un verre d'eau froide. Mais cela n'avait pas arrêté les cauchemars, toutefois.

Julia dans une maison pleine d'inconnus... ou presque ! avait suivi peu après qu'elle eut retrouvé le sommeil. Dans ce rêve, la malheureuse héroïne arrivait chez elle sans autre problème mais, lorsqu'elle ouvrait sa porte, c'était pour trouver son logis rempli de parfaits inconnus. Elle se précipitait à l'intérieur et découvrait des gens partout. Confortablement installés sur le canapé, près du frigo, assis dans la salle à manger, bavardant et riant dans le couloir. Nul ne la connaissait. Et ne faisait mine de vouloir faire connaissance. En fait, ils ne semblaient même pas relever sa présence, vaquant à leurs affaires comme si elle était parfaitement invisible. Elle avait erré dans la maison comme un fantôme, pour se retrouver devant sa chambre. La porte en était grande ouverte. À l'intérieur, un couple faisait vigoureusement l'amour, nu, emmêlé dans les draps. La lumière était allumée. Ils ignoraient sa présence sur le seuil. Julia pouvait voir le dos de la femme, voir l'homme sous elle, mais il avait le visage masqué par le corps qui la chevauchait, et ses gémissements extatiques étaient assourdis contre ses seins. Mais ils lui avaient fait penser à Craig. À l'entendre, c'était bien Craig. Et cela la ramena brutalement à la réalité, et elle se retrouva à sangloter contre son oreiller dans la chambre obscure pendant peut-être une demi-heure.

Au moins lui avait-il été épargné la reprise de *Personne ne connaît Julia*, un scénario plus subtil mais tout aussi déroutant dans lequel elle rentrait chez elle pour retrouver ses ex-beaux-parents devant la télévision dans le séjour. Dans ces rêves, ils relevaient sa présence avec un détachement froid et lui ordonnaient de décamper sur-le-champ. Leur fils chéri et son épouse devaient en effet revenir d'une minute à l'autre et ils n'apprécieraient certainement pas la présence d'intrus, surtout une femme étrange arrivée de la rue pour venir les déranger. Quand Julia insistait en disant que c'était elle son épouse, ils se contentaient de lui répéter qu'elle avait intérêt à quitter les lieux au plus vite, pour son bien, avant de reporter leur attention sur le petit écran. Une fois encore, comme si elle n'était pas là. Le volume du poste était à fond. Et l'émission qu'ils regardaient était accompagnée de rires en boîte.

Julia soupira. Son envie, en ce matin lugubre, avait été de tirer les draps au-dessus de sa tête et de rester au lit. Une tentation puissante qu'elle avait déjà connue bien des fois auparavant. Mais elle y avait résisté aujourd'hui, comme toujours, du reste, excepté en deux occasions dans les semaines après qu'elle avait appris la liaison de Craig. Lugubre ou pas, c'était un nouveau jour, et elle avait ses responsabilités. Son boulot au refuge pour animaux était pour une bonne cause, une cause qui lui était très chère. C'était également une assurance contre l'attrait mortel des rideaux fermés, de l'oreiller et de la couverture.

Ayant terminé de garnir les étagères de croquettes pour chiens, Julia contourna le comptoir, inspecta la vitrine qui le jouxtait, décida qu'elle avait l'air un peu dégarnie et passa dans l'arrière-boutique chercher quelques accessoires de soins dentaires, des limes et des coupe-ongles pour la remplir un peu. Malgré l'espace limité en devanture, Rob tenait à exhiber au moins un exemplaire de chaque article en vente mais devoir s'occuper de deux boulots à la fois plus d'un bébé semblait avoir quelque peu émoussé son attention. La veille, il avait roulé quarante-cinq kilomètres pour se rendre au Fairwinds avant de se rendre compte qu'il avait oublié un dossier important. Il avait dû faire demi-tour et était arrivé au motel avec plus d'une heure de retard, exaspéré et confus.

Julia garnissait la vitrine d'une poignée d'articles quand elle entendit le bruit d'un véhicule qui approchait. Pas encore Rob avec le coup du dossier oublié, songea-t-elle... avant de se reprendre et se dire qu'elle ne voulait surtout pas lui porter la poisse en envisageant seulement une chose pareille. Non môssieur, pas ce matin. Quoi de plus nul pour couronner la journée que de voir un pauvre gars surmené devoir se taper encore cinquante bornes après avoir été une nouvelle fois victime de sa distraction.

Elle regarda par la fenêtre et fut ravie de voir que ce n'était pas sa Montero mais un de ces 4×4 utilitaires Subaru... un Outback. Il s'était arrêté devant la maison de Rob, et un homme imberbe, la trentaine, en jean et blouson de cuir beige en était descendu pour sonner à la porte. Au bout d'un moment, Cynthia apparut sur le perron, le bébé dans les bras et lui indiqua la direction du refuge.

Le chauffeur remonta dans son véhicule et vint se garer au parking près de la boutique, puis il redescendit et traversa rapidement le brouillard qui était en train de se muer en fin crachin.

Il ouvrit la porte, passa la tête à l'intérieur. Ses cheveux frisottés taillés court étaient déjà couverts de gouttelettes d'humidité.

« Salut, fit-il avec un coup d'œil à sa montre. Je ne connaissais pas vos horaires du dimanche mais je me suis dit que vous devriez ouvrir après onze heures, alors j'ai tenté ma chance. La dame dans la maison m'a dit que vous étiez ouverts. »

Julia l'invita à entrer s'abriter de la pluie.

« Bien sûr, entrez donc. C'est en effet un peu morne, ce matin. »

Il entra, marqua un temps d'arrêt pour embrasser lentement du regard la boutique.

Julia posa ses stocks sur le comptoir, passa devant, s'appuya dessus. « Si je peux vous être utile en quoi que ce soit... »

Il lui sourit et eut un geste du menton.

« À vrai dire, je serais intéressé par quelqu'un comme votre amie, là. »

Julia tourna la tête, quelque peu intriguée. Puis elle rit. Vivian était sortie de son coussin et passait la tête derrière le comptoir.

« Oh, pardon... je ne m'étais pas rendu compte...

– Un peu timide, dirons-nous, hein ?

– Ne vous laissez pas abuser par Vivian, elle sait fort bien se débrouiller. »

Le gars s'était mis à rire, lui aussi. « Surtout avec vous, je parie.

– Je crois, oui. »

Il lui tendit la main.

« Barry Hugues.

– Julia Gordian. »

Ils se serrèrent la main.

« Bien, reprit-il. Dites-moi ce que je dois faire pour sauver un lévrier aujourd'hui ? »

Julia hésita, fit de tête un bref récapitulatif, et baissa les yeux vers l'agenda ouvert près de la caisse enregistreuse. Comme elle avait pensé, il n'y avait que deux rendez-vous dans l'après-midi, et aucun n'était au nom d'un dénommé Hugues.

« Désolé, dit-elle, mais je ne vous vois pas inscrit...

– Oh, fit Hugues. Est-ce qu'il faut ?

– J'en ai peur, dit Julia. Sauf si c'est pour acheter un cadeau ou de la nourriture, bien sûr. » Elle marqua une pause, le front plissé. « Vous voulez dire que vous n'étiez pas au courant ? »

Hugues hocha la tête.

« J'ai toujours remarqué la pancarte pour votre refuge sur la nationale, expliqua-t-il. Je me suis dit que je pouvais passer quand je voulais. »

Julia émit un soupir. « Vous m'en voyez réellement désolée. Nous avons quantité de chiens à placer mais il y a d'abord une procédure de filtrage téléphonique. On y soumet tous les candidats à l'adoption avant qu'ils viennent examiner les bêtes. »

Hugues haussa les épaules.

« Je serais ravi de répondre ici même à toutes les questions que vous me poserez. Enfin, si vous voulez bien m'interroger, bien sûr...

– Ce serait bien volontiers, dit Julia. Mais ce n'est pas moi qui choisis. Il faudra que vous en parliez avec Rob Howell. C'est lui le responsable du refuge et il mène lui-même les entretiens téléphoniques.

– Oh, répéta Hugues. M. Howell serait-il disponible, par hasard ? »

Signe de dénégation de Julia. « Mieux vaut que vous lui passiez un coup de fil. Du lundi au vendredi.

– C'est que c'est un peu difficile pour moi... je suis technicien dans une compagnie d'électricité, je suis toujours juché sur des pylônes, ou en train de ramper dans le sous-sol chez les gens, pour répondre aux appels d'urgence... », dit Hugues, puis il fronça les sourcils. « Vous êtes sûre que vous ne pouvez pas lui en toucher un mot et le coincer quelques minutes ?

– Ce serait volontiers si ça ne tombait pas aussi mal, expliqua Julia. Mais il sera hélas absent les deux prochains week-ends. »

Hugues la fixa.

« Et je ne pourrais pas demander une exception...

– Comme je vous l'ai dit, si ça ne tenait qu'à moi, ce serait bien volontiers. Mais je suis nouvelle à ce poste. Et le règlement, c'est le règlement. »

Un silence.

« Ma foi... » et Hugues de pousser un gros soupir. « Je suppose que je devrai retenter ma chance une autre fois. »

Julia sortit une carte de visite du présentoir près de la caisse.

« Prenez toujours ceci, dit-elle en la lui tendant. Vous y avez nos heures d'ouverture. Avec le numéro de téléphone et de fax, bien entendu. »

Hugues sortit son porte-billets pour y glisser la carte.

« Merci. » Nouveau geste en direction du comptoir. « Peut-être que j'aurai de la chance et que personne d'autre n'adoptera votre adorable amie avant que j'aie une possibilité de l'avoir. »

Julia jeta un coup d'œil en direction de Vivian et fut quelque peu surprise de noter qu'elle n'était pas sortie de sous le comptoir mais qu'elle passait la tête sur le côté, tout en reniflant, les oreilles dépliées mais baissées, aplaties sur la tête. Viv jouait rarement un tel numéro de timidité.

« Peut-être », fit-elle, éprouvant soudain un curieux élancement qu'elle mit aussitôt sur le compte de son attachement grandissant pour la chienne – encore une violation des commandements de Rob. Tous deux étaient réellement devenus copains, mais elle devait reconnaître que quelqu'un allait bien finir par l'adopter un jour. Et que ce serait certainement mieux. « Quoi qu'il en soit, j'espère que vous nous passerez un coup de fil. Nos protégés ont désespérément besoin d'une bonne famille d'accueil. »

Hugues acquiesça, lui adressa un nouveau sourire et partit.

Quelques instants après, Julia se détourna de la porte pour reprendre sa tâche.

Dans l'Outback, l'homme qui s'était présenté sous le nom de Barry Hugues passa devant la résidence des Howell, atteignit le bout de l'allée, tourna à gauche et fila vers l'ouest sur la route en direction de la côte.

Sa matinée de travail bien particulière était terminée et elle n'aurait pu mieux se passer.

« Alors, qu'est-ce que vous en pensez ? demanda DeMarco.

– D'après ce que tu me dis, répondit Nimec, en chassant de la main un moustique, on a quelques problèmes.

– Ouais.

– De sérieux problèmes.

– Ouais.

– Que tu connaissais manifestement, sinon nous ne serions pas ici », poursuivit Nimec.

DeMarco acquiesça mais ne dit rien.

Ils se tenaient tous les deux sur une vieille passerelle en fer qui franchissait un canal de drainage dans le quartier de Romb'Intchozo, les coudes posés sur la rambarde. À la saison des pluies, le canal était gorgé de l'eau déversée par le delta de l'Ogooué. Mais là, on était en saison sèche et l'eau en dessous d'eux était basse, calme et boueuse. Des insectes grouillaient autour des masses denses d'emballages de nourriture et autres déchets de papier qui flottaient à la surface.

Nimec regrettait d'être en manches courtes. Ou de ne pas s'être aspergé de lotion anti-insectes.

« Le plus chiant, reprit-il après un long silence, c'est que je n'arrive pas à imaginer autre chose que l'évidence : il faut qu'on trouve qui nous a placés sur écoute. Et qu'on mesure l'étendue des dégâts. Et surtout pourquoi. Ce qu'ils ont à y gagner. »

DeMarco acquiesça derechef. Il sentit une minuscule piqûre sur son avant-bras gauche dénudé, aplatit dessus la paume droite, l'examina et vit les ailes, les pattes et la carapace du moustique aplatis dans une tache de sang. Il s'en nettoya sur la rambarde avec un sentiment de vengeance accomplie.

« Saletés de bestioles.

– Lesquelles ? » fit Nimec.

De Marco resta un instant interloqué avant de saisir le trait d'humour noir de son interlocuteur.

« Non, dit-il avec l'esquisse d'un sourire. Je ne parlais pas des caméras. »

Ils continuèrent à lorgner les eaux usées, bourbeuses, stagnantes et couvertes d'insectes sous le pont.

Au bout d'un moment, Nimec décida d'effectuer le premier pas de ce qu'il estimait pouvoir appeler un plan.

Ou pas loin, en tout cas.

Le bassin de l'Ogooué. Quatre-vingts brasses sous le niveau de la mer.

Long de cinq mètres, sa coque blanche comme une sangsue dépourvue de tout marquage, le submersible était passé devant la terrasse effondrée de la crête de sable pour adopter automatiquement une position stable, immobile au-dessus du plancher de l'océan.

Dans la coque d'acier de la cabine pressurisée, deux hommes en combinaison d'une teinte assortie à la coque extérieure en fibre de verre de l'engin occupaient le poste de commande derrière une verrière hémisphérique en acrylique – large bulle qui permettait un large champ visuel presque sans réfraction, donnant quasiment l'illusion que rien ne les séparait de l'environnement liquide. L'un des hommes était installé dans le siège du pilote, prêt à prendre la manette de commande et lancer les moteurs électriques de huit chevaux entraînant les hélices silencieuses carénées à une vitesse supérieure à dix nœuds dans le cas où une détection soudaine ou une menace imminente les obligerait à une fuite précipitée. Derrière les commandes dédoublées sur sa droite, le copilote surveillait les écrans frontaux et supérieurs tout en se chargeant des communications radio périodiques avec l'équipe de surface.

Les quatre équipiers dans la chambre pressurisée à l'arrière étaient vêtus des mêmes combinaisons pâles. Deux avaient manipulé la griffe-robot qui avait détaché le segment de câble en fibres optiques de son lit de sable et de sédiments. Leurs compagnons, derrière la console d'instrumentation séparée, avaient suivi le désenfouissement du câble avec le déploiement d'une protubérance tubulaire située sous le ventre du submersible à mi-distance de la proue et de la poupe, protubérance qu'ils avaient fait courir sur le plancher sous-marin inégal, pour venir l'accoupler avec ce qui ressemblait au coffrage d'un banal raccord sur la ligne. Mais le port de données bidirectionnel protégé par le coffrage aurait à coup sûr attiré l'attention d'un œil aussi exercé que celui de Cédric Dupain... et c'est bien ce qui s'était passé, quelques mois plus tôt, quand il avait repéré le couvercle étanche et fait la découverte qui allait sceller son destin et celui de Marius Bouchard.

Si Dupain avait vécu assez longtemps pour l'examiner en détail, sa curiosité l'aurait sans doute amené à trouver le port de données et le coupleur multifibres disposés à l'intérieur du boîtier étanche : une dérivation pilotée par micropuce qui, une fois activée, récupérait le signal optique passant dans le câble pour en dévier une fraction dans les fibres optiques du tube d'alimentation. Comme la dérivation avait été installée à l'endroit d'un raccord référencé par les gestionnaires système de Planétaire, et maintenant d'UpLink International, la dégradation temporaire du système serait passée à peu près inaperçue. Aux points de jonction, l'extrémité des fibres était fondue par la chaleur, ce qui entraînait toujours une certaine atténuation du signal, des pertes intrinsèques qui étaient ignorées tant qu'elles demeuraient sous un niveau établi, or il y avait un certain nombre de ces points tout au long d'une architecture de réseau à longue distance.

À chacune de ces pertes parasites sur le trajet du câble, le flot de données brutes était transmis, depuis la batterie de capteurs informatiques à tampon de réception équipant le submersible, aux superordinateurs Cray installés à bord de *La Chimère.* La transmission s'effectuait par liaison Intranet directe à faisceau étroit maintenue par un modem EHF (extra haute fréquence) de télémétrie acoustique qui envoyait ses signaux via une antenne de la taille et de la forme d'une carotte fixée sur la coque. Dès qu'ils entendaient le signal d'interruption de mission lancée par le pilote, les hommes installés devant la console arrière étaient responsables du désengagement du tube d'alimentation et, pourvu qu'ils en aient le temps et le loisir, de la réinsertion du câble dans sa tranchée pour masquer toute trace de leur intervention.

Même si ces mesures d'urgence avaient été pratiquées à l'entraînement, ils n'avaient jamais encore eu jusqu'ici l'occasion de les mettre en œuvre. Homme prudent et précautionneux en toutes circonstances, Harlan DeVane était dans son élement dans les profondeurs.

Comme le plus souvent du reste, songea l'intéressé.

Port-Gentil. Fin de dimanche après-midi. Pete Nimec et Vince Scull traversèrent le hall du Rio de Gabao pour gagner la rue, passant devant l'aimable réceptionniste, le chasseur souriant, et les nombreux chauffeurs de taxi garés, toujours prêts, devant l'entrée de l'hôtel.

Sur le trottoir, ils tournèrent à droite et se dirigèrent d'un pas tranquille vers le grand marché en plein air situé au nord de la ville, tels deux voyageurs de commerce goûtant un week-end de répit bienvenu entre deux semaines affairées.

Peu après, les agents de l'Épée Charlie Hollinger et Frank Rhodes quittaient ensemble l'hôtel et prenaient la direction du sud, vers le casino. Ils bavardaient de choses et d'autres, comme leur chance aux machines à sous ou les astuces pour gagner gros au baccarat et à la roulette.

Une demi-heure s'écoula avant que Steve DeMarco et trois autres membres de l'équipe avancée de l'Épée – Andy Wade, Joel Ackerman et Brian Conners – ne gagnent la rue à leur tour. Le groupe resta bavarder devant l'hôtel, discutant de ce que chacun comptait faire du reste de l'après-midi. DeMarco et Wade dirent qu'ils voulaient visiter quelques sites historiques. Ackerman évoqua un concert gratuit dans le parc municipal auquel il était désireux d'assister et Conners, qui jouait de la guitare en amateur, indiqua qu'il l'accompagnerait volontiers. DeMarco leur suggéra à tous d'essayer de retrouver Nimec et Scull au bazar un peu plus tard – peut-être pourraient-ils aller dîner ensemble ensuite. Conners dit qu'il n'était pas sûr, désireux qu'il était de visiter plutôt quelques curiosités locales après le concert. Et par ailleurs, il avait déjà promis à Hollinger et Rhodes de les rejoindre pour claquer leur paie hebdomadaire sur les tables du casino.

Le groupe continua de deviser cinq minutes encore puis ils se séparèrent.

DeMarco et Wade partirent à droite, suivant la direction prise par Nimec et Scull pour rejoindre le marché, avec juste quelques détours en chemin.

Ackerman et Conners prirent à gauche en direction du parc, même si Conners allait ensuite obliquer de son côté.

Comme de juste depuis leur arrivée dans le pays, les huit hommes étaient toujours observés.

Cette fois, cependant, ils observaient leurs observateurs.

Pour la seconde fois en deux jours, Jean-Jacques Assélé-Ndaki avait été choqué et horrifié par la photo du sordide assassinat de son ami d'enfance. Mais savoir que le président en personne allait la contempler cette fois avec lui ajoutait un élément nouveau, entièrement différent, à sa réaction.

Il ne s'y était pas du tout préparé quand il s'était présenté devant la demeure coloniale du sénateur Moubouyi et y avait été introduit par le valet de chambre.

Assélé-Ndaki se trouvait maintenant sur le seuil, contemplant la pièce, les traits figés. Le président Cangélé. Ici. Comment était-ce possible ? Il faillit sursauter quand la porte à boiseries de chêne se referma derrière lui.

« Monsieur le député, bonjour. » Le président était assis au bout d'une longue table, deux de ses plus proches collaborateurs à sa droite, le reste des sièges étant occupés par plus d'une douzaine de collègues parlementaires d'Assélé-Ndaki. « Nous vous attendions tous avec une impatience unanime. Et l'unanimité chez des hommes politiques est un bien trop rare et trop fugace pour être négligé. »

Assélé-Ndaki ne bougea pas. Il se sentait assommé, les genoux en coton, comme frappé d'un coup sur la tête.

« Monsieur le président...

– Entrez, je vous prie », et Adrien Cangélé de lui indiquer l'unique siège vacant à sa gauche. La photo de Macie était posée devant lui, la bordure inférieure du cliché plaquée sur la table par ses doigts épais. « Maintenant que vous êtes là, vous n'avez pas de raisons de vous tenir à l'écart, n'est-ce pas ? »

Reconnaissant la touche de sarcasme manifeste et le sous-entendu dans les propos du chef de l'État, Assélé-Ndaki chercha à reprendre contenance. Il s'était attendu à une réunion de responsables gouvernementaux pour défier le pouvoir et l'autorité de l'homme même qui se trouvait au bout de la table avec eux, et décider comment suspendre ou annuler la licence accordée à UpLink. Il s'était attendu à voir des représentants des deux chambres liés par leur participation au complot et un avertissement commun – qui leur était parvenu sous la forme d'une photo postée de manière anonyme.

Au lieu de cela...

Assélé-Ndaki parcourut des yeux la pièce. Seuls Cangélé et ses assistants l'observaient. Tous les autres avaient le regard tourné ailleurs.... certains fixant les râpières et autres poignards vieux de deux siècles accrochés au mur, d'autres les écrins contenant des pistolets français du XVIIIe siècle, présentés de l'autre côté de la collection d'armes blanches, d'autres examinant les vases en porcelaine de Chine ou les coûteux bibelots exposés sur les diverses étagères. D'autres enfin se contentaient de regarder leurs mains ou de fixer le vide devant eux.

Assélé-Ndaki reporta son attention sur le sénateur dont il avait accepté l'invitation. Assis à la gauche du président, les yeux rivés sur la table, Moubouyi parut sentir peser son regard. Il croisa le sien un très court instant avant de baisser les yeux.

Les yeux de Cangélé, profondément enfoncés dans les orbites d'un large visage d'ébène, n'avaient, dans l'intervalle, pas cessé d'examiner Assélé-Ndaki. Le sourire dessiné sur la bouche aux lèvres épaisses était large, vif et souvent charmant, mais aussi guère spontané et rarement investi d'humour. Il exhibait une sévérité exigeante, même dans les moments les plus détendus... et l'humeur régnant dans la pièce était loin de l'être.

Assélé-Ndaki s'approcha de la table. Le président portait une chemise en batik à motif kenté orange et blanc, dépourvue de col et aux larges manches cloches. C'était une tenue inhabituelle chez lui. Cangélé avait un faible pour les tenues occidentales, les costumes portant la griffe de boutiques européennes réputées.

Le parlementaire s'assit.

« Je suppose, lui dit Cangélé, qu'il est inutile de faire les présentations. »

Assélé-Ndaki acquiesça en silence. Comment le président avait-il pu apprendre la tenue de la réunion ? Et la photo ? Quelqu'un dans cette pièce avait-il pu lui dire, accomplir un acte de duplicité pour quémander une faveur, conscient que les choses apparaîtraient tôt ou tard au grand jour ? Ou peut-être le président avait-il découvert le pot aux roses par l'intermédiaire de ses oreilles secrètes ou de ses yeux infiltrés dans le gouvernement. Mais au bout du compte, ces questions demeuraient sans réponse. Pas plus que n'importaient l'identité ou les raisons de son informateur. Cangélé savait. Il savait. Point. D'une manière ou de l'autre, tous ceux parmi eux qui avaient comploté pour faire obstacle à ses objectifs allaient en payer les conséquences.

« Sans vouloir vous manquer de respect, j'aurais préféré me trouver ailleurs », reprit Cangélé. Ses yeux n'avaient pas quitté ceux d'Assélé-Ndaki. « J'avais d'autres façons plus agréables de passer mon dimanche après-midi. » Il eut de nouveau ce sourire et fit un geste large de la main gauche. La droite était toujours posée à plat, sur la photo de Macie Nzé, pesante. « Au lieu de cela, je me suis vu contraint de faire cette visite de travail à Port-Gentil... de me glisser hors de la capitale, comme un voleur. »

Assélé-Ndaki ne dit rien. Sa tension était difficile à séparer de celle de ses collègues parlementaires. C'était comme un flux qui irradiait la pièce, issu de chacun de ces hommes pour s'accréter en un tout plus grand que la somme des parties. Il la sentait picoter sa peau comme un courant. Quand il inspirait, elle lui laissait un goût de clous rouillés sur la langue.

« Monsieur le parlementaire, lui dit Cangélé, je sais que Macie Nzé et vous aviez des liens étroits d'amitié, et j'aimerais vous exprimer mes regrets et mes condoléances à l'occasion de sa mort. Je n'avais eu que rarement l'occasion de traiter avec lui, mais j'ai gardé le souvenir d'un serviteur de l'État dévoué et estimable, en tout point digne de respect. »

Assélé-Ndaki acquiesça.

« Oui, fit-il. Il sera regretté par beaucoup.

– Son enlèvement et cet assassinat barbares sont un gâchis. Un acte intolérable. Vous devez être assuré qu'un tel crime sera élucidé... et que ses auteurs n'échapperont pas à la justice.

– Merci, monsieur le président. »

Cangélé prit une profonde inspiration, puis souffla par la bouche et le nez. C'était un homme de haute stature, à la taille épaisse, et sa carrure donna quelque part à cette expiration la force d'une marée.

« Même si elles manquent de preuves concrètes, mes sources ont tout lieu de suspecter que le meurtre de Macie Nzé est lié à ses liens avec un mystérieux trafiquant d'influences politiques, reprit le président. Un étranger non identifié qui a cherché à entraver mes initiatives en matière de télécommunications par le biais de moyens divers, allant des incitations financières d'une légalité douteuse à de manifestes tentatives de pots-de-vin. Et je suis au regret de dire que certains, au sein de mon gouvernement, ont pu s'y sentir réceptifs. »

Les yeux noirs s'attardèrent sur Assélé-Ndaki qui rendit au président son regard, en silence, ne sachant trop que répondre, et n'osant se détourner.

« Jean-Jacques, dit enfin le sénateur Moubouyi, avant que vous nous ayez rejoints, le président nous demandait notre opinion...

– Opinion officieuse, nous devons le souligner », intervint Ali Nagor, au bout de la table.

C'était un député de la province de Mounga, à l'est du pays.

« Bien sûr, j'aurais dû le mentionner, reprit Moubouyi. Le président Cangélé nous a sondés, de manière non officielle, afin d'avoir notre avis sur une proposition d'amnistie pour quiconque aurait pu se voir conduit à accepter des incitations venues de cet étranger. Comme j'ai cru le comprendre, un aveu explicite ne serait pas requis, mais plutôt un simple serment confidentiel, prêté devant les autres parlementaires, qu'une telle conduite ne se reproduirait pas à l'avenir... tout particulièrement en ce qui concerne les affaires de télécoms. »

À nouveau, le silence. Puis Nagor reprit : « Le président se félicite de l'approbation par l'Assemblée nationale de sa politique de licence accordée à UpLink malgré les groupes de pression qui auraient pu l'entraver dans l'ombre. Et alors qu'il se montre ouvert à un débat politique franc et honnête, il aimerait de la même manière voir ces licences être ratifiées sans sabotage ultérieur. »

Assélé-Ndaki ne réagit pas. Il essayait surtout de comprendre la signification de ce qu'il venait d'entendre. Les yeux noirs du président Cangélé, toujours rivés sur lui, l'empêchaient d'avoir les idées claires.

« Bien, dit enfin Cangélé. Quels commentaires avez-vous à faire ? »

Assélé-Ndaki hésita encore un instant.

« Les hommes loyaux et vertueux commettent parfois des fautes qu'ils regrettent, monsieur le président, dit-il enfin. Étant de ceux qui croient en la possibilité de rachat, j'aimerais que de tels individus se voient gratifier d'une chance de rectifier leurs erreurs, plutôt que de voir leur honte décuplée par le scandale et le châtiment. Et je suis convaincu que la plupart s'y attelleraient avec humilité et reconnaissance.

– Et pourtant, je crois entendre une note d'hésitation dans votre voix. »

Assélé-Ndaki avait la gorge sèche et serrée. Il but une gorgée d'eau du verre posé sur la table devant lui.

« Uniquement parce que je voudrais respectueusement vous suggérer que certains pourraient répugner à saisir une telle occasion de se racheter par pur instinct de conservation », expliqua-t-il tout en lorgnant la photo toujours posée sous les doigts de Cangélé. « Mon très cher ami Macie Nzé était sûrement innocent de tout méfait. Mais il reste possible que, soumis à de grands efforts de persuasion pour compromettre son honnêteté, il ait commis une indiscrétion qui ait pesé par la suite sur sa conscience.... et qu'il ait alors été torturé et tué à cause de son refus. Cela me fait redouter que le même sort guette les éventuels coupables désireux à leur tour de se racheter. Ou pis encore, ceux qu'ils aiment. Ce sont des hommes qui ont une famille. »

Le président Cangélé resta silencieux, ses traits lisses pensifs. Son regard s'attarda un peu plus sur Assélé-Ndaki, puis ses yeux glissèrent lentement vers les visages des autres parlementaires réunis avec lui.

« Personne ici ne m'a vu aujourd'hui. Personne ne m'a entendu, dit-il. Aucun d'entre vous... sommes-nous bien d'accord ? »

Concert de signes d'assentiment autour de la table. Assélé-Ndaki ne fit pas exception à la règle.

Cangélé leur servit son sourire fabriqué, sans humour.

« Je sais ce que c'est que d'avoir une famille. D'être un mari. Un père. Et à ma récente surprise, un grand-père, crut-il bon d'ajouter. C'est toujours avec une inquiétude grandissante que je renouvelle constamment mon serment d'engager notre nation sur la voie d'un avenir démocratique. C'est pour mes concitoyens que je veux faire du Gabon un modèle de réforme sociale et gouvernementale pour tout notre continent... et, ce faisant, transformer en dinosaures des autocrates comme votre serviteur et d'insatiables gredins comme vous autres, messieurs. »

Il se tut, le sourire quittant graduellement la commissure de ses lèvres. Les doigts de sa main droite tapotèrent la photographie de Macie Nzé, tandis que son poing gauche martelait sa poitrine au-dessus de la chemise.

« Pourtant, je reste un Africain. Mon sang et mon héritage sont africains. Je suis par conséquent, par nature, tout sauf un rêveur romantique. La réalité est que mes plans concernant notre république ont été soumis à l'attaque des forces de la subversion et de la terreur. Et que l'attaque doit être repoussée. Je vous en fais le serment : Restez à mes côtés, comme un seul homme, et vous aurez toute ma protection. Toute faiblesse passée de votre part sera excusée. Mais qu'un seul dans cette pièce se dresse contre moi et poursuive ses infidélités, et vous verrez mon offre retirée, vous laissant à la merci de ce qui pourra vous tomber dessus, là aussi, comme un seul homme. Rappelez-vous, tous autant que vous êtes, que moi aussi je sais me montrer terrible et menaçant. Rappelez-vous qui je suis, mes bons amis. *Rappelez-vous mon sang africain.* »

Une chape de silence tomba sur le salon. Même si, dans sa péroraison, il avait continué de s'adresser à l'ensemble du groupe, les yeux du président étaient momentanément revenus se reposer sur Assélé-Ndaki. Son regard se reporta alors sur la photo de l'agonie de Macie Nzé, qu'il écarta doucement pour se carrer calmement dans son siège en croisant les mains sur la volumineuse protubérance de son estomac.

Le silence s'étira un peu plus. Le visage benoît, Cangélé étudia la surface de la table qu'il avait libérée en repoussant la photographie.

Assélé-Ndaki but une longue gorgée d'eau. Il savait la question qu'il lui restait à poser.

« Comment sera annoncée notre unité ? » Malgré le liquide qui lui humectait la gorge, il avait l'impression que sa voix sortait d'un minuscule trou d'épingle.

Cangélé sourit, autant pour lui-même que pour les autres présents dans la pièce. Calme et impassible depuis l'arrivée d'Assélé-Ndaki, l'un des assistants du président se tourna vers le parlementaire et le considéra avec un intérêt soudain, comme s'il venait à l'instant de prendre conscience de sa présence.

« Nous avons pris des dispositions pour qu'un article paraisse dans la presse du matin », annonça-t-il.

Pete Nimec et Vince Scull attendaient sous le soleil brûlant au marché du Grand Village, avec les tartines de pain beurré qu'ils avaient achetées sur l'esplanade, le pain grillé et gras suintant dans son papier sulfurisé. Ils étaient entourés d'une foule bigarrée : colporteurs, marchands, mendiants. Une bonne partie de ces derniers étaient des enfants – dont les yeux arboraient la taie de l'onchocercose, une cécité due à un parasite de l'eau –, qui se tenaient accroupis à la périphérie de la place. Sur l'étal d'un marchand d'animaux quelques mètres sur la droite, un ara vert vif voletait sur son perchoir dans une cage grossière posée sur une table formée de deux barriques liées entre elles par une épaisse corde de chanvre. Des bourres de duvet émeraude s'accrochaient aux barreaux rouillés de la cage comme des graines de pissenlit. Les journaux posés sur le fond étaient couverts d'une épaisse couche de fientes sèches et de coquilles de noix. Un deuxième perroquet gisait, immobile, au milieu des détritus, mort ou tout comme. Dans un sac en jute ensanglanté accroché à un poteau au-dessus de la cage, une créature invisible poussait des cris aigus tout en se débattant sans arrêt dans un vain effort pour se libérer de sa prison de toile.

Nimec se détourna, déglutissant une bouchée de sa tartine grillée, l'appétit soudain coupé. C'était comme s'il avait fait tomber sa nourriture dans le caniveau. Ah, l'heureux voyageur.

Annie et les mômes lui manquaient terriblement.

Il regarda par-dessus l'épaule de Scull en direction de l'extrémité nord du marché de plein air et avisa Steve DeMarco et Andy Wade qui approchaient dans une allée bondée. Ils étaient visibles à cent mètres. Les deux hommes arboraient des chemisettes pastel unies, quand les Gabonais préféraient de beaucoup les imprimés criards... ou de simples kaftans écrus dans le cas des musulmans pieux. La blancheur de DeMarco et la noirceur de peau de Wade les faisait ressortir encore plus. Dans ce pays, les Blancs étaient presque toujours des étrangers – expatriés ou visiteurs qui vivaient dans une sorte de « proximité isolée » parmi les autochtones. Que ce soit par l'étude de sa documentation ou par ses premières impressions personnelles, Nimec avait noté qu'il y avait peu de véritable mélange entre les diverses ethnies. Les gens partageaient les mêmes rues, descendaient dans les mêmes hôtels et mangeaient dans les mêmes restaurants mais en formant des groupes isolés. Leurs actions communes semblaient gouvernées essentiellement par le commerce et la politique.

L'amitié détendue des deux agents de l'Épée alors qu'ils traversaient ensemble le marché n'aurait laissé à un observateur aucun doute sur leur origine et leur culture différentes.

Scull avait noté le regard de Nimec.

« T'as vu quelqu'un ?

– Ouais. DeMarco et Wade. »

Scull bougonna et mordit dans sa tartine grillée. Il suait abondamment, ses rares cheveux collés sur son crâne, des anneaux sombres de transpiration maculant les aisselles de sa chemise.

« Ackerman se radine lui aussi, indiqua-t-il. Il arrive derrière toi. »

Nimec acquiesça. Donc, tout le monde était là, à l'exception de Conners, qui jouait l'appât.

Scull et lui patientèrent dans la chaleur humide de l'après-midi. Au bout d'un moment, les hommes les avaient rejoints.

Ils échangèrent des signes de tête.

« Salut tout le monde, toute la bande est enfin réunie », dit Scull.

DeMarco lui jeta un bref coup d'œil puis se tourna vers Nimec.

« Vous pensez qu'on devrait marcher ? »

D'un signe de tête, Nimec indiqua la foule des clients du marché.

« J'aime bien l'endroit où on est, répondit-il. C'est le meilleur pour l'instant. »

DeMarco acquiesça. Une zone bondée offrait un type particulier de couverture : les gens en circulation autour d'eux gêneraient constamment la visibilité d'un éventuel guetteur.

« OK, comparons nos notes, lui dit Nimec.

– On était filés.

– À pied ou en voiture ?

– En voiture, répondit DeMarco. A-B. »

À savoir que Wade et lui avaient fait l'objet d'une surveillance alternée par deux véhicules.

« Le premier était un chauffeur de taxi devant l'hôtel », enchaîna Wade, qui baissa la tête pour masquer en partie le mouvement de ses lèvres. « Il se désintéressait des clients, ignorant tout un tas de gens à l'arrêt. Il a démarré derrière nous, pour nous suivre de près au ralenti. Puis il a viré et aussitôt quelqu'un dans une voiture particulière a pris le relais.

– Le taxi s'est repointé ? s'enquit Nimec.

– Il roulait au ralenti cinq rues devant à peu près, puis il a disparu, reprit DeMarco. Je pense qu'il a dû craindre d'être grillé. »

Nimec demeura pensif et silencieux.

« À pied pour Scull et moi, dit-il au bout d'un moment. A-B-C. »

Signifiant par là que la surveillance placée sur eux avait consisté en une équipe de trois hommes se déplaçant à pied. Et elle avait été plutôt bien goupillée. Il y avait un homme coiffé d'un keffieh brodé et vêtu d'un dashiki qui parlait dans un téléphone mobile en sortant d'un immeuble voisin de l'hôtel. Deux autres types en tenue sport à l'occidentale, qui déambulaient sur l'avenue, avançant quasiment à leur hauteur. Ceux placés de l'autre côté de la rue avaient donné l'impression de converser mais Nimec nota que l'un d'eux portait une oreillette et se rendit compte qu'il dialoguait lui aussi au téléphone. À l'instant où Dashiki avait doublé Nimec et Scull pour entrer dans une boutique, Oreillette avait traversé l'avenue pour venir de leur côté, se laissant légèrement semer pour reprendre la position de Dashiki à l'arrière. Quelques pâtés de maisons plus loin, une autre substitution s'était produite. Oreillette avait pressé le pas pour les dépasser à son tour. Dashiki était alors réapparu derrière eux, reprenant la filature, jouant cette fois-ci les hommes pressés. Dans l'intervalle, attention, l'ami d'Oreillette avait continué à se tenir à leur hauteur de l'autre côté de l'avenue. Ce petit jeu de saute-mouton s'était poursuivi quasiment jusqu'à leur arrivée au marché.

Nimec regarda Ackerman.

« Et toi ?

– Deux gendarmes dans une voiture de patrouille », dit l'intéressé, tout en faisant non de la tête, une ruse pour déjouer le regard d'un éventuel témoin. « Jusqu'ici, à l'entrée du marché. »

Nimec continua de le fixer. « T'es sûr ?

– Affirmatif. Des uniformes noirs. Ils m'ont quitté pour filer Conners. »

Nimec se tut à nouveau. Quand DeMarco lui avait parlé de la présence d'une caméra dans sa chambre du Rio, la première chose à lui être venue à l'esprit était une tentative d'espionnage industriel. Plusieurs entreprises de télécoms européennes et asiatiques étaient sur les rangs pour prendre la place de sauveurs de l'anneau africain en fibres optiques quand Planétaire avait jeté l'éponge, et il était concevable qu'une ou plusieurs aient été assez chagrinées pour péter les plombs quand UpLink avait remporté le contrat avec le gouvernement gabonais, en se figurant malgré tout pouvoir rafler la mise. Il y avait également divers autres groupes de pression nationaux qui s'étaient ralliés dans l'opposition à l'arrivée de capitaux étrangers en tentant de bloquer l'entrée d'UpLink par une salve de manœuvres législatives, une fois après avoir, bon débarras, fait leurs adieux à Planétaire. Quelques-uns persistaient dans leur combat malgré le soutien manifeste du parti au pouvoir. Tous ces intérêts, seuls ou combinés, avaient pu décider de se livrer à des manœuvres d'espionnage.

Excepté que Nimec n'avait que des questions sur le but de cette traque. S'il les ajoutait à celles qu'il se posait déjà après s'être entretenu avec Pierre Gunville, cela faisait un peu trop pour un seul homme... même si les regrouper toutes mentalement n'était peut-être pas une si bonne idée. Il avait une confiance modérée en Gunville mais, à ce stade, ce n'était qu'un vague soupçon. Nimec ne savait même pas si cela signifiait que Gunville était lié d'une manière quelconque à ces histoires, et encore moins aux éventuels individus qui s'intéressaient à UpLink. La vérité était qu'il ne savait trop ce qui se passait. Mais l'implication de la gendarmerie était un signe fort et il allait falloir qu'il commence à trouver des réponses, et vite.

Nimec prit une bouchée de pain grillé et mastiqua, pensif. Tel un joyeux voyageur de commerce festoyant pendant son jour de repos... et comment pourrait-il savoir que parler la bouche pleine faisait tourner chèvres les espions lisant sur les lèvres ?

« Le termite qui t'est tombé dessus ce matin, reprit-il. Tu sais quel est le vrai problème ? »

DeMarco indiqua, avec un bougonnement, que c'était le cas, même s'il fit non de la tête, empruntant à Ackerman sa gestuelle contradictoire.

« Pour un qu'on repère, il y en a cent autres qu'on ne remarque pas. S'ils nous infestent, on va avoir besoin d'un Gros Renifleur pour les dénicher tous. »

Nimec déglutit pour la forme. Le Gros Renifleur était leur appareil de contremesures le plus perfectionné. Mais l'engin n'était pas vraiment discret. Utilisé avec une antenne boomerang pour inspecter mur et surfaces, son appareillage de détection électronique était logé dans un boîtier de la taille d'une valise coque de bonne taille.

« Si les termites en surface agitent leurs antennes, ils vont déranger le nid », répondit-il en s'essuyant les lèvres avec son mouchoir. « On se débarrassera des soldats et des ouvrières, mais les sujets reproducteurs s'enfonceront un peu plus au cœur du bois. »

DeMarco acquiesça. « J'ai ruminé tout cela, convint-il. Sans déboucher sur une conclusion. »

Scull haussa les épaules.

« Songe aux grenats », dit-il.

DeMarco le regarda.

« Et aux silicates », ajouta-t-il.

DeMarco le fixait toujours.

« Que je songe à quoi ???

– Aux grenats. Aux silicates. Ce sont les pierres que les chasseurs de diamant recherchent lorsqu'ils analysent les échantillons de sol extraits des termitières ici, en Afrique », expliqua Scull, comme si la référence aux termites allait rendre plus limpide la pertinence de ses déclarations. « Ils ne valent pas grand-chose en soi, mais ils proviennent des mêmes filons que les diamants. Les termites peuvent en faire remonter d'une distance de cinquante mètres sous terre, où vivent les reines, pour les déposer dans leurs petits monticules. C'est ainsi qu'a été découverte la mine d'Orapa au Botswana, la plus riche du monde. »

DeMarco resta muet, comme les autres.

« Je dois confesser, Vince, que je ne comprends pas un traître mot. »

Nimec resta songeur. Le fait était que lui non plus.

Scull fronça les sourcils, passa un bras autour des épaules de Nimec, le fit pivoter de cent quatre-vingts degrés sur sa droite, et embrassa d'un geste vague l'étal d'un vendeur. Nimec joua le jeu, comme pour étudier un article d'intérêt mutuel, lorgnant d'un air absent une femme qui vendait des tranches de viande de brousse. Elles étaient disposées sur une table au soleil, sous un filet censé repousser les amas de grosses mouches noires. Les pancartes posées derrière indiquaient : TROMPES D'ÉLÉPHANTS, CERVELLES DE SINGES.

Scull traduisit pour son compagnon. « Au cas où tu serais intéressé, les singes de la région peuvent être porteurs de la fièvre Ébola.

– Merci.

– À ton service. » Scull pinça les lèvres et souffla un peu d'air sur son visage pour sécher la sueur tout en s'éventant de la main. « Le problème que tu as évoqué... il me vient à l'esprit que le mieux serait peut-être qu'on ne fasse rien. »

Nimec le regarda quelques instants en silence. Puis ses yeux s'étrécirent.

« Qu'on laisse les termites tranquilles ? »

Scull lui pinça le bras, avec l'expression d'un professeur qui vient de se faire comprendre d'un étudiant un peu obtus mais studieux.

« Nous y voilà, Petey. On attend. On garde la lumière éteinte. On laisse les sales petits parasites continuer leurs petites affaires et s'imaginer qu'ils sont à l'abri dans le noir », dit-il, continuant de filer la métaphore. « Les traces qu'ils laissent derrière eux sont sans intérêt, tant qu'on reste conscients de leur présence.

– Mais ça nous indique où trouver les diamants.

– T'as tout compris. Dès qu'on est prêts, on creuse dans le nid où se cachent les reines et on tâche d'y aller avec notre bombe de Raid... tu te rappelles le slogan de ces vieilles pubs télévisées ? »

Nimec le regarda.

Tue les insectes, raides ! songea-t-il.

DeMarco s'était joint à eux pour faire mine de s'intéresser à l'étal du boucher, la compréhension gagnant ses traits comme il avait surpris leur dialogue.

« Qu'est-ce que t'en penses ? lui demanda Nimec.

– Si l'on suit l'idée de Scull, alors je suppose que nos cadres et nos ingénieurs auront besoin d'être informés. »

Nimec acquiesça. Sans aucun doute. Informés de tout. Pour qu'ils sachent quoi ne pas dire ou faire dans la fallacieuse intimité de leur chambre d'hôtel, voire ailleurs.

« Ça risque de ne pas trop les enchanter, observa DeMarco. Je peux vous assurer que me retrouver tout nu sous la douche, ce matin, n'a pas été une expérience agréable. Et le reste de mes petites affaires personnelles a été encore moins rigolo.

– Pas besoin de nous faire un dessin, rétorqua Scull. Merci, je viens de manger. »

Nimec les regarda.

« À moins que quelqu'un ait une meilleure solution, dit-il, il faudra qu'ils vivent avec. Tout comme nous. »

De Marco prit une profonde inspiration, exhala avec un long soupir.

« J'aimerais pas être celui qui va devoir l'annoncer à Tara Cullen », observa-t-il.

À bord de *La Chimère*, Harlan DeVane contemplait, par-dessus le bastingage, le soleil couchant s'enfoncer dans la mer, ses feux tropicaux crachotants se refléter en touches orange à la surface de l'océan.

Les doigts de DeVane auraient voulu se serrer autour de son téléphone cellulaire privé, mais il résista à l'impulsion, forçant sa main à rester immobile.

« Cette info que vous tenez de votre source au journal, dit-il dans le micro du cellulaire. Aucun doute sur son exactitude ?

– Aucun, confirma Étienne Bégéla à l'autre bout du fil. Une déclaration de la ratification par l'ensemble des partis de gouvernement des licences de télécoms doit être annoncée à la une de l'édition de demain matin. D'après le programme de Cangélé, elles doivent être ratifiées sans possibilité de révision pour une durée minimale de quinze ans. Tous les membres de l'opposition parlementaire ont adopté une position révisée en sa faveur et il doit y avoir une manifestation de soutien public dans la capitale. » Une pause. « J'ai dans la main la copie du premier jet de l'article. Il doit paraître dans *L'Union*.

– L'organe du gouvernement.

– Exact. »

DeVane réfléchit en silence, il sentait la douce oscillation du pont sous ses pieds. L'air calme sentait la marée et pulsait faiblement, apportant le bruit des plates-formes de pompage.

Mauvais plan pour lui, et il ne pouvait se le permettre. Pas une nouvelle fois. S'il s'était toujours attendu à ce que ses entreprises ici aient une durée limitée, il lui fallait du temps pour en maximiser les profits. Et les gagner impliquait d'envisager un pari calculé.

« Quand l'équipe d'UpLink doit-elle faire la tournée du site de son siège local à Sette Cama ?

– Demain également.

– Leur chef de la sécurité fera-t-il partie de la délégation ?

– Il se trouve que oui. J'ai déjà préparé le plan d'urgence, il est prêt à être appliqué.

– Son déroulement ne doit pas mener à moi. Même de loin.

– C'était de la plus haute importance, naturellement. Mon seul souci est son amplitude. Que l'envergure de sa réalisation les conduise à chercher au-delà des apparences. »

Bien sûr, songea DeVane. C'était ce qu'il voulait... de quoi ébranler et confondre UpLink à l'instant même de son succès, et susciter un climat d'insécurité parmi ses soutiens financiers. Les conduire à imaginer que leurs ennemis les cernaient de toutes parts, tout en se demandant qui ils étaient... aussi longtemps que les réponses à leurs questions resteraient enveloppées de mystère.

DeVane regarda le soleil mourant et hocha la tête. Bégéla était bien le fonctionnaire parfait : son esprit était comme un tiroir de classeur bien rangé dans un bureau sinistre. Fouillez à l'intérieur, et vous trouverez tout ce qu'il faut, bien placé au bon endroit, mais jamais la moindre surprise.

« Allez-y », dit-il et, sans attendre de réponse, il coupa la communication pour redescendre signifier ses ordres à Kuhl.

Big Sur. L'équilibre du jour prêt à basculer, tremblant, au seuil de minuit. Des brises de mer s'enfilant dans le cañon ouvert sur l'océan, lourdes d'humidité, brouillant la longue dégringolade rocheuse derrière des tourbillons de brume.

Assis devant son ordinateur portable, Siegfried Kuhl était en train de lire le mail reçu quelques instants plus tôt. Ses traits rigides étaient baignés par la lueur ambrée d'une lampe-tempête posée sur le manteau de la cheminée du séjour. Autour de son bureau, les gros schutzhunds noirs étaient allongés, tranquilles. Deux dormaient et leurs flancs s'élevaient et s'abaissaient sous leur respiration lente et régulière. Le troisième surveillait la porte du chalet dans le dos de Kuhl. C'était un instinct de meute renforcé par le dressage. À tour de rôle, en permanence, l'un des trois bergers allemands demeurait en éveil et vigilant.

Le message codé affiché devant Kuhl disait :

> Si le coucou chante lorsque brune est la haie,
> Vends ton cheval et achète ton blé.

Dans le folklore européen, le chant du coucou en septembre et octobre – quand les haies brunissent – est un mauvais présage pour les paysans. Le signe que les récoltes d'automne sont en péril, et qu'il convient de prendre des mesures en garnissant ses greniers avec ce qui est le plus précieux pour survivre aux longs mois de froidure à venir.

Kuhl regarda l'ordinateur. Son heure à lui était donc sur le point de venir. Très bientôt.

Il referma sa boîte de courrier électronique et ouvrit le dossier IMAGES. Bien alignées sur l'écran, il contemplait plusieurs rangées de dossiers scrupuleusement étiquetés contenant chacun des photos. Kuhl en ouvrit un, sélectionnant la photo d'une blonde qu'il savait d'âge moyen, même si l'éclat de ses yeux trahissait son allure extraordinairement jeune. Grande, mince, élégante et vêtue avec style, Ashley Gordian possédait cette beauté raffinée qui vient de gènes de qualité associés à des soins exquis.

La première série de clichés en haute résolution la montrait en train de déjeuner avec une autre femme à la terrasse d'un café. Dans la suivante, Kuhl l'aperçut derrière le mur vitré de la grande bibliothèque de Palo Alto sur Newell Street, l'appareil la suivant alors qu'elle présentait sa pile d'ouvrages au bureau des emprunts avant de les emporter sur le patio. Le groupe suivant avait été pris de l'extérieur d'une boutique de fringues. À travers la devanture, elle avait été photographiée alors qu'elle se présentait à la caisse pour signer sa quittance de carte de crédit, puis souriait à la caissière qui lui tendait ses sacs, avant de les porter jusqu'à la porte. Dans la rue, elle s'était dirigée droit vers sa berline Lexus garée non loin de là avant de démarrer avec ses achats posés sur la banquette arrière.

Il y avait encore d'autres images d'Ashley Gordian que Kuhl aurait pu examiner. Des dizaines. Ciras et les autres avaient enregistré ses moindres faits et gestes pendant près de quinze jours, les stockant et les triant sur ordinateur avant de les lui transmettre par fichier crypté joint à son courrier électronique alors qu'il se trouvait encore à Madrid.

Mais ce n'était pas la femme qu'il avait l'intention de cibler.

Kuhl tendit la main vers son verre de vin doux et but une gorgée. Puis il referma le dossier qu'il venait de parcourir, descendit d'une rangée sur l'écran, en sélectionna un autre.

Dans celui-ci, il trouva la fille. Elle était parfaitement craquante. Mince, brune, un corps ferme et bien proportionné. Kuhl distingua en elle des échos de sa mère – la peau lisse, les grands yeux verts, une certaine confiance sous-jacente visible dans le port des épaules, sa façon de se tenir droite.

Il étudia avec soin les photos numérotées affichées devant lui. Elles composaient un enregistrement séquentiel des activités quotidiennes de Julia Gordian. Un album d'événements anodins, oubliables, qui allait permettre à Kuhl de planifier et d'exécuter l'inoubliable. Il y avait des images de la jeune femme en compagnie d'amis des deux sexes. Des images d'elle en train de faire ses courses, de porter ses habits au pressing, de se rendre à la poste. Il y avait des images d'elle au volant alors qu'elle quittait le refuge pour chiens où elle travaillait bénévolement, alors qu'elle tournait pour s'engager dans l'allée dissimulée en bordure de la forêt verdoyante du parc d'État. Il y avait des images d'elle en train de ranger sa voiture au garage en arrivant chez elle. Et des images prises à travers la fenêtre de sa chambre. Kuhl étudia celles-ci un moment, dégusta une gorgée de vin, poursuivit son examen. Une série de photos la suivait alors qu'elle quittait son domicile en tenue de jogging, deux lévriers en laisse à ses côtés. Ils semblaient vibrer de tension contenue avec leurs silhouettes élancées, tendue comme des fouets, soulignant leur prédisposition à la course. La nature leur avait donné la vitesse aux dépens du courage : une race comme le vent, sans consistance. Confrontés à une menace, ils n'offraient aucune protection mais cherchaient plutôt à trouver leur salut dans la fuite. Kuhl pouvait presque voir la terreur rendant leurs yeux vitreux au moment où ils se feraient terrasser, le sang de leur gorge se répandant sous l'étau de mâchoires vigoureuses.

Kuhl contempla l'écran de son ordinateur et envisagea sa mission en silence.

Trouvez ce que Roger Gordian a de plus cher. Frappez-le, et vous l'aurez frappé au cœur.

Mais si son amour le plus cher était divisé en parts égales entre l'épouse et l'enfant ?

Où dans ce cas porter le coup fatal ?

L'épouse était une possibilité viable, certes. Mais parce qu'elle se trouvait souvent dans la sécurité de la propriété Gordian, ou avec Gordian lui-même, elle serait une cible moins accessible en pratique. Toutefois, la surveillance de Kuhl indiquait qu'elle s'aventurait également de manière régulière toute seule – et dans ces cas-là, il y aurait des ouvertures.

Le seul aspect pratique ne pouvait cependant être un facteur déterminant. Cela faisait maintenant des années que Kuhl étudiait Gordian. Que la cible soit facile ou non, il choisirait celle qui lui procurerait son objectif ultime. Et pour cette raison, son choix penchait vers la fille pour obtenir le maximum d'effet.

Le mariage de Gordian reposait sur un accord à deux. Sur un partage de responsabilités ; des choix, des espoirs, des rêves en commun. Et sur un partage des risques. Prenez la femme, et une partie des fondations bâties ensemble pourrait survivre, lui laissant la force mentale de récupérer. Mais l'enfant était censé porter en elle l'avenir. Les risques qu'ils s'étaient choisis pour eux deux n'étaient pas pour elles. Et surtout cette enfant. Cette fille. Forte, vigoureuse, vivant libre et sûre d'elle-même.

Avec sa fille prise en otage, Gordian serait paralysé, incapable de fonctionner. Et quand on lui briserait les ailes, que les espoirs et les rêves qu'elle incarnait mourraient, écrasés sous le poing serré de Kuhl, alors Gordian en serait brisé de manière irrémédiable, il serait totalement ruiné.

Kuhl resta assis sous l'éclat de la lampe-tempête tandis que la brume montait de la mer derrière les vitres du chalet et que des rafales de vent en fouettaient le toit. Les yeux aux aguets, les oreilles dressées, le berger noir qui veillait dressa la tête vers les poutres et les chevrons qui grinçaient.

Au bout d'un moment, Kuhl tapa au clavier de son portable et accéda une fois encore au serveur de courrier crypté d'Harlan DeVane. Puis ouvrant un message vierge, il tapa :

Un rouge-gorge mis en cage
Met tout le paradis en rage

Le message envoyé, Kuhl éteignit son ordinateur et demeura assis, sans bouger.

En apparence, on aurait dit qu'il se relaxait sur sa chaise.

Mais au centre, il sentait la grande roue dentée du Destin s'ébranler pesamment en grondant.

7

Gabon, San Jose

Extrait de l'édition en ligne du *Wall Street Journal* :

CONNEXION ENTRE UPLINK ET SEDCO
EN AFRIQUE DU CENTRE-OUEST

La lumière tisse ses liens de convergence entre les deux titans de l'énergie et des télécoms

SAN JOSE – Moins de deux semaines après qu'UpLink International eut finalisé son opération de chevalier blanc et de développement du réseau panafricain de fibres optiques laissé à l'abandon par le retrait soudain de son rival européen Planétaire Systems Corp., suite à ses déboires financiers, UpLink a suscité pour ce marché perturbé des fibres optiques sous-marines un renouveau de l'attention des actionnaires en remportant un contrat d'une valeur estimée à 350 millions de dollars avec l'entreprise texane Sedco Petroleum pour câbler ses installations africaines et les raccorder à son réseau de transmission. La section nouvellement raccordée permettra des liaisons téléphoniques et Internet/Intranet haut débit entre la chaîne sans cesse grandissante de plates-formes pétrolières de Sedco installées dans le golfe de Guinée et ses bureaux installés à terre sur la côte ; cette nouvelle liaison devrait accroître la qualité et la fiabilité des communications dans le cadre des opérations de forage en mer de l'entreprise pétrolière.

Les analystes financiers conviennent que l'accord devrait être profitable pour les deux parties. Sedco devrait accroître sa production et augmenter son prestige dans une région où la compétition pour la concession de champs pétrolifères en mer est intense. UpLink pour sa part devrait connaître un considérable regain en termes d'activité économique mais aussi de relations publiques, apaisant du même coup les inquiétudes des spéculateurs qui redoutaient que son projet africain ne sape les revenus de l'entreprise dans une période où la plupart des sociétés de télécommunications ont tendance à réduire leur taux d'expansion, et où l'optimisme des investisseurs sur le marché du haut débit demeure modéré par suite de l'éclatement de la bulle Internet et de la réticence des consommateurs devant les nouvelles technologies des médias, telles que la vidéo à la demande et la multidiffusion d'événements en direct.

Dans un geste symbolique pour marquer l'engagement de son entreprise vers cet objectif prioritaire, le P-DG de Sedco, Hugh Bennett, et le fondateur et président d'UpLink, Roger Gordian – ce dernier faisant quasiment sa réapparition publique après la maladie qui avait failli l'emporter il y a quelques années –, ont annoncé au *Wall Street Journal* qu'ils organiseraient une cérémonie officielle de signature du contrat dans le courant du mois prochain à bord d'une des plates-formes de forage dernier cri de Sedco au large du Gabon, pays qui se trouve être – et ce n'est pas un hasard – au centre du réseau panafricain de fibres optiques d'UpLink International. Pas plus grand que le Colorado, avec une population inférieure à deux millions d'habitants, le Gabon n'en présente pas moins une infrastructure et une société civiles relativement stables et une avancée rapide vers des réformes démocratiques sous l'égide du président Adrien Cangélé, offrant par là même aux entreprises étrangères un environnement favorable pour les accueillir comparativement aux risques encourus chez ses voisins régionaux notoirement chaotiques – qu'il s'agisse du Cameroun, du Congo Brazzaville, de la République démocratique du Congo – l'ex-Zaïre – et de l'Angola.

Le Gabon n'en est pas pour autant un paradis pour les investisseurs occidentaux. La vaste et formidable force de sécurité privée d'UpLink s'est acquis une réputation internationale. Mais malgré les mesures de réforme de Cangélé, un paysage politique complexe et des problèmes de protection de la vie de leurs employés ont conduit bien d'autres sociétés à douter de leurs capacités pratiques à mener des affaires dans ce minuscule pays...

Extrait de *L'Union* en ligne
(édition électronique abrégée) :

ACCUEIL AMICAL DU PRÉSIDENT CANGÉLÉ ET DU PARLEMENT POUR UPLINK INTERNATIONAL

LIBREVILLE – Lors d'une réunion prévue pour la fin de la journée, Son Excellence El Hadj le Président Adrien Cangélé et les membres de la Commission des lois du Parlement se retrouveront sous les ors du palais présidentiel pour ratifier l'accord de licence de télécommunications d'une durée de quinze ans avec UpLink

International, précédemment approuvé par l'Assemblée nationale. Ce qui ouvrira pour UpLink la voie à l'installation de son réseau de fibres optiques dernier cri sur tout le continent, tout en réaffirmant la position de la République du Gabon comme leader indiscuté de la croissance économique et technologique de l'Afrique et son arrivée sur la scène internationale.

En confirmant ainsi la franchise à long terme accordée à UpLink, le président Cangélé a renouvelé à cette entreprise sa confiance pour procéder à l'installation d'un siège régional dans la région du Sette Cama sans risque que l'établissement de ce nouveau réseau soit entravé par des bouleversements politiques. Un avenant à l'accord permet au ministre des Transports d'accroître ses investissements pour la construction d'une route moderne en dur entre Port-Gentil et le Sette Cama, liaison jusqu'ici difficile puisqu'elle exige des transferts par la voie des airs, par voie fluviale ou par camion sur des pistes sujettes aux inondations en saison des pluies et sinon infestées par le banditisme, des actes commis pour l'essentiel par des éléments infiltrés à la frontière (voir l'article : *Cameroun et Congo : où est la loi ?*). Si UpLink doit être le principal bénéficiaire de cette amélioration de la desserte régionale, celle-ci procurera également une aide précieuse à l'agriculture et à l'industrie du bois dans les zones les plus reculées, en facilitant la distribution de leur production sur les marchés intérieur et internationaux. Par ailleurs, l'accroissement du tourisme vers les réserves nationales d'Iguéla et de Loango, destinations depuis longtemps privilégiées par les amateurs de safaris-photos et les adeptes de la pêche sportive, est vu comme un dividende supplémentaire pour le Gabon.

Pour prouver ses relations de franche coopération avec l'administration gabonaise, UpLink International a offert de contribuer pour une large part au financement des coûts de construction de la route par un investissement interne. Bien qu'aucun montant précis n'ait été révélé, la rumeur fait état d'une somme supérieure à 10 millions de dollars, ce qui garantirait qu'aucun surcroît de taxes ne serait imposé aux résidents de Port-Gentil et des districts voisins.

Peu avant cette annonce à la presse, le président Cangélé avait été interrogé sur les articles évoquant l'opposition politique à son soutien volontariste à l'accord de licence à UpLink. « Il s'agit d'un cas classique d'exagération pour faire du sensationnalisme », a-t-il confié à notre reporter, ajoutant : « À ce titre, je me félicite que rien de tout ceci ne soit paru dans *L'Union*, le flambeau de l'intégrité et de la précision journalistique dans notre pays. »

Le président a poursuivi en expliquant qu'il n'y avait pas eu de désaccord fondamental au sein du gouvernement quant au fait qu'UpLink International pût représenter l'avenir des télécommunications pour le pays.

« Toutes les divergences qui ont pu naître ne concernaient que des questions annexes de calendrier et de procédure, et elles ont été rapidement réglées à la suite de débats fraternels et ordonnés, a-t-il ajouté. Mon apparition aux côtés des membres les plus éminents de notre coalition montrera que, nonobstant la diversité de ses attaches tribales, le peuple gabonais est uni dans un principe commun et forme le vœu d'être le champion du passage de l'Afrique du stade des cycles continus de violence et de révolution à une évolution progressive, harmonieuse, à l'aube du vingt et unième siècle. »

Extrait de *L'Union* en ligne (édition électronique abrégée) :

CAMEROUN ET CONGO : OÙ EST LA LOI ?

FRANCEVILLE – Avant le lever du soleil au matin du 25 septembre, Abasi Asémé, 64 ans, quittait son domicile au village de Garabinzam accompagné par ses trois fils adultes avec plusieurs charrettes lestées de fourrures, d'ivoire et d'une modeste quantité d'or acheté aux mineurs du camp de Minkébé ; le convoi de mulets devait se rendre au marché situé quarante-cinq kilomètres au sud, à la lisière nord de la vallée de Djoua. Ils accomplissaient ce trajet à travers la forêt du Minkébé inférieur toutes les semaines depuis des dizaines d'années et étaient toujours bien accueillis aux divers avant-postes situés le long de leur itinéraire peu fréquenté. L'un de ces postes était tenu par le frère aîné d'Abasi, Youssou.

Quand la famille Asémé ne fit pas sa halte habituelle aux alentours de midi, Youssou s'étonna : dans cette brousse perdue, dangereuse zone de chasse pour les prédateurs animaux ou humains, les autochtones savent qu'on voyage de jour ou alors pas du tout. En début de soirée, l'étonnement de Youssou s'était mué en malaise, puis en inquiétude. Les Asémé n'étaient toujours pas apparus. Pas plus quand l'obscurité fut tombée. Abasi n'avait pas le téléphone et il n'avait aucun moyen de contacter sa belle-sœur pour voir s'il était arrivé quelque chose qui pût expliquer ce retard.

Dès le lendemain matin aux aurores, Youssou et un petit groupe d'amis partirent à la recherche de ses parents, prenant la route du nord en direction de Garabinzam. Deux heures plus tard, les marchands disparus étaient retrouvés morts, leurs charrettes et leurs marchandises disparues. Ils avaient été sauvagement assassinés. On leur avait tranché la gorge, puis les corps avaient été alignés sur la piste et les jambes coupées sous les genoux et jetées dans la brousse proche où on les retrouverait aussitôt.

Parmi les bandits camerounais, la mutilation des extrémités inférieures est considérée comme un message adressé à ceux qui seraient enclins à se lancer à leur poursuite, message bien connu signifiant qu'ils ont intérêt à empêcher leurs propres jambes de les conduire à une mort certaine.

Les Asémé ne sont que les dernières victimes dans une succession d'attaques contre des paysans gabonais menées par des *coupeurs de route**, bandits armés qui ont fui les descentes de l'antigang à Yaoundé et Ambam, en versant des pots-de-vin pour acheter la coopération de la police, et qui viennent s'infiltrer chez nous sans difficulté par la frontière particulièrement poreuse, le long de la chaîne des Minkébé. Jadis considérés comme une menace uniquement vis-à-vis de notre frontière nord, ces brigands ont ces derniers mois conclu des alliances de circonstance avec des groupuscules de guérilla dissidents formés de fugitifs du conflit politique congolais ; ensemble, ces bandes ont organisé des raids sur des communes comme N'Dendé, dans l'intérieur du pays, sans compter des incidents à la suite d'embuscades sur des routes, incidents signalés aussi loin au sud que les forêts d'Iguéla, Loango et Sette Cama, près de la côte. Cette recrudescence de la violence a conduit la police gabonaise à demander à ses homologues de l'autre côté de la frontière quand elle avait l'intention de prendre la responsabilité d'interpeller les rebuts de leur société...

Extrait de *La Tribune du Cameroun* en ligne
Éditorial :

LE CREDO NATIONAL DU GABON :
FAUTE DE POUVOIR AGIR,
ON CONDAMNE !

par Motmou Benoté

Commençons par une évidence : la violence des bandes armées et le brigandage sont inacceptables, quelles qu'en soient les origines. Mais à force de vouloir rendre les autres responsables des problèmes de maintien de l'ordre dans ses régions septentrionales, d'accuser les autres au lieu de s'engager dans une lutte agressive contre les malfaiteurs autochtones et les agitateurs tribaux, la police et l'armée gabonaises vont bientôt finir par pointer leurs armes vers le ciel pour se protéger de menaces de galaxies lointaines...

Ils peinaient dans la touffeur du milieu de la matinée, ces douze hommes en treillis qui attaquaient à la machette les buissons de laiche brunie par le soleil et les amas cireux d'euphorbes le long de la piste. Ils avaient gardé leurs manches descendues, portaient d'épais gants de protection et prenaient soin de se couvrir la peau ; c'est que les plantes succulentes étaient remplies d'un latex irritant et qu'elles étaient dotées d'épines acérées tout le long de leurs branches grasses et emmêlées.

Les hommes se débattaient au milieu de la végétation dense. Leurs bandanas étaient trempés de sueur. Les cagoules de camouflage qu'ils allaient enfiler étaient encore dans leurs poches, inutiles pour l'instant. Il n'y avait nul œil alentour pour les voir et ils n'étaient pas pressés de sentir la masse pesante du mélange de Nomex et de Kevlar coller contre leurs joues et leurs fronts ruisselants.

Ils travaillaient en pleine chaleur, travaillaient sans cesse, afin de dégager le champ de tir pour leur embuscade. Les Milkor 5.56 mm semi-automatiques passés à leur épaule étaient d'origine sud-africaine, tout comme les mortiers de commando légers de 60 mm et les lance-grenades multitubes à chargement par l'arrière encore rangés dans leur 4×4 garé en retrait. Deux tubes lance-roquettes d'infanterie Shmel RPO-A complétaient leur arsenal d'armes lourdes, dans leur variante Bumblebee – « Bourdon » – conçue pour tirer des têtes explosives thermobariques.

Spécialité russe utilisée pour ses effets dévastateurs lors des campagnes de Tchétchénie, ce genre d'arme portative n'est pas donnée sur le marché noir.

Ceux qui les avaient financés ne s'étaient pas moqués d'eux.

Même si plusieurs membres de la bande avaient équipé leurs tubes de mortier de viseurs électroniques réticulés pilotés par microprocesseur, la plupart trouvaient que l'accessoire était encombrant et déséquilibrait la visée. Kirdis et Kulanis du nord du Cameroun, ils avaient grandi au contact des arcs et des flèches, comme les paysans américains étaient élevés au contact des fusils de chasse. Quand la sécheresse saisonnière empêche toute culture vivrière, le gibier est une source vitale de protéines, et le dilemme tuer ou souffrir de la faim améliore davantage vos aptitudes au maniement des armes que la chasse de loisir. Pour ces hommes, la capacité à toucher une cible était la base de leur survie et ils étaient passés maîtres dans le calcul des portées de tir et la détermination de la trajectoire d'un projectile.

Cent cinquante mètres devant eux, la piste plongeait vers l'est dans un épais bosquet ombreux où se mêlaient okoumés et bubingas ; là, un groupe plus réduit abattait les arbres à la hache, la transpiration luisant sur leurs bras noirs et musculeux, les lames tranchant les épiphytes qui montaient en s'enroulant autour des troncs jusqu'à leur couronne de feuilles.

Les arbres tombaient les uns après les autres et étaient roulés en travers de la route. Ensuite, branches, broussailles et sections de lianes étaient jetés par-dessus les troncs pour créer un écran de feuillage masquant les traces de coupe. Obscurcis par des taches d'ombre éparse, les arbres abattus se mêlaient de loin à la végétation, et pour les chauffeurs de la file de véhicules en approche, ils passeraient pour un phénomène naturel. Bien avant qu'ils aient pu les inspecter de plus près et changer d'avis, leur convoi serait cerné de toutes parts.

Un autre instrument de survie indispensable au chasseur est sa capacité à exploiter le terrain pour se camoufler et se dissimuler.

La construction du barrage routier prit un peu moins de deux heures. Quand les hommes furent satisfaits de leur travail, plusieurs allèrent rejoindre leurs camarades au milieu des hautes herbes et des plantes grasses, tandis que les autres se dispersaient parmi les arbres. Un homme isolé escalada un bubinga pour se jucher dans une fourche de ses larges branches écartées et y trouver une position confortable pour son fusil de précision Steyr SG550, équipé spécialement d'un viseur jour/nuit à détection thermique.

Les hommes dans le fourré avaient également achevé leurs préparatifs. Gants et uniformes cloutés d'épines et dégouttant de secrétions blanches et pâteuses des tiges d'euphorbe, ils avaient tranché des lignes de tir qui étaient aussi discrètes que le barrage de troncs.

La bande de mercenaires de la jungle allait à présent installer ses mortiers et le reste, puis attendre.

Il faudrait encore un moment avant que le convoi d'UpLink ne les atteigne.

Quelques minutes avant le départ du convoi pour le camp de Sette Cama, Pete Nimec discutait avec Steve DeMarco, Joel Ackerman et Vince Scull sur le tarmac de l'aéroport où leur groupe d'UpLink s'était réuni. Nimec était adossé côté chauffeur d'un Land Rover modifié pour l'Épée, les coudes posés sur le capot. Les trois autres lui faisaient face, formant un cercle étroit. Leur petit conciliabule autour de Nimec et la masse imposante du 4×4 derrière eux rendait difficile tout espionnage éventuel de leur conversation.

« Les cadres de la boîte sont prêts ? » demanda Nimec en indiquant d'un signe de tête la rangée proche de Rover et de camions.

« Bien calés dans leurs sièges, confirma DeMarco. Et en fait, pas mécontents de filer dans la jungle après avoir appris l'existence des termites. »

Nimec ne pouvait pas dire qu'il le leur reprochait. « Le fret est chargé ? »

DeMarco acquiesça.

« OK, reprit Nimec. C'est une journée torride, mais que chacun porte son gilet. Pas d'exception. Il devrait y en avoir en rab dans les Rover pour les cadres. Chacun connaît son boulot. On reste sur le qui-vive.

– Sachant qu'on a des yeux qui nous regardent, observa Ackerman, ce n'est pas bien difficile, chef. »

Nimec le regarda. « Je préfère être prudent, expliqua-t-il. Cet espionnage m'a surpris mais ça ne m'a pas renversé non plus. Après l'Antarctique, quand notre base s'est fait durement attaquer sur un continent où il n'était même pas censé exister une seule arme, je m'attends plus ou moins à tout. Vous devez vous rappeler où nous sommes. Ce pays est entouré d'autres pays où personne n'est responsable. Ou si l'on veut, où tout le monde prétend l'être. Je peux imaginer que certaines des autorités locales puissent se sentir menacées par des étrangers.

– Même ceux qui apportent des cadeaux, observa DeMarco. Vous pensez que cela pourrait expliquer cette tentative d'espionnage ? Un gendarme un peu trop zélé désireux d'impressionner ses patrons ? »

Nimec haussa les épaules.

« Je n'en sais rien. Ne vous méprenez pas. Je n'essaie pas de minimiser le problème. Mais mon petit doigt me dit qu'il y a de bonnes chances qu'on ait déterré autre chose. Simplement, jusqu'à plus ample informé, on doit être prudents dans nos hypothèses. » Il marqua un temps, haussa de nouveau les épaules. « Mon argument, c'est que jusqu'ici et depuis une semaine à peu près, vous avez exclusivement protégé nos biens matériels. Le fret au sol. Tout le monde sait ici que ça nous place dans un certain mode de fonctionnement. Aujourd'hui, avec les huiles qui sont de sortie, il en va différemment. Il y a désormais des personnes à protéger. Et je veux m'assurer qu'on ne baissera pas notre garde une seule seconde. Que nous ferons ce que nous avons toujours fait quand cela dépasse les considérations habituelles sur la sécurité de notre personnel. »

Les hommes demeurèrent silencieux.

Nimec regarda un jet décoller de la piste, prendre de l'altitude, puis s'incliner dans leur direction, sa carlingue reflétant le soleil, éclair argenté traversant le ciel clair. Le grondement des turboréacteurs s'amplifia quand il les survola avant de commencer à décroître.

Nimec se tourna vers Scull.

« Qu'est-ce que tu as à ton programme pendant notre absence, Vince ?

– Je veux suivre cette affaire avec les plongeurs français disparus », répondit Scull, puis d'un signe de menton : « On est sûrs que le Rover est propre ? »

Nimec se tourna vers DeMarco en quête d'une réponse.

« Ouais, répondit ce dernier. Je ne conseillerais à personne de faire une confession intime dans un des véhicules classiques comme ceux que j'ai conduits dans le patelin, mais ces petits bébés modifiés sont vérifiés et inspectés à la recherche de micros au moins une fois par jour. Par ailleurs, ils ne sont allés nulle part ailleurs que sur cet aéroport, et de l'autre côté de la baille sur le site du siège, où nous avons des gardes armés vingt-quatre heures sur vingt-quatre : personne en dehors de notre personnel ne s'en est approché.

– Et pour les guides et les ouvriers ? demanda Nimec.

– Ils prendront les camions ou les véhicules standard. Celui-ci est OK, pas de problème. Si vous n'avez pas confiance en moi, vous pouvez compter sur la décharge anti-intrusion ou les systèmes de détection de micros. Au choix.

– La décharge anti-intrusion ? demanda Scull.

– Quiconque pose la main dessus se prend un pet' de cinquante mille volts, la même qu'avec un fusil paralysant. Le zapper est mis en service tous les soirs. »

Scull hocha la tête.

« Pas mal, eh bien, je viens de me trouver une cabine téléphonique », dit-il en riant. Puis, passant devant Nimec, il ouvrit la portière du chauffeur. « Bon, les gars, vous patientez une 'tite minute. J'ai un coup de fil important à passer. »

« Allô, Fred Sherman...

– Fred, c'est Vince », dit Scull dans son cellulaire crypté. Il faisait bien plus frais à l'intérieur du Rover qu'à l'extérieur sur le bitume, les verres miroir bloquant les rayons du soleil.

« Depuis quand tu réponds toi-même au téléphone ?

– Depuis que ma réceptionniste est partie comme du reste tous ceux qui travaillent à des heures normales », répondit Sherman à l'autre bout du fil.

C'était un des cadors du service d'évaluation des risques de Scull au siège de SanJo.

« Comment va ?

– Putain, pose pas ce genre de question.

– Ravi d'entendre que t'as l'air heureux.

– Je tâche d'être logique avec moi-même, rétorqua Scull. Bon, j'aurais besoin de certaines infos...

– Bien sûr. Dis-moi ce que tu veux, et je m'y mets dès demain matin.

– Je veux dire, j'en ai besoin tout de suite.

– Vince, il est presque sept heures du soir...

– Pas ici, en Afrique. » Scull lorgna l'horloge au tableau de bord. « Ici, en Afrique, où je me trouve, il n'est pas encore dix heures du matin. La journée commence juste et le soleil brûle déjà comme une putain de fournaise.

– Vince, allez... Encore dix minutes, qu'est-ce que je dis, cinq, et j'aurais été parti...

– Eh bien, je t'ai intercepté avant, grommela Scull. C'est un coup de veine ou un miracle du ciel, à ton avis ?

– Ah merde, Vince, tu fais chier...

– Tu connais cette boîte de maintenance de câbles sous-marins avec laquelle on a signé pour nos opérations au Gabon, Nautel ?

– Bien sûr, j'ai fait le gros des recherches dessus...

– Raison pour laquelle je n'ai pas besoin de t'expliquer que c'est le même propriétaire qui faisait le boulot pour Planétaire... et pourquoi je t'ai appelé, toi et pas un autre, ajouta Scull. Je veux voir les archives des deux boîtes sur cette coupure de fibre optique survenue en mai dernier...

– Oh, ma foi, ça, ça ne devrait pas être trop dur. J'en ai déjà un paquet dans mes dossiers...

– Et tout ce qu'ils ont recueilli concernant l'accident qui a tué les deux plongeurs de Nautel. Tout, Fred. Y compris les documents internes...

– Là, c’est une autre histoire, objecta Sherman. Nautel va presque à coup sûr coopérer, d’autant qu’on n’a pas encore ratifié notre contrat. Mais c’est plutôt coton de passer le barrage des hauts responsables de Planétaire en ce moment. Avec la boîte qui fait le plongeon et ces soupçons de, je cite, pratiques comptables douteuses, fin de citation, dont parlent les médias, tous leurs cadres ont tendance à se réfugier dans leur trou de souris. En emportant leur destructeur de documents avec eux.

– Raison de plus pour aller les chercher par la peau du cou, dit Scull.

– Comme ça, simplement, hein ?

– Comme ça, oui. Tâche de trouver un moyen de faire pression. Et sers-t’en. »

Soupir de résignation prolongé à l’autre bout du fil.

« OK. J’essaierai de faire au mieux, dit enfin Sherman. Où est-ce que je te faxe les docs ?

– Tu les faxes pas. Tu les envoies par mail crypté, répondit Scull. Si t’as besoin de me parler de vive voix, appelle-moi sur mon portable. Et à partir de maintenant, ne fais plus suivre le moindre message à mon hôtel. Pas même un petit bonjour des mômes. Ou de cette petite brune avec qui je sortais.

– La strip-teaseuse déjantée ?

– Amber est une danseuse érotique sensuelle, rétorqua Scull. Mais oui, c’est celle-là.

– Bon Dieu, c’est que ça a l’air sérieux.

– Merde, je t’ai bien dit que c’était un truc important. Putain, tu crois que je t’appelle pour tes beaux yeux ?

– Bon Dieu, répéta Sherman. Je te recontacte dès que possible.

– J'attends devant mon ordi.

– Bon, écoute, pressé ou pas, ça risque de prendre un petit moment...

– J'ai un petit moment. En fait, j'ai toute la journée. Envoie-moi ce que tu peux, hésite pas à mettre le paquet. Dans l'intervalle, il faut que je me trouve un cybercafé et que je me connecte.

– Tu vas te retrouver au milieu d'une bande d'ados à sac à dos dans un cybercafé ? Quelque part, j'ai du mal à l'imaginer, Vince. »

L'intéressé haussa les épaules.

« Pourquoi pas ? Si l'objectif principal d'un mec est d'être un anonyme parfait, alors il n'y a pas de meilleur endroit qu'en ce bas monde de merde. »

Le convoi d'UpLink progressa rapidement sur les trente premiers kilomètres depuis Port-Gentil. Mais il était à peine midi passé quand les banlieues populeuses entourant la ville disparurent pour laisser place à un paysage désert et désolé tandis que la file de véhicules quittait la route côtière goudronnée pour cahoter sur des pistes défoncées de sable et de latérite.

En tête de colonne, un groupe de guides autochtones roulait dans l'un des Rover classiques. Dans son sillage, un gros 6×6 trapu tractant une remorque chargée à bloc. Pete Nimec occupait le siège du passager du Land Rover modifié roulant en troisième position, DeMarco tenait le volant à conduite à droite, tandis qu'un groupe de quatre ingénieurs et officiels de la compagnie était installé à l'arrière. Puis venait un autre Rover blindé pour les pontes de la boîte, celui-ci piloté par Wade et Ackerman, suivi par un véhicule ordinaire où étaient montés les agents de l'Épée et la main-d'œuvre locale. Venaient enfin deux autres camions 6×6. Quant à Hollinger, Conners et une brochette d'huiles et de techniciens, ils fermaient la marche à bord du septième – et dernier – véhicule blindé.

Bientôt ils longeaient la rive sud de la lagune de N'dogo, puis une ceinture alternée de jungle et de brousse, le long de l'océan Atlantique. Le soleil se déversait sur la piste et se réflétait dans une blancheur aveuglante sur le terrain granuleux répandu en tas inégaux sous leurs roues. Nimec voyait la brume de chaleur miroiter au-dessus du large capot de son Rover tandis que son climatiseur de bord chassait un filet d'air tiède sur son visage et son cou. Dehors, de fins cyprès au tronc lisse se dressaient, raides comme des lampadaires sur les îlots au milieu de la lagune. Des cigognes et des aigrettes se tenaient au milieu des roseaux couleur paille à la lisière de l'eau, certaines inclinant leur long cou pour boire. Il n'y avait pas un souffle de vent. Tout semblait assoupi et torpide sous cette chaleur de la saison sèche. Le seul mouvement qu'observa Nimec provenait d'animaux chassés par le bruit des diesels sur la rive de la lagune, mais c'était toujours du coin de l'œil, et toujours trop tard pour discerner autre chose que la vague silhouette floue d'une créature effarouchée – un corps mince, le fouet d'une queue – plongeant sous la surface.

Puis lagune et forêt disparurent derrière le convoi et, durant un temps, il n'y eut plus alentour qu'une savane désolée s'étendant à l'infini de part et d'autre de la piste étroite.

Sette Cama avait été un camp britannique actif au milieu du XIXe siècle. Ce qu'il en restait aujourd'hui n'était qu'un petit groupe épars de cases en bois et de bungalows qui se dressaient au milieu des laiches de part et d'autre de la route, et un cimetière envahi par les ronces avec des pierres tombales en ruine sur lesquelles étaient gravés les noms de colons depuis longtemps disparus. Plus loin, il n'y aurait plus que d'autres étendues désertes de jungle et de savane sur des dizaines de kilomètres.

Dans son Rover, en tête de convoi, le guide donna par radio le signal d'une halte avant de poursuivre vers le site du quartier général. Aussitôt après, il quitta la piste pour venir se garer, suivi des autres véhicules, sur un carré d'herbe aplatie et creusé de traces de pneus, près d'un hangar large à charpente, que Nimec identifia d'emblée comme le poste d'approvisionnement du village. Il y avait un vieux camion à plateau garé devant, un stand avec quelques fruits et légumes sous le porche, et un seau d'acier galvanisé où trempait une louche métallique, posé à côté d'un banc en lattis près de l'entrée. Sur l'arrière, on voyait une rangée de trois tinettes. Excepté une affiche Coca-Cola dont le fond rouge avait viré au rose pâle, toutes les pancartes scotchées sur les vitres poussiéreuses étaient rédigées à la main en français. Elles semblaient avoir été placées là plus par défi contre la tyrannie du soleil que pour tout autre motif. Quelques palmiers trapus autour du bâtiment offraient une ombre chiche et clairsemée.

Les véhicules s'arrêtèrent et les autochtones descendirent se dégourdir les jambes et discuter avec un groupe d'hommes qui était sorti des lieux pour les accueillir, apparemment heureux de voir ainsi rompue leur monotonie. Tandis qu'ils bavardaient debout, les membres d'UpLink commencèrent à sortir des véhicules, un par un ou par groupes de deux ou trois, certains s'aventurant pour explorer le poste d'approvisionnement, d'autres se contentant de rester là, à fumer une cigarette, un petit nombre se dirigeant, avec une nécessité pleine de réticence, vers les sordides lieux d'aisance.

Vêtus de chemises de brousse arborant à l'épaule l'insigne de l'Épée et portant leur mini fusil VVRS en bandoulière, plusieurs des hommes de Nimec descendirent pour se déployer autour du poste. Ils faisaient de leur mieux pour rester discrets et dans le même temps s'assurer du contrôle du secteur, surveillant les cadres de la boîte sans se mettre dans les jambes de quiconque. Un seul agent de l'Épée demeura dans la cabine de chacun des trois camions tout-terrain.

Nimec resta assis à côté de DeMarco une minute ou deux après que leurs compagnons voyageant à l'arrière furent descendus pour gagner le poste.

« Je ferais bien de me dégourdir un peu moi aussi », observa DeMarco en enfonçant ses phalanges au creux de ses reins.

« Ça vous dit de marcher un peu ? »

Nimec souleva la nuque de l'appui-tête, regarda sa montre, et songea à quel point Annie lui manquait. Il n'avait pas envie de faire grand-chose à part son boulot.

« Non, merci.

– Sûr ? »

Nimec fit oui de la tête.

« Ouais, Steve, vas-y, répondit-il. Je crois que je vais plutôt attendre ici. »

Le convoi était reparti au bout d'une demi-heure, et bientôt il s'enfonçait dans une savane de plus en plus épaisse.

DeMarco regarda Nimec alors qu'ils progressaient désormais au ralenti.

« Je peux vous poser une question ?

– Pourquoi pas ?

– Il se pourrait que ça ne me regarde pas. »

Nimec haussa les épaules.

« Vas-y, te gêne pas. Je te dirai. »

DeMarco acquiesça.

« J'ai remarqué que vous regardiez vachement souvent votre montre », dit-il, le plus bas possible pour ne pas être entendu des passagers à l'arrière. « Et je me demandais un peu pourquoi. »

Nimec regarda la piste droit devant lui.

« Peut-être que je fais une fixation sur le temps.

– Peut-être.

– Ou peut-être que je veux suivre notre progression à la trace. Ce gadget est équipé d'un GPS.

– Peut-être. » DeMarco hésita, puis, d'un signe du menton, indiqua la console au tableau de bord. « Sauf qu'on a un bon gros écran GPS bien facile à lire juste devant nous. »

Nimec haussa le sourcil mais resta plusieurs secondes sans rien dire.

« Ma nana..., dit-il enfin.

– Hein ?

– Comme dans cette vieille chanson des Temptations, “My Girl”, tu vois ?

– Bien sûr.

– Eh bien, j'ai réglé la montre pour qu'elle la joue le jour où je suis censé retourner aux États-Unis.

– Et revoir votre copine ?

– Tout juste. »

DeMarco eut un petit sourire.

« Sympa, dit-il. Vraiment sympa. »

Nimec continuait de regarder la piste derrière le pare-brise.

« Tu trouves ?

– Ouais. »

Nimec se racla la gorge.

« En fait, c'est son fils qui l'a programmée, crut-il bon d'ajouter. Annie a un garçon et une fille. Chris et Linda. »

DeMarco hocha la tête. Sa main quitta momentanément le volant et il agita son annulaire. Il portait une simple alliance en or.

« Moi aussi, ma douce me manque, dit-il. Bientôt douze ans que je suis marié, et c'est toujours dur quand le boulot nous sépare. Ça l'est surtout pour les mômes. On en a trois... Jake, Alicia et Kim. »

Nimec grogna. « Ta femme bosse chez UpLink, elle aussi ?

– Elle administre une base de données, confirma DeMarco. Elle s'appelle Becky. Née Rebecca Lowenstein. Ma mère espérait que je me trouverais une gentille petite catholique italienne, histoire de perpétuer la tradition familiale. (Un sourire fendit son visage.)

En attendant, elle va assister à la bar-mitzvah de ma fille aînée en juillet prochain. *Così è la vita...* »

Nimec rigola et se cala contre le dossier du siège. Le véhicule vrombissait collé derrière le hayon du 6×6, progressant au ralenti au milieu de gros plants de manioc à larges feuilles qui avaient envahi la piste et menaçaient de l'obstruer.

« Annie et vous, vous faites des plans ? demanda DeMarco au bout d'un moment.

– Pour quand je serai de retour au pays, tu veux dire... ? »

DeMarco hocha la tête.

« Je veux dire, vous deux, est-ce que c'est vraiment sérieux ? »

Nimec parut un instant perplexe.

« Nous ne sommes pas fiancés, ni rien... Ça paraît un peu prématuré. Mais on est ensemble depuis près d'un an, un an et demi. »

DeMarco haussa les épaules, sans lâcher le volant.

« La durée d'une relation n'a rien à voir avec si c'est sérieux ou pas. »

Nimec haussa le sourcil.

« Je ne te suis pas. »

DeMarco haussa les épaules derechef. « À une époque, je suis sorti avec une nana, de manière exclusive, durant près de trois ans, expliqua-t-il. Même si c'était une fille super, que je m'entendais bien avec elle, je n'ai jamais envisagé que ça devienne permanent. C'était comme s'il manquait quelque chose entre nous. Et puis, boum, Becky se pointe, et je sais d'emblée qu'on est parfaitement assortis. Sauf que je sors encore avec l'autre nana...

– Qu'est-ce que t'as fait ?

– J'ai rompu. C'est jamais facile, mais il faut le faire. Puis j'ai fait ma demande à Becky, je lui ai posé la question quelques semaines plus tard. Trois mois plus tard, on descendait l'allée de la chapelle œcuménique des Nations unies... un édifice superbe, au fait. Un prêtre et un rabbin concélébraient l'office.

– T'as jamais craint que ce soit un peu précipité ? »

DeMarco lui adressa un regard en coin.

« Je ne suis qu'un être humain, dit-il. T'as entendu toutes ces statistiques disant qu'un mariage sur deux échoue. Et puis, il y a toutes ces échéances que la société veut nous imposer. On est censé sortir et se voir pendant x temps, être fiancés x temps, attendre tant d'années avant d'avoir un bébé... bien sûr que j'ai eu des doutes. Si t'en as pas, c'est pas normal. Mais se tracasser me semblait du temps perdu. J'étais sûr de mon fait. Et j'ai estimé que ça suffisait pour que je m'engage. »

Nimec resta sans rien dire tandis qu'ils continuaient de cahoter sur la piste défoncée. Il tourna les yeux vers l'affichage de la console GPS du tableau de bord.

« On dirait qu'on se rapproche de la base », releva-t-il en indiquant l'écran graphique. « Reste plus qu'à y parvenir sans casser un essieu. »

DeMarco engagea le Rover dans une fondrière. Le 4×4 tressauta violemment.

« Ou se casser le cul », dit-il, les mains crispées sur le volant.

Le bruit des moteurs se rapprochait.

Ils levèrent les yeux, la tête désormais recouverte

par la cagoule isolante. Même si la savane alentour bruissait légèrement, elle ne s'ouvrait pas.

Juché dans son bubinga, l'homme au fusil de précision Sig SG550 demeurait immobile, le visage dissimulé par un filet de camouflage, la joue calée contre la crosse noire antiréfléchissante de son arme.

Le bruit s'amplifiait, pas de doute. Il se rapprochait. Mais sa source n'était pas encore entrée dans la zone de tir.

Les mercenaires en embuscade demeuraient tapis, prêts à l'action.

« Putain ! » s'exclama DeMarco. Son pied venait d'écraser brutalement la pédale de frein. « Vous vous êtes déjà demandé si le patron ne repère pas ces grosses taches vertes sur la carte rien que pour nous mettre à l'épreuve ? Voir si on ne devient pas zinzins ? »

Petit sourire de Nimec.

« Parfois, oui. Je me demanderais presque. »

DeMarco mit au point mort. Il avait l'impression qu'ils allaient être bloqués un moment.

Assis, immobiles, ils contemplaient derrière le pare-brise le hayon du camion devant eux, tandis que leurs passagers bougonnaient, mécontents, à l'arrière. Un instant plus tôt, le Rover qui ouvrait le convoi s'était brusquement arrêté, déclenchant une réaction en chaîne dans toute la file. Cela s'était produit après que leur piste leur eut fait traverser un épais bosquet d'euphorbes aux tiges torses à l'entrée d'un corridor de jungle qui promettait, enfin, de leur procurer une ombre bienvenue sous ce soleil impitoyable.

Le premier chauffeur était descendu de son véhicule, avait contourné le camion qui le suivait et s'était arrêté pour discuter avec un autre autochtone descendu de sa cabine – toute la bande examinant alors la piste devant eux, les mains en visière sur le front pour se protéger de la lumière éclatante de midi. Puis l'homme s'était séparé de ses compagnons pour s'approcher du Rover de Nimec et de DeMarco, tout en mimant un mouvement de manivelle.

DeMarco baissa la vitre électrique, une bouffée d'air brûlant lui fouetta le visage.

« C'est un arbre qui est tombé », expliqua, en français, le chauffeur, l'air désemparé. L'homme s'appelait Loren, il avait des traits anguleux, le teint ambre, sombre, et c'était un excellent guide qui avait déjà effectué à plusieurs reprises le trajet jusqu'à la base d'UpLink de Sette Cama.

« C'est grave ? » s'enquit DeMarco.

Un des cadres assis à l'arrière se pencha pour essayer de surprendre la réponse du guide, mais il ne comprenait pas le français.

« Qu'est-ce qui se passe ? »

DeMarco traduisit. « On a des arbres abattus en travers de la piste. Notre guide dit que ça arrive parfois. Un arbre pourrit, dégringole sur un autre et ainsi de suite... »

Le cadre fronça les sourcils, mais se rassit pour relayer la nouvelle à ses compagnons.

« On risque d'être bloqués longtemps ? » demanda Nimec à DeMarco.

Ce dernier leva le doigt, eut un nouveau bref échange en français avec le guide, puis haussa les épaules.

« Ça dépend, répondit-il au bout d'un moment. Il peut y avoir deux, trois, voire une douzaine d'arbres à dégager. Loren, deux gars de son Rover et les chauffeurs vont regarder tout ça de plus près, et il veut qu'on inspecte avec eux pour qu'on sache à quoi s'en tenir. Il dit que d'ici, ça n'a pas l'air trop grave. Si on s'y met à plusieurs, on devrait pouvoir reprendre la route assez vite. »

Nimec regarda devant lui mais la large partie arrière du 6×6 arrêté devant lui bouchait la vue. Au bout d'une seconde, il se tourna de nouveau vers DeMarco.

« Dis à Loren que je le suis. »

DeMarco acquiesça. « J'imagine que je peux aussi bien faire pareil.

– Non, coupa Nimec. Toi, tu restes ici. »

DeMarco le regarda.

« Une raison particulière ?

– Comme je t'ai déjà expliqué, ça ne fait jamais de mal d'être trop prudent. » Nimec mit en place son oreillette radio et ajusta à son col le micro-cravate. Il réfléchit un instant puis reprit, à voix basse. « Rappelle pour demander à certains de nos gars de descendre de leur Rover et d'avoir l'œil sur ce qui se passe alentour. Mais je veux qu'ils restent à proximité... personne ne s'écarte de la piste. Et un homme au moins doit rester dans chaque véhicule avec les cadres. »

DeMarco le considéra. Les quatre pontes de la compagnie étaient en train de discuter entre eux à l'arrière.

« Vous êtes sûr de ne pas flairer un problème ? » dit-il, lui aussi à voix basse pour ne pas être entendu.

Nimec haussa les épaules.

« Pas jusqu'à présent. »

Puis d'un coup d'épaule, il repoussa la portière et descendit du véhicule.

Les armes de guerre sont, par définition, conçues pour avoir des effets dévastateurs.

Les armes thermobariques – terme militaire pour les dispositifs produisant à la fois une intense onde de pression et de chaleur – sont parmi les pires.

Chaque fois qu'il est largué par un chasseur F-15E Strike Eagle ou tiré par un lance-roquettes d'épaule, un missile thermobarique va provoquer une destruction bien plus vaste et durable qu'un explosif classique. Il y en a quantité de variantes disponibles sur le marché international, officiel ou clandestin, dont beaucoup testées au combat, d'autres sont encore en développement, le secret sur la formule de leur charge comme sur leur système de lancement étant plus ou moins gardé. Dans sa configuration de base, une tête carburant-air possède trois compartiments séparés, les deux premiers contenant des charges explosives de haute puissance, le dernier contenant un gaz ou un fluide incendiaire, ou un mélange particulier. Même si les fabricants d'armes russes ne vont pas le confirmer, le mélange inflammable utilisé pour les têtes RPO-Bumblebee – « Bourdon » – est une combinaison volatile de dérivés pétroliers tels que l'éthylène ou l'oxyde de propylène, et de tétranitrométhane – un liquide apparenté au PETM, le combustible employé dans de nombreux explosifs au plastic.

Lorsque la première charge à haute puissance détonne dans l'air, le compartiment incendiaire s'ouvre comme un œuf métallique, répandant son contenu sur une vaste zone. La seconde charge explosive allume alors le nuage d'aérosol dispersé pour produire une formidable boule de feu qui peut atteindre une température entre deux mille cinq cents et trois mille degrés Celsius, dévorant l'oxygène situé au centre, le vide ainsi produit étant empli en une fraction de seconde par un appel d'air dont la pression avoisine les 30 kg/cm^2, près de trente fois la pression atmosphérique au niveau de la mer. Tout individu soumis à une telle force sera aussitôt réduit en bouillie, s'il n'est pas entièrement vaporisé. Lorsque l'onde de choc se répand vers l'extérieur, la majorité des sujets situés en périphérie proche de la détonation meurent suffoqués, l'air expulsé de leurs poumons. Les victimes peuvent également souffrir de blessures internes graves, telles qu'embolies artérielles ou veineuses, hémorragies internes et même arrachement des organes des chairs et des tissus musculaires qui les maintiennent en place, y compris sortie des yeux de leurs orbites.

Pete Nimec avait à peine sorti une jambe de la voiture quand le missile RPO-A explosa en tête du convoi et, avec la promptitude de ses réflexes, c'est sans doute ce qui lui sauva la vie.

Il y eut une éruption assourdissante venant de la masse des arbres devant lui, puis un souffle grondant de chaleur et de flammes. L'onde de choc frappa la porte entrouverte du Rover, la claquant sur lui et le rejetant sur son siège alors qu'il avait encore la main sur la poignée. Il entrevit le véhicule dont Loren était descendu quelques instants plus tôt s'élever de plusieurs dizaines de centimètres, puis retomber sur son flanc gauche, écrasé, en flammes, vitres explosées, totalement désintégré par le souffle.

Nimec avait vu suffisamment d'actes de guerre pour se rendre compte que les six occupants avaient dû être tués sur le coup. Sans trop se demander comment se sauver lui-même, sans même une seconde pour y penser, il repoussa la portière du Land Rover, sortit, s'agenouilla derrière son blindage niveau VI tandis que l'onde de choc balayait le camion devant, projetant celui-ci contre le chasse-buffles de leur 4×4. Des débris volaient dans toutes les directions. Une partie retomba en pluie sur Nimec. D'autres flottaient dans les airs, brûlant autour de lui. Il y avait des bouts de vêtement, des fragments de végétation, de housses de siège, Dieu sait quoi encore. Nimec entendit des cris au milieu d'un vent grondant – venant des occupants du camion qui étaient sortis de la cabine, des cadres pris de panique à l'intérieur du Rover, tous ces cris épouvantables entremêlés. Et DeMarco, lui hurlant, de l'autre siège : « Chef, chef... est-ce que vous m'entendez ? *Chef, chef, ça va... ?* »

Suffoqué, étourdi, Nimec fut au début incapable de répondre. Son œil gauche le brûlait, quelque chose coulait dedans, brouillant sa vision. L'humidité tiède ruisselait sur son visage. Il s'essuya le front du revers de la main et celle-ci en revint rouge et gluante.

Nimec plissa par deux fois les paupières pour éclaircir sa vision, puis regretta presque de ne pas être resté aveugle au spectacle qui s'offrait à lui. Les chauffeurs des camions avaient été immolés. L'un d'eux gisait immobile sur le sol, ses vêtements désintégrés, son corps carbonisé consumé par les flammes. Près de lui, les restes épars d'un autre homme, ou peut-être de plusieurs, brûlaient également.

« *Chef...* »

Allez, se dit Nimec, allez. Relève-toi.

Il réussit, sans trop savoir comment, et son regard croisa momentanément celui de DeMarco sur l'autre siège. Et puis, d'une manière ou de l'autre, derrière la tête de DeMarco, à travers la vitre latérale, il avisa Loren dans l'herbe de l'autre côté de leur 4×4, sans doute projeté là par le souffle, roulant dans un carré d'herbe haute pour étouffer les dernières flammes qui avaient dévoré ses vêtements, agitant les quatre membres, à l'agonie.

Dans le même temps, il entendit un crépitement sonore venir de quelque part derrière le convoi bloqué. Des sifflements, des chuintements qui déchiraient l'air. Nimec tourna la tête et vit de la fumée s'élever du bosquet d'euphorbes, suivie de trois salves rouge orangé bien distinctes, derrière le dernier véhicule, le Rover gardé par Conners et Hollinger. Ils étaient en train de se faire canarder, eux aussi. Au bruit, par des mortiers légers.

Puis le crépitement bien reconnaissable d'armes automatiques tirées des bois devant lui, et des fourrés de chaque côté, suivi du son des canons des VVRS type III qui étaient apparus des sabords de tir équipant les portes latérales et arrière des Rover mitraillés au milieu de la confusion, leurs plaques de protection extérieure s'étant rabattues dès que les mitraillettes compactes avaient été fixées de l'intérieur.

Les agents de l'Épée déjà sortis des véhicules sur ordre de Nimec avaient plongé à l'abri entre pare-chocs, ailes ou hayons et répliquaient également à la fusillade, échangeant des rafales avec leurs agresseurs invisibles dans la brousse.

Nimec reprit ses esprits et se retourna pour regarder la banquette arrière du Rover. Plusieurs de ses passagers hurlaient encore. D'autres étaient devenus calmes, très calmes, n'émettant pas un bruit. Tous arboraient un visage confus, une expression choquée qui ne devait pas être bien différente de la sienne.

DeMarco. Se concentrer pour lui donner des ordres.

« Loren est en vie, dit-il. Je vais tâcher de le récupérer.

– Vous saignez...

– C'est rien qu'une coupure.

– Chef, laissez-moi faire. »

Nimec secoua la tête. Il y avait de nouveaux tirs de mortiers. Suivis de sifflements, de déflagrations.

« Non, ça ira. Écoute, reprit-il. J'ignore dans quel genre de traquenard on est tombés, mais ils nous ont bloqués par l'avant et l'arrière. Appelle par radio l'arrière de la file. Fais rassembler tout le monde dans les Rover blindés. Ça servira peut-être pas à grand-chose s'ils se prennent des tirs directs, mais le reste des véhicules ne doit pas valoir mieux que des boîtes en fer-blanc, y compris les camions. » Il réfléchissait furieusement. « Ils auront besoin d'une couverture quand ils se déplaceront. Tu fais au mieux. Puis vous bouclez toutes les ouvertures des Rover et vous restez tranquilles. Tâchez de calmer les passagers.

– Vous allez sortir à découvert, seul... »

Nimec coupa court à la protestation d'un geste autoritaire.

« Écoute-moi, bon Dieu. Contacte la base... on a des communications cryptées, pas vrai ? »

Signe d'acquiescement. « Très bien.

– Dis-leur d'envoyer le Skyhawk – je regrette juste qu'on n'en ait qu'un sur zone. Assure-toi bien que l'équipage soit prévenu qu'il va trouver un comité d'accueil sérieux. Parle-leur de ces mortiers. Et de ce qui nous a pris dans ces boules de feu... des espèces de RPG. Je ne sais pas. Et aussi, il faut qu'on ait une liaison vidéo micro-ondes avec l'hélico. Ça risque de ne pas être utile à l'équipage tant qu'on ne connaîtra pas exactement la position des attaquants.

– Je m'en occupe.

– Très bien. » Nimec voyait toujours Loren derrière la vitre. « Ce guide, Steve. Il faut que j'aille m'en occuper. »

DeMarco leva un doigt pour l'interrompre, de l'autre main ouvrit d'une chiquenaude un vide-poche dans sa portière, fouilla en hâte à l'intérieur.

« Vous devriez prendre ceci, dit-il en exhibant une petite trousse de secours. Il y a un auto-injecteur de morphine. Ça aidera. Et faites gaffe à ces cactus ou je ne sais trop quoi. Leur suc est empoisonné. »

Nimec prit la trousse des mains de DeMarco et lui adressa un signe de tête convaincu.

Puis il referma violemment la portière et fonça, contournant le véhicule par l'arrière.

Dans l'étendue de laiche et d'euphorbe, les bandits s'étaient déployés par groupes de deux, chaque homme disposant son mortier à une vingtaine de mètres de son compagnon, et à une centaine de mètres en retrait de la piste.

Tapis à côté d'un membre de la bande, leur chef regardait ce dernier charger dans son tube un obus à fragmentation réglé, par mesure de rapidité, pour le tir au lâcher plutôt que par déclenchement manuel.

L'obus descendit dans le tube et heurta l'amorce à la base. La cartouche d'amorce détona aussitôt, enflammant les charges propulsives introduites à l'intérieur des ailettes de queue.

Un instant après, le projectile jaillit du canon dans une gerbe de flammes et de fumée. Il parcourut un arc dans le ciel et heurta le sol à l'arrière du convoi, défonçant la piste pour entraver sa retraite.

À peine avait-il frappé que le bandit lâchait un autre obus dans le tube.

Le chef porta les jumelles à ses yeux et regarda vers l'avant de la colonne. Toujours hors de son véhicule, le chef de la sécurité d'UpLink s'était mis à le longer par l'arrière. Il tenait une arme à feu dans une main, portait autre chose dans l'autre, une boîte ou une valise quelconque...

Le chef émit un grognement curieux. Puis il avisa l'homme qui se tordait dans l'herbe derrière le 4×4. Il lui était impossible de le distinguer nettement dans l'épaisseur des fourrés, mais il crut reconnaître le guide.

Sa curiosité se mua en satisfaction et un sourire effleura ses lèvres. Le chef de la sécurité d'UpLink se précipitait vers le guide, s'exposant ainsi en tentant de lui porter secours.

C'était presque trop beau pour être vrai, songea-t-il. Son unique raison pour bloquer le convoi un peu plus haut sur la route avait été, en effet, d'amener le chef de la sécurité à se rapprocher des arbres, à portée de son tireur d'élite qui attendait avec l'ordre explicite de le descendre. Certes, tous les ordres qu'il avait donnés à ses hommes étaient clairs et explicites, suivant à la lettre les directives de Réla Getéyé, le chef de guerre congolais avec qui ils étaient en cheville. Les personnages avec qui ledit Getéyé traitait un peu plus haut dans la chaîne de commandement, ce n'était pas son affaire. Ce genre de liens était complexe, placé sous le sceau du secret, et partagé uniquement si nécessaire. Ce qui importait surtout pour le chef des *coupeurs de route** était de récupérer sa part du butin.

Cela ne voulait pas dire pour autant que le chef de bande ignorait l'existence de telles connexions. Le gagne-pain qu'il s'était choisi comportait de nombreux périls, où capture et trahison venaient en tête de liste, et l'expérience lui avait enseigné qu'on devait toujours avoir en réserve des informations dignes d'être marchandées. Il n'avait aucun scrupule à accepter des boulots d'ordre confidentiel. Mais si ceux qui étaient en haut de la pyramide tenaient à leur sécurité, pourquoi pas lui ? Le truc était d'entretenir un équilibre – trop en savoir pouvait être dangereux, trop peu, s'avérer à courte vue stupide.

Le chef de bande savait que le chef de guerre Getéyé avait des liens avec un Camerounais trafiquant d'armes et de technologies volées qui s'était acheté les faveurs de nombreux représentants de la loi dans toute la région, au nombre desquels un commandant de police de Port-Gentil. Le chef savait que ce commandant tenait son poste d'un membre encore plus élevé de la police gabonaise, pas moins d'un chef de division qu'on disait être la marionnette d'un ministre influent au gouvernement. Et même s'il ignorait le nom du ministre concerné, le chef avait entendu, par des rumeurs dignes de foi, que lui-même était manipulé par un Blanc de réputation redoutable dont le nom et les vastes desseins demeuraient encore plus mystérieux que tout le reste... et cela valait mieux sans doute.

Si tentant que puisse être le petit jeu de la spéculation sur l'identité des parties prenantes, le chef de bande avait assez de jugeote pour y résister.

Il ne savait pas – n'aurait surtout pas voulu savoir – que le ministre gabonais en question était Étienne Bégéla, que le divisionnaire de la police que Bégéla avait appelé pour arranger l'embuscade de Sette Cama était le supérieur immédiat du commandant Bertrand Kilana, et que Kilana à son tour avait été celui qui avait offert au chef de guerre Féla Getéyé de jouer les intermédiaires entre le trafiquant d'armes et lui-même avec sa bande de *coupeurs de route**.

Un minimum d'informations était une bonne chose, certes. Mais trop en savoir pouvait vous peser sur les épaules, faire basculer le fléau de la balance du mauvais côté. Le chef de bande n'avait aucune envie de devenir un poids mort potentiel pour ces individus excessivement dangereux et puissants qui pouvaient s'inquiéter de ce qu'il pourrait révéler en cas d'interrogatoire.

Son intérêt principal avait été de savoir quel rôle sa bande de pillards et de tueurs jouait dans le tableau, et ce qu'ils avaient à y gagner. À ce titre, il n'était pas différent de ceux qu'il commandait.

Si tout devait continuer à se dérouler comme prévu, ses gains s'annonçaient formidables. L'arrangement avec Getéyé était un des stimulants prévus, chaque stade réussi de l'opération accroissant leurs profits. L'interception du convoi lui garantissait déjà une coquette somme avec un bonus complémentaire convenu si le chef de la sécurité d'UpLink était éliminé

– un tir au but qui semblait sur le point de se produire. Si ses hommes parvenaient à s'en aller en emportant la cargaison des camions qui représentait plusieurs millions de dollars, leur fortune était assurée, puisqu'ils recevraient de Getéyé une part du butin après que celui-ci l'aurait transmis au trafiquant d'armes gabonais. Il n'y avait eu aucune limite assignée au nombre de blessés... jusqu'ici, le chef de bande avait eu la nette impression qu'un bilan lourd serait apprécié. D'un autre côté, il convenait d'éviter tout dommage à la précieuse cargaison, ou du moins de limiter ceux-ci au minimum. Et de ce côté, l'affaire s'annonçait délicate.

Les jumelles toujours rivées aux yeux, le chef de bande observa la file de véhicules assiégés. Le Land Rover qui ouvrait la marche avait été promis à la destruction et il avait pris en compte une perte notable de la cargaison embarquée sur le camion situé derrière – le lance-roquettes RPO-A était une arme ravageuse. Mais il ne voulait pas prendre le risque d'endommager un peu plus le butin convoité, et la proximité des divers éléments du convoi – les deux derniers camions étant flanqués, à l'avant et à l'arrière, par ce qui était, il le découvrait à présent, des véhicules blindés, un point dont on ne l'avait pas averti –, cette proximité signifiait que toute frappe directe sur un des Rover aurait précisément ce résultat inévitable et inacceptable.

Le tir de barrage contrôlé ne pouvait donc pas être maintenu trop longtemps. Il fallait paralyser le convoi et continuer d'affaiblir ses défenses en éliminant la poignée de gardes d'UpLink qui avaient quitté l'abri de leurs 4×4.

Le chef de bande hocha la tête, songeur.

Bientôt, il allait devoir amener ses hommes à découvert pour la frappe décisive.

Tapis entre son Rover et le camion immobilisé derrière, Nimec essuya encore une fois son front ensanglanté et se lança de l'autre côté de la piste.

Il attira aussitôt les tirs ennemis. Une rafale tirée de sous les arbres vint l'arroser, puis un unique projectile de plus gros calibre érafla le sol à quelques centimètres sur sa gauche, trop près, soulevant des mottes de terre. Celui-ci était venu d'en haut. Du sommet d'un arbre. Un tireur était perché pour essayer de l'abattre. Cette prise de conscience lui ramena en tête la question de DeMarco : quel genre de traquenard était-ce là ?

Il écarta cette pensée. Pas le temps de s'en soucier pour l'instant. Le guide était à quelques mètres devant lui, étendu dans l'herbe, agité de soubresauts, souffrant le martyre.

Nimec plongea dans les broussailles, la trousse de secours dans la main droite, le VVRS sorti de son étui dans l'autre, canon dressé vers le haut. Il pressa la détente, arrosa le bubinga, tâchant au mieux de se couvrir, pas question de viser correctement quand on court ventre à terre.

Un autre coup de feu siffla, venu du dessus, encore une fois tout près. Plus qu'il n'aurait convenu. Nimec était une cible mouvante dans un embrouillamini de végétation qui le dépassait d'une quarantaine de centimètres, et le gars l'avait manqué de justesse en tirant depuis plusieurs centaines de mètres. Personne n'était aussi adroit, sauf à avoir une vision à rayons X ou utiliser plus qu'une simple lunette de visée. Et à coup sûr, ce n'était pas à Superman qu'il était confronté.

Derrière lui à présent, de nouvelles détonations de mortier accompagnées de rafales d'armes automatiques. Mais les cris de Loren, ces cris perçants, incohérents, couvraient le reste du tumulte, impossibles à ignorer. Comme un tunnel focalisant sa conscience, ils l'attiraient telle une balise insensée. Un être humain était peut-être en train de mourir devant ses yeux, de souffrir au-delà de toute compréhension. Il devait le rejoindre, faire quelque chose pour faire cesser ces horribles cris de douleur.

Nimec fonça au travers d'un buisson d'euphorbes, les tiges épineuses lui arrivaient au-dessus de la tête, s'enroulaient tout autour de lui, lui griffant les bras malgré ses efforts pour les éviter. Pourtant, elles lui offraient un couvert momentané, l'abritant du tireur embusqué dans son arbre. Il poursuivit sa course se retrouva dans l'herbe, atteignit l'homme et ouvrit aussitôt la trousse de secours que lui avait donnée DeMarco. Loren se débattait, roulant sur lui-même, les mains continuant de claquer son corps. Il semblait ne pas avoir conscience qu'il avait éteint les flammes qui avaient dévoré ses chairs et cherchait encore à les étouffer.

« Tout va bien, on se calme, essayez de ne pas bouger », dit Nimec, conscient que les mouvements convulsifs et désordonnés du guide ne feraient qu'accroître les dommages, mais se disant qu'il devait trop souffrir pour prêter atention à ce qu'il disait, voire qu'il ne connaissait pas assez de mots d'anglais pour le comprendre. Tiens, ben voyons, ajoutons-y la putain de barrière des langues pour couronner le tout.

Nimec s'accroupit, sortit de la trousse l'auto-injecteur de morphine et pressa l'extrémité de son tube contre l'extérieur de la cuisse du malheureux, éjectant l'aiguille à ressort directement à travers les vêtements brûlés et déchirés. Il continuait d'inciter Loren à se tenir immobile, de sa voix la plus calme. « C'est OK, Loren, on peut y arriver, je te promets, on peut, sauf qu'il faut que tu m'aides, que tu te tiennes tranquille, bon Dieu. » Il sentait l'odeur des cheveux, des chairs carbonisés, une pestilence écœurante, abominable, qui agressait les sens.

Et puis, tout soudain, Loren s'apaisa. Il gisait à présent, gémissant – en vie, au moins – mais presque immobile. Nimec n'aurait su dire pourquoi. Peut-être l'avait-il compris, après tout. Ou peut-être était-il en état de choc. Nimec était incapable de le dire, mais estima que ce n'était peut-être pas si bon signe. Mais rester ici n'allait pas prolonger son existence. Il n'agitait plus les membres en tous sens, de sorte qu'il serait plus facile de le ramener au Rover, où il aurait au moins un semblant de protection. Le credo de Tom Ricci, encore une fois... les petits pas.

OK. Prochaine étape : le Rover. Il fallait qu'il les y ramène tous les deux. Jucher Loren sur son épaule, le traîner, quelle que...

Il y eut le claquement d'une détonation, le tireur embusqué s'était remis à le canarder du sommet de son arbre.

Nimec s'étala dans l'herbe haute.

Steve DeMarco savait suivre les ordres sans qu'on ait besoin de les répéter. Dans des circonstances normales, il n'aurait même pas envisagé d'y désobéir.

Mais les circonstances étaient loin d'être normales. Ce qui l'amenait à se reposer sur une des autres forces qui l'avait fait admettre au sein de l'équipe A de Nimec à SanJo : la capacité à prendre des décisions difficiles dans la précipitation.

Fais rassembler tout le monde dans les Rover blindés. Ils auront besoin d'une couverture quand ils se déplaceront. Tu fais au mieux.

Telles avaient été les paroles exactes de Pete Nimec, pas les siennes. *Tu fais au mieux.* OK, d'accord, volontiers. Et quelques instants avant que DeMarco ne voie Nimec plonger dans le fourré, il avait pris sa décision, envoyant un message radio aux agents de l'Épée à l'intérieur et à l'extérieur des Rover, les préparant à procéder à un lâcher synchronisé de brouilleur thermique Type IV émis par les pots d'échappement des véhicules blindés. Un récent agent d'UpLink développé pour un usage militaire, le produit composé de particules d'aluminium micropulvérisé allait s'élever dans les airs en formant un nuage blanc qui engendrait un épais brouillard visuel et thermique – bispectral, en fait – cachant les personnes durant leur transfert vers les blindés. Dans le même temps, le brouillard disperserait les émissions infrarouges de ce qu'ils envelopperaient, toutes les signatures spectrales – de celles entre douze et quatorze microns des corps humains à celles émises par les véhicules, qui demeuraient intenses même si les moteurs étaient coupés, après des heures de route sous un soleil de plomb. En utilisant classiquement du phosphore blanc ou rouge, on aurait obtenu une dispersion sur un spectre de longueurs d'onde encore plus large, DeMarco le savait. Mais le phosphore brûlait à deux mille cinq cents degrés, et il n'était pas question de traverser cette fumée agressive au contact avec la peau et les voies aériennes supérieures. Avec le Type IV, en revanche, n'importe quel viseur thermique ou roquette à guidage infrarouge du camp opposé se trouverait totalement brouillé, tandis que les personnes protégées par l'écran pouvaient tolérer sans effet nuisible une exposition au produit, pourvu qu'elle soit brève.

DeMarco avait décidé de son petit plan et envoyé un mot en ce sens par radio. À un, il lancerait un compte à rebours de trente secondes. À deux, les blindés lâcheraient leur brouilleur bispectral. Et à trois, le personnel d'UpLink vulnérable, les guides et les camionneurs fonceraient se réfugier dans les véhicules plus sûrs.

DeMarco était à moins douze secondes, comptant tout haut dans son micro, prêt à presser le bouton de largage du Type IV sur la console de défense rapide intégrée à son accoudoir gauche, quand il entendit le fusil de gros calibre dans les arbres cracher une troisième fois et vit dans le même temps Nimec disparaître totalement hors de vue dans la brousse.

Interdit, DeMarco s'empressa de lancer un ordre de pause.

Dans le Rover derrière lui, Wade ôta brusquement le doigt de sa propre console de contrôle.

En queue de convoi, Hollinger fit de même.

« Chef, vous allez bien ? » demanda DeMarco, d'une voix crispée sur le canal partagé.

Silence de Nimec.

DeMarco sentit son estomac se nouer.

« *Chef !* » Il criait presque dans le micro, à présent : « *Bon Dieu, Pete, répondez, êtes-vous... ?*

– Je vais bien », répondit Nimec. À plat ventre dans l'herbe, la bouche pleine de terre, il était en train de traîner Loren jusqu'à sa hauteur quand l'appel radio crispé de DeMarco lui était parvenu. Mais il était trop occupé pour répondre aussitôt. « Faut que je reste planqué. Ce fils de pute dans l'arbre a bien failli m'avoir avec son dernier coup. Je pense qu'il utilise un viseur thermique. »

Bref silence dans l'oreillette.

« Bougez pas, chef, reprit DeMarco. Je viens vous tirer de là... »

Nimec le coupa. « Oublie-moi. Je t'ai dit d'évacuer ces véhicules, toutes ces cibles faciles.

– J'allais passer l'appel. En utilisant le brouillard de Type IV comme couverture.

– Eh bien, vas-y.

– Ce tireur d'élite qui vous a bloqué. Si vous essayez de bouger de nouveau, en traînant un blessé avec vous, ce salaud vous chopera dans la seconde qui suit. »

Nimec inspira, essuya le sang sur son front. Il s'était mis du suc d'euphorbe dans la coupure et ça le brûlait comme du feu.

« Si je suis repéré par un viseur thermique, le type IV, c'est ce qu'il me faut – un mensonge éhonté.

– Le produit ne se dispersera pas assez vite pour vous protéger...

– Je resterai tapi au sol, et je retrouverai le Rover dès que la fumée commencera à s'élever. »

DeMarco attendit plusieurs secondes avant de lui répondre :

« Vous n'y arriverez jamais ainsi, rétorqua-t-il enfin. Je peux utiliser à la place du gazole pulvérisé... »

Nimec inhala. Il n'allait pas avoir le dessus, il allait devoir faire valoir son autorité.

« Non, dit-il. Si jamais t'as encore une idée nouvelle dans ce genre, tu la gardes pour toi. »

Nouveau silence de DeMarco.

« Steve...

– Votre signal faiblit, chef. Je n'ai pas pu vous entendre.

– Qu'est-ce que tu racontes, que tu n'as pas pu m'entendre ?

– Ça empire... je vous perds...

– Me fais pas ce numéro, Steve...

– Je vous ai perdu », énonça DeMarco, parfaitement clairement sur la liaison vocale. « Je procède à ma discrétion, donc. Terminé. »

Le chef de bande avait décidé qu'il avait assez attendu. Une embuscade devait jouer sur la vitesse et l'effet de surprise ; qu'on perde l'un ou l'autre, que la situation devienne statique, et elle est vouée à l'échec.

Rabaissant ses jumelles qui pendaient à présent autour de son cou, il porta à sa bouche sa minuscule radio tactique et envoya l'ordre à ses hommes qu'il avait répartis en deux groupes de part et d'autre de la piste. Sa voix était égale et mesurée.

Dans la brousse, à l'arrière du convoi, dans la forêt devant, les bandits quittèrent leurs positions pour se mettre à converger vers les véhicules selon le plan établi.

Quelques instants après avoir rompu le contact avec Nimec – lui avoir pour ainsi dire raccroché au nez –, DeMarco reprit son compte à rebours là où il l'avait laissé, soit à moins douze secondes. Il avait déplacé le doigt du bouton de largage du Type IV, sur sa console, pour le poser sur un autre situé à trois millimètres sur la droite.

Le bouton illuminé qu'il était prêt à presser était marqué SGF2, pour *petroleum smoke generator formulation two* – générateur de fumée formule deux qui était à vrai dire guère différent de la formule mélangeant huile et gazole utilisée sur tous les champs de bataille depuis la Seconde Guerre mondiale. S'il réussissait parfaitement à engendrer rapidement un épais barrage visuel tout en brouillant les signaux infrarouges proches, procurant une efficacité certaine aux situations d'esquive, cet écran de fumée était loin d'être aussi efficace que le Type IV pour dégrader le fonctionnement des imageurs thermiques sensibles aux infrarouges lointains.

Cette limitation était précisément ce que désirait DeMarco – non, celle dont il avait besoin – pour le mettre plus ou moins à égalité avec son adversaire au sommet de l'arbre.

« Onze, dix, neuf, je veux que tout le monde soit prêt à larguer... »

Un œil sur la montre numérique au tableau de bord, DeMarco se préparait lui aussi, pratiquant ce qu'il prêchait tout en débitant les secondes dans son micro – sauf qu'il allait plutôt en faire à sa tête.

« ... huit, sept, envoyez la fumée ! »

DeMarco pressa le bouton sur sa console et la vapeur de SGF2 commença à disperser ses volutes blanches depuis le tuyau d'échappement de son Rover, Wade et Hollinger relâchant au même instant un nuage du même produit de leurs véhicules respectifs, tous deux agissant sous ses ordres directs.

DeMarco baissa les yeux vers l'arme qu'il avait sortie du compartiment dissimulé sous le siège, ses huit kilos reposant confortablement en travers de ses cuisses même s'il avait eu ce petit accrochage avec Nimec. Les concepteurs d'armes d'UpLink l'avaient baptisé le VVRS « Big Daddy », et c'était leur version personnelle de ce que les programmes du fantassin de l'avenir au Pentagone avaient baptisé de l'acronyme OICW, « Objective Individual Combat Weapon » ou Arme de combat individuel objectif, qui était en fait une variante des fusils modulaires FAMAS français, ceux-là mêmes que les terroristes avaient utilisés avec des résultats terriblement efficaces contre une installation d'UpLink au Brésil, deux ans plus tôt.

Quatre-vingt-dix fois sur cent, les concepteurs de munitions de l'Épée étaient largement en avance sur leurs homologues, mais à l'occasion, c'étaient eux qui se retrouvaient à la traîne. Quand cela se produisait, ils compensaient toujours en s'empressant de mettre les bouchées doubles.

Le Big Daddy était un système de tir intégré à détente unique et double canon, l'inférieur étant chambré pour le sabot VVRS de calibre 5,56 mm létal/non létal, le canon supérieur étant un lance-munitions de 20 mm à amorce multi-usage ; une lunette de visée à point laser et imagerie thermique assisté par micro-ordinateur surmontait le tout. C'était en gros l'ensemble des options réunies dans une seule unité.

Espérant que son coup réussirait, DeMarco continua de décompter tout haut les chiffres défilant sur la montre du tableau de bord, on approchait, on approchait maintenant, trois, deux, un...

« ... *Commencez l'évacuation !* » hurla-t-il.

Et, empoignant à deux mains son Big Daddy, il poussa de l'épaule la portière au milieu des volutes de fumée.

Dans le compartiment arrière du 4×4, les quatre passagers terrifiés regardèrent le paysage derrière les vitres se dissoudre dans un grand vide blanc, comme si l'univers venait simplement d'être effacé sous leurs yeux. Sans échanger un mot, ils s'étaient pris par la main, avaient baissé la tête et s'étaient mis à marmonner spontanément des prières silencieuses – chacun selon sa foi personnelle, son désir de croire ou son abandon délibéré à l'éventualité que quelque entité supérieure daigne bien se pencher sur leur cas.

Comme un seul homme, ils priaient non pas pour leur vie propre mais pour celles de DeMarco, Nimec et tous ceux qui avaient évacué les véhicules et se trouvaient quelque part dans la blancheur qui s'étendait.

Là, dehors, dans l'enfer qu'ils ne pouvaient plus voir.

Dehors, dehors, dehors.

Ils sortirent des camions et des 4×4 transformés en

pièges mortels, un flot de plus de vingt cadres, ingénieurs, autochtones. Leur escorte de l'Épée serrait les rangs autour d'eux alors même qu'ils se précipitaient sur la piste, les guidant au travers du brouillard de kérosène chassé par les turbines, pour former deux groupes de taille différente : le plus important courant vers les deux Rover blindés en tête de convoi, un autre, bien plus réduit, tournant dans la direction opposée, fonçant vers l'unique véhicule blindé à l'arrière.

Les passagers n'étaient pas les seuls à avoir besoin d'une évacuation immédiate. Trois des agents de l'Épée qui étaient sortis de leurs véhicules quelques secondes avant le début du raid avaient été sérieusement touchés : deux par des éclats de mortier, le troisième souffrant d'une grave hémorragie suite à une blessure par balle à la jambe. Tous avaient trouvé eux-mêmes un refuge temporaire entre les véhicules, ou y avaient été traînés, et tous devaient à présent être évacués, ce qui dans l'un comme l'autre cas, n'était pas une mince affaire. Mais alors que le blessé par balle et l'un des blessés par éclats arrivaient à marcher, capables de se tenir debout avec un minimum d'assistance, le troisième était en bien plus piteux état. À moitié inconscient, le côté gauche de la tête sérieusement entaillé, une portion de la joue gauche arrachée et pendouillant horriblement, il devait être transporté à dos d'homme.

Les agents effectuèrent le transfert dans la brume aussi vite que possible. Ils avaient chaussé des lunettes thermiques stéréoscopiques équipées de dispositifs capteurs LPI – à Faible Probabilité d'Interception – et de transmetteurs vidéo numériques à large bande. Les images LPI à couleurs renforcées apparaissaient sur les écrans de bord du trio de véhicules blindés. Cela permettait au personnel de sécurité resté à l'intérieur des Rover améliorés, de voir tout ce que leurs collègues exposés au feu voyaient au travers de leurs lunettes thermiques, mettant ainsi en perspective dans une sorte de collage multidimensionnel leur environnement fortement hostile.

À l'intérieur comme à l'extérieur, les personnels de l'Épée étaient en train d'établir un réseau de tir défensif. Veillant à ne pas arroser la zone où Nimec était à plat ventre dans l'herbe, ceux qui étaient sur la piste se servaient des Bébés VVRS avec lesquels ils étaient descendus des véhicules. Dans le même temps, ceux restés à bord des Rover arrosaient la brousse avec leurs Big Daddies, attendant, portières entrouvertes, l'arrivée des évacués, et faisant de leur mieux pour procurer un appui-feu en dégageant le terrain autour des véhicules.

Pour les agents impliqués dans l'évacuation, le SGF2 était un atout formidable.

Quelques secondes après qu'ils eurent commencé à pousser vers les blindés les passagers confiés à leurs soins, ils avaient vu les attaquants s'approcher, avancer sur eux comme des guerriers indiens encerclant une caravane de chariots. Ils se faufilaient dans les broussailles, courant le corps penché, se jetant à terre, tirant, puis reprenant leur mouvement de reptation, leurs silhouettes parfaitement définies dans les lentilles thermiques, la chaleur des tirs émanant de la bouche des canons apparaissant comme des traits d'un jaune orangé éclatant sur un champ gris.

Le brouillard blanc qui s'élevait avait changé la

donne du tout au tout. Comme Pete Nimec avait pu le constater à peine quelques minutes plus tôt, il était difficile d'être précis avec une arme à feu quand vous étiez en train de courir et que vous aviez des doutes sur la position de l'ennemi. Mais savoir au juste où celui-ci se trouvait facilitait les choses. Et bien plus encore quand vous disparaissiez dans le brouillard sous ses yeux.

Incapables de voir le convoi derrière l'écran de fumée, les attaquants avaient cessé leur approche, leur arrêt les transformant soudain à leur tour en cibles perplexes et aveugles – et les agents de l'Épée avaient été prompts à exploiter ce retournement de situation. Dirigeant leur feu vers les images infrarouges situées à l'extérieur de la couverture de brume, les tireurs des blindés les descendaient un à un dans la brousse. Tandis que les évacués continuaient à courir se mettre à l'abri, leur escorte réussissait à lâcher elle aussi de brèves rafales, rompant le cercle des agresseurs en un éparpillement de corps qui se tapissaient ou s'effondraient.

Quelques instants après, les évacués se ruaient à l'intérieur des blindés. On fit grimper les blessés d'abord, les occupants des véhicules descendant pour aider à les faire passer par les portières ouvertes, leur dégageant le plus de place possible dans la soute à l'arrière, avant d'aider les autres, tout ce petit monde se tassant à l'intérieur avant de claquer et verrouiller les portières derrière eux.

Le transfert accompli, ils étaient, enfin, Dieu merci, plus en sûreté.

Aucun toutefois n'était certain qu'ils fussent sauvés pour autant.

Un genou en terre à l'extérieur du Rover, DeMarco inspectait désespérément la cime des arbres quand il entendit au loin le claquement des pales de l'hélico.

Il sentit une bouffée de soulagement, et prit une inspiration pour se calmer. Inutile non plus de déborder de joie. Le Skyhawk approchait, certes, mais il n'était pas encore là. DeMarco devait rester concentré sur ce qu'il faisait, garder le doigt sur la détente.

Son viseur basculé d'une pichenette de la vision normale au mode à amplification thermique, DeMarco voyait distinctement au travers de la fumée qui s'échappait en volutes épaisses du pot d'échappement du 4×4. Savoir qu'il serait capable de voir à travers le brouillard blanc était l'unique raison qui lui avait fait choisir cet écran de fumée à base de gazole. La capacité du Type IV à brouiller l'imagerie thermique l'aurait dissimulé au tireur mais la réciproque aurait été vraie et, en outre, Nimec serait demeuré visible du tireur embusqué à la lisière du brouillard, cible inerte sans possibilité d'assistance. Nimec s'en était rendu compte aussi bien que DeMarco, d'où leur prise de bec par radio. Il n'avait pas voulu que ce dernier se transforme en cible pour pouvoir le sauver. Et DeMarco supposa qu'il aurait sans doute fait de même à sa place. Trop de héros, c'était un peu le problème.

DeMarco lorgna dans son viseur, la joue plaquée contre la crosse, opérant un mouvement de balayage de gauche à droite, cherchant à localiser le tireur.

Après plus de dix ans comme agent du FBI à Chicago avant d'intégrer l'Épée, il savait se servir d'une arme à feu. Il avait gagné les plus hautes qualifications en techniques d'armes de poing, était supérieur à la moyenne au fusil, et s'était gagné deux recommandations pour ses qualités de jugement et d'évaluation. Mais il n'était toujours pas un tireur expert à l'arme automatique et, pour dire vrai, il n'avait jamais encore recouru à la force meurtrière contre un être humain ou quoi que ce soit de plus gros qu'un cafard – merde, il utilisait même des tapettes pour abréger les souffrances des souris qui se faufilaient dans son sous-sol chaque printemps. Deux fois seulement à Chicago, il avait été contraint à dégainer une arme en dehors du stand de tir, et chaque fois pour voir le suspect lever les mains pour se rendre. Il n'avait pas de prises dramatiques ou de faits d'armes spectaculaires à raconter, tels des exploits de guerre, en buvant une bière ; s'il devait aider son chef à se sortir de ce pétrin, et peut-être voir se lever un autre matin, il allait devoir descendre son premier gibier humain, tout de suite.

La sueur lui ruisselant sur le visage, DeMarco parcourut avec son canon la cime des arbres, et il y en avait un sacré paquet pour fournir des planques à l'autre salaud... putain, où diable pouvait-il se cacher là-haut... ?

Il interrompit brusquement son mouvement de balayage. À travers le réticule électronique de son viseur, il venait d'aviser le tireur embusqué juché à califourchon au creux de deux branches couvertes de feuillage, sa silhouette fantomatique en infrarouge parfaitement immobile.

Il lui fallut peut-être une milliseconde pour se rendre compte que c'était réciproque.

L'œil au viseur, DeMarco eut juste le temps de voir la culasse du flingue de l'autre enculé osciller vers lui au sommet de l'arbre, juste assez, le tireur restant parfaitement raide et immobile sur son perchoir, à l'exception de cet imperceptible mouvement.

DeMarco entendit son pouls battre à ses tympans quand il pressa la détente du Big Daddy et en sentit le recul contre son épaule, une balle intelligente de 20 mm filant du canon supérieur en titane, le microprocesseur du viseur évaluant portée et position pour calculer automatiquement le meilleur point de détonation du projectile pour l'acquisition de la cible, réglant celui-ci pour une décharge dans les airs plutôt qu'une explosion à l'impact. Et puis, ce fut une explosion à vous vriller les tympans, le sommet de l'arbre englobé dans un bouquet de flammes orange, le tronc se fendant en deux, bientôt masqué sous d'innombrables éclats de bois, de branches et d'écorce jaillissant en tous sens.

DeMarco sentit son cœur battre à tout rompre. Plus tard, il devait se remémorer avoir baissé les yeux, à moitié surpris de constater qu'il continuait de battre en lui, qu'il n'avait vraiment pas reçu de pruneau en pleine poitrine – et qu'ici, à l'insu de tous, il était devenu le sauveur de la foule dans son Récit de Guerre personnel Numéro un.

Il reporta son regard sur le viseur, regarda au travers de la fumée du bosquet. La fusillade autour de lui était devenue plus sporadique. Il pouvait entendre au-dessus de lui le claquement des pales de l'hélico se rapprocher. Bons signes. Très bons signes.

« Chef ! » Parcourir du regard la végétation, sans arrêt. Le dos plaqué au flanc du Rover, il avait rouvert la liaison radio avec Nimec. « Chef, répondez, j'essaie de vous avoir en visuel...

– Je t'entends, dit Nimec. Mais merde, j'y vois goutte. La fumée est trop épaisse. Meilleure estimation, dix mètres en retrait du Rover, enfoncé de vingt mètres environ dans la brousse. »

DeMarco fit pivoter son canon sur la gauche, repéra deux faibles images thermiques – un homme redressé sur les coudes, un autre aplati au sol.

« Je crois que je vous ai chopé en visuel, chef, levez une main... »

La main se leva, spectrale et miroitante dans l'oculaire du viseur.

DeMarco soupira.

« OK, c'est bien vous. Bougez pas, j'arrive.

– Rappelle-moi de te botter le cul pour insubordination quand t'arriveras.

– Ça me va », répondit DeMarco qui se fraya un passage dans la végétation.

Regardant à la jumelle l'explosion déchirer le sommet des arbres, entendant le bruit d'un hélicoptère pas bien loin dans le ciel oriental, le chef de bande sut qu'il était temps de battre en retraite, conscient de son échec irrévocable et presque total. L'homme qu'il devait assassiner était en vie, la cargaison qu'il avait eu l'intention de détourner, désormais hors d'atteinte. Plusieurs de ses compagnons avaient été tués ou blessés. L'éventuelle compensation financière qu'il toucherait pour avoir immobilisé le convoi ne pallierait pas ses pertes.

Sa situation avait commencé à l'inquiéter dès l'instant où il avait relevé la présence de véhicules blindés dans le convoi, un sentiment qui s'était mué en anxiété sitôt que le brouillard chimique avait été lâché pour envelopper la piste et que les équipes de sécurité à bord des 4×4 améliorés s'étaient mises à riposter contre ses hommes. C'était moins le caractère impressionnant de leur puissance de feu qui avait ouvert une fissure dans sa confiance – ancien officier dans l'armée camerounaise, il avait appris que nulle planification ne pouvait vous préparer à tous les aspects d'un engagement, qu'il y avait toujours des failles dans la connaissance d'un adversaire. Non, ce qui le dépassait, c'était que les aptitudes dont ils avaient fait preuve puissent être en si totale contradiction avec tout ce qu'on lui avait dit d'eux. Avoir disposé d'informations incomplètes, cela encore, il pouvait l'accepter. Mais que des sources qu'il avait jusqu'ici toujours jugées fiables aient pu à ce point le désinformer ne tenait pas debout, à moins que...

Les traits du chef de bande se figèrent, ses yeux bruns et farouches rivés sur l'arbre embrasé où il avait placé son tireur d'élite. L'hélicoptère n'allait pas tarder à apparaître au-dessus de ses restes noircis et brisés, et à ce moment, l'ennemi serait en mesure de les nettoyer, lui et ses hommes.

Il n'y avait plus de temps à perdre en vaines suppositions, plus maintenant. Il devrait trouver une autre occasion de les affronter.

Tremblant de colère, il porta le micro à ses lèvres et donna le signal de la retraite.

Au moment où l'hélicoptère le survola, Nimec pressa le bouton APPEL sur la radio sol-air de son Rover.

« Pilote pour CSO, vous me copiez ?

– Affirmatif, monsieur.

– Nous avons un problème, ici. Des pertes. Plusieurs blessés, dont trois sérieux. Il leur faut une évacuation sanitaire immédiate. Il y a un grand brûlé, je ne sais pas combien de temps il peut tenir sans traitement.

– Bordel. La meute de loups qui vous a fait ça est en train de se barrer, je les vois se diriger vers plusieurs tout-terrain...

– Laissez-les filer. » Les yeux sur l'affichage de bord, Nimec observait le canal vidéo transmis en micro-ondes depuis les caméras de surveillance aérienne de l'hélico. « On peut pas les poursuivre et évacuer nos gars en même temps.

– Bien compris, monsieur. Tenez bon, on descend. Terminé. »

Nimec coupa la radio, épuisé, une compresse de coton sortie de la trousse de secours plaquée sur le front. Elle était trempée de rouge.

« Mince, dit DeMarco, assis à côté de lui. J'ai l'impression d'avoir été piétiné par un géant. »

Nimec renifla. Il se cala contre l'appui-tête, en silence.

Ils attendirent ainsi que l'hélicoptère se pose. Étendu derrère eux dans un espace dégagé par les occupants entassés dans la soute du Rover, Loren laissa échapper un long gémissement grave.

Nimec en sentit se hérisser le fin duvet sur sa nuque et ses bras.

« Il y a quelques minutes », commença DeMarco, puis il se tut pour goûter à leur juste valeur les mots qui venaient d'échapper de sa bouche. Il avait du mal à croire qu'il s'était écoulé si peu de temps depuis que la tempête de feu avait enveloppé leur convoi, jaillie de la masse de végétation devant eux. « Il y a quelques minutes, quand vous étiez dans la brousse, un truc m'a fait repenser au Brésil. Je n'aurais même pas pu vous dire quoi, tant mes pensées allaient vite. Elles continuent encore. Mais le raid là-bas, ces terroristes nous agressant par surprise, détruisant presque entièrement notre complexe du Matto Grosso... quelque part, j'y ai trouvé une similitude. »

Nimec le regarda. « Que veux-tu dire ?

– Putain, si je savais. » DeMarco leva les poings dans un geste d'impuissance. « Cela fait un bail que je n'ai pas relu les dossiers de l'affaire *Ronde furtive*. Mais même avant qu'on se trouve confrontés à ce cinglé que Rollie Thibodeau a baptisé le Chat sauvage, ce qui m'avait frappé dans le raid au Brésil est qu'il avait été mené par de vrais pros. Une insertion avec saut en parachute à haute altitude, des prototypes de fusils d'assaut FAMAS qui ne sont entrés en production de masse que cette année... ces gars étaient des combattants aguerris, avec de sérieux états de service et un sacré soutien logistique. » Il haussa les épaules. « Un autre truc que je ne suis pas arrivé à piger, c'est ce qu'ils tentaient de faire au juste. Ça m'a toujours paru comme si rien ne correspondait vraiment aux apparences. Et ce qui vient de nous arriver me fait penser à la même chose. Motifs, tactiques, équipement... »

Nimec ajouta une compresse neuve.

« J'en sais rien, avoua-t-il. Je ne vois pas trop le rapport.

– Peut-être parce qu'il n'y en a pas, admit DeMarco. Mais qui étaient ces gars ? Vous n'avez pas l'impression qu'on est confrontés à deux bandes travaillant de concert ? »

Nimec considéra l'hypothèse.

« Je ne ferais pas entrer dans cette catégorie toutes les bandes de brigands qui écument la zone. Certaines sont composées de déserteurs. Des mercenaires qui ont été formés au combat par des conseillers étrangers. Russes, britanniques, israéliens, sans compter nos propres Bérets verts, pour n'en citer que quelques-uns. La bande qui nous a attaqués pourrait entrer dans cette catégorie. »

DeMarco secoua la tête.

« Ça n'explique toujours pas leur matériel », et d'un haussement de menton, il indiqua le pare-brise. Devant, jusqu'à leur hauteur, la brume de SGF2 et la fumée gris sale du Rover et celle des arbres embrasés s'étaient mêlées pour obscurcir le ciel et la forêt, leur odeur âcre s'infiltrant par leur système de ventilation. « Ce qu'ils ont utilisé pour le clou du spectacle, c'était du gros matos. »

Nimec confronta les arguments principaux de DeMarco avec sa logique propre. Il ne savait réellement pas ce qu'on pouvait ou non en déduire. Il avait déjà du mal à réfléchir. Un homme gémissait de douleur, il était peut-être même en train de mourir, à moins de deux mètres de lui. Oui, difficile de réfléchir. Au premier abord, toutefois, il ne lui semblait pas que les incidents pussent être comparés. La frappe au Brésil avait été massive, bien organisée, perpétrée par un ennemi qui avait su évaluer avec soin puis exploiter les vulnérabilités d'UpLink. Mais ceux qui leur avaient tendu cette embuscade s'en étaient pris à un petit convoi de ravitaillement et ils en avaient sérieusement sous-estimé les forces défensives. Compte tenu de l'espionnage des chambres d'hôtel, et de l'étendue de la surveillance du personnel d'UpLink à Port-Gentil, Nimec se doutait qu'il était fort possible que les hommes qui venaient de les frapper aient des commanditaires avec un programme plus ambitieux et des ressources substantielles – ce qui était déjà un sacré problème. Mais aller au-delà, toutefois...

Nimec n'excluait aucune hypothèse, du moins jusqu'à ce qu'il ait l'occasion d'y repenser avec les idées claires. Mais il appartenait depuis assez longtemps à l'organisation de Roger Gordian pour se rendre compte qu'elle avait de nombreux ennemis disparates, et il n'allait pas se lancer dans de fumeuses théories du complot.

« On reprendra ça plus tard », s'écria-t-il pour couvrir le lourd claquement des pales. « Les gars de cet hélico vont avoir besoin d'un coup de main pour embarquer les blessés à bord. »

Les bras croisés, Vince Scull était assis devant son ordinateur portable sur une petite table d'angle dans un cybercafé baptisé Le Passage clouté, ce qui lui semblait un nom à peu près aussi absurde que Scintillements. Plus ridicule, même. Peut-être était-ce le signe qu'il se faisait vieux, mais il avait de plus en plus souvent la nostalgie d'un temps où le nom d'une enseigne véhiculait l'essentiel de l'information nécessaire aux clients putatifs pour connaître les services offerts, les produits vendus et ainsi de suite. Grands Magasins Macy. Prisunic Woolworth. Boulangerie Ebinger. Restaurant-Glacier Howard Johnson. Un passant qui entrait dans un de ces établissements avait non seulement une idée bien précise de ce qu'il pouvait s'attendre à y trouver, mais il connaissait le nom de famille, et dans certains cas, les initiales ou même le nom complet de son fondateur. Parler de la confiance du consommateur quand on était censé attirer le chaland avec une enseigne qui ne révélait rien de ce qui se tramait à l'intérieur...

Scull bougonna et se dandina sur son siège. Quel rapport l'expression Passage clouté pouvait-elle avoir avec une boîte qui servait des beignets, des petits pains, du café et de l'eau minérale, tout en procurant à ses clients un accès Internet, il n'aurait su le dire. Il était également incapable de comprendre comment la petite vingtaine de jeunes gens des deux sexes – tous blancs, et sans doute progéniture dilettante de quelques hommes d'affaires expatriés – et dont la majorité étaient en effet arrivés lestés de sacs à dos dotés de pochettes capitonnées pour accueillir leur machine –, comment ces jeunes gens étaient capables de se concentrer sur leur travail au milieu de l'agitation des autres clients passant commande au comptoir, longeant leur table avec leur plateau, prenant une chaise et déballant bouquins, classeurs et autres bricoles extraites de leurs sacs. Ils semblaient tous si désireux d'avoir l'air sérieux et affairés en pianotant sur leur machine – certains avaient même coiffé des écouteurs. Écrivaient-ils ? Des devoirs ? Des rapports ? Des carnets de voyage ? Des critiques musicales ? Des bouquins, ce qu'à Dieu ne plaise ?

Scull n'arrivait pas à comprendre comment ils pouvaient faire quoi que ce soit. Ses missions l'amenaient partout sur la planète et impliquaient la collecte d'informations dans toutes sortes d'environnements matériels, mais quand il devait s'asseoir pour coucher par écrit une évaluation cohérente, il avait besoin d'un bureau calme ou, à tout le moins, de se trouver dans une solitude non troublée entre quatre murs... toutes choses qui n'étaient pas disponibles dans ce cher vieux Gabon, encore une raison pour lui d'adorer ce pays, estima-t-il. Quelqu'un pourrait bien venir lui plaquer un pistolet sur la tempe et lui ordonner de rédiger une liste des courses, Scull doutait qu'il serait capable de le faire au milieu de tout ce bordel.

Mais peut-être son âge avancé de cinquante-trois ans expliquait-il pourquoi il se sentait planté comme un vieil ordi. Ou peut-être, oui peut-être que le seul fait que les gens s'imaginaient pouvoir faire de l'honnête boulot bien dur et bien suant dans des lieux publics où ils pouvaient en même temps exhiber leur nouveau portable rapide comme l'éclair, était une des raisons pour lesquelles tout de nos jours partait franchement à vau-l'eau.

Scull émit un nouveau grognement mécontent et tapa sur une touche pour réveiller le portable du mode VEILLE, se disant qu'il pouvait toujours vérifier son courrier électronique et voir si Fred avait déjà dégoté des infos sur Nautel. Après cinq heures d'attente impatiente dans ce néant encombré, il était sur le point d'atteindre sa limite...

Il se raidit soudain sur son siège. Miracle des miracles. En gras sur sa fenêtre d'entrée se trouvait un message dont l'émetteur était F. Sherman et le sujet : « J'espère que t'as pensé à prendre tes bottes et ton pince-nez. » Sympa, mais qu'est-ce que c'était censé sous-entendre ? Scull s'en fichait un peu. Il était trop curieux à présent qu'il venait de remarquer l'icône du petit trombone indiquant la présence d'un fichier joint.

Il surligna le message et l'ouvrit d'un clic. Il y avait en fait plusieurs fichiers joints. De grande taille.

Le mail était celui-ci :

> À ta demande, je te laisse assez de merde pour y patauger jusqu'à mi-cuisses, Vince. Et je te promets que ça chlingue.

Scull ouvrit le premier fichier attaché et le parcourut.

Au bout de quelques minutes, en effet, il était prêt à se pincer le nez.

8

Gabon, Californie

Extrait de Luge en Ligne (« E-Zine alternatif d'Infos et d'Opinion ») : Brèves du jour

SORTEZ VOTRE GRAND BOUBOU DU PLACARD

UpLink et Sedco se retrouvent sur une scène improbable

par Mannee Almonte

L'image d'un Roger Gordian, normalement réservé, trémoussant son popotin lors d'une fête d'entreprise animée par les rythmes frénétiques de musiciens pop makossa, sahéliens et congolais, voilà de quoi attirer vite fait l'attention dans les cercles industriels et mondains. Ajoutez au tableau une piste de danse soutenue par d'énormes pontons et des câbles d'amarrage, le tout sur un décor de derricks en acier, de mâts de grues, de filins et de palans, et même les observateurs financiers réguliers accoutumés au style caractéristique de *Forbes* et de Bloomberg ne pourront ignorer la chose.

Déjà agité une plume au-dessus de la queue d'un chat ? Il se pourrait bien que ce soit dans le but exclusif d'attirer l'attention des médias que l'événement décrit ci-dessus a été programmé pour la semaine prochaine à bord d'une plate-forme de forage off-shore dans les eaux du Gabon, république équatoriale assez petite pour tenir sur une lame de microscope et dont n'ont jamais entendu parler la majeure partie des spécimens américains – du moins, à notre connaissance. C'est pourtant bien là, et nulle part ailleurs, que le patron d'un géant des télécoms réputé pour avoir transformé le rôle de l'entreprise privée en « progrès de la démocratisation globale » (késaco ? On n'en sait rien. On ne fait juste que citer le *Wall Street Journal*) va rejoindre le grand manitou d'une ambitieuse compagnie pétrolière pour signer, ratifier et célébrer un nouveau partenariat destiné à rivaliser avec les vieux requins du pétrole qui dominent ces territoires aquatiques depuis des décennies. Ajoutez leurs hôtes politiques dans la région et vous vous retrouvez avec des festivités à ne manquer sous aucun prétexte.

« Sortez votre grand boubou du placard », lance avec enthousiasme le maître de cérémonie – et P-DG de Sedco – Hugh, dit « King Hughie », Bennett dans une récente apparition télévisée sur *Financial News Network*, en référence à la flamboyante tunique brodée portée sur tout le continent africain. « Travailler dur et jouer dur, telle est ma devise ; et nous sommes tous prêts à nous défoncer sur ce coup-ci. »

Ayant mordu à belles dents dans l'appât, votre cher rédacteur sensible au spectacle doit bien confesser qu'il salive à l'avance à l'idée de se joindre à la crème de la presse à bord du vol spécial affrété par Sedco. Ce qui m'amène aussitôt à poser la question à tous nos lecteurs victimes de la mode transculturelle qui auraient pu par le passé se rendre au Gabon – et plus précisément à notre destination, la ville de Port-Gentil –, l'un de vous peut-il me recommander à bref délai une location de

Grand Boubou ? C'est qu'il s'agit d'un must – demandez donc à King Hughie.

Toutes indications et offres de remise sont volontiers attendues à notre adresse électronique, chers amis.

Ils rejoignirent l'aéroport à bord d'un Land Rover blindé, DeMarco au volant, Wade à côté de lui, Nimec et Scull assis à l'arrière. Ils avaient plusieurs raisons de faire le trajet, leur désir de renforcer la sécurité pour l'arrivée de Roger Gordian le lendemain venant en tête de liste, même si ce dont tous étaient prêts à discuter au Rio de Gabao était leur intention de renforcer leurs effectifs autour de l'entrepôt de transit par précaution après l'embuscade de Sette Cama – provisoirement qualifiée de tentative de détournement, même s'ils étaient conscients que l'affaire était loin d'être close.

Une autre raison fort pressante avait conditionné leur trajet en voiture : sous aucun prétexte, ils n'auraient discuté à découvert.

Scull devait montrer quelque chose à Nimec. Un document crucial extrait d'une série de rapports et de correspondances, indiquée à son ami Fred Sherman par un informateur chez Nautel, et par la suite extraite des mains de l'entreprise après qu'on eut informé séparément trois de ses plus hauts responsables qu'UpLink considérerait toute rétention d'une telle information comme un manquement manifeste à la confiance réciproque et une cause d'abrogation immédiate de leur accord de réciprocité d'informations non encore signé.

Ces déclarations n'étaient pas des menaces en l'air. Scull avait fait les yeux ronds quand la lettre était apparue sur l'écran de son ordinateur au cybercafé, et même encore maintenant dans les confins relativement sécurisés du véhicule – son portable logé dans la station d'accueil qui avait surgi du dossier du siège avant à la pression d'un bouton, tandis que la copie papier avait été sortie par l'imprimante couleur intégrée à l'accoudoir –, même encore maintenant, il était modérément rassuré par la perspective de l'extraire de son disque dur.

« Et voilà. » Scull cueillit la feuille de papier à la sortie de la fente de l'imprimante et la donna à Nimec. « Après quelques menaces, Fred a obtenu la preuve qu'un ami commun, dont l'identité reste à révéler, a commis un sérieux impair. »

Nimec posa le document sur ses genoux. Il se sentait totalement décalé – la tête brumeuse, son sourcil recousu le tirait sous les pansements, les oreilles carillonnant encore de l'explosion qui avait bien failli l'achever tout juste vingt-quatre heures plus tôt.

« Alors, qu'est-ce que t'en penses ? » dit Scull.

Nimec lui lança un regard irrité. « Donne-moi un peu plus de trente secondes pour examiner ça et je te dirai. »

Vince fronça les sourcils mais ne dit rien.

Nimec reprit la lecture du papier qu'on lui avait donné, la copie scannée d'une lettre rédigée sur le papier à en-tête d'Étienne Bégéla, ministre gabonais du Développement économique, et personnalité qui avait accueilli l'équipe avancée de Nimec à son arrivée. La missive était adressée à un certain John Greeves II, dont le titre professionnel était inspecteur au service des Sinistres, à la division de gestion des risques et des urgences d'une société baptisée The Fowler Group, Ltd.

Nimec lorgna Scull : « Fowler, c'est une compagnie de réassurance commerciale, c'est ça ? »

Scull acquiesça. « Une des plus importantes, confirma-t-il. En liaison avec la Lloyd's de Londres. »

Nimec grommela et poursuivit la lecture :

Cher Monsieur Greeves,

Après avoir dûment considéré la chose, je suis au regret de vous informer que je ne peux pas approuver votre requête d'un permis d'inspection du site au large où MM. Dupain et Bouchard ont trouvé la mort. Soyez assuré que mon jugement ne reflète en aucune manière une conclusion négative à l'égard de votre firme à l'excellente réputation, mais tient plutôt au désir d'accomplir mes devoirs gouvernementaux en toute conscience.

Un examen complet de toutes les données entourant l'incident, examen réalisé en commun avec Nautel Submarine Maintenance, et plus particulièrement le capitaine Pierre Gunville, me donne la certitude que toute procédure avec un équipage en eaux profondes constituerait un grand risque matériel pour les opérateurs travaillant sur zone, tout en ne procurant aucune information complémentaire susceptible de servir à votre agence. Comme vous le savez, le capitaine Gunville a déjà procédé à une inspection du site postérieurement à l'accident, à l'aide d'un véhicule robot sous-marin, et son rapport est tout à fait exhaustif.

Même si j'hésite à outrepasser mon autorité, sachant la déception que ce refus pourra vous causer, ma recommandation personnelle est que les découvertes de Nautel soient considérées comme définitives pour ce qui concerne les demandes d'indemnités consécutives au tragique incident du 4 mai dernier. Je suis conscient que le Groupe Fowler est le réassureur garanti de nombreuses entreprises éminentes travaillant au Gabon, en particulier celles impliquées dans la prospection et la recherche minérale et pétrolière. Ces entreprises tombent directement sous la responsabilité de mon ministère, et vous me verriez attristé si leurs relations avec vous devaient souffrir de l'impression qu'une compensation appropriée pour les pertes subies durant leurs explorations pût être discutée outre mesure, quand bien même cette idée serait erronée.

Je vous joins une copie de la recommandation que m'a adressée Nautel, et je serai, bien entendu, ravi de vous fournir tout autre document dont vous pourriez avoir besoin pour vos archives.

Je vous prie d'agréer, cher monsieur, l'expression de mes sentiments distingués.

Étienne Bégéla.

Nimec prit un moment pour digérer tout cela avant de lever de nouveau les yeux vers Scull.

« Gunville nous a carrément menti au club, observa-t-il. Il nous a dit que Nautel n'avait pas mené d'inspection consécutive à l'accident, alors qu'ils l'ont bel et bien faite.

– Il l'a faite, rectifia Scull. Lui. En personne.

– Il nous a dit également que personne d'autre ne désirait inspecter le site, alors même que ce groupe, Fowler, pressait le gouvernement pour en avoir l'autorisation.

– Et il a tout fait au contraire pour les arrêter. » Scull hocha la tête. « Je le savais, Petey. Cette chansonnette était faite pour nous mener gentiment en bateau. Et qui plus est, les yeux bandés... »

Nimec restait songeur. Il se mit à se masser le front – ça devenait une manie –, toucha le pansement au-dessus de son œil, sentit la blessure le brûler. Plus tard, à l'hôpital, il y aurait d'autres examens. Il espérait qu'ils seraient accompagnés d'antalgiques.

« Et Bégéla ? » dit-il, ôtant brusquement sa main. « Tu crois qu'il était franc avec cet assureur quand il lui a motivé son refus d'accorder les permis d'inspection ? »

Scull haussa les épaules.

« Peut-être, peut-être pas. S'pourrait que ce soit juste un gars prudent. Mais le truc qui me fait tiquer, c'est la fermeté de sa réponse à Fowler. Il n'y va pas de main morte. Bégéla n'aurait pas plus être plus clair sur ces menaces de leur faire une mauvaise réputation s'ils ne reculaient pas, ce qui pour moi ressemble fort à du chantage politique.

– Bien d'accord, répondit Nimec. C'est plutôt louche pour un gars qui parle de sa bonne conscience. Je ne sais pas quelles sont les lois qui gouvernent le fair-play dans ce pays, mais chez nous, ce serait vu comme une sérieuse entorse. »

Scull acquiesça.

« Tu l'as dit, Petey, tu l'as dit. »

Ils continuèrent de rouler en silence. Le Rover prit un virage sec qui déséquilibra Nimec ; il se raccrocha à son siège, pris d'un léger vertige.

DeMarco lui jeta un coup d'œil dans le rétro.

« Désolé, chef, j'ai failli rater notre sortie. Je crois que j'étais un peu trop accaparé par ce que Vince vous disait, il y a une minute. »

Scull s'avança un peu. « À quel sujet ? »

DeMarco haussa les épaules, fixant de nouveau la route.

« Que Gunville serait en train de nous mener en bateau. Parce que je dois l'admettre, il me semble bien qu'il y ait plus de requins dans notre sillage qu'on ne puisse en compter. »

« Est-ce que tu vas finir par me dire que c'est la dernière fois, ou bien est-ce qu'il faut que ce soit moi ? »

Roger Gordian marqua une pause silencieuse au-dessus de la valise ouverte sur le lit, une chemise habillée, amidonnée, repassée et pliée, entre ses mains. La question de sa femme n'était pas vraiment une surprise, et il n'avait aucune intention de l'éviter. Alors que Gordian avait du mal à partager ses pensées les plus intimes même avec ceux qui lui étaient les plus chers, les jours où il les gardait sous clé étaient depuis longtemps disparus. Les partager n'était pas toujours un plaisir mais il le faisait pour ceux qu'il aimait et parce que, dans son cœur, il reconnaissait que c'était également important pour lui. Avec Ashley, à présent, surtout, il essayait. Leur mariage avait par trop souffert quand il s'en était abstenu.

Parfois, pourtant, il avait encore besoin d'y être poussé. Et si Ashley avait intentionnellement posé la question sous la forme d'un ultimatum pour attirer son attention, eh bien, elle avait réussi.

Gordian déposa la chemise dans la valise, puis se retourna pour lui faire face. Debout devant la commode à l'autre bout de la chambre, elle rangeait ses affaires dans une nouvelle mallette qu'elle lui avait achetée dans une des boutiques de mode du centre commercial de Stanford dont elle avait encore oublié le nom. D'accord, l'objet était hors de prix. Il était censé être utile et pratique. Il n'était pas trop sûr du nom qu'il fallait lui donner : trousse de voyage de luxe, peut-être ? Noir, avec deux poches zippées en plastique transparent et une pochette de nylon opaque en dessous, l'objet était conçu pour ressembler à une housse de vêtement, avec cintre et crochet, quand il était déroulé. Roulé, fermé avec sa bride, le tout ressemblait à un croisement entre une trousse de rasage et un sac à dos. Pas mal.

« Ne crois-tu pas qu'on devrait discuter de tout ceci avant que l'un ou l'autre ne fasse de déclaration ? » dit-il.

Elle lui adressa un long regard de ses grands yeux pénétrants.

« On peut, dit-elle. Mais que tu veuilles ou non l'admettre, nous savons l'un comme l'autre ce qu'il en est. »

Gordian se tut de nouveau. L'ordre et la minutie d'Ash étaient, comme toujours, impressionnants. Elle avait déposé la nouvelle trousse de voyage sur la commode et l'avait garnie de suffisamment d'articles d'hygiène personnelle pour le maintenir propre et récuré des mois durant quand bien même il s'échouerait sur une île tropicale, lui assurant une présentation impeccable le jour où ses sauveteurs arriveraient... ou bien celui où les cannibales le conduiraient à leur chef, au choix. Remplissant la pochette supérieure, on trouvait un savon dans une boîte en plastique, un coupe-ongles, des cotons-tiges, un stick de déodorant, une trousse de ciseaux et de pinces, une brosse à habits, un peigne, une brosse à cheveux, une brosse à dents, du dentifrice, des cure-dents, un paquet de Kleenex et un gant de toilette plié avec soin en carré. La poche du dessous avait un contenu similaire – écran solaire, chasse-insectes, rasoirs jetables, crayon hémostatique, petite bombe de gel à raser, et une pochette plastique contenant de petits flacons d'eau dentifrice, d'antiseptique, de shampooing et de lotion après-shampoing. Dans la poche en nylon sous les deux pochettes transparentes, Gordian pouvait apercevoir un assortiment de vitamines, d'aspirine et de médicaments divers, dont des comprimés de quinine qu'il avait commencé à prendre une semaine plus tôt en prévision de son voyage, ainsi que le nébuliseur qu'il utilisait chaque fois qu'il avait des difficultés respiratoires.

Il regarda Ashley en silence quelques instants, notant qu'elle avait encore un petit flacon dans une main, masquant à moitié une petite étiquette adhésive portant manuscrite une indication rédigée en majuscules rouges. Dans l'autre main, elle tenait une petite feuille d'aluminium ronde de la taille d'une pièce de monnaie qu'elle venait de découper du rouleau posé près des autres articles sur la commode.

« Qu'est-ce que t'as là pour moi ? demanda-t-il.

– Ne changeons pas de sujet.

– Je n'essayais pas, répondit-il honnêtement. C'est juste que je suis curieux. »

Ashley haussa les épaules.

« Le flacon était à l'origine un échantillon de lotion hydratante. J'avais fini toute la lotion et je ne voulais pas le perdre. »

Gordian acquiesça.

« J'imagine que ça ne sert à rien de jeter une bouteille si elle peut servir.

– En effet. Ce serait du gâchis complet.

– Et t'as mis quoi dedans, à la place ? »

Ashley brandit le flacon. « Regarde toi-même. »

Gordian lorgna l'étiquette.

« Astringent », lut-il tout haut.

Ashley acquiesça.

« Et voilà. Tu seras bien content de l'avoir par temps très chaud. »

Gordian ne dit rien. *Impeccablement récuré, sans la moindre tache.*

« Et le papier d'alu ?

– Un sceau de sécurité pour remplacer l'original. » Sur quoi, Ashley le disposa avec soin autour du col du flacon, en pressant bien les bords. « Si le bouchon se défait et qu'il y a une fuite, ça pourrait abîmer quelque chose dans ta valise. »

Gordian lui adressa un regard partagé entre la gratitude et l'amusement.

« Très judicieux. »

Elle acquiesça, sans sourire. Puis elle serra le bouchon, prit la trousse dans la seconde pochette transparente, ajouta la lotion astringente au reste du contenu, remit le tout dans la trousse de voyage.

« Il faut que j'y aille, Ash », dit Gordian au bout d'un moment, nul amusement dans sa voix à présent. Son expression sérieuse comme un pape le fit se sentir un rien coupable. « Je ne pouvais déjà pas éviter ce voyage au Gabon, même quand il ne s'agissait que de la conclusion du contrat avec Sedco. Mais là, c'est devenu bien plus important.

– T'as le sentiment de devoir marquer ta présence. »

Gordian acquiesça.

« Montrer que je suis impliqué, oui. La surveillance exercée sur notre équipe avancée... puis cette attaque éclair contre le convoi d'approvisionnement... que les deux soient ou non liées, il devient désormais vital que l'on agisse comme prévu. On ne peut pas se permettre de se laisser intimider par n'importe qui. »

Elle le regarda. « Sedco est au courant de ce qui est arrivé à tes personnels en Afrique ?

– Dan Parker a été mis au fait, et il a informé Hugh Bennett et le reste des cadres de la société.

– Et ils te soutiennent pour continuer.

– Entièrement. Surtout Bennett. Et au conseil d'administration de Sedco, c'est lui qui a le dernier mot. »

Ashley réfléchit une seconde.

« Je comprends tes raisons, dit-elle. Mais les siennes ? D'après ce que tu m'as dit, il ne partage pas spécialement ton intérêt dans le soutien au développement des nations. »

Gordian réfléchit quelques instants.

« King Hughie est accoutumé à faire des affaires dans des environnements difficiles. Il devrait se rendre compte qu'on ne peut pas être efficace dans une région, bâtir sur les réalisations déjà accomplies, si l'on recule à la moindre menace, expliqua-t-il. Et notre accord mis à part, je suppose que s'il croit qu'UpLink est la cible principale des intérêts hostiles au Gabon, il doit s'imaginer que nous serons en première ligne pour prendre les coups en cas d'escalade. » Gordian haussa les épaules. « Je suppose également qu'il ne souhaite surtout pas se laisser dissuader de monter son cirque médiatique avec lui-même en maître de cérémonie. Il y a sans doute un peu des deux. Je suppose que ça ne fait pas de mal que l'on fournisse un surcroît de sécurité à tout le monde et qu'on co-finance toute la note. Au bout du compte, toutefois, cela fait une réelle différence. Je ne peux me sentir responsable que de mes propres motivations. »

Ashley continuait de le fixer.

« Je sais, dit-elle enfin. Et tu sais encore mieux que moi que ce n'est pas moi qui te suggérerai d'annuler. Mais je ne parle pas de maintenant. Cette conversation concerne notre avenir.

– Je n'ai jamais demandé à mes gens de faire ce que je ne ferais pas moi-même.

– Les choses ont changé, Roger. Parfois, j'ai l'impression que tout le monde le sait et le reconnaît sauf toi. Tu peux admettre tes limites physiques, les gérer, ou choisir de prétendre qu'elles n'existent pas. »

Debout près du lit, Gordian vrillait ses yeux gris dans les yeux verts de son épouse.

« Je me sens bien, reprit-il. Les toubibs m'ont donné leur feu vert. »

Elle secoua la tête.

« Je connais sans doute mieux que toi le résultat de tes examens. Et, tout bien considéré, j'en suis contente. Mais ça ne veut pas dire qu'on peut effacer les dommages corporels que tu as subis. » Elle soupira, baissa la voix. « Il y a deux ans, j'ai bien failli te perdre et j'aimerais mieux l'oublier. Mais je suis incapable d'effacer ces souvenirs. On ne peut pas se permettre ce luxe. Ce n'est pas pour rien que je t'ai emballé un nébuliseur d'albutérol. Tu as des tissus cicatriciels dans les poumons. Une fibrose. Tu es parfois à bout de souffle...

– Sois juste. Je suis en général très bien sauf si je me surmène physiquement. Et j'ai fait de mon mieux pour être prudent...

– Laisse-moi terminer. Je ne t'accuse pas de négliger ta santé. Mais tu es déterminé. Protecteur. Quand les enjeux pour les choses qui te tiennent à cœur sont élevés, tu tends à aller au-delà de tes limites. Ces dernières semaines, tu as reçu combien de vaccins ? Fièvre jaune, typhoïde, diphtérie, hépatite A... Et je suis sûre d'en oublier. N'importe lequel isolément peut avoir des effets secondaires sur les individus dont le système immunitaire n'a même pas subi le quart de ce qu'a enduré le tien.

– Ash, tu l'as dit toi-même : cela fait deux ans que je suis tombé malade.

– Tu n'es pas seulement tombé malade, rétorqua-t-elle. Tu as failli te faire tuer par une arme biologique, tu as été délibérément infecté par un virus que personne encore n'avait vu. Une souche développée en laboratoire par un procédé si complexe que des chercheurs du gouvernement sont encore incrédules. » Elle marqua un temps, eut un geste de la main vers la fenêtre. « Qui que soit celui qui a créé ce virus, qui que soit celui qui a voulu te tuer, il continue de guetter, quelque part. On n'en parle plus beaucoup, ces temps-ci, je suppose que c'est parce que tu sais à quel point ça me tracasse. Mais peut-être qu'on devrait. Ce n'est pas un détail futile qu'on peut ignorer comme ça, parce que c'est plus pratique. »

Gordian sentit peser sur lui son regard.

« Notre mariage est ma plus grande réussite, ce que j'ai de plus cher au monde, répondit-il. Mais je ne t'ai jamais fait de promesse que je ne pouvais pas tenir, et je ne vais pas commencer aujourd'hui. »

Ashley croisa les bras, eut un petit haussement d'épaules.

« Alors, qu'est-ce que tu dirais d'en faire une que tu puisses tenir ? »

Gordian la regarda quelques instants encore sans rien dire. Puis il traversa la chambre, s'immobilisa devant elle, posa les mains sur ses épaules.

« Je réfléchirai à ce que tu me demandes. Laisse-moi jusqu'à mon retour d'Afrique, et tu auras ma réponse. Je ne sais pas si ça contribue à te soulager. Mais je veux que tu te sentes mieux. »

Elle le regarda, puis hocha la tête, les yeux trop brillants.

« C'est un début, Roger. C'est un début. »

Le juke-box jouait de la musique douce chez Nate, un bistrot du quartier est de San Diego, un bastion épuisé mais tenace contre les pressions de l'embourgeoisement du coin. On aurait pu dire de même des rangées de maisons décrépites alignées, identiques, autour de l'établissement dans la rue, tels des alliées dans une cause négligée, bientôt perdue.

Tom Ricci et Derek Glenn étaient installés dans une stalle couleur moutarde vers le fond de la salle. Ricci sirotait un Coca avec glaçons, Glenn une bière brune d'importation à la bouteille ; il tirait de longues bouffées d'une Marlboro en flagrante violation d'une loi sur l'air pur que le patron grisonnant avait résolument désavouée comme étant inconstitutionnelle ou, à tout le moins, ne méritant pas de l'être. Les quatre ou cinq autres personnes essaimées au bar étaient représentatives d'une clientèle qui s'étiolait et qui était presque exclusivement masculine, noire, ouvrière et bien proche de la retraite.

« Les affaires sont plus ce qu'elles étaient la dernière fois que je suis passé te voir, observa Ricci.

– Elles l'étaient déjà plus, nota Glenn. Encore une victoire des fonctionnaires.

– T'as l'air en rogne. »

Glenn inclina vers Ricci le goulot de sa bouteille de bière.

« L'air, seulement ? dit-il avec un pâle sourire. Je comprends à présent comment tu t'es fait cette réputation de mec astucieux, mon salaud. »

Ricci le regarda boire une grande lampée de brune. Grand, costaud, noir, la trentaine, Glenn dirigeait la petite équipe de sécurité du bureau régional d'UpLink installée dans un unique entrepôt rénové sur les quais de l'Embarcadero ; elle était essentiellement chargée de gérer le surcroît de travail de la base de stockage des données installée à Sacramento.

« T'as pas de raison de rester où tu es, observa Ricci. Je pourrais te verser à SanJo. Un poste de commandement, avec une augmentation en rapport. Le programme de l'unité de déploiement rapide a besoin de quelqu'un pour achever sa mise en œuvre. »

Air surpris de Glenn.

« Je pensais que c'était ton bébé...

– J'ai dû le laisser tomber quand je suis passé sur le terrain.

– C'est ce que j'ai entendu dire. Mais à présent que

tu es de retour, je m'étais plus ou moins dit que tu le reprendrais. »

Ricci secoua la tête.

« J'ai décidé que je bossais mieux seul, expliqua-t-il.

– Hum-hum. (Glenn le regarda.) Ça ne me concerne sans doute pas, mais qu'est-ce que t'as fait, à la place ? »

Ricci haussa les épaules.

« Rattraper mon retard.

– C'est cela, oui.

– Des tests de sécurité.

– Bien sûr, bien sûr. »

Ricci hésita. Il saisit son verre, fit tournoyer les glaçons, mais s'abstint de boire.

« Et attendre, finit-il. Surtout, attendre.

– Je peux te demander quoi ?

– Non, fit Ricci. Je suis pas sûr de pouvoir répondre. »

Glenn voulut dire quelque chose, parut se raviser et choisit d'écouter plutôt la musique du juke-box, un instrumental de jazz au rythme tranquille, interprété par un sax ténor rauque.

« J'ai entendu toutes sortes de nouvelles concernant l'Afrique, reprit-il finalement. L'attaque contre ce convoi d'approvisionnement, d'autres trucs aussi. Putain, qu'est-ce qui se passe ? »

Ricci continua de faire cliqueter ses glaçons.

« Peut-être que ce serait à toi de me le dire. Puisque t'as entendu tant de choses. »

Nouveau sourire fugace de Glenn. Il attendit.

« Le fait est que je n'en sais rien, admit enfin Ricci. Je ne dispose pas encore de tous les faits. Il s'est passé là-bas pas mal de choses bizarres. Toutes sortes de questions restent en suspens. Mais cela ne fait que deux jours et jusqu'ici personne n'a pu faire de rapprochement. On ne sait même pas au juste à quoi était censée rimer cette attaque. »

Glenn souffla la fumée de sa cigarette par le nez et la bouche.

« J'imagine que ça rend caduque la grande messe sur la plate-forme... »

Ricci secoua la tête.

« Gordian a absolument besoin de voir se concrétiser l'accord avec Sedco, expliqua-t-il.

– Comment peuvent-ils mettre au point un plan de sécurité, décider des mesures de protection à prendre, quand ils ne savent pas à quoi s'attendre ? Ça me paraît dingue d'agir dans ces conditions.

– Ça ne devrait pas. Le moment où ça s'est produit nous met sur la brèche. Tu connais la musique. Vu le territoire que l'on couvre, tu trouveras quantité d'adversaires qui aimeraient bien nous voir nous carapater à la première menace. Ils n'attendent que ça.

– Note qu'on peut se laisser intimider. »

Ricci acquiesça.

« Ça dépasse le Gabon. Si j'étais à la place de Gordian, je ferais comme lui. Il doit se montrer ferme.

– Avec quelques effectifs supplémentaires pour le protéger, j'espère.

– Un nouveau détachement de l'Épée doit prendre l'avion, indiqua Ricci. Il sera bien entouré.

– T'as l'intention de te joindre à eux ? »

Ricci secoua la tête.

« Pete Nimec peut se débrouiller tout seul. Mieux vaut que je ne reste pas dans ses jambes, que je m'occupe du siège. De cette manière, on couvre tous les fronts. »

Glenn mit sa cigarette au bec, glissa les deux mains

dans ses poches, en sortit deux pièces de vingt-cinq cents.

« C't assez logique. On sait plus où être en sécurité de nos jours. Parfois, j'ai l'impression qu'on est tous coincés au pays de Nod. »

Le visage de Ricci trahit l'incompréhension.

« Tu sais, c'est dans la Bible. La Genèse : "Puis Caïn s'éloigna de la face de l'Éternel, et habita dans la terre de Nod, à l'orient d'Éden [1]." »

Ricci haussa les épaules. « La religion n'a jamais été un de mes vices. »

Regard de Glenn

« J'imagine que non. »

Il y eut un bref silence.

« Ma proposition, reprit Ricci. Elle t'intéresse ? »

Glenn fit non de la tête.

Ricci le fixa droit dans les yeux.

« M'a l'air d'une décision rapide.

– Rapide, ouais, confirma l'intéressé. Ça ne veut pas dire qu'elle est arbitraire. »

Ricci le fixait toujours de l'autre côté de la table, puis après quelques instants, il acquiesça lentement.

« Non, fit-il, je suppose que non. »

Glenn termina sa brune, se leva pour s'en prendre une seconde. Avant de regagner leur stalle, il s'arrêta devant le juke-box, mit ses deux pièces, pianota sa sélection.

« On trouve plus des masses d'affaires, de nos jours », observa-t-il en se coulant sur la banquette en face de Ricci. « Cinquante cents pour trois bons quarante-cinq tours, c'est à peu près tout ce qui reste. »

---

1. Genèse, 4, 16.

L'absence de réponse de Ricci ouvrit une autre parenthèse de silence.

Glenn but sa bière en se déhanchant légèrement sur la musique en fond sonore. Une chanteuse, accompagnée au piano dont les notes s'égrenaient doucement sous son phrasé nuancé.

« C'est “When October Goes”, dit Glenn après un moment. Chanté par Mary Wells. Paroles de Bobby Mercer, musique de Barry Manilow. Chouette. » Il marqua un temps, but une grande lampée de bière. « J'adore Manilow depuis que je suis lycéen. »

Ricci le regarda.

« Tu vas m'expliquer ton refus ? »

Glenn prit une autre cigarette dans le paquet près de son coude, l'alluma avec un Bic jetable, tira une longue bouffée. L'extrémité de la Marlboro devint incandescente.

« Je vais te dévoiler un petit quelque chose. J'ai grandi ici même, dans ce quartier. Une maison sur la 14e Rue, deux rues au sud d'ici. Tous mes frères aînés portaient le bleu marine. C'est plutôt une longue histoire, mais je ne me résoudrais pas à porter un béret d'une couleur située à l'autre bout du spectre. »

Ricci hocha la tête.

« L'insigne était noir, avec une large bande diagonale grise bordée de jaune. Force Delta, rattachée aux Opérations spéciales. Jamais je ne t'aurais envisagé pour me remplacer si je n'avais pas lu ton dossier personnel.

– J'imagine que non. »

Ricci le regarda derrière le brouillard de sa fumée de cigarette.

« Une raison quelconque d'intégrer le service, à part le désir de changer de paysage ?

– Comme je t'ai dit, c'est une longue histoire, dit Glenn. Peut-être qu'on y viendra un jour. D'ici là, tu peux déjà essayer de deviner où j'ai choisi de vivre aujourd'hui.

– 14e Rue, deux rues au sud d'ici.

– Putain, c'est vrai que t'es astucieux. »

Il but, tira sur sa cigarette, écouta la musique.

« Les attaches familiales, c'est pour ça que t'es revenu ? reprit Ricci.

– La famille est partie, d'une manière ou de l'autre.

– Alors, qu'est-ce qui te retient ? »

Les larges épaules de Glenn se haussèrent puis redescendirent.

« Peut-être mon travail bénévole. Je fais pas mal de trucs pour les ados.

– Pourquoi "peut-être" ? »

Glenn termina sa seconde bière, écarta la bouteille.

« Je crois que ça tient en partie à mon entêtement. Les fonctionnaires municipaux et les agents immobiliers qui tuent n'aiment pas voir des lotissements de maisons bien alignées. Ils seraient ravis de virer tout ce monde et de raser tout ça pour faire de la place pour d'autres tours d'hôtels, des galeries d'art pour des richards pas foutus d'accrocher leurs tableaux droits, et des lofts aménagés en appartements pour les classes aisées.

« Essaie d'emménager dans une de ces turnes, et tu dois prouver à l'agence que tu gagnes cinquante, cent fois le montant du loyer mensuel. »

Ricci le regarda.

« Tu m'as l'air parti en croisade.

– S'pourrait, admit Glenn. Mais tu sais, les bandes de Mexicains qui font passer ici de la drogue par la frontière, les gars comme ces Quiros qu'on a coincés il y a deux ans, ils ont une expression espagnole : *plata o plomo.* L'argent ou le plomb. Soit t'es un ami et tu prends leurs pots-de-vin, soit t'es un ennemi et tu prends leurs pruneaux. » Il eut un nouveau haussement d'épaules. « J'ai lu un article d'un professeur quelconque qui comparait leur attitude aux tactiques de pression illégale en affaires et en politique. Les gros propriétaires immobiliers, les courtiers, les commissions de logement social, ils recourent au harcèlement légal au lieu de flingues. Parfois, pour s'influencer mutuellement. La plupart du temps, pour mettre la pression sur les locataires. Le principe est le même, seules les méthodes diffèrent. »

Ricci ne fit pas de commentaire. Le barman avait passé une chaise derrière son comptoir pour regarder un match à la télé au-dessus de sa tête, suivant l'action le volume baissé – les Mariners de Seattle contre les A d'Oakland, quarante-trois mille fans en délire. Même s'il n'était pas encore vingt et une heures, les clients déjà clairsemés s'étaient évaporés pour le laisser s'occuper des deux agents de l'Épée, dans leur stalle du fond, et d'un vieux pochard émacié au comptoir. Ce dernier était avachi devant un verre à liqueur, marmonnant tout seul en expédiant des gauches et des directs dans le vide. Ricci le regarda un moment, notant que les coups avaient du punch. Probable que le gars avait dû faire de la boxe dans le temps. *Ça aurait pu être un concurrent.*

Ricci reporta son attention sur Glenn.

« Ta réponse à ma proposition est définitive ? »

Glenn opina.

« Ne te méprends pas. Je l'apprécie. Et si jamais t'as besoin d'un coup de main pour quelque chose dans le nord, tu peux compter sur moi. Mais cette ville reste mon point de chute. »

Ricci grommela. Il faisait toujours tourner son verre entre ses doigts.

Glenn se pencha, indiqua le soda.

« À présent, faudrait que tu me dises si tu comptes te mettre à le boire, pour que je sache si je dois commander une autre bière ou demander la note. »

Ricci le considéra calmement, parut réfléchir.

« Je ne peux pas dire pourquoi, mais le fait de citer la Bible de tête, de lire des articles par des pontes de l'université, quelque part, tout ça, ça me passionne pas, dit-il. Explique-moi en revanche comment t'as pu grandir en écoutant Barry Manilow sans que tu te fasses botter le cul tous les jours par tes proches, alors là, peut-être que je m'accrocherai. »

Glenn sourit, leva le bras pour attirer l'attention du barman.

« Cale-toi sur ta banquette, mets-toi à l'aise. »

Ricci hocha imperceptiblement la tête, puis leva délicatement son verre et se mit à boire.

Une puissante torche électrique en main, Siegfried Kuhl contourna lentement le break blanc et la fourgonnette garés près de son chalet dans l'obscurité de la fin de soirée. Ce qu'il vit le satisfit. Le sigle de la Pacific Gas & Electric sur les flancs, l'échelle accrochée sur un côté du toit du fourgon, les feux clignotants jaunes, tous les détails extérieurs étaient convaincants.

Même une inspection scrupuleuse ne permettait pas de les distinguer des vrais.

Kuhl ouvrit les portières l'une après l'autre et se pencha tour à tour avec la torche pour examiner l'intérieur des véhicules, de l'avant à l'arrière. Là encore, il se montra satisfait. Il avait étudié des photos de la flotte de véhicules de réparation de la compagnie et même les moquettes et revêtements intérieurs correspondaient.

Il se tourna vers Ciras et Anton qui, à quelques pas, attendaient ses critiques. Ils avaient conduit les véhicules depuis un garage à l'extérieur de Monterey où leurs aménageurs clandestins avaient procédé aux travaux de maquillage.

« Pas mal », dit-il. Puis il passa derrière les véhicules et indiqua les plaques d'immatriculation : « Vous les avez également vérifiées ? »

Ciras lui adressa un bref petit signe d'assentiment.

« J'ai été impressionné, commenta Anton. Ça a dû être un sacré boulot de les reproduire avec cette précision. »

Kuhl considéra le Croate aux cheveux en bataille avec une espèce de fascination. Son élocution ne portait plus la moindre trace de ce fort accent slave, aux glottales rudes et aux voyelles aspirées qui le caractérisaient quand on l'avait infiltré aux États-Unis avec un visa d'étudiant, deux ans plus tôt. Et sa capacité à absorber les langues n'était qu'une partie des qualités nécessaires au rôle d'éclaireur avancé et de collecteur de renseignements – l'agent dormant idéal. C'était comme si Anton pouvait se connecter à n'importe quel réservoir culturel et saturer sa personnalité de ses particularismes. Alors que son bluff au refuge pour animaux avait eu pour but de soutirer à la fille de Gordian des informations utiles, sa performance avait eu des résultats qui étaient allés au-delà des espérances de Kuhl et eu un rôle clé dans l'établissement de la chronologie des opérations.

Reportant son attention sur la plaque d'immatriculation, Kuhl braqua sa torche droit dessus, illuminant le revêtement plastique réfléchissant et faisant ressortir le préfixe alphabétique et le numéro de série. Il recula un peu, se déporta vers un côté du pare-chocs, tourna de nouveau le faisceau de sa torche.

Une rangée verticale de symboles de vérification cachés devint clairement visible, au beau milieu de la plaque, noire sur le fond clair. Utilisés par les représentants de l'ordre pour distinguer les plaques authentiques des fausses, ils étaient composés de minuscules perles de verre recouvertes d'un polymère spécial qui les rendait non-réfléchissantes quand on les voyait sous un angle d'inclinaison de trente degrés. À cause des processus complexes d'incrustation et de polymérisation nécessaires à leur production, les symboles codés étaient la caractéristique la plus délicate à reproduire. Mais les ressources d'Harlan DeVane s'étaient montrées à la hauteur de la tâche.

Kuhl acquiesça d'un signe de tête et considéra les deux hommes. « Déplacez les véhicules sous les arbres, qu'on ne puisse pas les voir, leur dit-il. Puis rejoignez-nous avec les autres à l'intérieur. »

D'un pas vif, il regagna le chalet. C'était une nuit agréable. L'air était frais et vivifiant, le bruissement des insectes l'entourait. Quelque part au loin, un oiseau de nuit ululait. Il vit Lido surveiller son approche par une fenêtre de devant, la tête de la brute découpée en contrejour par l'éclairage de la pièce, derrière. Une belle nuit, oui. Quelque chose dans son atmosphère lui évoquait les meilleurs moments de sa longue césure en Europe – quand il avait trouvé une sorte de paix au cœur de son agitation tempétueuse. Peut-être, songea Kuhl, était-ce parce qu'elle venait à l'issue d'une journée où il avait accompli tout ce qui était nécessaire pour parachever ses préparatifs, et, dans le même temps, réussi à exercer sa curiosité sur un élément personnel sans rapport direct avec sa tâche.

Avant l'aube ce matin-là, Kuhl était monté dans son Explorer pour se rendre à la mission de Saint-Antoine-de-Padoue, de l'autre côté du désert de Ventura. Il avait ses faux papiers dans son portefeuille. Posés près de lui sur le siège du passager, son appareil photo, un paquet de cartes et de dépliants touristiques. À l'arrière, il avait chargé un sac à dos muni d'une gourde, d'une longueur de corde, de bottes de randonnée, de sa torche électrique, et de quelques outils qu'il avait laissés bien en évidence pour s'assurer qu'ils n'attireraient pas les soupçons des gardes militaires – une petite hache, une pelle pliante et une scie égoïne.

Kuhl portait une chemise à col ouvert avec un médaillon de Saint-Christophe au bout d'une chaîne en argent, et il avait enroulé un chapelet autour de la fixation du rétroviseur. Sur les pare-chocs arrière, il avait mis deux autocollants qu'Anton lui avait achetés à Carmel. Le premier montrait une petite carte de du Camino Reál originel, s'embranchant sur l'US 101, avec les sites des missions espagnoles le long de la route repérés par des cercles et balisés de crucifix. En travers de la carte, de larges caractères transparents indiquaient FRANCISCAN MISSION TOURS et, en dessous, en caractères plus petits, le nom et le numéro de téléphone d'une agence de voyages de la région. L'autre autocollant portait : JE SUIS EN MISSION POUR VOIR LES MISSIONS. Enfin, une plaque adhésive portant le mot grec IXΘYE – « Ichtye » – gravé avec le symbole chrétien du poisson était fixé sur le hayon du gros 4×4 de loisir.

Après avoir dépassé les ranches d'élevage de bétail et de chevaux, Kuhl avait roulé sur une côte sinueuse au milieu de kilomètres de broussailles pour s'enfoncer dans les monts Santa Lucia où il avait vu le soleil illuminer d'orange leurs pics dénudés avant de venir baigner les pentes boisées en contrebas. Au lever du jour, il avait atteint la lisière de la vallée qui dominait le confluent des rivières San Miguel et San Antonio, et amorcé la longue descente vers le bassin, en suivant les pancartes routières indiquant la base militaire et la mission. Enfin, il s'était immobilisé devant le poste de garde mentionné par Anagkazo, l'éleveur de chiens.

Le policier militaire dans la cabine lui avait poliment demandé son permis de conduire et sa carte grise. Alors qu'il les lui tendait par la vitre baissée, un second MP avait fait le tour de l'Explorer, jetant des regards discrets sur la carrosserie, puis à travers la lunette arrière.

Ils n'avaient rien relevé d'anormal et fait signe au visiteur de poursuivre après lui avoir restitué ses papiers.

En route vers le quadrilatère de la mission, Kuhl avait dépassé plusieurs embranchements qui se dirigeaient vers un cantonnement fermé par une clôture et il nota d'autres barrages portant des pancartes annonçant NIVEAU FPCON ALPHA. Elles indiquaient un premier niveau d'alerte terroriste – une disposition prise sur toutes les installations militaires américaines après la frappe sur New York quelques années auparavant – un échelon au-dessus de FPCON NORMAL, mais significativement inférieur aux niveaux de Force de Protection Bravo, Charlie et Delta appliqués chaque fois que les autorités fédérales annonçaient une alerte contre une menace spécifique. Kuhl n'aurait pas pris le risque d'effectuer ce trajet si l'un des niveaux d'alerte supérieurs avait été en vigueur, mais ses hommes lui avaient indiqué que tel n'était pas le cas et il n'avait pu s'empêcher de se laisser tenter – la perspective d'une pénétration aisée épiçant l'aventure avec un élément de mépris provocateur.

C'était en outre une forme d'exercice préparatoire. Le moment approchait où il allait devoir plonger, se cacher plus profondément qu'auparavant dans toute sa vie de mercenaire. Sachant qu'il était confronté à une chasse à l'homme de longue haleine et d'une intensité sans précédent, il avait voulu tester ses réflexes de survie et son aptitude au subterfuge – reboucher les failles qui avaient pu se développer durant sa période de latence – dans un climat de surveillance accrue quoique sans urgence.

Plus de deux siècles après sa fondation, un petit ordre de franciscains occupait toujours la mission. Quand certains avaient choisi de vivre dans une solitude méditative, d'autres travaillaient à la boutique de souvenirs, ou proposaient leurs services de guides touristiques pour les visites régulières du site. Kuhl réussit à peu près à éviter les groupes organisés et à arpenter les lieux seul, s'arrêtant pour contempler les jardins d'oliviers, la chapelle, son cloître au toit de tuiles, l'aqueduc et son moulin séculaires. Près de la fin de sa déambulation, il se trouva dans une chambre sur les parois de laquelle étaient peintes des formes de notation musicale simples ; il y étudia les instruments présentés : un tambourin indien, un violon et un violoncelle, un luth baroque et une lyre. Un mur de la pièce était recouvert d'un diagramme représentant une immense main levée, l'extrémité de chaque doigt marquée par des nombres et de la calligraphie espagnole. Cette représentation avait attiré Kuhl comme un hameçon et il s'était mis à faire des photos du diagramme, jugeant que ce pourrait être une bonne référence en vue de la construction éventuelle d'une maquette, si jamais il choisissait de reprendre cette entreprise.

Alors qu'il appliquait son œil à l'oculaire, un des moines tonsurés avait remarqué sa présence de l'extérieur et s'était arrêté au seuil de la salle.

« Le diagramme que vous voyez montre les signaux manuels qu'utilisaient nos fraternels prédécesseurs pour enseigner aux convertis indiens les gammes occidentales, expliqua-t-il. Étant nouveaux dans la Foi, on leur enseignait non seulement à louer le Seigneur par leurs prières mais aussi à l'exalter par la musique. »

Kuhl s'était tourné vers l'entrée et l'avait toisé froidement derrière son appareil photo.

« Il est bon qu'on leur ait donné une diversion. Tous les prisonniers de Dieu en ont besoin. »

Kuhl n'avait nullement prêté attention à la réaction du moine. Sur un léger signe de tête, il avait porté la main au Saint-Christophe suspendu à son cou et était passé devant lui pour regagner le hall.

Quelques minutes plus tard, il s'éloignait du monastère par l'ouest. Il n'était pas encore une heure de l'après-midi, ce qui lui laissait tout le temps voulu pour faire son travail.

Dans un bois de pins et de chênes, à une quarantaine de kilomètres en revenant vers Big Sur, Kuhl avait enclenché les quatre roues motrices et quitté la route pour engager l'Explorer dans un épais fourré, avant de couper le moteur. Puis il était allé au coffre et en avait sorti ses bottes de randonnée, son sac et ses outils. Il avait ôté ses souliers pour enfiler les bottes, mis les outils dans le sac à dos, enfilé celui-ci, puis, après avoir refermé le hayon de l'Explorer, s'était engagé dans les fourrés.

Kuhl avait scrupuleusement examiné le terrain en se rendant à la mission, en se concentrant sur les surplombs rocheux et il était convaincu que ces saillies lui procureraient les particularités géologiques dont il avait besoin.

Il avait cherché un bout de temps avant que le creux se présente à lui. À la base d'une éminence de grès effacée par les intempéries et les racines du chêne accroché à sa surface, une portion de colline s'était usée sous une saillie en surplomb pour créer une grotte peu profonde qui semblait parfaitement adaptée à ses fins. Voilà qui constituerait sans aucun doute un excellent abri de repli.

Kuhl s'était penché pour pénétrer dans sa bouche déchiquetée afin d'en explorer l'intérieur, il avait projeté le faisceau de sa torche dans les ténèbres et, en quelques secondes, avait su que son impression initiale était bonne. L'entrée devrait être masquée mais il y avait abondance de matériaux pour ce faire alentour et il avait tous les outils nécessaires dans son sac à dos.

Kuhl découvrit que ses longues heures passées à graver des miniatures à l'échelle dans des bouts de bois informes lui avaient procuré un surcroît de patience, et même une sorte de contentement pour ce travail, dont il n'aurait pas été conscient auparavant. Il ne vit pas passer le temps alors qu'il coupait des branches et des branchages, nettoyant ceux-ci de leurs feuilles et brindilles pour tailler des perches en chêne de la hauteur convenable, tout en laissant les branches de pin à peu près intactes avec leurs aiguilles pour former un toit étanche. Quand il eut terminé, il fit deux tas séparés des perches de chêne et des branches de pin, qu'il lia ensuite avec des tronçons de corde, avant de les ranger dans la caverne où elles resteraient cachées jusqu'au moment de leur utilisation.

Retournant à son Explorer, Kuhl avait regardé sa montre pour la première fois depuis qu'il s'était engagé dans le fourré. Il était juste un peu plus de six heures du soir. Les heures étaient vraiment passées comme si de rien n'était.

Il avait repris la route et la direction de son chalet de location, avant que les dernières lueurs du jour ne disparaissent du ciel.

Minuit était venu et passé, et Kuhl entendait à présent s'éveiller le moteur des faux véhicules de la compagnie d'électricité comme Ciras et Anton démarraient et s'enfonçaient dans les ténèbres. À la porte du chalet, Lido l'accueillit en lui léchant et reniflant la main. Kuhl s'arrêta pour le gratter sous le museau, puis il entra à grands pas. Le chien le suivait de près, étonnamment silencieux pour une créature de ce gabarit.

Le lien de Kuhl avec les schutzhunds avait été

immédiat et c'est avec le dominant qu'il était le plus fort.

Il pénétra dans le séjour, Lido sur les talons. Quatre hommes l'y attendaient, assis en silence. Sur le tapis, les deux autres bergers allemands levèrent vers lui leurs yeux noirs attentifs et brillants.

Kuhl embrassa ses hommes du regard.

« Que l'un de vous nous prépare du café, commença-t-il. Je veux que nous révisions notre action en détail avant de prendre du repos. »

Réveillé en sursaut par le bruit de son propre ronflement, Rob Howell leva le menton de l'oreiller et se rendit compte que le match de base-ball qu'il regardait à la télé avait été remplacé par un reportage publicitaire.

Rob regarda son réveil à la lueur vacillante de l'écran. Il était près de deux heures du matin. Magnifique, se dit-il. Les Mariners de Seattle et les A d'Oakland dans un match qui allait décider qui prendrait la tête disputée du championnat pour la poule Ouest, et lui, il glissait au pays des songes alors que le score était encore égal au début de la septième manche. Si ce n'était pas la preuve d'un cas aigu de surmenage...

Il chercha à l'aveuglette la télécommande sur sa table de nuit, en vain, tâtonna sur le lit et la dénicha enfin entre lui et la vague forme qui était Cynthia en train de dormir, pelotonnée sous la couette.

« Pas ce soir, monsieur le maître vendeur de merdouilles automatiques et inommables », grommela-t-il au tube cathodique, déjà prêt à éteindre. Puis il se ravisa. Il y avait toujours la chaîne sportive ESPN pour lui rediffuser les grandes phases de la partie.

Rob leva la télécommande pour changer de programme, atterrit sur la chaîne voulue au moment même où celle-ci interrompait la rediffusion du tournoi de NASCAR pour passer une pub pour le magazine *Sports Illustrated*. Bien sûr, pourquoi pas, qu'est-ce qui lui donnait le droit de prendre une pause ? Il renifla, se disant qu'il pourrait toujours regarder les infos défiler sur le bandeau au bas de l'écran quand la diffusion du tournoi reprit.

Dans l'intervalle, toutefois, sa vessie lui avait adressé son propre message urgent.

Il se coula hors des couvertures, contourna à pas de loup le coussin où Rachel et Monica dormaient dos à dos – Ross et Joey préféraient l'autre côté du lit, du côté de sa femme, tandis que Phoebe s'était prise d'affection pour un coin près de la tête du berceau du bébé – et il sortit dans le couloir.

C'était une nuit – enfin, une matinée – froide, et après avoir conclu son urgente visite aux toilettes, Rob jeta un coup d'œil dans la chambre du bébé pour être sûr que Laurie était bien couverte. Elle l'était en effet, bien bordée et roulée en boule, version modèle réduit de sa mère.

Rob lui souffla un baiser par la porte entrouverte, vit Phoebe lever la tête de sur la descente de lit pour le regarder, lui souffla également un baiser pour faire bonne mesure, et il allait regagner la chambre quand il décida de vérifier encore un truc. Il allait partir faire son remplacement au Fairwinds avant l'aube et il voulait s'assurer qu'il avait bien posé sa serviette remplie de dossiers sur la petite chaise que Cynthia avait mise près de la porte d'entrée dans ce seul et unique but, espérant éviter de rééditer la mésaventure de son étourderie quand il était parti travailler sans la prendre.

Oui, elle était bien là. Attendant, bien en évidence, qu'il s'en saisisse en filant vers la voiture.

Rob bâilla et se tourna dans sa chambre, ayant oublié un registre qu'il avait examiné un peu plus tôt et déposé près de la tablette du téléphone de la cuisine avant de se dépêcher pour assister à la première manche du match. Puis il se glissa de nouveau sous la couette avec sa femme, pressé de savoir le résultat – puis de profiter d'encore quelques heures de sommeil – à côté de la chaleur familière de son corps.

Ce devraient être les dernières heures que Rob et Cynthia Howell passeraient ensemble.

9

Californie

Fatiguée, fatiguée. Et pourquoi pas ? Après tout, il était cinq heures du matin.

Pressant la touche VEILLE de son réveil, Julia Gordian se prépara à travailler ce dimanche en se disant qu'elle aurait bien dormi encore trois ou quatre heures, ce qui correspondait en gros à ce qu'elle avait eu comme heures de sommeil. Non qu'elle se sentît en droit de se plaindre. Il pouvait y avoir de bonnes, moins bonnes ou franchement pas bonnes raisons de rester debout aux petites heures, et même si cela faisait bien trop longtemps quelle n'avait pas profité de ce qui était incontestablement les meilleures – et pourtant, ce n'était pas les occasions qui lui avaient manqué depuis son divorce, certaines plus que tentantes, mais elle n'avait pas vraiment pas encore réussi à se replonger dans le bain des rendez-vous – après un match de base-ball aussi superbe que celui qu'elle avait regardé à la télé la veille, on avait bien le droit de se sentir vaseux.

Julia se refourra sous les draps, tapota ses oreillers, se cala contre et se remit à somnoler, le temps de s'habituer au jour. Son esprit dérivait, emporté çà et là comme un ballon d'hélium dans une brise légère et changeante. Elle se demanda si l'avion paternel s'était enfin posé au Gabon. Il devait y être à présent. Ou presque ; il avait quitté San Jose à trois ou quatre heures la veille. L'Afrique, mon Dieu... Un bien long trajet pour lui, rien que pour faire une annonce commerciale. Il n'avait pas paru emballé au téléphone, vendredi soir. Un cirque nécessaire, c'étaient ses mots. Puis ils avaient changé de sujet. Tous deux se lamentant sur le fait qu'ils n'avaient pas trouvé le temps de convenir de leur déjeuner reporté. L'un et l'autre avaient eu des empêchements. Pour lui, la hâte des préparatifs du voyage ; pour elle, son travail au refuge pour animaux. La faute à personne, juste un problème d'emplois du temps serrés.... alors pourquoi s'étaient-ils l'un et l'autre sentis coupables ? Ils s'étaient promis de se revoir après son retour, puis papa avait transmis le combiné à maman.

Julia lui avait parlé pendant une petite demi-heure, puis elle était sortie à l'épicerie acheter du popcorn à faire au micro-ondes et autres amuse-gueule en vue du match.

Elle sentit ses paupières s'alourdir et elle les laissa retomber, visualisant la dernière phase de jeu de la partie. Marrant, jusqu'à ce qu'elle connaisse Craig, elle n'avait jamais eu le moindre intérêt pour le sport pro. Le base-ball, surtout. Une bande de mecs qui se bourraient les joues de graines de tournesol, de chiques et de chewing-gum tout en se remontant le suspensoir. Puis elle avait regardé quelques matches avec lui durant la saison 98 et s'était prise d'intérêt. L'année suivante, elle était accro. Marrant, vraiment marrant comment son goût pour tout ce qui se passait autour du diamant avait survécu à son mariage. Mais enfin, c'était au moins quelque chose de positif à en retirer. Et elle croyait qu'un plus, c'était toujours un plus, toujours bon à prendre.

La partie de la veille avait été une de ces simples et distrayantes recharges de batteries qui l'aidaient à voir les choses de la vie avec un peu plus de philosophie... surtout que son équipe préférée avait remporté la victoire d'un cheveu. Pas un point jusqu'au neuvième tour de batte, le lanceur de Seattle ratant tous ses coups. Puis un lancer sans conviction, suivi pourtant par une course effrénée avait paru boucler l'affaire jusqu'à ce que l'équipe adverse égalise avec deux points du batteur à la toute fin du neuvième. Puis trois autres tours de batte avaient suivi pour chaque équipe. Finalement, à l'issue du treizième, la décision s'était faite en deux coups.

Julia sourit, un peu assoupie. Pauvre Rob. Il devait être au volant en ce moment, direction le Fairwinds, la visière de sa casquette de base-ball verte et jaune rabattue sur le visage pour cacher sa déception...

Elle sentit une truffe humide et froide lui tâter la main et elle entrouvrit les yeux. Jack et Jill étaient à son chevet et la fixaient. Jack soufflait de l'air par les narines, un reniflement plaintif comme s'il voulait repousser tout risque qu'elle s'assoupisse de nouveau avant que le réveil se remette à sonner.

« Hon-hon, fit-elle, d'une voix assommée. Tire-toi de là... »

Jack cessa de faire du bruit, mais les deux chiens continuèrent à la fixer.

« Dites donc, vous deux, vous pourriez pas à votre tour m'amener quelque chose à manger, pour changer ? »

Les oreilles de Jack tourbillonnèrent, tandis qu'il inclinait la tête, manifestant une apparente perplexité. Dans le même temps, Jill se mit à pianoter nerveusement avec ses pattes avant tout en posant le museau sur le bord du lit. Puis tous deux se mirent à gémir en chœur, duo aigre et irritant.

« Misérables créatures gâtées pourries », soupira Julia en les gratifiant chacune d'une petite tape sur la truffe du bout du doigt. « Mieux vaut vous nourrir tout de suite avant que les voisins n'entendent ces cris déchirants et m'accusent de maltraitance envers les animaux. »

Elle se traîna hors du lit jusqu'à la cuisine, mit en route son café tandis que les chiens reniflaient leur nourriture, puis elle passa dans sa petite salle de gym. C'était le jour où elle ne courait pas, et ça n'aurait pas pu tomber mieux. À en juger par la fraîcheur régnant dans la maison et le ciel plombé derrière sa vitre, la matinée s'annonçait encore sinistre ; le temps classique pour la saison des pluies en Californie du Nord.

Julia fit un quart d'heure d'étirements à la barre de danse qu'elle avait depuis le lycée, et une quinzaine de levers de poids légers. Puis elle se doucha, descendit un café et un yaourt à la banane et promena les bêtes. À sept heures du matin, elle était dans son 4×4 Honda et se dirigeait vers Pescadero.

Le trajet jusqu'au refuge lui prit moins d'une heure, pas mal comme temps. Mais la circulation était faible à cette heure matinale, surtout en direction de l'ouest, vers la campagne. À l'approche de la station électrique de l'autre côté de la route, elle remarqua plusieurs cônes de chantier posés alentour et mordant sur la chaussée, puis elle avisa deux véhicules de la compagnie PG&E devant le hangar de métal peint en vert – un break devant, sa rampe clignotante allumée, et un gros fourgon garé derrière le hangar, sur le revêtement en béton. Plusieurs ouvriers se tenaient à proximité, en combinaison, coiffés de leur casque de sécurité et revêtus d'un gilet orange fluo. L'un d'eux était juché en équilibre au sommet d'un poteau électrique au bord de la route, deux autres étaient sur la chaussée près des cônes.

C'était, réalisa Julia, la première fois qu'elle voyait des gens à la station, qui devait être soit un hangar où entreposer du matériel, soit une sous-station de distribution quelconque.

Elle appuya sur les freins et un homme portant une pancarte RALENTISSEZ lui fit signe d'avancer. Il regarda à l'intérieur quand elle passa à sa hauteur, lui adressa un sourire, qu'elle lui rendit, se rappelant soudain le gars qui était passé au refuge le week-end dernier. Barry Hume... ou peut-être Hugues. Ouais, c'était ça, Barry Hugues. Il avait mentionné qu'il était ouvrier à la compagnie d'électricité et qu'il avait remarqué la présence du refuge chaque fois qu'il était dans le secteur. Julia se creusa la cervelle. Avait-il appelé Rob pour avoir un rendez-vous ? Elle n'avait pas vérifié bien qu'il eût apparemment craqué pour Viv.

Un peu curieuse de savoir s'il pouvait être parmi les ouvriers de la station, Julia regarda dans son rétro mais il ne semblait pas être là. Bien sûr, il pouvait se trouver dans le hangar ou dans le fourgon... même si cela n'avait pas grande importance.

Quand Julia arriva devant la pancarte en bois du refuge, elle s'avisa qu'il pouvait être important de vérifier s'il n'y avait pas un problème de secteur. Les nuages avaient été plus menaçants que lorsqu'elle était partie de chez elle et elle avait même rencontré deux ou trois ondées un peu plus à l'est. Une grosse averse semblait à prévoir dans la matinée et puisque, dans ce cas, il faudrait suspendre d'éventuels travaux sur la ligne électrique, elle aurait pu demander aux ouvriers de quoi il retournait.

Julia envisagea de faire demi-tour puis élimina cette option. Elle avait déjà mis son clignotant, s'était engagée dans l'allée et ne voyait pas l'intérêt de les déranger pour l'instant.

D'ailleurs, si la lumière ne s'allumait pas quand elle basculerait l'interrupteur à la boutique, elle aurait la réponse qu'elle attendait.

Dans le faux fourgon de la PG&E, sur le siège du passager, Kuhl attendit que la Passport vire entre les troncs épais qui masquaient en partie le bas de l'allée. Puis il regarda sa montre.

Huit heures moins quatre.

Il compta mentalement, entendit les premières gouttes de pluie s'écraser sur le pare-brise dans le silence.

À huit heures précises, il se tourna vers Ciras. Assis au volant, celui-ci ne faisait pas plus de bruit que les trois schutzhunds à l'arrière du fourgon.

« Demande confirmation que les travaux sur la ligne ont bien été effectués », dit Kuhl et, d'un signe de menton, il indiqua le poteau de dérivation de l'autre côté de la route, dont les câbles se dirigeaient au-dessus de la cime des arbres directement vers leur cible.

Ciras se pencha pour saisir le micro au tableau de bord et passa un appel. Au bout d'un moment, il adressa à Kuhl un signe d'assentiment.

Ce dernier parut satisfait.

« On y va », dit-il.

Rob Howell regarda son horloge de bord et grogna, parfaitement dégoûté. Huit heures et quart. *Merde !*

Il avait réussi à remettre ça, en pire.

L'aiguille du compteur de la Camaro flirtant avec les 120, il fonçait pour retourner chez lui ; parti de San Gregario Beach sur la 84, il filait au sud-sud-ouest dans le brouillard et le crachin, essayant d'avaler les kilomètres sans se faire choper par les flics. Dans des conditions idéales, il aurait dû relever le pied aux alentours de La Honda, où la route devenait vraiment sinueuse, puis ralentir et se traîner littéralement en abordant les routes locales en lacet... et il avait le pressentiment que la météo allait bientôt lui poser un problème. Gris ardoise de nuages de pluie, le ciel semblait prêt à déverser ses entrailles gorgées d'eau et ajouter à la piètre visibilité une chaussée mouillée et glissante.

Rob fronça les sourcils, les traits renfrognés sous sa casquette de base-ball des A d'Oakland. Pas de doute, il avait débuté la journée du mauvais pied, déjà quand il avait appris sur ESPN le score indécent du match de la veille et abandonné tout espoir de se rendormir. Mais il ne savait toujours pas comment il avait encore pu oublier le classeur des payes hebdomadaires. Comment il avait pu être aussi étourdi. Et le plus rageant, c'est qu'il n'était pas sûr de savoir où il était.

Quand il avait terminé de préparer le dossier sur son ordinateur personnel l'après-midi de la veille, Rob avait transféré les entrées sur un CD, fait une copie papier, puis glissé le tout dans une pochette accordéon, qu'il avait à son tour mise dans sa serviette sur la chaise près de la porte. Il devait être alors seize heures, seize heures trente. Puis, peu avant le début du match, disons, dix-huit heures, il avait ressorti la chemise pour jeter un bref coup d'œil à la copie papier, et la comparer à la dernière liste mise à jour du personnel, afin de s'assurer qu'il n'y avait pas eu d'omissions... et c'est à partir de là qu'il y avait un certain nombre de failles critiques dans ses souvenirs.

Rob avait essayé de réviser mentalement ses actes pas à pas depuis qu'il était arrivé au Fairwinds, à sept heures trente ce matin et s'était assis à son bureau pour transférer les données sur l'ordinateur de l'hôtel pour constater avec désarroi qu'elles n'étaient pas dans sa serviette. Il se remémorait avoir parcouru le dossier sur le canapé du salon, où il s'était installé en attendant le début du duel A-Mariners. Mais voilà, Cynthia était rentrée plus tôt – elle se débattait avec un rhume de cerveau depuis la semaine précédente – et il avait décidé de lui tenir compagnie et de regarder le match sur le téléviseur de la chambre. À un moment quelconque entre les deux, Rob avait dû donner un biberon au bébé et était allé le faire tiédir sous le robinet d'eau chaude. Il se souvenait distinctement d'avoir voulu prendre le dossier avec lui, puis l'avoir redéposé dans sa serviette avant de se diriger vers l'évier... mais se pouvait-il qu'il l'ait par inadvertance amené avec lui dans la cuisine ?

C'était bien possible. Ou alors, il l'avait déposé sur

la table basse avant de se lever. Ce dont il se souvenait – ou croyait du moins se souvenir –, c'était qu'il ne l'avait pas dans la main quand il était entré dans la chambre de Laurie avec son biberon, éliminant au moins déjà une pièce.

Rob émit un long soupir. Le crachin s'était intensifié pour se muer en fait en une pluie fine mais régulière, brouillant la route devant son pare-brise entre deux coups d'essuie-glaces. Il les bascula de balayage INTERMITTENT à LENT, puis releva le pied de l'accélérateur avant de dégrafer le téléphone mobile de son support pour tenter de rappeler sa femme. Ces derniers temps, il avait du mal à marcher et mâcher de la gomme en même temps ; qu'est-ce qu'il lui prenait de vouloir à la fois conduire et jouer les flics ? Mais il avait besoin soit du CD soit de la sortie d'imprimante pour entrer les données de sa paye dans l'ordinateur de l'hôtel, et cela devait être fait d'ici ce soir. Les chèques du personnel étaient émis par un service extérieur et, à moins qu'il ne transmette directement l'information par fichier électronique pour que les données soient disponibles dès lundi matin, personne à l'hôtel n'aurait ses sous à temps la semaine prochaine... et ça retomberait sur lui.

Ah, qu'est-ce que je donnerais pour avoir une connexion Internet à la maison, songea-t-il. Ce n'était pourtant pas un désir excessif. Mais avec leurs difficultés à joindre les deux bouts depuis la naissance du bébé, on se cantonnait au strict nécessaire au domicile des Howell, et ça n'allait sans doute pas changer de sitôt.

Rob était toutefois sûr qu'il se sentirait nettement mieux s'il savait à quoi s'en tenir avec ce dossier, mais il avait quitté l'hôtel dans une telle précipitation qu'il n'avait même pas songé à appeler Cynthia d'abord. Et, bien qu'il eût tenté de l'avoir sur son portable depuis huit heures à peu près, elle n'avait pas encore décroché.

Il recomposa le numéro et mit le téléphone à l'oreille, tenant le volant d'une main. Toujours pas de réponse. Il se demanda où elle était. Elle n'allait pas sortir le bébé par ce temps infect, surtout depuis qu'elle ne se sentait pas trop bien, et à part aller au chenil inspecter les lévriers... Mais dans ces cas-là, elle prenait toujours avec elle le sans-fil.

Rob fronça de nouveau les sourcils, espérant que son étourderie n'était pas devenue contagieuse.

Après une minute de réflexion, il décida d'appeler la boutique. Julia devait être arrivée au boulot à cette heure-ci et elle pourrait lui dire où était sa femme. Elle était déjà bien assez chargée à s'occuper seule du refuge et ça embêtait Rob de lui infliger ses petits problèmes personnels, mais il ne pouvait pas envisager meilleur cas pour faire une exception.

Il appela, écouta. Le téléphone sonna à l'autre bout du fil. Et continua de sonner. Pensant avoir peut-être composé un mauvais numéro, Rob coupa et recomposa. Toujours la sonnerie dans le vide. Comment se pouvait-il qu'il n'y ait personne nulle part ? Il n'était pas du genre à s'inquiéter aisément, mais là, ça devenait un rien préoccupant. Tout ce qu'il pouvait imaginer, c'était que Julia et sa femme se trouvaient toutes les deux sorties avec les chiens. Pour quelle raison, il l'ignorait. Il espérait juste qu'il n'y avait pas eu un problème susceptible de mobiliser conjointement leur attention.

Rob pressa la touche FIN, referma le téléphone, et le laissa traîner sur le siège à côté de lui. Les mains de nouveau à neuf heures et quart sur le volant, il redonna un coup d'accélérateur malgré la pluie qui s'intensifiait. Le dossier oublié était soudain descendu d'un cran dans l'échelle de ses priorités – à vrai dire, il lui était quasiment sorti de l'esprit.

Il était trop occupé à se demander ce qui pouvait bien se passer chez lui.

Cynthia Howell préparait les céréales du bébé quand elle découvrit la chemise accordéon posée sur la tablette du téléphone de la cuisine.

Un carton de musli pommes-bananes dans la main, un petit pot de bouillie réchauffée dans l'autre, elle contempla le dossier, prise d'un désarroi soudain. Rob n'avait-il pas travaillé à ce dossier avant le début du match de base-ball ? Elle croyait bien que si. Et si cette chemise contenait bien ce qu'elle imaginait...

« Glumphe oups moouaïe ! » babilla Laurie depuis sa chaise haute, tapotant le plateau avec sa menotte.

Cynthia se retourna vers elle en reniflant. Elle se sentait la tête congestionnée, et elle espérait simplement qu'elle ne lui passerait pas le rhume qu'elle traînait depuis plusieurs jours.

« Quand papa va découvrir ce qu'il a laissé en partant, remarqua-t-elle, j'ai comme dans l'idée qu'il va émettre à peu près le même commentaire.

– Bleehhk !

– Ça, tu l'as dit, fit Cynthia. Et ça aussi. »

Elle regarda l'heure à la pendule murale et fronça les sourcils. Il était huit heures et quelque. Rob lui avait toujours dit qu'il aimait bien faire les payes dès son arrivée à l'hôtel le dimanche, histoire d'être débarrassé et certain que les chèques ne seraient pas en retard et elle fut surprise qu'il ne lui eût pas déjà passé un coup de fil affolé. Mais il restait également possible qu'un autre problème ait pris le dessus. Ou peut-être se livrait-elle à des conclusions trop hâtives. Il pouvait s'agir d'un dossier différent de celui sur lequel elle l'avait vu plancher la veille. Ou peut-être en avait-il ôté le disque et la copie papier avant de partir ce matin et transféré le tout dans une autre chemise pour une raison quelconque.

Cynthia versa les céréales dans le bol, ajouta un peu de bouillie, mélangea le tout.

« Pleoww ! dit Laurie.

– Je sais, ma puce. Le petit déjeuner arrive. Patiente juste une petite seconde. » Cynthia posa la cuillère sur un torchon plié. Les céréales étaient un poil trop chaudes et devaient vraiment reposer un peu. « Je ferais mieux de voir quel genre de galère nous prépare Papa. »

Elle se dirigea vers la tablette du téléphone, prit la chemise, en examina hâtivement le contenu et sentit son récent optimisme s'évaporer aussitôt. Le CD et la copie papier étaient à l'intérieur. Rob avait bel et bien oublié son dossier de payes à la maison.

Cynthia sortit un mouchoir de sa poche et se moucha. Elle décida qu'elle ferait mieux d'informer son mari au plus vite de sa malheureuse découverte. Plus vite il le saurait, plus tôt il pourrait revenir chercher la chemise ou trouver éventuellement une autre solution plus pratique. Mais autant qu'elle sache, il ne pourrait pas achever son travail en cours sans ce dossier.

Elle chercha le numéro du Fairwinds au-dessus de la tablette du téléphone, décrocha le combiné... et, à sa grande surprise, n'entendit aucune tonalité. Elle fronça les sourcils, pressa le bouton de coupure, le relâcha et, à nouveau n'entendit que le silence dans l'écouteur.

Parfait, se dit Cynthia. Absolument parfait.

Elle pressa plusieurs fois le bouton sans plus de résultat, puis nota que l'éclairage du clavier était éteint et inspecta le fil pour s'assurer que Laurie n'avait pas rampé sous la tablette et tiré ou débranché la prise. Tout semblait en ordre.

« Spo flig ? » roucoula Laurie derrière elle sur un ton qui donnait vraiment l'impression qu'elle comprenait le problème et se demandait ce qu'elles allaient faire pour le résoudre... même si Cynthia devait bien admettre que sa fierté maternelle tendait de temps en temps à exagérer les dons innés de sa progéniture.

« Si je savais », dit-elle, d'un ton pincé, et elle réfléchit un instant. Quelques minutes plus tôt, elle avait entendu Julia passer en voiture pour se rendre au centre. Après avoir nourri Laurie, elle pourrait toujours y monter à pied, voir si le problème avec le téléphone était ou non confiné à la maison. S'il affectait toute la propriété et que la ligne du refuge était coupée également, alors, il faudrait qu'ils signalent le dérangement avec le portable de Julia.

Cynthia mit la main dans sa robe de chambre pour sortir un autre mouchoir en papier et se moucha de nouveau. Oui, ça semblait un bon plan.

Elle s'approcha de la fenêtre. C'était une matinée sombre et maussade et elle s'avisa qu'il lui faudrait peut-être sortir de la penderie l'imper de Laurie avant de sortir. Et aussi faire rentrer les chiens. Mieux valait s'en assurer tout de suite si la pluie avait déjà commencé.

Avant même que Cynthia n'ait écarté les rideaux, elle entendit les gouttes claquer contre la vitre. Mais voilà qu'une autre chose attira son intérêt : en contrebas, deux véhicules de la compagnie d'électricité s'étaient engagés dans l'allée. Un fourgon suivi d'un break. Elle les regarda approcher lentement, le fourgon se dirigeant vers le refuge, le break vers la maison.

Cynthia jeta un œil vers le réchaud électrique sur lequel elle avait préparé la bouillie de sa fille. Le témoin de la plaque chauffante était toujours allumé, preuve qu'il n'y avait pas eu coupure de secteur. Néanmoins, elle avait dans l'idée que ses questions au sujet de la coupure du téléphone n'allaient pas tarder à connaître une réponse.

Elle resta derrière la fenêtre assez longtemps pour voir le break s'immobiliser et un ouvrier en uniforme en descendre. Puis elle se dirigea vers la porte d'entrée, enlevant Laurie de sa chaise haute au passage.

Le bébé niché contre son épaule. Cynthia ouvrit la porte juste à l'instant où l'ouvrier y parvenait, pour découvrir encore une surprise durant cette matinée déjà riche en événements.

« Bonjour les petites dames et les petits messieurs », dit Julia en s'amusant à prendre un affreux accent de lutin de dessin animé. « Est-ce qu'on va faire sa petite toilette matinale et peut-être sortir faire un petit peu d'exercice ensuite ? »

Trente paires d'yeux de chiens, vifs et curieux, la regardèrent derrière la grille des stalles réparties sur la gauche et la droite. Avant de s'installer à la boutique, Julia avait décidé de sortir par-derrière pour se rendre au chenil : elle désirait laisser les chiens s'ébattre dans la cour, sachant qu'ils ne bougeraient plus dès qu'il commencerait à pleuvoir. Les lévriers tenaient à avoir une litière d'une propreté scrupuleuse et ils rechignaient à se mouiller, et elle n'avait pas envie que leur vessie éclate si jamais le mauvais temps arrivait et se prolongeait toute la journée.

Julia baissa les yeux sur Viv qui était déjà sortie de sa stalle pour se retrouver à côté d'elle.

« Tu vas m'aider à ouvrir ces portes pour tes copains ? » demanda-t-elle avec enthousiasme, reprenant sa voix normale.

Viv remua la queue, baissa les pattes avant pour se mettre en position de jeu, puis se retourna pour rouler sur le dos, les pattes avant étirées, les babines rétractées en un typique sourire de lévrier.

Julia la regarda, un peu interloquée, puis se pencha pour lui gratouiller le ventre.

« Pourquoi ai-je l'impression que personne dans cette turne ne comprend jamais rien à ce que je raconte ? » observa-t-elle.

Sur son autoradio, l'expression que Robert Howell avait entendue aux infos routières de WKGO 810 était « chaussée détrempée ». Comme : « Les automobilistes doivent s'attendre à rencontrer une chaussée détrempée sur certains tronçons de route dans les monts Santa Cruz, en particulier sur la 84 près de l'embranchement de l'autoroute 35, où il a été constaté de violentes averses depuis une heure. »

En fait, « chaussée inondée » eût mieux convenu. Le temps que Rob atteigne la sortie vers la 35 – son habituel raccourci vers le sud –, la pluie tombait à seaux et elle avait à ce point inondé la rampe qu'il s'attendait à voir un vieux bonhomme à barbe blanche, chaussé de sandales de cuir et accompagné de toute une ménagerie en train de finir de clouer une arche en bois au bord de la route.

Rob regarda dans son rétro, vit qu'il n'y avait personne derrière lui, puis appuya fermement sur les freins ABS en obliquant vers le gravier du bas-côté. Les roues de la Camaro s'enfoncèrent dans une dizaine de centimètres d'eau, les garde-boues créant un petit sillage clapoteux lorsqu'elle s'immobilisa brutalement, quelques secondes avant de tourner pour prendre l'embranchement.

Le front plissé, les traits tendus, Rob resta assis au volant, écoutant l'averse tambouriner régulièrement contre la carrosserie. Au premier abord, la rampe avait été totalement submergée par le débordement d'un égout. Il se dit que ça pouvait valoir le coup d'essayer de s'engager mais d'un autre côté, il serait coincé si le reflux d'eau s'étendait jusque sur la chaussée de l'autoroute. Non, il serait plus sûr de rester sur la 84 et filer droit sur la jonction de la route de Pescadero Creek – une route plus lente, plus sinueuse, mais au moins qui n'avait pas été signalée comme bloquée par le gars du bulletin météo de WKGO.

Il allait donc prendre cette dernière.

Rob poussa un gros soupir, saisit le téléphone mobile posé sur le siège, voulant essayer de rappeler Cynth avant de reprendre la route. Cela faisait un moment qu'il n'avait pas ressayé de la joindre et il se dit qu'elle devait être à portée de téléphone à présent.

Mais les sonneries sans réponse, aussi bien chez lui qu'au refuge ne firent rien pour le détendre. Cela semblait vraiment bizarre... Cynth et Julia devaient bien être quelque part, non ? Le temps pourri avait-il pu causer une coupure du téléphone ? Il ne pensait pas que les intempéries étaient si sévères, en tout cas, avec un vent suffisant pour abattre des lignes ou faire tomber dessus des branches. Mais il n'y avait aucune certitude. On ne pouvait jamais prévoir où des rafales pouvaient se déclencher lorsque des systèmes dépressionnaires instables franchissaient les pics et les crêtes. Si mauvaises que puissent être les conditions par ici, elles pouvaient être bien pires plus loin.

Rob balança de nouveau son portable sur le siège, retourna sur la chaussée et au bout de quelques minutes, il s'était persuadé qu'il avait paniqué pour pas grand-chose. Il y avait quantité d'explications probables au fait que Cynth n'ait pas répondu, y compris celle qui venait de lui surgir à l'esprit. Si le téléphone avait été coupé, elle pouvait fort bien ne même pas s'être aperçue du problème.

Il la voyait très bien en train de pousser Laurie à manger son petit déjeuner à trois pas du téléphone de la cuisine, l'ignorant aussi totalement que le fait que son étourdi de mari était en train de retourner à la maison en ce moment même en se faisant un sang d'encre à tenter vainement de la joindre.

« Bonjour... ne seriez-vous pas... ?

– Barry Hugues. » Anton adressa à la femme Howell

un sourire plein d'aisance, tout en tapotant le faux badge de la compagnie d'électricité agrafé sur sa poitrine. « Je suis passé le week-end dernier, pendant mon jour de congé...

– Pour vous informer sur l'adoption d'un lévrier, bien sûr dit Cynthia. Vous avez demandé si la boutique était ouverte et vous en êtes venu à demander des renseignements à Julia. Je me rappelle que vous aviez indiqué que vous étiez technicien des lignes. »

Anton acquiesça. Il la fixait au seuil de la porte, ses gros gants de travail étaient fourrés dans une poche arrière de sa combinaison. L'averse avait commencé et la pluie crépitait sur le sol autour de lui, glissant sur la coque lisse et jaune de son casque de chantier.

« J'aurais bien voulu avoir une occasion de prendre rendez-vous pour regarder les chiens, mais j'ai été débordé de boulot ces temps-ci, dit-il avant de marquer un temps. La raison de ma présence est pour vous prévenir que nous faisons de l'entretien sur les lignes...

–Bfow ! » l'interrompit Laurie avec un large sourire édenté, tout en lui tendant sa menotte.

Anton rit, la prit délicatement dans sa main.

« C'est exactement ça, poupée », dit-il avant de se retourner vers la mère. « Quoi qu'il en soit, je voulais vous avertir que vous pourriez avoir une coupure pendant un petit moment. Cinq, dix minutes maxi. Il y a eu des délestages dans le secteur... rien de bien grave, juste quelques variations de tension... et on essaie de localiser la source du problème.

– Oh. » Cynthia lui adressa un regard interrogateur. « J'ai remarqué le fourgon qui se dirigeait vers le chenil. »

Il acquiesça. « Vos lignes sont OK, mais les branchements sont assez âgés. Je parle de ceux sur les poteaux et à l'extérieur de votre maison et du chenil. Nous les remplaçons à mesure par précaution... avant que ça fasse vraiment *bfow.* »

Cynthia lui adressa un sourire en coin.

« J'ai l'impression que vous êtes arrivé trop tard, observa-t-elle. Je ne sais pas s'il y a un rapport avec les problèmes de secteur mais mon téléphone semble être en dérangement. »

Anton mima comme de juste la surprise.

« Oh ? » Petit froncement de sourcils. « Vous êtes sûre ? »

Cynthia opina.

« J'ai voulu passer un coup de fil. Pas de tonalité. »

Anton resta quelques instants encore planté sur le seuil, l'air songeur. La pluie continuait de dégoutter de son casque de chantier.

« J'imagine qu'on a dû desserrer un contact accidentellement. Heureusement, c'est un truc que notre équipe peut régler vite fait... vous avez déjà vérifié vos branchements à l'intérieur, n'est-ce pas ? »

Cynthia acquiesça derechef.

« Juste avant que vous sonniez. »

Nouveau sourire d'Anton.

« Avec un bébé à la maison, je me suis dit que ça a dû être votre première réaction. Les mômes vont toujours se fourrer n'importe où... Si vous n'y voyez pas d'inconvénient, malgré tout, j'aimerais jeter un petit coup d'œil moi-même. Autrement, ça devient un problème avec les gars de la compagnie du téléphone si jamais nous avons niqué un de leurs câbles et qu'il faut qu'on les contacte. »

Cynthia rajusta Laurie contre son épaule. « Faites

ce que vous avez à faire », dit-elle et elle s'effaça pour le laisser entrer. « Ça vous mettra toujours à l'abri de la pluie pendant quelques minutes. »

Anton franchit le seuil, essuya ses bottes sur le paillasson, se laissa guider jusque dans la cuisine et porta le combiné à son oreille tandis qu'elle s'écartait pour lui laisser un peu de place.

« Rien », dit-il, et il fit mine d'examiner les prises. « La ligne est coupée, c'est sûr. »

Elle haussa les épaules.

« J'allais donner à manger à la petite avant de rejoindre le refuge et demander à l'assistante de mon mari...

– Julia...

– C'est ça, j'ai presque oublié, vous l'avez déjà rencontrée l'autre jour. Quoi qu'il en soit, elle a un portable et je dois passer un coup de fil important. »

Anton raccrocha brutalement et se tourna vers elle.

« J'ai bien peur de ne pas pouvoir vous laisser faire ça. »

Sur un ton sec.

Son visage était désormais dénué de toute expression.

Cynthia le fixa en silence, interloquée, l'air de ne pas être certaine d'avoir bien entendu.

« Je vous demande pard... ?

– J'ai dit que vous ne pouvez pas faire ça », la coupa Anton et, glissant soudain la main dans la pochette fixée à sa ceinture, il en sortit l'arme qu'il avait choisie pour le boulot. Un Sig P232 .380 ACP. Culasse en inox, canon bleui. Puissant, précis et facile à cacher.

Les yeux agrandis, les lèvres arrondies par la confusion, Cynthia regarda le pistolet brandi, fixant sans comprendre le grand trou noir au centre du canon de l'arme. D'instinct, elle serra Laurie contre elle, reculant jusqu'à ce qu'elle bute sur quelque chose de dur. La table, une chaise, la tablette, Cynthia n'aurait su dire, prise entre peur et incompréhension.

Ce flingue. Ce grand trou noir pointé vers elle. La visant de l'autre bout de la cuisine.

« Non », fit-elle, étreignant le bébé contre sa poitrine. Laurie s'était mise à pleurer, sentant sa terreur. « Qui que vous soyez... non ! »

Anton arma le pistolet, un bruit qui fit tressaillir Cynthia.

Elle serra un peu plus sa fille.

« Non », répéta-t-elle, gémissant, haletante, le souffle coupé par des vagues de panique. « Je vous en prie... prenez tout ce que vous voulez... je vous en prie, je vous en prie... mais ne faites pas de mal au bébé... je vous supplie de ne pas faire de mal à mon bébé... »

Anton leva le canon à la hauteur de l'endroit où le mioche braillard s'accrochait dans l'étreinte protectrice de sa mère, petit corps plaqué contre sa poitrine, leurs deux cœurs pressés l'un contre l'autre, battant à l'unisson.

« Ça ne fera pas mal », dit-il et il pressa la détente.

Kuhl entendit les chiens se mettre à aboyer quelques instants avant qu'Anton lui envoie un message radio de la maison.

« Les lignes téléphoniques sont en dérangement, confirma Anton. Tout est nettoyé ici. Une pause. Le rouge-gorge a un portable. »

Immobilisé devant le refuge, Kuhl l'écouta sur la

radio du fourgon, puis il lui demanda de contacter les deux hommes restés jouer les électriciens, en bas, au bord de la route. Ils avaient tendu une chaîne en travers de l'allée pour en barrer l'accès. Les pancartes accrochées à des poteaux temporaires, une côté est de la route, l'autre côté ouest, avertissaient les visiteurs approchant du centre que ce dernier était fermé pour la journée à cause de réparations électriques d'urgence. Quiconque tenterait de négliger ces avertissements et de se diriger vers l'entrée se verrait détourné verbalement par les hommes, voire, si nécessaire, bloqué par des moyens plus drastiques.

Kuhl resta à contempler le refuge pendant peut-être trente secondes encore tandis que la pluie couvrait de perles son pare-brise et tambourinait sur le toit du fourgon à un rythme croissant. La Honda Passport gris métallisé appartenant à Julia Gordian était le seul autre véhicule garé dans le parking boueux. À l'intérieur de la porte de la boutique, il y avait deux panonceaux.

Découpés en forme de lévriers, celui posé sur la partie supérieure de la vitre indiquait :

BIENVENUE À LA BOUTIQUE MISEZ LÉVRIER

Un autre, plus petit et modifiable, en dessous, précisait :

JE REVIENS DANS [15] MINUTES

C'est ce dernier qui attira l'œil de Kuhl.

Il le contempla en silence tandis que les bêtes dans le chenil en contrebas continuaient leurs aboiements rauques. Il s'était attendu à trouver sa cible à l'intérieur de la boutique. L'opération dans ce cas aurait été rapide et sans complication – son équipe entrant grimée en ouvriers et la prenant par surprise. Au lieu de cela, il tombait sur ce panonceau. Et pourtant, elle devait bien être sur place en ce moment. Sinon dans une arrière-boutique quelconque, en tout cas certainement dans les parages. Son véhicule était là. Personne ne l'avait vue redescendre l'allée à pied. Et il doutait qu'il existât une sortie dérobée... où déboucherait-elle ? Il n'y avait quasiment que des bois dans toutes les directions.

Kuhl écouta les aboiements rauques, agités, des lévriers. Il devait supposer que la fille Gordian les avait entendus elle aussi et il ne pouvait pas attendre qu'elle s'inquiète.

Très bien, songea Kuhl, très bien.

Il se trémoussa sur son siège pour pouvoir voir à la fois Ciras, qui était remonté, ainsi que les deux autres hommes derrière lui.

« Préparez-vous, leur dit-il. On s'empare d'elle maintenant. »

Julia avait laissé ses protégés faire un peu d'exercice quand les premières gouttelettes de pluie avaient fait battre en retraite les chiens apeurés, massivement... tous excepté Viv, qui avait continué de jouer son rôle de comparse dévoué, restant collée à elle, alors que tous ses congénères s'entassaient contre l'édifice en parpaings qui abritait leurs niches.

Concédant sa défaite face aux intempéries, Julia fit rentrer les bêtes et les remit chacune dans sa stalle.

Elle n'avait pas quitté le chenil, Viv sur les talons,

qu'elle entendit les aboiements venant d'en bas, de la maison. Une agitation violente, excitée, qui la fit s'immobiliser.

Si vous cherchez un chien de garde, le lévrier n'est pas pour vous. Je dirais que c'est un animal plus enclin à aboyer qu'à mordre, mais de toute façon, vous ne les remarquerez pas souvent faire l'un ou l'autre.

C'était une remarque que Julia avait adressée aux Wurman, le week-end précédent, et mis à part ses efforts pour les dissuader d'une adoption, c'était l'absolue vérité. L'éclat en provenance des niches dans la cour n'était pas seulement inhabituel ; elle n'avait jamais rien entendu de tel. Ni de ses chiens, ni de ceux de Rob et Cynthia, ni de ceux qui attendaient leur placement au refuge. Les lévriers ne sont pas des chiens qui aboient. Julia savait qu'un *wouf* rauque et étouffé était tout ce qu'on pouvait s'attendre à entendre, et encore, ce serait rare, et venant d'un seul chien à la fois. Elle savait également d'expérience que l'aboiement d'un unique lévrier ne déclenchait pas normalement les aboiements de toute une meute... mais de là où elle se trouvait, à la porte du chenil, il était manifeste que plusieurs, sinon les cinq chiens des Howell s'étaient joints au concert. Ce qui rendait la chose d'autant plus bizarre.

Julia ne pigeait pas. Et le comportement agité de Viv indiquait clairement qu'elle éprouvait la même chose. La chienne était venue se plaquer contre sa jambe pour se rassurer, tout son corps tremblant, tendu.

Julia resta plantée sous la pluie à mi-chemin entre le chenil et la porte de derrière de la boutique, posant une main sur Viv pour la réconforter.

« Tout va bien. On se calme. » Elle caressa le cou de Viv tandis que les aboiements continuaient, puis il lui revint que les chiens avaient effectivement émis quelques plaintes la semaine précédente, quand une biche et ses deux faons étaient venus des bois voisins brouter dans le jardin d'herbes aromatiques de Cynthia. Même s'ils avaient arrêté dès que les animaux avaient regagné le bois, effarouchés, Julia se dit que les visiteurs avaient dû revenir, mais avec un peu plus d'aplomb cette fois-ci. Elle n'avait aucune raison de conclure que toute cette agitation signifiait quelque chose de sérieux.

Malgré tout, elle était encline à ne pas l'ignorer. Viv continuait de trembler contre sa cuisse. Les chiens derrière la maison ne s'étaient pas calmés le moins du monde. Et elle ne pouvait s'empêcher de se demander pourquoi, depuis le temps, Cynthia n'était pas sortie pour les calmer.

« Allons, gamine, qu'est-ce que tu dirais si on allait voir ce qui se passe ? » Un instant plus tard, elle s'ébranla, s'apprêtant à contourner la boutique au lieu d'entrer par-derrière, désireuse d'avoir une vue directe sur l'allée en contrebas.

Hésitante, les oreilles rabattues contre le crâne, Viv traîna la patte une seconde, puis finit par se décider à la suivre.

Leur changement d'itinéraire s'avéra bref. Julia n'avait accompli qu'une douzaine de pas quand elle s'immobilisa tout soudain, avec un mélange de surprise et d'inquiétude.

Elle abaissa la main vers Viv, la plaquant cette fois contre son flanc pour l'immobiliser. À une vingtaine de mètres du côté de la boutique, deux hommes en uniforme de la compagnie d'électricité se tenaient près d'une fenêtre sous la pluie battante. L'un d'eux se penchait pour lorgner à l'intérieur, le visage presque plaqué contre la vitre, les mains en visière autour des yeux. L'autre qui lui tournait le dos, embrassait du regard la propriété jusqu'à la lisière des bois, la tête oscillant de droite à gauche.

La découverte donna des frissons à Julia. C'était une réaction excessive, bien sûr, et elle était prête à admettre que les aboiements bizarres des chiens des Howell avaient pu en partie la provoquer. Elle avait, après tout, dépassé les lignards en train de travailler à la sous-station ou au dépôt, près de la route. Julia se dit qu'il était possible qu'ils aient voulu la contacter à la boutique pour une raison ou une autre, qu'ils aient trouvé porte close et décidé de voir si elle ne se trouvait pas dans l'arrière-boutique.

Possible, oui. Excepté qu'instinctivement, elle n'y croyait pas. Il y avait dans leur présence quelque chose de menaçant, oui, de menaçant.

Depuis quand des ouvriers électriciens regardaient-ils par la fenêtre quand on ne répondait pas à la porte ? Elle avait mis la pancarte pour indiquer qu'elle revenait dans quinze minutes – un délai pas si long que ça. Pas même s'ils avaient des affaires urgentes. Quant à l'autre gars posté le dos tourné à la boutique, avec sa tête qui pivotait imperceptiblement de droite à gauche tandis que son partenaire restait le nez collé à la vitre... Julia ne pouvait s'empêcher de penser qu'il était en train de faire le guet...

Elle réfléchit à la conduite à tenir. Si elle n'avait pas laissé son mobile dans son sac – et son sac était dans la boutique – une première étape logique aurait été de téléphoner à Cynthia, à la maison. À défaut, elle pouvait tourner les talons, contourner la boutique par l'autre côté et jeter un œil sur ce qui se passait en bas... ou peut-être du côté des bois bordant la propriété. Cela semblait de la parano, certes. Elle se faisait peut-être du cinéma. Le prenant pour la réalité. D'un autre côté, à part se retrouver trempée jusqu'aux os, que risquait-elle à faire preuve de prudence ? Au pire, de se sentir idiote par la suite, et de rire de son imagination un peu trop débordante tandis qu'elle se sécherait avec une serviette. Et au mieux... qui savait ? Vraiment, qui pouvait dire ce que ces types faisaient ici ?

Ou ce qu'ils ont pu faire à la maison pour mettre les chiens dans cet état, songea Julia, notant que les aboiements n'avaient pas décru.

Elle battit en retraite, la main toujours plaquée contre le poitrail de Viv, poussant doucement la chienne à la suivre, voulant repasser derrière la boutique, là où les hommes ne pourraient pas la voir.

Viv ne bougea pas. Sa fourrure était luisante de pluie mais elle y semblait indifférente, presque oublieuse, continuant de fixer les deux hommes en bleu de travail, les oreilles dressées, raides, et tournées vers l'avant. Même si son corps demeurait tendu, elle ne tremblait plus.

Ce n'étaient pas des signes encourageants. Julia avait découvert que Viv acceptait mieux les bains que beaucoup de lévriers, mais elle craignait néanmoins l'eau, et comme tous ses congénères, elle restait très sensible aux changements de température. En des circonstances normales, une averse glaciale l'aurait fait détaler, la queue entre les jambes, pour aller s'abriter.

Au lieu de cela, elle n'avait pas bougé d'un poil et continuait d'examiner les hommes, la tête pointée vers eux comme une flèche.

Julia lui donna une autre petite poussée.

« Allons-y, Viv, dit-elle d'une voix basse, insistante. Maintenant. »

Après une ultime résistance, la chienne céda.

Quelques instants plus tard, Julia passait devant la porte de derrière en acier. Viv s'immobilisa aussitôt pour regarder derrière elles, mais Julia, d'une petite tape sur la tête, la pressa de poursuivre.

Julia venait de dépasser la porte quand elle vit une seconde paire de types en uniforme de la compagnie d'électricité déboucher de l'autre côté du bâtiment.

Ils l'avisèrent au même moment, rivant leurs regards sur elle, au milieu de la pluie battante.

Ils se dirigèrent aussitôt vers elle à pas pressés.

Julia se figea, alarmée. Elle ignorait qui étaient ces gens ou ce qu'ils désiraient. Elle ne comprenait pas ce qui se passait. Mais il ne faisait plus aucun doute qu'ils ne lui voulaient pas que du bien.

Une fraction de seconde plus tard, elle constata à quel point.

Alors qu'elle les regardait approcher, elle vit que tous deux glissaient la main dans leur combinaison et en ressortaient brusquement des armes... pas des pistolets, reconnut-elle, mais des trucs genre Uzi ou quelque chose de similaire.

Elle regarda par-dessus son épaule, le cœur battant la chamade. Les hommes qu'elle avait vus à la fenêtre côté ouest avaient eux aussi contourné l'autre côté de la boutique et arrivaient sur elle, les mêmes fusils d'assaut compacts entre les mains.

Ils approchaient.

Quatre hommes armés.

Convergeant de deux directions.

Julia demeura figée sur place une seconde encore, cherchant à réfléchir malgré le vent de terreur qui tourbillonnait dans sa tête. Elle ne pouvait pas avancer, pas battre en retraite, et reconnut qu'il serait désespéré de vouloir fuir en direction des bois. Quoi, alors ? Qu'était-elle censée faire ?

Ses yeux filèrent vers la porte de derrière. Si elle parvenait à réintégrer la boutique, se précipiter jusqu'au téléphone, elle aurait au moins une chance d'appeler à l'aide. La police, les gardes de la sécurité de son père...

C'était sa seule option.

« Viv ! s'écria-t-elle. Viens ! »

Julia se jeta vers la porte, l'ouvrit d'un coup et se rua dans la boutique, Viv sprintant sur ses talons, la suivant à l'intérieur une demi-seconde avant qu'elle ne claque le battant et le verrouille derrière elle. Elle traversa l'arrière-boutique, déboucha derrière le comptoir, plongea vers le téléphone près de la caisse enregistreuse, le décrocha... et soudain sentit tout son sang se vider de ses veines.

Pas de tonalité. Pas un son dans l'écouteur. Rien que le silence écrasant d'une ligne coupée.

Tout d'un coup, Julia se remémora d'avoir vu les ouvriers – les hommes qui *jouaient* les ouvriers, juchés sur le poteau alors qu'elle passait devant eux, quelques minutes plus tôt.

Les fils téléphoniques. Pas électriques.

Qui que soient ces types, ils avaient coupé les fils.

Elle se redressa, immobile, un bref instant, respiration haletante, Viv pressée contre sa jambe dans l'espace exigu derrière le comptoir. Puis elle entendit un choc sourd derrière l'arrière-boutique, puis un autre, et comprit que ses poursuivants essayaient de défoncer la porte. Une chance encore et pas beaucoup de temps. Elle lâcha le combiné et saisit son sac posé sous le comptoir, ouvrit le clip, fouilla à l'intérieur.

Derrière, un crépitement d'arme automatique, puis le bruit de la porte de derrière qui s'ouvre à la volée. Acier ou pas, les balles avaient dû détruire la simple serrure à barillet.

Elle chercha son téléphone mobile au fond du sac, le sortit, le déplia. Elle entendait à présent des pas derrière elle, qui traversaient en hâte la réserve. Plus que quelques secondes. le cœur battant la chamade, Julia pressa la touche ON, écouta la stupide rengaine électronique annoncer que l'appareil s'activait, attendit avec une impuissance irritante que la petite icône souriante apparaisse sur l'écran à cristaux liquides...

Elle eut le temps de voir la silhouette d'un grand type baraqué s'encadrer derrière la porte d'entrée, tout juste le temps de voir son uniforme d'électricien derrière la vitre avant que la porte n'explose dans un bruit assourdissant, voir les clochettes du carillon fixé au-dessus valdinguer en tous sens, le cadre en bois se briser, se fendre alors que quelque chose se ruait dans la boutique devant l'homme, un animal, un énorme chien noir, qui se précipitait sur ordre de son maître, se précipitait droit vers elle, masse de poils et de crocs.

C'est à cet instant que Viv jaillit de derrière le comptoir.

Kuhl avait tenu son MP5 subsonique à canon court à bout de bras tandis qu'il défonçait d'un coup de pied la porte du refuge, ordonnant à Lido de foncer, recourant aux ordres en allemand qu'Anagkazo lui avait appris.

La vue du lévrier jaillissant du bout du comptoir lui causa une certaine surprise et peut-être même un éclair glacé d'appréciation devant ce cran. Mais sa règle cardinale était d'être toujours prêt à l'inattendu... pourquoi sinon aurait-il acquis ces chiens de protection ?

Le lévrier bondit comme une flèche vers son alpha et le percuta en plein vol, le jetant au sol par sa seule force d'inertie, le mordant avec une sorte de grondement sourd. Ses dents s'enfoncèrent dans le pelage noir de l'alpha, maculant de sang son poitrail et son cou.

Resté à la porte, Kuhl fit pivoter sa carabine en direction du lévrier, et lâcha une brève rafale de trois balles. Une tache cramoisie apparut au flanc de la bête, elle émit un glapissement perçant qui sembla presque humain, avant de rouler sur le côté, se détachant de son alpha pour retomber en tas sur le sol.

La situation réglée, Kuhl reporta son attention sur sa cible. Elle se tenait derrière le comptoir, contemplant avec une horreur muette la forme immobile du lévrier éclaboussé de sang. Elle tenait toujours le téléphone mobile agrippé dans la main droite.

Kuhl n'attendit pas. Il brandit son MP5 et traversa la pièce dans sa direction, tout en appelant Sorge et Arek restés sur le parking. Remis d'aplomb près du lévrier étendu, son chien dominant semblait à peu près indemne, malgré les profondes morsures qu'il avait subies.

Kuhl lui lança de nouveau un ordre :

« *Voran, hopp !* »

En avant, saute.

Lido prit son élan devant le comptoir, bondit au-dessus de son mètre vingt, et retomba sur la fille Gordian – un bond qui la projeta contre le mur puis au sol sous son poids. Fixant sa main droite et interprétant le téléphone qu'elle agrippait comme une arme éventuelle, l'alpha agit en conséquence pour la désarmer en lui plantant les crocs dans le poignet.

Elle émit un cri aigu, son sang se mêlant à la salive du berger allemand, maculant ses dents et ses babines d'une écume rougie.

Kuhl vit le téléphone mobile ouvert lui échapper de la main et tomber au sol en cliquetant, tandis que le molosse lui maintenait le bras dans sa gueule. Kuhl fit le tour du comptoir, écarta le téléphone de la pointe de sa botte, puis se pencha pour le récupérer.

C'était un UpLink, nota-t-il sèchement.

Puis Kuhl examina l'écran éclairé et nota qu'il n'y avait pas de connexion en cours. Puis il pressa la mollette centrale et parcourut les menus jusqu'à ce qu'il tombe sur l'historique des appels. Les appels récents de la fille Gordian apparurent dans l'ordre où ils avaient été passés. Satisfait de constater que le dernier n'était pas le 911, le numéro de la police, il surligna le dernier numéro et pressa la touche ENVOI pour savoir qui avait pu être le destinataire.

Un répondeur décrocha au bout de deux sonneries, l'accueillant avec la propre voix de la fille Gordian – son téléphone personnel. Kuhl déconnecta. Il y avait toutes chances qu'elle ait appelé pour vérifier les messages sur son répondeur, mais il voulait s'assurer qu'elle n'en avait pas laissé pour prévenir quelqu'un de ce qui venait précisément d'arriver ici.

Non, quand on devrait l'apprendre, ce serait lui qui en déciderait.

Dominant sa captive étalée derrière le comptoir, Kuhl tourna vers elle son MP5, notant incidemment que ses hommes s'étaient réunis dans la petite arrière-boutique sur sa droite. Sorge et Arek étaient assis derrière eux.

« Donne-moi le code de ton répondeur », lui dit-il.

Silencieuse dans sa douleur, les yeux brillant de défi, elle le fusilla du regard par-dessus le canon de sa mitraillette. Du sang gouttait de son bras, au-dessus des crocs serrés, luisants, du berger allemand.

Il y avait, se rendit compte Kuhl, beaucoup de son père en elle.

Il approcha le canon plus près de son visage, décidé à faire une menace de ce qui avait été déjà accompli.

« Le code, dit-il. Donne-le-moi ou je fais abattre la femme et le bébé dans la maison d'en bas. »

Elle continua de fixer Kuhl, les yeux rivés dans les siens.

« Je ne bluffe pas. »

L'ombre d'une hésitation sur ses traits. Un plissement des paupières. Et puis le silence qui se rompt.

« Soixante-quatre, quatre-vingt-deux. »

Kuhl rappela son numéro, interrompit le message d'accueil à l'aide du code. Il n'y avait pas de message enregistré sur la machine.

Bien. Son hypothèse avait donc été correcte. Elle n'avait pas eu le temps de laisser précipitamment de message d'alarme.

Kuhl pressa la touche pour couper la communication, fit descendre le curseur sur le numéro suivant de la liste et le composa, par mesure de précaution supplémentaire. Il écouta l'annonce préenregistrée des heures d'ouverture d'une boutique d'articles de sport. Là encore, un appel banal.

De mieux en mieux.

« Les gens, à la maison d'en bas », dit la fille Gordian d'une voix rauque. Son bras était toujours bloqué dans la gueule de l'alpha. « Je ne sais pas ce que vous me voulez... mais promettez-moi de ne pas leur faire de mal. »

Kuhl ne dit rien. Il fit signe à ses hommes.

Ils se rassemblèrent autour d'elle, leurs armes levées.

« Attendez, je vous en prie. » Une larme coula du coin de son œil et roula sur sa joue. « Ma chienne... au moins, laissez-moi jeter un coup d'œil à ma chienne... je ne peux pas l'abandonner là, comme ça... »

Kuhl l'interrompit d'un signe de tête.

« Non, mon petit rouge-gorge en cage », dit-il. Son visage se ferma. « Pas de promesses, pas de négociations. »

10

Sites divers

Il était neuf heures du matin quand Rob Howell vit enfin la pancarte pyrogravée marquant l'entrée de l'allée devant lui. Alors qu'il faisait obliquer sa Camaro vers le bas de la pente, il avisa le poteau près de la sous-station de la PG&E de l'autre côté de la route et ne vit aucun fil pendre ou être décroché, mais il savait qu'il ne pouvait pas tirer de conclusion de ce seul élément. Une coupure avait pu intervenir ailleurs sur le réseau ou être provoquée par un mauvais contact qui ne serait discernable que par un examen rapproché.

Ce qui était manifeste en revanche, c'est que tout le secteur avait été soumis à de fortes pluies depuis un bout de temps. Le cercle bétonné autour de la station où les ouvriers garaient parfois leurs véhicules avait été coulé avec une légère inclinaison et Rob n'avait pas souvenance d'avoir remarqué de flaques d'eau s'accumuler à sa surface. Mais pourtant, une épaisse couche liquide avait recouvert et noyé la dalle, débordant de son rebord pour se déverser dans le caniveau à la lisière de la chaussée.

Son bref coup d'œil à la station réveilla la trace d'irritation qu'il avait ressentie devant les deux véhicules de la compagnie d'électricité qui l'avaient croisé à toute vitesse sept ou huit kilomètres plus tôt, peu après qu'il se fut engagé sur la route de Pescadero Creek, à la jonction de la nationale 84. Un fourgon et un break, qui fonçaient sur lui sur la route détrempée. Il avait ralenti, s'attendant à ce que les chauffeurs fissent de même, par simple bon sens – sinon par courtoisie. Au lieu de cela, ils avaient continué à foncer, éclaboussant son pare-brise d'un rideau aveuglant qui l'avait amené à faire un brusque écart. Rob avait été surpris de leur inconscience, et il était certain qu'il aurait fini dans le fossé si ses réflexes de conducteur expérimenté avaient été un poil plus lents.

Mais il y avait d'autres choses pour lui occuper l'esprit en ce moment. S'engageant dans l'allée, Rob aperçut la Honda Passport de Julia garée devant le refuge, puis vit son vieux camion à plateau Ford de l'autre côté, à gauche, près de sa maison. Deux signes sûrs que Julia et sa femme étaient dans les parages. La grande question restait donc : où ça ?

Rob gravit la dizaine de mètres jusque devant la maison, s'engagea à gauche sur l'allée gravillonnée qui y menait et soudain entendit les chiens aboyer comme des fous, derrière, dans leur niche.

Un mauvais pressentiment l'envahit. Il était impensable que Cynthia les ait laissés à la niche, et surtout pas par un temps pareil. Que faisaient-ils donc dehors ? Et qu'est-ce qui pouvait bien les amener à faire un tel raffut ?

Alors qu'il jaillissait de la Camaro devant la porte d'entrée, les clés dans la main, Rob eut le temps de noter presque inconsciemment que personne ne s'était approché de la fenêtre en l'entendant s'arrêter.

Négligeant la chemise accordéon sur la tablette à côté de lui, Rob s'arrêta sur le seuil pour s'essuyer les pieds sur le paillasson, un acte banal de la vie normale dans une vie qui s'apprêtait à perdre tout caractère de normalité. Il ne devait jamais plus se rappeler de rien ensuite, entre le moment où il avait quitté la route et celui où la police était arrivée. Il ne devait même pas se souvenir d'avoir eu la présence d'esprit de les appeler sur son téléphone portable... Le trou foré dans sa mémoire par le choc et l'horreur fut la seule miséricorde à lui être accordée ce jour-là, et peut-être la seule chose à lui permettre de garder sa santé mentale durant les innombrables jours et nuits de torture à venir.

Pour Rob Howell, la faille entre avant et après devait s'ouvrir avec cette pause momentanée, automatique.

Si absurde et si naturelle.

S'essuyer les pieds sur le paillasson.

« Cynth ? » appela-t-il, une fois la porte franchie.

Pas de réponse.

« Cynth ? T'es là ? »

Toujours pas de réponse.

Rob s'enfonça dans la maison, vit la lumière dans la cuisine et trouva son regard soudain attiré par une mare humide sur la petite fraction de dallage visible sous cet angle depuis l'entrée et sa position au milieu du couloir. Quelque chose s'était répandu sur le sol. Quelque chose de rouge. Qui avait éclaboussé le carrelage, formant des sillons dans les interstices entre chaque dalle. Une mare rouge brillante sur le précieux carrelage neuf de Cynth, que Rob avait laborieusement posé lui-même moins de trois mois plus tôt, comme cadeau pour leur cinquième anniversaire de mariage.

« Cynth ? »

Pas un bruit, hormis les aboiements des lévriers à l'extérieur.

La terreur perchée sur son épaule comme quelque rapace cruel, Rob se rua dans la cuisine, regarda près des pieds de la table et se mit à hurler comme un fou dans le silence de la maison, ses jambes se dérobant sous lui, son univers se brouillant dans un flot de larmes, tandis qu'il criait, criait, ses gémissements d'horreur et de chagrin s'élevant du tréfonds de sa poitrine jusqu'à ce qu'ils se déchirent en sanglots hystériques et rauques.

Ce qu'il avait vu était une abomination.

« Hé, Roger, vous vous êtes décidé ! » dit Hugh Bennett de sa voix de basse, en arrivant du hall d'entrée. « Ça fait un bout de temps que j'attendais ce moment... j'ai appris que vous arriviez enfin de l'aéroport ! J'imagine que ça a fait un sacré bout de chemin pour nous tous de nous retrouver ici... excepté pour Tom, bien sûr ! »

Débarqué au Gabon depuis quelques heures seulement, Roger Gordian ne fut pas trop surpris de voir que King Hughie l'attendait dans la vaste demeure coloniale de Thomas Sheffield, un dirigeant expatrié de Sedco dont il serait l'hôte pour les deux jours à venir.

Ce qui, en revanche, le prit au dépourvu fut la délégation de peut-être huit ou dix cadres de Sedco en costume trois-pièces, installés dans le salon derrière Hughie.

« Ça fait du bien de vous voir. » Gordian regarda son grand visage aux pommettes larges. Des sourcils blancs et broussailleux se rejoignaient sous le front comme un lourd paquet de nuages. « Tout le monde est ici pour dîner ? »

Bennett lui donna une claque dans le dos tout en lui serrant la main.

« Et une réunion sans façons, à la gabonaise ! compléta King Hughie. On dit que par ici les gens aiment bien faire affaire pendant la nuit ! Et moi je dis, tant mieux ! Pas de meilleur moment que maintenant pour finaliser les détails avant la cérémonie de demain ! »

Gordian le regarda. Croyait-il vraiment que tout ce qui franchissait ces lèvres devait être énoncé sur le ton exclamatif ?

« J'espère que vous comprendrez que j'ai besoin d'un peu de temps pour me rafraîchir, objecta-t-il. C'est que le voyage a été long. »

Hughie se tourna vers Sheffield qui se tenait auprès de Gordian, apparemment mortifié.

« Ce n'est pas un problème ! Tom a une excellente cave à vins... et son chef m'a préparé quelques somptueux hors-d'œuvre pour me dépanner pendant que l'on fait un dernier point ! »

Les deux inspecteurs de police arrivèrent dès l'aube du lendemain, arborant une attitude impétueuse, impatiente.

La réaction de Megan fut d'être patiemment inébranlable.

Elle les avait jaugés dès l'instant où ils avaient franchi le seuil de son bureau et compris qu'ils étaient là pour jouer les gros bras. Peut-être parce qu'ils étaient des hommes qui s'adressaient à une femme, ou qu'ils étaient des représentants de l'ordre habitués à faire peser leur autorité, ou pour quelque autre combinaison de ces deux raisons. Peu lui importait. Ils avaient déclaré ce qu'ils voulaient. Elle était bien décidée à en apprendre plus sur la raison de leur venue avant de leur offrir ses services. Mais même s'ils avaient l'air aussi déterminés qu'elle et qu'un sentiment d'urgence était perceptible de part et d'autre, Megan estimait que sa meilleure estimation de leurs positions respectives était à même de lui procurer l'avantage dans la négociation.

Le levier dans ce cas était le degré d'inquiétude que lui procurait leur présence. Elle ne pouvait pas se permettre de le trahir.

« Madame Breen, nous devons parler à Roger Gordian de sa fille », répéta pour la troisième fois l'inspecteur principal. Il s'appelait Erickson. Sans doute proche de la cinquantaine. Large visage carré, yeux bleu barbeau, une touffe de cheveux blonds ondulés, mouillés par la pluie. Assis, jambes croisées, il était en civil sous son imper ouvert. « Vous dites qu'il voyage en ce moment ?

– Il est à l'étranger pour affaires, oui. En Afrique. Ce n'est pas un secret. »

Erickson étudia Megan en face de lui. « Malgré tout, vous devez être en mesure de le contacter. Lui ou son épouse. » Il marqua un temps, puis ajouta :

« Nous avons tenté d'appeler leur résidence mais personne ne semble présent. »

Megan convertit la tension de ses muscles faciaux en une expression de ferme résolution. Erickson semblait têtu mais pas porté à la confrontation. On devait pouvoir négocier avec lui.

« Je crois que Mme Gordian est en visite chez des parents, dit-elle, mais vous avez toute mon attention. En tant que dirigeant principal d'UpLink en l'absence de Roger Gordian, je suis responsable de la gestion de ses affaires. Y compris de veiller à la protection de sa vie privée et l'empêcher d'être inutilement distrait. Si vous vouliez bien me dire...

– Et que diriez-vous d'inclure à ces fameuses responsabilités professionnelles un minimum de coopération ? » coupa l'autre homme.

Il s'était présenté comme l'inspecteur Brewer, insistant particulièrement sur le titre. Mince, les yeux rapprochés, une dizaine d'années plus jeune que son collègue. Un petit flic de Sonoma qui souffrait d'un abus de séries télévisées policières et pensait que manque de tact et brusquerie étaient synonymes de stricte sévérité. Il ne portait pas d'imper au-dessus de son costume bleu marine et avait laissé son pépin dans le porte-parapluie à la réception.

Megan adressa sa réponse à Erickson.

« Si je dois contacter M. Gordian, je dois savoir en gros ce qui vous amène ici. »

L'aîné des deux flics ne broncha pas. Ses yeux trahirent juste un instant l'idée d'un compromis avant qu'un rideau de résistance butée ne retombe sur eux.

« Nous avons besoin de renseignements au sujet de sa fille. »

Megan masqua son désappointement. Ce n'est que lorsqu'elle prit sur elle de poser la question qu'elle devait poser qu'elle faillit perdre sa maîtrise de soi.

« Est-il arrivé quelque chose à Julia ? »

Erickson inspira, soupira. Megan vit son pied s'agiter sur son genou.

« Nous devons entrer en contact avec Roger Gordian », répéta-t-il, se raccrochant à ses manières laconiques.

Megan attendit avant de répondre. Son bureau était silencieux. Les doubles vitrages des fenêtres étouffaient entièrement le bruit du vent et de la pluie battante, accentuant quelque part sa perception des taches sombres d'humidité sur l'imper d'Erickson.

« Jusqu'ici, c'est un dialogue de sourds, observa-t-elle. Il est difficile de s'entendre de cette façon. Et si chacun faisait un petit pas, voir si ça ne marche pas mieux ? »

Brewer hocha la tête avec colère, se levant presque de son siège. « Nous n'avons pas le temps de faire un pas par-ci ou par-là. Nous menons une enquête de police, et vous devriez être consciente que vous êtes sur le point d'exercer une entrave à... »

Erickson attira l'attention de son collègue par une tape sur le genou, avant de lever la main. Il semblait dans l'embarras.

« Considérez que nous avons fait un pas. »

Megan se détourna du visage cramoisi de Brewer tandis que l'homme se carrait de nouveau sur sa chaise. Il était inutile d'en rajouter.

« Je suis consciente que ce qui vous a menés ici

doit être très sérieux, dit-elle à Erickson. Et vous pouvez demeurer assurés que je suis prête à vous aider à joindre M. Gordian et qui que ce soit que vous aurez besoin de contacter. S'il y a une mauvaise nouvelle à annoncer, toutefois, je tiens à être la personne qui le fera. En tant que dirigeante en second dans cette entreprise et qu'amie proche de la famille. Mais je ne peux manifestement pas tant que vous ne m'aurez pas dit de quoi il retourne. »

Erickson fixa Megan quelques longues secondes encore, haussa les épaules, décroisa les jambes.

Puis il se pencha en avant et le lui dit.

« Toujours pas eu de nouvelles d'Afrique ? demanda Thibodeau.

– Pas encore, répondit Megan. Pete est sur le point de l'annoncer à Gord, à l'heure qu'il est.

– Ça a l'air de prendre du temps, observa Ricci.

– Quand je lui ai parlé, il était en dehors de la ville. C'est la nuit au Gabon, et je ne pense pas qu'ils aient des routes carrossables au beau milieu de la jungle. Il retourne à Port-Gentil à bord d'un de nos hélicoptères.

– Quel était ton problème pour joindre Gordian toi-même ? »

Megan regarda Ricci, assis de l'autre côté de la table de conférence. « Il est hébergé chez un dirigeant de Sedco sur place pour éviter les micros cachés dans les murs de l'hôtel, et ils sont réunis en petit comité pour une dernière consultation sur cet événement organisé sur la plate-forme pétrolière. Hughie Bennett et toute sa cour y participent, et je ne veux pas que le patron apprenne cette nouvelle au téléphone en de telles circonstances. » Elle marqua un temps. « Mieux vaut que Pete le lui dise en personne. Il devrait y être d'un instant à l'autre. »

Ricci ne répondit pas. Ses yeux calmes et glacés ne trahissaient rien de ses pensées ou de ses sentiments. Megan y voyait son propre reflet et celui de son propre énervement et ne pouvait s'empêcher de se sentir ainsi exposée. Ça ne lui ressemblait pas et elle lui en voulait pour cela – que révélait-elle d'autre d'elle-même à la surface du miroir ?

Elle but une gorgée d'eau au verre posé à côté d'elle pour calmer sa gorge desséchée.

« Je n'en sais rien, Rollie, j'ai l'esprit un peu partout à la fois. Je sais que je vais reprendre le dessus, mais pour l'instant, je n'arrive tout bonnement pas à me recentrer. »

Thibodeau opina, lugubre.

« *Soupe pour soupe...*, dit-il. C'est un dicton créole dont on m'a rebattu les oreilles quand j'étais petit. S'il n'y a pas de soupe à mettre dans le pot ce soir, on trouvera bien de quoi en faire demain. »

Elle lui adressa l'ombre d'un sourire. « J'essaierai de m'en souvenir.

– Oui. »

Megan demeura quelques instants silencieuse. Alors que les inspecteurs étaient encore dans son bureau, elle avait appelé Nimec pour lui annoncer la nouvelle concernant Julia, puis elle avait appelé chez la sœur d'Ashley Gordian, à Los Angeles, était tombée sur le répondeur et avait laissé un message priant Ashley de la contacter de toute urgence. Après cela, elle avait convoqué Ricci et Thibodeau, ici même, dans une des salles protégées au sous-sol du siège d'UpLink à SanJo – un réduit rectangulaire qui se limitait à une table de conférences et quatre parois de béton aveugles, épaisses de soixante centimètres, entrelardées d'une batterie interstitielle de systèmes de contre-surveillance.

Il ne lui avait pas fallu longtemps pour partager ce qu'elle savait, et rien de tout cela n'était encourageant. Julia Gordian avait disparu du refuge pour animaux où elle travaillait comme bénévole plusieurs jours par semaine. La femme dont le mari s'occupait du refuge avait été tuée par balle en même temps que son bébé, une petite fille, dans des circonstances qu'Erickson avait qualifiées de dépassant l'horreur.

« Ce Rob Howell », dit Ricci. Ses yeux se portèrent sur Megan. « Les flics pensent qu'il est en dehors de tout ça ?

– Rien ne porte à le soupçonner, confirma-t-elle. Ses collègues l'ont vu arriver à l'hôtel dimanche matin, puis repartir chez lui en hâte – il avait oublié un dossier comptable. La liste des appels de son téléphone mobile indique tous ceux qu'il a passés depuis sa voiture vers son domicile et le refuge pour lévriers. Il utilise le système FastTrack pour ses péages autoroutiers, et les relevés ont été enregistrés dans les deux sens entre la Une et San Gregario. Il a également fait le plein avec sa carte de crédit au retour. Dans les deux cas, les systèmes informatiques indiquent quand les dépenses ont été effectuées et confirment ses dires.

– Mais ça ne nous dit rien sur ce qu'il a fait avant

de partir de chez lui, observa Thibodeau. Ou après son retour. »

Ricci le regarda puis hocha la tête.

« Si tu considères les temps de trajet, les moyennes de parcours, et l'heure où son appel à la police a été enregistré, cela réduit sérieusement la fenêtre d'opportunité. Pour moi, l'opération était prévue pour se dérouler pendant son absence. Du travail de pro de bout en bout. Les lignes téléphoniques déconnectées directement sur le poteau d'alimentation, l'utilisation de plusieurs types d'armes. Il y avait des traces de pneus toutes fraîches révélant plusieurs véhicules au refuge et à la sous-station électrique près du poteau. » Son regard se reporta sur Megan. « Est-ce qu'on peut toucher Howell ? Au cas où nous aurions besoin d'informations de sa part ?

– Je n'en sais rien. » Elle but une autre gorgée d'eau. Elle continuait d'avoir l'impression que sa langue et sa gorge avaient été passées au papier de verre. « Je suppose que j'aurais dû penser à demander...

– T'es toute excusée, intervint Thibodeau. Ces flics t'ont suffisamment donné de grain à moudre. Et de toute façon, je doute qu'ils aient été généreux de ce côté. »

Ricci continuait de fixer Megan, le regard neutre.

« Tu m'as dit que les flics ont trouvé du sang au refuge.

– Oui, en effet.

– Que ce pourrait être celui de Julia.

– Oui.

– Qu'est-ce qui leur fait penser qu'elle n'est pas la troisième victime du meurtre ? »

Megan le fusilla du regard, ses épaules se soulevant imperceptiblement.

« Surtout, évitons de faire dans le tact.

– Je posais une simple question.

– Au sujet de la fille du patron. Et de mon amie.

– J'ai besoin de savoir ce qu'il faut savoir, insista Ricci. Si tu n'apprécies pas ma façon d'énoncer les choses, je suis désolé. »

Mais il semblait loin de l'être. Megan resta très raide, ses yeux verts lançant des flammes dans un visage blême.

« Il y avait du sang au refuge, confirma-t-elle. Et, oui... on croit que c'est celui de Julia. Mais Erickson suggère que ce qui a pu s'y passer semble d'une nature différente de la violence survenue à la maison.

– Une raison concrète ?

– Il n'était pas d'humeur à me fournir une liste circonstanciée des preuves et je n'ai pas voulu insister. On pourrait profiter de bonnes relations avec lui s'il ne se défile pas. »

Ricci l'étudia un moment.

« Tu as trouvé dans quelle direction ces flics travaillaient, ou bien as-tu décidé qu'il ne fallait pas creuser là non plus ? »

Dans sa colère, Megan aurait pu crisper les poings jusqu'à ce que ses phalanges blanchissent et ses ongles s'enfoncent dans ses paumes. Au lieu de cela, elle se contint et croisa les mains sur la table.

« Personne n'est entré dans le 4×4 de Julia. Rien n'a été volé dans l'abri ou dans la maison où la mère et le bébé ont été tués. Rien n'indique que le vol était un mobile, leur dit-elle. J'ai beaucoup entendu Erickson parler d'étudier les lieux du crime, d'examiner les preuves, de reconstituer ce qui s'était passé sans avoir le moindre indice. Mais tu as été inspecteur de police. Crois-tu qu'ils viendraient directement me dire tout de go que Julia Gordian s'est fait enlever ? À l'heure qu'il est, on s'interroge encore sur son sort. C'est un fantôme. Un "cas non élucidé". Je ne sais même pas s'ils ont déjà atteint le délai où l'on peut officiellement déclarer qu'elle est une personne disparue.

– Ça n'influe pas sur ce qu'on fait, sinon nous donner une chance de coiffer au poteau les fédéraux, nota Ricci. Une fois l'affaire classée "enlèvement", c'est eux qui prendront le relais.

– Je ne vois pas ce qu'il y a de mal, objecta Megan. Ce n'est pas eux contre nous. Ils ont des ressources. L'expérience du terrain...

– Et nous savons à quel point leur service central aime partager les renseignements », répliqua Ricci.

Il se tut. Le silence était comme un nœud étouffant ses pensées.

« On n'ira pas loin si on reste assis là à bavarder, dit-il enfin. Je file sur les lieux pendant que la piste est chaude. Avant que tout le monde soit passé dessus. »

Megan voulut intercepter le regard de Thibodeau mais elle savait que le moindre coup d'œil n'échapperait pas à Ricci. Elle choisit donc d'attendre et Rollie ne la déçut pas.

« C'est idiot que tu y ailles seul, dit-il à Ricci. Mieux vaut qu'on aille ensemble examiner tout ça.

– Je peux très bien me débrouiller tout seul.

– C'est pas le problème. On peut s'imaginer que la police locale ne sera pas enthousiasmée par notre visite. Z'auront plus de mal à se débarrasser de deux que d'un. »

Megan s'empressa d'embrayer.

« Rollie a raison. Il devrait y aller, lui aussi. Moi de mon côté, je vais passer deux-trois coups de fil et tâcher de tirer quelques ficelles. »

Ricci la regarda attentivement. « C'est une suggestion ou un ordre ?

– C'est ce que je veux. »

Ricci la toisa encore un moment puis son regard se reporta sur Thibodeau.

« Elle peut t'indiquer l'itinéraire du refuge, dit-il en se levant. Moi, j'attends dans le hall. »

Thibodeau le rattrapa au moment où il plaquait la paume sur le scanner biométrique pour faire venir l'ascenseur. Il s'assura que Megan était toujours dans la pièce avant de poser la main sur le bras de Ricci.

« Continue de me causer comme si j'étais un bleu, et on réglera ça au moment opportun, dit-il à voix basse. Mais ce que t'as dit quand t'as évoqué le meurtre de la fille du patron... faut pas aller raconter ça devant Megan. T'avise pas de recommencer.

– Tu crois que c'est une hypothèse qu'on puisse exclure ?

– Je crois qu'on a tous assez d'expérience pour savoir ce qui est possible ou pas, et Meg est aussi lucide que n'importe qui. Mais ça sert à rien d'ajouter à sa douleur. »

Ricci haussa les épaules.

« Très bien, fit-il. La prochaine fois qu'on se retrouve pour aborder la question, je ne manquerai pas de soulever l'hypothèse que la fille du patron est partie en croisière pour nulle part. »

Thibodeau examina le visage de Ricci.

« Regarde-toi dans une glace, un de ces quatre, mon salaud. Tu y verras l'image de la cruauté gratuite. »

Ricci resta quelques secondes sans mot dire. Puis la sonnerie de l'ascenseur annonça son arrivée.

« C'est ça », fit-il, et il se tourna pour entrer dans la cabine, laissant à Thibodeau le choix de le suivre.

Il y avait deux voitures de la police de Sonoma garées au bas de l'allée quand la VW Jetta de Ricci approcha sous la pluie battante. Garées l'une à côté de l'autre, les voitures pie étaient tournées dans des directions opposées et des chevaux de frise avaient été dressés de chaque côté des véhicules.

Une dizaine de mètres à l'ouest du barrage, Thibodeau indiqua le bas-côté droit de la route.

« On n'a qu'à s'arrêter ici et les rejoindre à pied », indiqua-t-il, mettant fin à un silence qui avait duré tout le trajet jusqu'au refuge pour animaux. « On risquera moins de les buter contre nous. »

Ricci ne répondit rien, mais braqua pour garer la voiture dans les flaques du bas-côté.

Ils descendirent et continuèrent à pied, les gouttes tambourinant sur leurs parapluies.

Les flics sortirent de leurs voitures, vêtus de gros ponchos noirs imperméables, les contournant de part et d'autre, comme il convient de faire quand des inconnus se dirigent vers eux, avec prudence, sans chercher à cacher ou trop révéler qu'ils étaient prêts à dégainer, mais gardant la main juste assez près de leur étui pour exercer un poids psychologique subtil, non provocateur.

Ricci évalua en expert leur attitude de méfiance. Il avait rencontré des inconnus de la même manière à des centaines de reprises durant ses dix ans passés dans la police de Boston.

Le premier flic s'avança avec précaution.

« Messieurs. » Un petit signe de tête. Le ton calme, poli. « Que pouvons-nous pour vous ? »

Ricci leur déclina leur nom, exhibant son insigne de l'Épée dans son étui.

« Nous sommes de la sécurité privée d'UpLink. Vous avez dû entendre parler de nous. »

Le flic en uniforme vérifia les papiers. Il acquiesça.

« Bien sûr. Excellent. J'ai déjà eu l'occasion de regarder les offres d'emploi sur votre site Web. Il faut déjà pas mal de références rien que pour postuler à un entretien. »

Ricci s'abstint de tout commentaire.

« La fille de notre patron... elle a disparu. »

Le flic acquiesça de nouveau. Il avait abandonné son faciès de circonstance.

« Julia Gordian, oui. Sacrée tuile.

– Il faut que nous jetions un œil sur les lieux du crime. »

Le flic marqua un temps. Il avait gardé sa casquette sous le capuchon de son poncho et des gouttes d'eau dégringolèrent de la visière quand il hocha la tête.

« Pas possible. La zone est fermée. »

Ricci le fixa.

« Nous sommes venus d'une traite de San Jose. Faites une exception. »

Thibodeau essaya de modérer la rudesse de son collègue.

« Nous comprenons que vous ayez besoin de protéger des indices matériels et que vous voulez travailler à l'aise, dit le Cajun. Et nous ne verrons aucune objection si l'un de vos collègues reste avec nous pour s'assurer que nous ne dérangeons rien. »

Le flic le regarda d'un drôle d'air. « De Louisiane ?

– Et fier de l'être, confirma Thibodeau. Je ne pensais pas qu'on pouvait déceler un accent. »

Un sourire.

« Je suis descendu pour le Mardi-Gras, une année, dit le flic. Ça m'a scié de voir comment vous arrivez à manger aussi épicé.

– Le secret, c'est de tapisser d'abord les boyaux avec de la gnôle. »

Le sourire du flic s'agrandit.

« Écoutez, j'aimerais vraiment pouvoir vous rendre service, mais nous avons des règles pour limiter l'accès aux personnes non autorisées. »

Thibodeau vendit sa salade : « Pas de passe-droit pour les gars dont vous avez entendu dire si grand bien ?

– C'est pas de mon ressort. Il faudra que vous demandiez une autorisation spéciale. »

Ricci laissa son regard dévier au-dessus de l'épaule du flic. Un fourgon de la police scientifique et d'autres voitures de police étaient garés un peu plus haut. De petits groupes de techniciens et d'enquêteurs étaient visibles partout. Il nota un type en civil qui passait de l'un à l'autre sur l'allée. L'homme était dépourvu de chapeau, ne portait pas de parapluie et avait les deux mains fourrées dans les poches de son imper.

Il reporta son attention sur le flic en uniforme.

« Qui est le coordinateur ?

– Ce devrait être l'inspecteur Erickson... »

Ricci l'interrompit aussitôt : « Dans ce cas, cessons de perdre du temps et appelez-le. »

Le flic réussit à ne pas paraître vexé. Mais ses collègues se rapprochèrent discrètement, descendus de l'autre voiture de patrouille.

« Sauf raison urgente, mes ordres sont de veiller à ce que l'enquête ne soit pas interrompue », lâcha-t-il au bout d'une dizaine de secondes. La pluie rebondissait sur la visière de sa casquette. « Je pense que la meilleure façon de procéder est que vous nous laissiez vos coordonnées pour que je puisse les transmettre à qui de droit. »

Ricci le fixa, le regard froid, ignorant les trois autres flics en uniforme.

« L'inspecteur responsable de l'enquête. Appelez-le-moi. »

Le flic, toute amabilité disparue, semblait prêt à réagir à ce défi direct.

Puis une autre voix intervint : « Vous deux, vous êtes Ricci et Thibodeau ? »

Ricci se tourna et vit l'homme à l'imper contourner en hâte les deux voitures barrant la route. Ses cheveux blonds étaient mouillés.

« Erickson », dit Ricci.

L'inspecteur hocha la tête puis jeta un regard vers les hommes en uniforme. Ils reculèrent et rejoignirent leurs voitures pie.

« Megan Breen vient de m'appeler sur mon portable, expliqua-t-il. Elle m'a dit que vous veniez, m'a expliqué que vous voudriez voir les lieux. »

Ricci acquesça.

« Elle s'est montrée très coopérative, expliqua Erickson. Il y a un certain nombre de restrictions sur les endroits où vous pouvez aller ou ne pas aller. Si vous acceptez de vous y conformer, je peux tenter de vous rendre la politesse. »

Thibodeau n'hésita pas un instant.

« Ce serait avec plaisir. »

Erickson opina.

« Suivez-moi », dit-il et il tourna les talons pour remonter l'allée.

Ils le suivirent.

Un séjour de huit mois en Antarctique [1] avait permis à Megan Breen d'atteindre des niveaux de patience proprement sublimes, et elle avait fait tout son possible pour se tenir occupée en attendant des nouvelles d'Afrique et le coup de fil d'Ashley. Quoi qu'il advienne, elle avait une entreprise à gérer, tout comme elle avait eu une station polaire à diriger au milieu d'un large éventail de crises apportées tant par l'homme que par la nature tout au long d'un rude hiver. Son cauchemar éveillé avait commencé aujourd'hui avec ces deux flics de province tombés du ciel pour lui annoncer le plus inattendu et le plus consternant des messages. Aussitôt organisé, l'entretien crispé avec Ricci et Thibodeau avait suivi sans solution de continuité dans son esprit abasourdi. Mais les rappels constants qu'il s'agissait toujours d'une journée de travail au boulot restaient parmi les ingrédients les plus surréels du cau-

1. Voir *Power Plays 5 : Guerre froide, op.cit.*

chemar. Il y avait des affaires qu'elle devait continuer à suivre dans tous les domaines. Des décisions de routine à prendre, des grappes de problèmes à traiter, de requêtes à accorder, refuser, mettre en attente. La plupart étaient des obligations que dans des conditions normales elle aurait considérées comme des sources de migraines mais qui désormais lui étaient des bénédictions parce qu'elles lui permettaient de rester occupée. Elle n'escomptait pas leur accorder plus d'une attention partielle, ni empêcher ses craintes au sujet de Julia d'obscurcir ses pensées. Malgré tout, Megan pouvait seulement croire qu'être ainsi partiellement distraite, maintenir ne serait-ce que le plus infime semblant de normalité, restait préférable à céder au sentiment d'impuissance, d'inutilité, d'affreux désespoir qui était son autre choix, terrible et inéluctable.

Quand le mail arriva, elle était à son ordinateur de bureau, essayant de faire un immense effort pour se concentrer sur un contrat de sous-traitance visant l'expansion d'un labo de recherche en optique et photonique d'UpLink dans la banlieue de Seattle. Par un matin ordinaire, elle n'aurait sans doute pas immédiatement remarqué le nouveau message dans sa boîte d'arrivée. Bien qu'elle n'ait jamais songé à désactiver l'option de notification sonore de son programme de messagerie – les réglages par défaut tendaient à rester en place sur sa machine pour cause de négligence apathique –, Megan considérait ce carillon comme une plaie, compte tenu de la quantité de correspondance électronique qu'elle recevait, aussi la plupart du temps laissait-elle éteints les haut-parleurs de son ordi. En temps normal, elle vérifiait sa messagerie à intervalles plus ou moins réguliers durant sa journée de travail – au moment de boire son café matinal, avant et après la pause déjeuner, puis ensuite peut-être une heure environ avant de s'en retourner chez elle.

Aujourd'hui, toutefois, n'était pas une journée normale. Pas typique, non. Tout sauf régulière et routinière. Aujourd'hui, Megan avait monté le son des haut-parleurs, estimant qu'elle devait laisser ouverts tous les canaux de communication, et c'est pour cette raison qu'elle entendit le carillon signalant l'arrivée d'un message. C'était le dixième qu'elle ouvrait en moins d'une heure. Huit des précédents étaient liés au travail. Le dernière était une saleté de pourriel qui avait réussi à passer au travers de ses filtres logiciels et, parce qu'elle était distraite, avait piégé sa curiosité avec un sujet relativement tordu qu'en temps normal son antispam mental aurait prestement fait jeter dans la corbeille. Les neuf autres pouvaient rester ignorés à plus ou moins brève échéance.

Jusqu'à celui-ci.

Celui se trouvait être le message que Megan avait attendu et redouté, et rien ne pouvait arrêter le lent glissement de la glace qui s'était mis à envahir ses entrailles, dès l'instant où elle lut le sujet du message, déclenchant chez elle un frisson tandis qu'elle l'ouvrait d'un clic précipité.

Elle s'était préparée à tout, sauf à cela.

« Je ne pense pas que j'aie à reconstituer ce qui s'est passé ici, dit Erickson. Vous pouvez le constater par vous-mêmes. »

Ricci et Thibodeau se tenaient avec lui devant la

porte de derrière du refuge, étudiant le battant et l'encadrement démolis.

« Quelqu'un a tiré pas mal de balles, dit Ricci. Il voulait entrer précipitamment, sans se préoccuper de surprendre quelqu'un avec le bruit.

– Tout juste, confirma Erickson. On peut remercier la pluie d'avoir suffisamment humecté le sol pour nous permettre de photographier et mouler quelques empreintes de semelles. Il semble qu'il y ait eu quatre agresseurs, qui sont venus par paires des deux côtés du bâtiment. La fille de votre patron a dû quitter ce chenil derrière nous, les avoir vus se rapprocher et foncer par cette entrée pour tenter de leur échapper. »

Ricci avait refermé son parapluie et s'était accroupi pour examiner le bâti de la porte.

« Vous avez dû en extraire pas mal de pruneaux », remarqua-t-il en faisant courir un doigt couvert d'un gant en latex sur le bois perforé et fendillé. « Quel calibre ?

– Neuf millimètres Parabellum, dit Erickson. Les munitions étaient fragmentées mais les douilles que nous avons récupérées étaient parlantes. »

Ricci se retourna pour regarder Erickson.

« Gros et profonds, ces trous, pour du neuf, même tiré de près, observa-t-il. Il y avait une marque sur ces douilles ? »

Erickson acquiesça. « Federal Hydrashock.

– Première qualité.

– Exact.

– Coûteuses.

– Oui.

– Vous avez une idée de l'arme d'après la courbe d'éjection ?

– Rien de sûr. »

Ricci répondit à l'esquive machinale du flic par un regard d'impatience non dissimulée.

Erickson hésita un instant, soupira.

« Officieusement, dit-il, je crois que les armes utilisées à l'extérieur de cette porte étaient des mitraillettes. »

Ricci considéra la réponse.

« À l'extérieur », répéta-t-il.

Erickson acquiesça.

« Des coups ont-ils été tirés à l'intérieur ?

– La boutique, ça a l'air d'une autre histoire. » Une pause. « Enfilez ces bottes et je vais vous montrer. »

Erickson précéda les agents de l'Épée et traversa la réserve pour rejoindre l'emplacement derrière le comptoir.

« Faites attention où vous marchez. » Il indiqua plusieurs taches sombres sur le lino qui avaient été délimitées par du ruban. « Les taches étaient partiellement sèches quand je suis arrivé ce matin. Peut-être vieilles de deux heures. Il était manifeste qu'il s'agissait de sang, mais j'en ai prélevé et fait faire un test hématologique pour en avoir confirmation. »

Thibodeau les étudia un moment, puis leva les yeux vers Erickson.

« Vous savez de qui est ce sang ? »

L'inspecteur évalua ses traits graves, les joues pâles au-dessus de la barbe brune.

« Le sac de Julia Gordian était resté sur le comptoir. On y a retrouvé sa carte de donneuse à la Croix-Rouge et le groupe sanguin correspond. »

La sueur perlait au front de Thibodeau dans le froid humide de la pièce.

« *Une ziretė* », marmonna-t-il dans sa barbe.

Une horreur.

Erickson le fixait toujours. Si le sens littéral du mot cajun lui échappa, l'émotion sous-jacente était facile à traduire.

« Je n'ai aucune certitude, mais il ne semble pas qu'elle ait reçu un coup de feu. » Le flic s'agenouilla, pointa les taches couleur rouille. « L'hémorragie n'était pas si forte...

– Pas non plus de tache giclante comme on peut s'y attendre avec une blessure par balle », remarqua Ricci.

Erickson leva les yeux.

« Exact. D'après l'impact des gouttes sur le sol et l'angle de déviation... vous voyez ces traînées en direction du mur... je dirais qu'elle est tombée contre lors d'une lutte et qu'elle se sera coupée ou quelque chose comme ça... »

Tandis qu'il parlait, l'œil de Ricci fut attiré par une tache plus large maculant le sol de la boutique.

« Là, c'est une blessure plus sérieuse qui a laissé celle-ci, là, dit-il en indiquant le sol de l'autre côté du comptoir. Vous avez également une théorie pour l'expliquer ? »

Erickson se raidit et se tourna vers lui.

« L'essentiel que vous avez besoin de savoir est que nos tests ont établi que le groupe sanguin était différent de celui de Julia Gordian. »

Ricci le regarda, curieux.

« Des balles ou des douilles récupérées dans la boutique ?

– Non.

– Des idées sur l'origine de ce sang ?

– Nous sommes encore en train de rétrécir le champ des candidats possibles. »

D'un geste du menton, Ricci indiqua l'entrée sans quitter des yeux le visage d'Erickson.

« Je constate d'ici que cette porte a été défoncée. »

Erickson acquiesça.

« Ça n'aura pas dû être trop dur pour un homme robuste, observa Ricci. Elle semble assez légère. »

Erickson acquiesça derechef.

« Ce qui veut dire qu'il y avait sans doute un cinquième agresseur. Au moins.

– Exact.

– Donc, peut-être que les taches de sang proviennent de celui qui est entré en défonçant cette porte.

– Je vous ai dit que nous examinions tous les candidats possibles.

– Vous aurez bientôt du neuf pour nous ? »

Erickson prit son temps pour répondre.

« Nous verrons ce qui se développe. D'ici là, cela nous aiderait si vous pouviez nous fournir les noms de tous ceux qui pourraient en vouloir à votre employeur ou avoir connaissance de sa famille... tout ce que vous jugerez utile. »

Le regard de Ricci demeurait rivé sur l'inspecteur.

« Donnant-donnant, dit-il. Je veux faire un autre tour rapide du propriétaire avant que nous repartions. Ça vous pose un problème ? »

Là encore, silence d'Erickson.

« Je doute que vous trouviez grand-chose de plus que ce que vous savez déjà, côté preuves, mais pourquoi pas, après tout... avec quelques limites, toutefois, ajouta-t-il. La résidence en contrebas est encore en cours d'analyse et nous envisageons d'étendre notre champ d'investigation aux bois environnants. Ce qui les rend interdits d'accès.

– Howell l'est aussi ? lança Ricci, en coup de sonde.

– Je ne pourrais pas vous empêcher de lui parler s'il était ici, mais il se trouve avec sa famille. »

Ricci grommela.

« OK, quoi d'autre ?

– Je vous accompagne, dit Erickson. Acceptable ? »

Ricci acquiesça.

« Alors, venez, dit le flic. Nous commencerons par l'arrière en redescendant vers votre voiture. Je pourrai ainsi avoir le plaisir de vous raccompagner pour vous dire au revoir. »

Les agents de l'Épée ne trahirent pas le moindre signe d'amusement.

Un instant après, ils ressortaient sous la pluie.

« Le mail, Pete. Est-ce que tu l'as reçu ? » demanda la voix de Megan, dans son casque.

À bord de l'hélico qui s'éloignait, vers l'ouest, de l'hôpital de Lambaréné, Nimec décelait distinctement le tremblement dans sa voix.

« Quitte pas... ces foutus gadgets... le copilote a dû me modifier le mode d'affichage... OK, ça passe maintenant... une seconde, que je regarde. »

Nimec regarda la console d'affichage multifonction de l'hélicoptère. Le message sur l'afficheur de son communicateur GMSS ne laissait aucun doute sur ce qui avait ébranlé à ce point Megan et l'avait poussée à bout. Il ressentit une colère écœurante, lancinante.

Émis par un serveur proxy anonyme, le courrier

électronique transmis sur des milliers de kilomètres jusqu'à Nimec par satellite portait comme sujet :

Aria d'entrata – Pour la vie de Julia Gordian

Nimec l'avait ouvert aussitôt pour lire ce texte :

Elle porte la liberté sur son épaule. Une combinaison d'idéogrammes discrètement tatouée en haut de l'épaule gauche. Quand elle sort faire du jogging avec ses chiens, un matin sur deux, le body art apparaît sur son bras nu, ausi vert que ses yeux, et adorable sur sa peau blanche.

自 = *Ji* = Soi

由 = *Yuu* = Une raison, un sens

自由 = *Jiyuu* = Liberté

Le rêve du père sur son épaule.

Ce que nous avons pris, nous pouvons le restituer. Le père doit faire une annonce demain sur la plate-forme pétrolière Sedco. Sa nature lui sera révélée avant l'échéance. Les paroles seront honorées ou la fille sera tuée.

Shi est le mot japonais pour mort.

Son idéogramme est : 死

L'aiguille à tatouer l'appliquera par deux fois sur son visage défunt, un symbole kanji noir sous chacun de ses yeux verts. Le bras qui porte le rêve sera tranché et éliminé avant que son cadavre soit jeté.

Défiez-nous et le père verra tout ceci et pire.

Nimec acheva de lire et prit une profonde inspiration.

« Ces deux premiers mots dans le sujet du mail, Meg. Tu sais ce qu'ils signifient ?

– *Aria d'entrata.* C'est de l'italien. Je crois que c'est

un terme d'opéra désignant un passage vocal chanté avant l'entrée d'un artiste. »

Nimec sentit de nouveau une aiguille brûlante lui fouailler les entrailles. On les provoquait.

« Le tatouage...

– Julia m'avait dit qu'elle allait s'en faire faire un, expliqua-t-elle. Ce devait être la dernière fois qu'elle est passée au bureau. Le mois dernier. Peut-être plus. Je ne suis même pas sûre que Gord soit déjà au courant. Elle m'avait fait promettre de rester bouche cousue, elle voulait lui faire la surprise. Tu sais comment elle aime bien le titiller, Pete...

– Meg...

– Oui ?

– Écoute-moi. La description sert à confirmer que ce mail n'est pas d'un plaisantin qui aurait pu découvrir ce qui s'est passé à la suite d'une fuite. Quelque chose de cette nature.

– Il y a quantité d'informations, confirma Julia. La référence à la couleur de ses yeux. Et aussi le passage sur le jogging. Ses lévriers. Et même son emploi du temps.

– Elle était surveillée.

– Oui. » Le soupir de Megan était audible. « Pete, qu'est-ce que tu crois que cherche celui qui est derrière tout ça ? Est-ce qu'ils la détiennent pour une rançon, et c'est quoi cette annonce dont ils parlent ?

– J'aimerais bien pouvoir te répondre. Tout ce que je sais, c'est que quelqu'un s'amuse à un petit jeu. On décèle le mépris...

– Oui. »

Nimec réfléchit tout haut : « Le patron pourrait

avoir quelques idées. Il faut lui montrer ce mail. Je dois le lui montrer tout de suite.

– Je ne sais pas comment il va arriver à s'occuper de tout. Il y a tant de choses à la fois. »

Nimec resta silencieux. Il sentait le vaste espace qui les séparait.

« Ricci est à la hauteur ? demanda-t-il après un moment.

– Il est au refuge en ce moment. Avec Rollie. Je ne l'ai pas encore contacté au sujet du message.

– Mieux vaut se dépêcher », dit Nimec. Il réfléchit encore. « On doit compter sur lui, Meg.

– Je ne suis pas sûr que je puisse.

– Tu n'as pas le choix. S'il y a des indices solides, c'est Ricci qui les trouvera. il n'y a que lui, Meg. »

Silence.

« Je sais. Mais le savoir ne me rassure pas. »

Nimec regarda derrière la bulle de l'hélico, les ténèbres nocturnes qui se précipitaient vers lui.

« Parfois, on ne peut faire qu'avec ce qu'on a. »

Pour ce qui est de sa déclaration à Ricci, Erickson avait été sincère : il n'y avait pas grand-chose d'intéressant à trouver question preuves à l'extérieur.

Pas sur le terrain proprement dit.

Accompagnés par l'inspecteur, Ricci et Thibodeau étaient retournés au chenil et à la cour d'exercice des lévriers, tous deux vides à présent que les bêtes avaient été hébergées provisoirement par la SPA. Ils avaient inspecté encore une fois les côtés et l'arrière de la boutique, puis longé les bois environnants. Finalement, ils revinrent au parking examiner la Honda

Passport de Julia et les traces de pneus dans la boue dont les flics avaient déjà pris les empreintes la veille.

Ils se tenaient près de la Honda sous la pluie quand Ricci remarqua une voiture garée un peu plus bas, au milieu d'un groupe de véhicules de la police – une Ford Cutlass banalisée. Ses vitres étaient à peine entrouvertes, et à bord un homme en costume bleu marine assis sur le siège du passager travaillait sur un ordinateur portable.

Ricci regarda un peu plus attentivement et vit quelque chose sur l'accoudoir près de l'homme. Cela lui donna une idée.

Il s'écarta d'Erickson et de Thibodeau pour s'approcher de la voiture.

« Z'avez une minute ? » dit Ricci, penché sous son parapluie. D'un signe de tête en direction de la Passport, il précisa : « Je suis avec Erickson. »

Surpris de cette soudaine interruption, Bleu marine le toisa, rabaissant l'écran du portable pour le dissimuler à sa vue.

« Vous êtes un de ces gars d'UpLink ? »

Ricci acquiesça, s'approcha un peu plus de la vitre et coula un regard à l'intérieur qui lui confirma ce qu'il avait cru reconnaître : un bloc de papier millimétré posé sur l'accoudoir. Mais il ne put qu'entrevoir fugitivement le croquis sur la première page avant que Bleu marine ne se hâte de retourner le bloc à l'envers.

« C'est une enquête criminelle, expliqua-t-il. J'ai des choses importantes à faire.

– Comme je vous ai dit. Pas plus d'une minute. »

Bleu Marine continua de le considérer de l'intérieur de l'habitacle, l'expression à la fois distante et prudemment curieuse.

Un grommellement. « Je peux vous appeler autrement que l'Homme d'UpLink ?

– Je m'appelle Tom Ricci. »

Bleu marine resta quelques instants sans broncher, puis il pressa le bouton pour baisser à moitié la vitre.

Ricci estima qu'il ne lui en faudrait pas plus.

« Inspecteur Brewer », se présenta le flic. Il semblait toujours méfiant. « Allez-y et faites vite. »

Ricci obtempéra, mais pas comme Brewer l'avait prévu. Avant que l'autre homme ait pu réagir, il passa sa main libre par la fenêtre, retourna vers lui l'ordinateur portable de Brewer et souleva le couvercle pour voir l'écran.

Brewer tressaillit.

« Eh, putain, qu'est-ce que vous faites ? » Il retourna de nouveau l'ordinateur, le referma d'un coup sec.

Le visage de Ricci était calme.

« Je n'avais pas l'intention de vous surprendre, expliqua-t-il. Ça ne me regarde peut-être pas, mais j'ai pensé que vous utilisiez ce logiciel graphique de reconstitution criminelle. J'ai voulu vérifier. Et peut-être vous donner quelques conseils. »

Brewer le fusilla du regard. « Vous voulez un conseil, laissez pas vos putains de mains traîner partout...

– Y a pas de mal... » Ricci prit un ton grave, égal. « J'ai fait ce boulot dans le temps. À Boston. J'ai appris à mes dépens que ces schémas informatiques ne valent pas tripette sur le banc des témoins. Si vous voulez impressionner un jury, ne perdez pas votre croquis original sur ce bloc. La précision, c'est bien. Mais parfois, savoir suggérer ce qu'on a vu personnellement peut être mieux. »

Brewer le regarda, fâché et confus. Ricci savait qu'il ne voudrait pas accepter ses excuses pour son geste. Peu importait. Pas plus que le fait qu'il lui avait incidemment dit la vérité pour ce qui était du témoignage. Il avait pu jeter un coup d'œil sur l'image à l'écran. Pas long. Mais suffisant.

« Il y a un problème, ici ? »

C'était la voix d'Erickson. Ricci se tourna à moitié et vit derrière lui Thibodeau et l'inspecteur qui s'étaient approchés.

Ricci laissa Brewer se charger de l'explication. Il doutait que le flic mentionne l'incident de l'ordinateur portable, trahissant ainsi qu'il s'était fait surprendre.

Comme prévu, l'orgueil prit le dessus.

« Non », dit Brewer. Il essayait de ne pas paraître décontenancé. « Tous les deux, on était en train de parler boutique. »

Erickson gratifia son collègue d'un regard insistant, les mains dans les poches de son imper, l'eau ruisselant de ses cheveux.

« Parler boutique », répéta-t-il.

Brewer acquiesça.

« Ricci a été flic. Nous comparions nos expériences en matière de procédure. Comment elles ont évolué, et tout ça. »

Le regard d'Erickson le disséqua quelques instants encore avant de se reporter sur Ricci.

« Z'avez pas fait beaucoup de comparaisons avec moi, tout à l'heure », observa-t-il.

Ricci haussa les épaules sous son parapluie.

« Nous avions d'autres chats à fouetter », observa-t-il.

Erickson demeura silencieux. Thibodeau l'était

aussi. Tous deux regardaient Ricci, chacun avec ses raisons propres d'être sceptique et mécontent.

« OK », dit finalement Erickson. Il invita les agents de l'Épée à regagner la route. « Je pense qu'il est peut-être temps que je vous raccompagne à votre voiture. »

Thibodeau n'avait pas détaché ses yeux de Ricci.

« J'imagine, oui », lâcha-t-il, et il se mit à redescendre l'allée de gravillons boueux sous la pluie.

« Il faut que je sache ce qui s'est passé entre toi et l'autre flic, dit Thibodeau.

– Bien sûr, répondit Ricci. Tout à ton service. »

Thibodeau attendit. Ils avaient réintégré la Jetta de Ricci, sur le bas-côté de la route. La pluie crépitait sur le toit et le pare-brise.

« Erickson nous cachait des choses, dit Ricci. Je savais qu'il ne nous révélerait pas tout et j'ai joué mon va-tout sur son collègue, sur une intuition. »

Thibodeau le regarda.

« Et l'intuition a payé ?

– Ouais. » Ricci lui expliqua comment il avait surpris Brewer dans la voiture avec du papier millimétré et un portable, qu'il s'était approché pour en avoir le cœur net et qu'il avait pu entrevoir le diagramme de la scène du crime sur l'ordinateur de Brewer. « Tout était parfaitement visible. La tache sur le sol. Sa position et ses dimensions. Et le contour d'un chien. Avec le mot lévrier écrit dessus. »

Thibodeau hochait la tête, le front plissé.

« Un chien... Je ne pige pas. Erickson a dit...

– J'ai entendu ce qu'a dit Erickson. Il a entretenu

un flou artistique. Sauf que le flou ne marche que lorsqu'il est logique, et là, ça ne tenait pas debout. Le sang laissé sur les lieux n'est pas celui de Julia et il songe à d'autres candidats possibles. Peut-être un des agresseurs, peut-être pas. Mais sinon, qui ? S'il ne cherche pas du côté d'une autre personne dans la boutique avec Julia au moment des faits, c'est que ce sang appartenait à son agresseur, quel qu'il soit. »

Thibodeau tira sur sa barbe fournie. « Bon Dieu, et dire que ça m'a échappé. »

Ricci regarda la pluie tomber.

« Au début, j'ai pensé qu'il nous mentait de bout en bout. Que les flics détenaient quelqu'un et voulaient garder le secret, dit-il. Je n'aurais pas deviné que les candidats possibles qu'il mentionnait pouvaient être des animaux. »

Thibodeau resta silencieux, continuant de tirailler sa barbe.

« Il faut qu'on fasse gaffe à Erickson. S'il apprend ce que t'as fait... comment t'as fait... il va nous boucler tous les deux. »

Ricci haussa les épaules.

« Qu'il essaie. Ça me fera une personne de moins à me soucier. »

Thibodeau continua de hocher la tête. « Je ne cherche pas à te casser les pieds, je dis simplement que t'aurais dû m'avertir. On ne peut pas dire quand on aura besoin de lui. On aurait dû réfléchir ensemble, discuter, on aurait pu trouver un moyen de lui soutirer l'information sans perdre sa confiance... »

Ricci lui lança un regard en coin.

« Je n'ai besoin de la confiance de personne. Je veux

juste savoir pourquoi les flics nous cachent le cadavre de ce chien. Et où il se trouve. »

Thibodeau voulut dire quelque chose, se reprit vivement.

« Une idée de comment tu comptes procéder ? » dit-il, cédant à une certaine résignation.

Ricci tourna la clé de contact et lança le moteur de la Volkswagen.

« Ouais. Absolument. »

11

Sites divers

« C'est la rue ?

– La maison de Sheffield est là, juste devant nous. » DeMarco indiqua une demeure à lucarnes du Vieux Quartier sur la droite de la chaussée, alors qu'il tournait l'angle avec leur Land Rover. « Quand je l'ai conduit ici depuis l'aéroport, le patron était d'assez bonne humeur. Crevé, bien sûr, mais plaisantant avec Wade et Ackerman à l'arrière sur le fait que c'était un Motel 6 un peu plus luxueux que ceux où il crèche d'habitude en déplacement. » Il hocha la tête. « Je n'aurais jamais cru que je serais de nouveau ici ce soir, et pour lui apporter ce genre de nouvelle. »

Nimec le regarda.

« Il n'y a jamais de bon moment pour les mauvaises nouvelles, nota-t-il. Quand les choses nous tombent dessus, on fait avec. Le temps ne fait rien à l'affaire. »

DeMarco regarda dans ses rétros et se gara le long du trottoir. Il était presque dix heures du soir – vingt minutes s'étaient écoulées depuis qu'il avait retrouvé l'hélico de Nimec sur le terrain même où Gordian s'était posé quelques heures plus tôt.

Les deux hommes restèrent tranquillement assis dans l'habitacle obscur.

« Vous avez pensé à la façon de le lui annoncer ? » s'enquit DeMarco.

Le sourire de Nimec était lugubre.

« Si j'avais fait ça, je risquais de ne pas y arriver. »

Il descendit du Rover, se dirigea d'un pas vif vers l'entrée du bâtiment, gravit les marches du perron. Le pingouin qui répondit à son coup de sonnette lui fit penser aux serveurs lors de la réception au Rio de Gabao. Quand est-ce qu'ils se débarrassaient de leur smoking et de leur chemise blanche à jabot ?

Présentations en hâte. Nimec dit qu'il avait besoin de voir Roger Gordian seul à seul, se vit répondre que M. Gordian était en réunion avec son hôte et ses invités, expliqua alors qu'il était venu pour une affaire d'une extrême urgence, et se vit alors conduit dans un petit salon latéral et invité à s'asseoir pour attendre.

Il préféra rester debout, le dos tourné au canapé douillet.

Gordian avait le sourire quand il apparut derrière les portes coulissantes en noyer du salon, quelques minutes plus tard.

« Pete, salut... J'ai entendu dire que les toubibs t'examinaient et je n'escomptais pas te voir avant demain mat... »

Il nota l'expression sobre, gênée, de Nimec et s'arrêta au milieu de la pièce. Le sourire s'était évanoui.

« Qu'est-ce qui cloche ? »

Nimec passa rapidement devant Gordian pour aller fermer les portes, puis il se retourna vers lui.

« Patron », dit-il. Sa main était posée sur celle de Gordian.

« C'est Julia. »

« C'est Rob, là, sur les courts de tennis avec les chiens », expliquait Meredith Wagner, assise sur la banquette arrière de la Jetta. D'un signe de tête, elle indiqua le petit parc de quartier, sur leur gauche. « Il voulait les faire courir un peu pendant que la pluie nous laissait un répit. »

Garés près de l'entrée du parc, Ricci et Thibodeau contemplaient la silhouette solitaire de Rob Howell de l'autre côté du grillage entourant les courts. Le dos appuyé au grillage plastifié, les mains enfouies dans les poches de son blouson, Howell regardait les chiens se courir après avec énergie en décrivant d'interminables cercles sur le gazon artificiel mouillé.

Thibodeau se retourna pour faire face à la femme.

« Nous ne le dérangerons pas plus que nécessaire, dit-il. Je vous promets. »

Elle acquiesça sans se détourner de la vitre. Vêtue d'un jean et d'un blouson de velours côtelé brun clair assorti à la couleur de ses cheveux, Meredith Wagner avait dans les trente-cinq ans. Mince, quelconque, une voix douce, visiblement usée. Ils l'avaient trouvée dans une maison de style ranch qu'elle partageait avec Nick, son époux, Katie, leur fille de trois ans, et, depuis la veille, son frère Rob et ses cinq lévriers, dans un lotissement tranquille de la banlieue de Sonoma.

« Il a tellement l'habitude de s'occuper de ces bêtes... Je ne pense pas qu'il pourrait tenir le coup sans elles, observa-t-elle. Je ne pense pas qu'il lui reste quoi que ce soit pour demeurer entier. »

Thibodeau s'abstint de tout commentaire. Il ne savait trop si elle s'était adressée à lui ou si elle parlait toute seule. Quoi qu'il en soit, il ne pouvait rien dire qu'elle ne savait déjà : qu'il aurait voulu qu'il en soit autrement, que les événements ne les aient pas conduits à lui rendre visite.

Il réfléchit quelques instants en silence. Quand vous allez à la pêche aux informations, vous ne pouvez jamais prédire quand les faits vont vous sourire, vous tomber tout cuits dans le bec ou vous conduire vers un riche butin d'autres indices. Après que Ricci lui eut rappelé comment il avait amené Erickson à lâcher que Rob Howell était chez des parents, Thibodeau avait cru qu'il leur faudrait un moment avant de pouvoir identifier lesquels et retrouver leur trace. Mais cela s'était avéré aussi facile que de s'arrêter à une station-service pour acheter l'édition du lundi matin d'un quotidien régional appelé le *Mountain Journal*. Bien qu'ils l'aient acheté initialement pour voir ce que les traqueurs de fréquence de la police et des canaux d'urgence avaient pu apprendre sur le crime d'après les échanges initiaux avant que les flics n'y mettent bon ordre en restreignant les communications, le canard s'était révélé bien plus utile qu'ils ne l'avaient escompté. Le responsable de la rubrique des faits divers avait intercepté l'annonce du double homicide près du parc régional à temps pour devancer les stations de télévision locales, apprendre où s'était rendu Howell par ses contacts sur place et rajouter dans son papier le nom de sa sœur et son lieu de résidence. Une fois l'article lu, Ricci n'avait eu qu'à demander les renseignements téléphoniques pour avoir son numéro et son adresse.

Et c'est ainsi qu'ils s'étaient retrouvés ici moins de deux heures après avoir quitté le refuge pour chiens. Thibodeau était convaincu que c'était en partie la chance qui les avait conduits à la porte de la famille Wagner avant la ruée des camionnettes des médias – si le mot chance n'était pas un peu déplacé en de telles circonstances. Le drame au centre était survenu un dimanche matin, au moment où les équipes de radio et de télévision sont les plus réduites, surtout dans la zone la plus écartée et la moins peuplée de l'État. Ce qui avait donné au *Mountain Journal* une chance de coiffer les rivaux avait également laissé le temps à la police pour passer en mode muet et empêcher le nom de la fille de Roger Gordian d'apparaître dans le cadre de l'enquête... pour l'heure, du moins. Avec la fin du week-end, la situation allait mûrir. Les gens du journal voudraient que la nouvelle se répande pour mieux tirer crédit de l'avoir sortie les premiers. Les traqueurs de chiens écrasés se mettraient en chasse. Les limiers des organes nationaux, dotés de sources plus larges et plus profondes qu'un petit journaleux de province avec un scanner de la police dans sa Chevy, flaireraient l'odeur du sang – au sens propre, songea Thibodeau – et les reportages fleuriraient partout pour les infos du soir.

Ricci et lui étaient en avance sur la meute, mais Thibodeau jugeait qu'il ne faudrait pas longtemps avant que les autres ne les rattrapent. Et si le sang de Ricci ne faisait qu'un tour dès qu'il songeait que le FBI allait se joindre à l'enquête, son inquiétude à lui était que la presse entre dans la danse. Pour des raisons qui ne se recouvraient pas exactement, les deux hommes avaient hâte de parler à Rob Howell avant que d'autres soient parvenus à le localiser.

Résultat, Thibodeau pouvait déceler l'impatience avec laquelle Ricci contemplait le visage pâle et tiré de leur passagère dans le rétroviseur.

« OK », dit Ricci sur son ton bien particulier dépourvu d'inflexion. « Vous voulez aller dire à votre frère pourquoi nous sommes ici ? »

Meredith Wagner acquiesça et saisit la poignée de sa portière.

« Je vous ferai savoir quand il sera prêt », leur dit-elle.

Elle descendit et alla parler à Howell pendant deux minutes. Ils le virent se tourner brusquement vers leur voiture, le virent regarder à nouveau sa sœur et lui parler à nouveau. Puis elle leur fit signe de venir, attendit qu'ils approchent et s'écarta plus ou moins de l'autre côté de la ligne du court de tennis peinte en blanc. Leur laissant une certaine intimité, supposa Thibodeau, mais restant toutefois à proximité pour couper court à la conversation si Howell se montrait par trop contrarié.

« Monsieur Howell..., commença Thibodeau.

– Vous pouvez m'appeler Rob. » Il leur serra la main. « Meredith dit que vous travaillez pour le père de Julia. Sa sécurité privée, c'est ça ? »

Vaguement conscient des chiens qui sprintaient en rond sur le court, Thibodeau acquiesça, lui donna leur nom, lui offrit leurs condoléances pour sa perte, et lui expliqua que ce qu'ils voulaient lui demander ne prendrait pas longtemps.

« Nous savons que vous avez déjà tout vu avec la

police, il ne s'agit pas de vous refaire subir un interrogatoire », lui dit-il.

Howell fixa le sol un moment de ses yeux caves. Puis il les leva vers le visage de Thibodeau et haussa les épaules. « Pas de problème. Si je peux vous aider à retrouver Julia, je m'en moque. »

Ricci le regarda. « Julia et ceux qui vous ont pris ce que vous aviez de plus... »

Howell se tourna vers lui.

« Ma petite fille n'avait que six mois. »

Ricci resta le regard rivé dans ses yeux, notant leur aspect vitreux. *Des tranquillisants. Un antidépresseur. Sans doute du Lorazepam.*

« Je suis désolé.

– J'ai reçu un coup de fil de lui ce matin, vous savez. L'inspecteur responsable de l'enquête. Il ne voulait pas que je parle à quiconque de ce qui s'est passé, il vous a cités tous les deux en particulier. Au cas où vous vous pointeriez chez Merry.

– Il a dit pourquoi ?

– Ce que vous devinez, je suppose. Comme quoi ils ne voulaient pas voir leur enquête compromise par des éléments extérieurs.

– Vous avez le droit de parler à qui bon vous semble. Rien de légal ne peut vous en empêcher.

– Je m'en doutais, répondit Howell. Et s'il a raison et que nous avons tort, je pourrai toujours prétendre ne pas m'être souvenu de ses paroles. »

Ricci eut un bref signe de tête.

« À cause du médicament.

– Ouais.

– Du reste, observa Ricci, nous ne sommes pas chez Merry. »

Un faible sourire désolé effleura les lèvres d'Howell, révélant de petites taches blanches de salive séchées à leurs commissures. Il jeta un coup d'œil sur les chiens par-dessus son épaule, remit les mains dans ses poches et, tranquillement, baissa de nouveau la tête vers l'herbe synthétique, laissant ses pensées divaguer dans leur espace personnel, lointain et nébuleux.

« Nous sommes passés au centre, expliqua Ricci. Les flics nous ont fait faire le tour. Z'auront sans doute décidé de vous appeler parce que je leur ai tapé sur les nerfs à leur poser des questions auxquelles ils ne voulaient pas répondre. »

Howell releva la tête, lentement, luttant contre la lourde résistance des tranquillisants.

« Quel genre de questions ?

– Il y avait du sang sur le sol de la boutique, dit Ricci. Près de la porte. L'inspecteur était prêt à me dire que ce n'était pas celui de Julia, mais pas au point de me révéler que le sang venait d'un des chiens qui avait été abattu. »

Howell acquiesça.

« Vivian.

– C'est une de vos protégées ? » s'enquit Thibodeau.

Nouveau signe d'acquiescement.

« Julia l'adore. Le premier jour où elle est venue travailler pour moi, je me souviens de lui avoir fait la leçon et l'avoir mise en garde contre un trop grand attachement. » D'un léger mouvement d'épaules, Howell indiqua les chiens qui continuaient de tournoyer derrière lui. « C'est en restant ferme que je me suis retrouvé avec cinq... »

Ricci le regarda. « Avec tout ce que la police nous

a confié, on doit se demander comment il se fait qu'ils n'ont rien révélé à propos de la chienne. Vivian. »

Howell fit la moue.

« Une preuve, lâcha-t-il après quelques instants. Pour eux, elle n'est qu'une preuve. C'est pourquoi ils ne m'ont pas laissé l'approcher. Ils appellent ça une mesure de précaution. »

Le regard de Ricci pesa sur lui. « Il est important pour nous de savoir ce qui est arrivé à son corps. »

L'expression d'Howell était bizarre.

« Je ne suis pas sûr de saisir ce que vous voulez dire. »

Ricci marqua une pause.

« Quand les restes d'un animal de compagnie doivent être examinés lors d'une enquête, la police les amène à un labo pour effectuer des tests, expliqua-t-il. Cela dépend des cas, mais ils le restituent en général au propriétaire après qu'ils ont fini... »

Howel hocha la tête.

« Vous ne comprenez pas. »

Ricci le regarda.

« Je ne comprends pas quoi ?

– Vivian est en vie. »

Conscient que Gordian voudrait le voir de ses propres yeux, Pete Nimec avait imprimé le mail à bord de l'hélico ; le feuillet était plié dans son portefeuille. Derrière les cloisons coulissantes du salon de Sheffield désormais fermées, il s'assit avec lui sur le canapé et entendit le bruit du papier froissé dans sa main tremblante.

« Il n'y a rien d'autre ? » Son visage était crayeux. « Ce message, c'est tout ?

– Jusqu'ici, dit Nimec. Ouais. »

Gordian secoua la tête. « Ashley...

– Elle n'est pas encore au courant. Meg a laissé des messages pour lui demander de nous contacter.

– Je le ferai moi-même. »

Nimec le regarda, acquiesça. Il entendit le papier trembler à nouveau dans sa main.

« Tu es sûr que c'est la vérité... pour le tatouage ? Parce que si Julia s'était fait faire ce genre de chose, elle me l'aurait dit rien que pour me voir réagir. Tu la connais, Pete. Comment elle est. Comme si ça l'amusait de me mettre en rogne. Elle me l'aurait dit...

– Elle l'a dit à Megan. Une espèce de secret entre elles. Je crois qu'elle devait vous le montrer la prochaine fois que vous deviez vous voir.

– Mon Dieu, soupira Gordian. S'il n'y avait pas cette pauvre femme... son bébé... tués, abattus... je penserais que c'est une espèce de canular. Que peut-être quelqu'un qui connaît Julia a découvert qu'elle a quitté son domicile et envoyé ce poison sur Internet pour faire une plaisanterie de mauvais goût... »

Il laissa sa phrase en suspens, reconnaissant la vanité de vouloir la relier à la logique et à la réalité. Nimec entendait sa respiration hachée, le froissement du papier entre ses doigts dans le silence de la pièce.

« Qui est dessus ? demanda Gordian.

– Ricci et Thibodeau. S'il y a des indices, des pistes à suivre, chaque homme, chaque ressource, tout ce que nous avons sera disponible en une fraction de seconde. Vous le savez. »

Gordian opina.

« J'ai besoin de faire le point, régler ça, je dois rentrer tout de suite...

– Patron, l'interrompit Nimec. Vous ne pouvez pas quitter l'Afrique. »

Gordian le regarda. « Non.

– Gord...

– Je sais ce que tu penses. Peu importe. Quelqu'un doit être auprès d'Ashley.

– Meg compte rester avec elle, s'occuper d'elle tant qu'il le faudra...

– Non, Pete. Laisse tomber. Je ne vous autorise pas à décider de cela pour moi. Cette exigence du message... l'annonce que je suis censé faire... nous ne pouvons sauter à la conclusion que cela a un rapport quelconque avec le ou les mobiles réels de cet acte. Ce pourrait être une fausse piste. Destinée à nous écarter.

– Ou pas, contesta Nimec. Vous croyez vraiment que nous sommes en position de prendre des risques, en ce moment ? »

Le silence retomba sur eux. Mais cette fois, Gordian se tenait parfaitement immobile, fixant le mur d'en face, la copie papier ne tremblait plus dans sa main. Les portes et les murs épais du salon bloquaient tout bruit venant des autres pièces de la vieille demeure coloniale française.

Après un très long moment, il se tourna vers Nimec.

« La piste que vous devez suivre commence ici, dit-il, et il posa une main sur sa poitrine. Quelle que soit la raison de ce qu'il est advenu à Julia... à ces autres innocents... ils sont tombés pile. »

Nimec resta quelques secondes sans rien dire, puis il acquiesça, pensif.

« Trouvez ce qui est à l'autre bout », dit Gordian.

UpLink, SanJo, le milieu de l'après-midi. Les murs isolés acoustiquement de la salle de conférences protégée les enfermaient dans une forteresse électronique, un cocon de silence. Sur un des murs, un écran plasma affichait une image agrandie du message électronique que Megan avait reçu quelques heures plus tôt. Il évoquait la Marque de la Bête, comme un rappel qu'en cet ère technologique, rien ne peut nous protéger de celle-ci.

« Il faut qu'on trouve quelle preuve ils ont tirée de ce lévrier, dit Ricci. On ne peut pas attendre. »

Megan le regarda. « T'es convaincu que c'est si important ?

– Je suis convaincu que les flics le pensent. Nous sommes passés plusieurs fois devant cette clinique vétérinaire. On a vu un paquet de flics en uniforme regroupés à l'extérieur autour d'une voiture de patrouille. Et je peux vous garantir qu'ils n'allaient nulle part.

– Ce qui conforte l'hypothèse, c'est qu'ils n'ont pas laissé Howell voir le chien, observa Thibodeau. Il nous dit que le véto est un bon ami. Il le connaît depuis des années, il s'occupe de toutes ses bêtes. La plupart sont plus mortes que vives quand il les ramène de la piste. Certaines nécessitent une intervention. Howell dit qu'on doit traiter les chiens de course différemment des autres races. Ils ne supportent pas certains traitements ou certaines formes d'anesthésies, il leur faut des doses plus faibles, vous voyez.

– Une raison pour laquelle les flics ont amené la chienne là est qu'Howell a insisté quand ils l'ont retrouvée en vie, enchaîna Ricci. La clinique n'est qu'à quelques kilomètres du refuge, en pleine campagne. Bon plan pour lui, d'essayer de sauver ce chien. Pas trop pratique pour les flics. »

Megan le regardait. « Pourquoi pas ? »

L'expression de Ricci semblait dire que la réponse aurait dû être évidente : « S'ils ont ordre de rester pour le surveiller, ils auraient préféré l'amener dans un coin où il y a un café-resto ouvert en permanence, où pouvoir venir faire le plein de café et de beignets. Si la bête se vide de son sang en chemin, tant mieux. Le chien devient de la viande froide. Plus besoin de s'inquiéter de voir sa carcasse disparaître d'un tiroir réfrigéré et verrouillé dans un labo de la police, alors qu'une bête vivante dans une clinique vétérinaire en rase campagne, ça rend inquiet. » Il marqua un temps. « Howell avait toutefois des éléments de persuasion à faire valoir. Le vétérinaire n'est pas un plouc. Il a travaillé pour le zoo de San Francisco. Il a un diplôme d'expertise médico-légale vétérinaire. Les flics auraient dû de toute façon faire appel à quelqu'un comme lui pour procéder à l'autopsie... sans doute n'auraient-ils pas pu trouver quelqu'un de plus qualifié... »

Megan était pensive. « Et pourtant, Howell ne sait pas pourquoi la police s'intéresse tant à ce chien, pas vrai ?

– Vrai.

– Pas d'idée, malgré sa longue amitié avec le vétérinaire ?

– Vrai. »

Elle secoua la tête. « Je ne saisis pas. »

Il y avait de l'impatience dans le calme de Ricci.

« Une fois que le véto est impliqué comme acteur

dans une enquête criminelle, il est contraint au silence, expliqua-t-il au bout d'un moment. La moindre fuite devient une violation de l'éthique professionnelle.

– Je persiste à penser qu'il peut toujours fournir une explication générale, lui opposa Megan. Si terrible que cela puisse paraître, nous sommes tellement concentrés sur Julia que nous risquons de perdre de vue ce que Rob Howell a souffert. Il a perdu toute sa famille. »

Ricci se tourna vers elle.

« Tu sais comment les flics peuvent être rigoureux avec la mise sous protection des témoins oculaires. Peut-être que la chienne a parfaitement vu les agresseurs et qu'ils veulent la garder au secret jusqu'au moment où elle sera suffisamment remise pour les confondre dans une confrontation. »

Megan demeura silencieuse, désarçonnée par le sarcasme.

« T'aurais pu te passer d'une telle remarque », observa Thibodeau, assis de l'autre côté. Son corps massif se trémoussa dans sa chaise. « C'est pas une plaisanterie...

– Reste en dehors de ça », coupa Ricci d'un geste de la main, sans quitter des yeux Megan. « C'est toi qui pourrais bien plaisanter. Tu n'as pas le droit de parler pour moi. Tu ne sais pas ce qui me préoccupe. Tu ne sais pas, ou tu fais mine de ne pas savoir, que les flics font peser une chape de plomb sur les indices pour nous tenir à l'écart. Tu restes assis là, à bavasser autour de cette table quand ce mail sur le mur nous dit tout ce qu'il y a à savoir. Il faut qu'on se magne. »

Megan demeura silencieuse, lui rendant son regard.
« Qu'est-ce que tu conseilles ?

– Nous devons amener Erickson à partager ses preuves concernant le chien. Que ça lui plaise ou non.

– J'en suis convaincue. Mais je préfère dans le même temps ne pas le braquer. Il a autorité légale sur l'enquête et – comme tu l'as laissé entendre –, il peut nous dissimuler tout ce qu'il veut. Nous, d'un autre côté, n'avons aucun droit à nous interposer. Si nous comptons aller quelque part, nous avons besoin de son autorisation. Ou peut-être que sa coopération est un meilleur terme. Et je pense que le meilleur moyen de l'obtenir serait de faire pression sur Erickson par des voies détournées.

– Ces voies ont-elles un nom ou un visage ? »

Megan acquiesça. Elle prit une profonde inspiration.

« Jusqu'à présent, j'ai gardé au sein de notre organisation tout ce qui avait trait à ce message électronique pour nous laisser une marge de manœuvre, expliqua-t-elle, mais cela change demain. Puisqu'on peut raisonnablement penser que les services d'Erickson ont dû mettre en alerte le FBI sur leur éventuelle implication, je ne vois pas de raison de ne pas contacter dans l'intervalle notre vieil ami Bob Lang à Quantico et lui demander, officieusement, de faire une requête à l'antenne locale du Bureau. Ce doit être la division de San Francisco. Il ne faudra pas longtemps de toute manière pour que l'affaire tombe dans son escarcelle. Et dès ce moment, ils peuvent partager les preuves avec qui ça leur chante. »

Thibodeau hochait la tête en ruminant ses propositions.

« Ça me paraît raisonnable, dit-il. Bien plus qu'un conflit ouvert avec Erickson. »

Ricci l'ignora, continuant de fixer Megan comme s'il n'y avait qu'eux deux dans la pièce.

« Lang est ton vieil ami, pas le mien, observa-t-il. Si tu veux te balader avec lui au pays des Merveilles, libre à toi. »

Nouveau silence crispé. Les yeux de Megan se plissèrent.

« Qu'est-ce que tu suggères ? »

Ricci demeura silencieux un moment, puis il haussa les épaules et se leva de sa chaise.

« Rien. C'est toi le chef, tu décides. Moi, je veux juste retourner au boulot. »

Quand le téléphone sonna au bureau de Derek Glenn, il était devant la fenêtre en admiration devant les nouvelles grues de quarante mètres du chantier naval qui s'élevaient, majestueuses, au beau milieu de son panorama sur les quais. Elles étaient apparues environ un mois plus tôt et il espérait qu'elles étaient destinées à rester. Garder un œil vigilant et admiratif sur les grues avait fini par occuper une large partie de sa journée, et Glenn supposait que s'il devait un jour les découvrir plus haut ou plus bas sur le port – ou pire, ne plus les voir du tout – ce pourrait être le signe qu'il lui faudrait trouver un autre point d'intérêt dans un port de commerce, ce qui s'était révélé ardu avant leur arrivée. Enfin, autre chose que rester planté devant la fenêtre pour s'occuper. Quoi qu'il en soit, c'était un développement de l'entrepôt maritime d'UpLink à San Diego digne de considération.

Interrompu dans sa contemplation, Glenn se retourna pour décrocher le téléphone.

« Ouaip, c'est moi.
– Glenn. C'est Tom Ricci. »

Glenn fut surpris. Pas un mot de lui depuis plus d'un an. Puis un coup de fil, une visite, et un second coup de fil en l'espace d'une semaine.

« Voyez-vous ça, dit-il. Je savais que j'aurais dû mieux expliquer que ma proposition de l'autre soir n'était valable qu'une fois...

– J'ai besoin d'aide. »

Le visage de Glenn devint sérieux.

« Qu'y a-t-il ?

– Un truc que tu n'auras peut-être pas envie d'assumer. Dont tu n'auras sans doute même pas envie d'entendre parler, parce que le simple fait de le savoir te met en position d'en savoir plus que les autres.

– Le genre de choses qui pourrait ne pas faire de bien à ma promotion ?

– Ça se pourrait, confirma Ricci. Mais ça pourrait ne pas être le pire. Tu raccroches tout de suite, pas de problème. Tu décides de décliner, pas de problème non plus pour moi.

– Combien de temps tu me laisses pour réfléchir ?

– Jusqu'à ce que je raccroche, dit Ricci. Si t'es partant avec moi, faudra que tu sois monté ici dès ce soir. Le plus tôt possible, en fait. »

Glenn réfléchit quelques secondes, le combiné niché au creux de l'épaule, les yeux dérivant vers les grandes grues robustes encadrées par sa fenêtre.

« Vas-y, dit-il, explique-moi. »

Une route de campagne près du parc d'État de Portola, onze heures et demie du soir, une brume basse s'élevant au-dessus des racines des chênes. Sous la couverture des nuages le ciel était sans lune et sans étoiles.

La plaque devant le bâtiment plat et carré en brique, de plain pied, indiquait CLINIQUE VÉTÉRINAIRE DE PARKVILLE, *Kenneth H. Moore. Dr Méd. Vét.*, mais il filtrait tout juste assez de lumière des fenêtres situées du côté nord – et du tableau de bord de la voiture de police garée devant – pour permettre de déchiffrer celle-ci à plus d'un ou deux mètres de distance. Discerner le nom du médecin et ses titres était quasiment impossible.

Dans les bois épais qui entouraient le parking de la clinique, Ricci l'aurait su sans l'aide de ses jumelles de vision nocturne – le nom du véto étant l'un des nombreux détails qu'il avait consignés alors qu'il passait en voiture devant la clinique avec Rollie Thibodeau presque douze heures auparavant, faisant une tournée de prospection pour des raisons qu'il avait gardées pour lui. Malgré tout, il trouva que la définition dans les tubes infrarouges à fort grossissement était à vrai dire exceptionnelle. Une image stéréoscopique rapprochée parfaitement claire. Il n'y avait pas si longtemps encore, les optiques de vision nocturne vous donnaient des spectres verts se déplaçant parmi des objets fantomatiques verdâtres et une médiocre perception de leurs relations spatiales. La capacité à déchiffrer une pancarte dans l'obscurité totale à cinquante mètres et d'en évaluer la distance était un avantage qu'il aurait bien voulu avoir quand il était dans les commandos et, plus tard, flic à la brigade criminelle. Ce n'était pas un mince atout.

Mais pour l'heure, son regard ne s'attarda qu'un instant sur la plaque avant de passer ailleurs. Une seule voiture ne signifiait pas forcément que les deux flics à l'intérieur composaient l'ensemble de l'effectif. Il pouvait y en avoir d'autres en patrouille, même s'il en doutait.

À côté de lui, les pensées de Glenn allaient en sens inverse alors qu'il parcourait les ombres entourant la clinique à l'aide de ses propres jumelles de vision nocturne. Un froncement de sourcils plissait son front sous la cagoule de nylon noir.

« Ça ne colle pas », dit-il d'une voix assourdie. Il abaissa ses jumelles et l'obscurité envahit ses yeux. « La police a un meurtre sur les mains. L'enlèvement de la fille d'un homme d'affaires célèbre. Un héros de la guerre. Et tu me dis qu'il pourrait y avoir une preuve importante dans cette clinique vétérinaire. Mais ils n'ont qu'une bagnole pour la surveiller. Pas de renforts en vue. »

Ricci le regarda.

« Jusqu'à cette minute, la thèse de l'enlèvement n'est pas officielle, murmura-t-il. Demain, l'endroit grouillera de fédéraux.

– N'empêche...

– Ne pense pas UpLink. Ou armée de terre, objecta Ricci. Pense police d'une petite bourgade. Ils n'ont pas tant de ressources que ça. Ils ignorent que quelqu'un en dehors d'Howell sait que le chien est en vie, retenu au milieu de nulle part. »

Un grognement. Glenn leva de nouveau ses jumelles. Les deux flics étaient avachis contre leurs reposetête, détendus, le bavardage de leur radio de service filtrant discrètement parmi les arbres. Ils avaient descendu leurs vitres – celle du chauffeur à peu près au tiers, celle de son collègue presque entièrement.

Glenn aurait préféré que ce soit ce dernier qui lui fit face. Il lui faudrait tirer avec précision. S'il ratait de cinq centimètres trop haut ou trop bas, son sabot de plastique de calibre 50 – tiré d'un VVRS original à silencieux, sa version de choix – toucherait soit la vitre du chauffeur, soit la rampe de gyrophares sur le toit, mettrait en alerte les flics et ce serait la catastrophe. S'il déviait un poil sur la droite de sa ligne de tir, il risquait de toucher un des flics. Leurs têtes étaient vulnérables. La partie supérieure du corps aussi. Et même tiré à la vitesse minimale, une balle de VVRS – arme à vélocité variable – pouvait infliger de sérieux dommages corporels. C'était pourquoi les militaires préféraient au terme d'*arme non létale* les désignations de *moins que létale* ou à *létalité réduite*. Une arme était une arme, point final. Glenn savait que des pistolets à amorce pouvaient tuer dans des circonstances particulières, et le VVRS n'était pas un jouet.

Il reporta son attention des vitres de la voiture aux fenêtres de la façade de la clinique. Toutes, à l'exception de la première des trois ou quatre ouvertes en allant vers le fond du bâtiment, avaient leurs stores levés. Glenn vit un infirmier de nuit en blouse blanche remplir des papiers à un bureau derrière la dernière fenêtre. D'après ce que lui révélaient ses jumelles, il y avait des graphiques comme ceux que les infirmières et médecins accrochent au pied du lit des patients de la variété humaine. Il releva également une lumière bleuâtre qui vacillait dans un coin de la salle... sans doute un poste de télévision. Ce ne serait pas mal si l'infirmier avait monté le son.

« OK, dit Ricci. T'es prêt ? »

Glenn acquiesça.

« Donne-moi exactement deux minutes. » Ricci tapota le cadran de sa montre électronique. « Souviens-toi... au moindre pépin, on file vers la voiture et on décolle. »

Glenn hésita. Cela avait été un autre point de désaccord entre eux, mais Ricci avait été inflexible dans son insistance à dégager s'il y avait un problème.

Ricci le fixa dans le noir, attendant son second signe d'assentiment. Glenn le donna avec une certaine réticence.

« Je me disais, quand le vin est tiré, il faut le boire.

– Conneries », coupa Ricci.

Puis il se coula sur la gauche, penché sous les lourdes branches basses des grands arbres.

Espérant que les flics continueraient de rester adossés à leurs sièges un peu plus longtemps, l'œil sur l'aiguille au tritium de sa propre montre – pas aussi perfectionnée que celle de Ricci, mais précise néanmoins –, Glenn s'agenouilla en position avec le fusil.

Quatre-vingt-dix secondes plus tard, il visa dans sa lunette nocturne, décompta pour lui les trente dernières secondes, puis pressa la détente avec une prière silencieuse.

Le claquement assourdi du projectile subsonique quittant le canon était à peine plus sonore que celui du chien d'un revolver tiré à blanc. Il traversa la fenêtre ouverte de la voiture de patrouille, se glissa entre le flic et le pare-brise et vint s'écraser contre l'intérieur de l'encadrement de la portière du passager.

Les flics, surpris, sursautèrent tandis que le sabot s'ouvrait à l'impact, libérant sa dose superconcentrée de diméthyl sulfoxyde et de zolpidem – un aérosol soporifique conçu pour être absorbé par la circulation sanguine au premier contact avec la peau ou une muqueuse. Glenn savait qu'une dose microscopique de l'agent suffirait à mettre KO en quelques secondes un gars du gabarit d'un basketteur professionnel, et aucun des deux flics n'avait la carrure du basketteur Shaquille O'Neal.

Ils tombèrent inconscients, se répandant l'un au-dessus de l'autre sur le siège avant de leur voiture. Aucun des deux n'avait sans doute eu le temps de se demander ce qui lui arrivait. L'exposition à l'incapacitant chimique les laisserait les tempes battantes, l'estomac retourné, et avec une certaine confusion mentale quand ils reprendraient leurs esprits. Mais sans autre séquelle.

Glenn poussa un long soupir de soulagement, repassa le fusil à son épaule et regarda dans ses jumelles par-delà la ligne des arbres.

Ricci avait émergé des bois et se dépêchait de traverser le parking en direction de la voiture.

Passant une main gantée par la vitre entrouverte, Ricci déverrouilla la portière droite, redressa sur son siège le policier inconscient, et cala son poids contre le dossier pour s'assurer qu'il resterait dans cette position. Puis il se pencha entre les sièges pour récupérer la casquette tombée de la tête du chauffeur, prenant garde à ne pas trop se pencher à l'intérieur. Toute trace résiduelle de l'agent chimique qui n'aurait pas été absorbée avait dû être inactivée dès les premières secondes de contact avec l'air, mais il ne voulait pas courir de risques inutiles.

Il se dirigea vers la façade de la clinique. À l'entrée,

Ricci coiffa la casquette d'uniforme, frappa et attendit, la tête penchée presque contre le judas. Quelques instants plus tard, il entendit des pas de l'autre côté de la porte.

« Déjà de retour ? » Le veilleur de nuit. Derrière la porte. « Les gars, à la vitesse où le café vous passe au travers, vous allez devoir envisager de boire un mélange moins corsé.

– Ou d'en boire moins », répondit Ricci, dans l'ombre, s'exprimant avec calme, le visage toujours baissé de sorte que l'employé ne puisse voir par le judas que le sommet de sa casquette.

Il entendit le cliquetis du verrou, se raidit. La porte commença de s'entrouvrir, la lumière du vestibule s'infiltrant par l'espace dégagé.

Puis le veilleur de nuit reprit, comme l'ouverture s'agrandissait : « Allez, entrez avant que vous... »

Ricci se précipita dans l'entrebâillement et enserra l'employé, le plaquant au sol sur le dos ; le souffle coupé, l'homme émit un grognement de douleur et de surprise quand il heurta le sol. Juché sur lui, Ricci lui prit le bras, le tordit violemment, puis le retournant, força sa victime à se retourner sur le ventre, et la bloqua d'un genou posé sous les omoplates. Un autre gémissement de douleur s'échappa des lèvres de l'employé. Il essaya de se soulever en prenant appui de sa main libre. Ricci enfonça un peu plus le genou pour le calmer, sortit de l'étui à sa ceinture une bombe d'anesthésiant au zolpidem, la tourna vers son visage et pressa la buse.

Le gars devint inerte. Et une et deux et trois, plus de bobo.

Ricci se releva, traversa en hâte le vestibule et la salle d'attente, puis passa par une porte battante dans la partie arrière du bâtiment. Il y avait un couloir de faible longueur. Deux salles d'examen sur la gauche, une salle d'opération, un bureau minuscule juste après, puis une quatrième pièce près du bout du couloir à droite. Toutes dépourvues de portes.

Il pénétra dans la dernière salle et vit aussitôt le bureau encombré sur lequel l'assistant travaillait sur ses graphiques. Sur une table à côté, la télévision qui avait jeté sa lueur vacillante par la fenêtre diffusait un débat nocturne ; on voyait le présentateur hocher la tête en direction des auditeurs. Sinon, pas grand-chose dans le secteur. Un brancard en acier au milieu de la pièce. Quelques classeurs métalliques contre un mur. Un autre sur lequel étaient alignées une douzaine de niches, les quatre plus grandes au sol, les autres disposées sur de larges étagères métalliques.

Ricci parcourut du regard les niches depuis l'entrée. La plupart étaient vides. Chacune de celles qui contenaient un animal était dotée d'une étiquette avec un numéro et sans doute le nom du propriétaire. Il vit un chat domestique le regarder d'un air curieux depuis une étagère à hauteur d'œil. Quelques boxes plus loin, un petit chien ébouriffé dormait roulé en boule.

Dans une grosse niche au sol, un lévrier gisait sur le côté, face à lui, son flanc bandé se levant et retombant au rythme lent de sa respiration lourde, avec un tube de perfusion relié à un goutte-à-goutte fixé au-dessus de la porte grillagée du box. Les yeux du chien étaient ouverts et regardaient dans le vide, l'air vacant. Ricci n'aurait su dire s'il était conscient de sa présence.

L'étiquette au-dessous de la porte indiquait : 03-756A-CENTRE HOWELL.

Ricci contempla le chien un long moment, glissa vers les classeurs à dossiers. Non, songea-t-il. Pas là. Le cas est trop récent, trop exceptionnel.

Il se tourna vers le bureau et nota un casier avec plusieurs chemises en plastique, dont les étiquettes rédigées avec soin étaient tournées vers l'extérieur. Celle portant le numéro et le nom correspondant à ceux de la niche du lévrier accrocha presque aussitôt son regard.

Ricci la sortit du casier et inspecta en hâte les notations portées sur les feuilles de papier attachées par des trombones.

Ses yeux s'agrandirent, il entendit sa respiration s'accélérer.

Il fallut à Ricci moins d'une minute pour prendre des clichés de chaque page manuscrite à l'aide de sa montre terminal numérique. Lorsqu'il eut fini, il replaça le classeur, parcourut les tiroirs du bureau, localisa le plateau où se trouvaient les tubes à essai scellés et les sachets à preuves en plastique transparent, cités en référence dans les notes du vétérinaire, et photographia également le tout avant de les remettre dans le tiroir où il les avait trouvés.

Il avait esquissé un pas vers l'entrée quand il marqua un temps, se retourna pour regarder derrière lui la rangée de niches et vint s'accroupir devant la chienne lévrier blessée.

Les doigts passés à travers le grillage, il caressa très doucement son museau.

« Brave fille, murmura-t-il. T'es une brave fille. »

Puis Ricci se releva, quitta précipitamment la clinique et replongea dans la nuit.

12

Sites divers

La cabine principale de *La Chimère*. Vêtu d'une robe de chambre en soie teinte des gris du crépuscule par les tisserands d'Andhra Pradesh, Harlan DeVane était assis devant son ordinateur dans les profondeurs de la nuit africaine, évaluant le second message électronique destiné à son ennemi. Il voulait relire avec soin les mots qu'il avait rédigés et visionner l'animation que ses techniciens avaient incluse avec les graphiques, pour s'assurer que chaque élément s'enrichissait des autres, que l'ensemble du produit répondait aux critères exigés.

Intensément concentré, immobile, ses lèvres crispées étaient aussi décolorées que le reste de ses traits. On aurait presque pu le comparer à une figure de cire, ne trahissant pas le moindre signe de satisfaction devant l'énoncé et la forme du message.

Pourtant, satisfait, il l'était.

C'était encore un exemple de pouvoirs de manipulation exercés avec brillance. Un vrai grand coup. Combien de fois une tromperie était-elle conçue pour frapper l'œil de sa fausseté, pour faire prendre conscience à quelqu'un qu'on se jouait de lui ?

Cela redonnait aux choses une symétrie que DeVane ne croyait pas avoir pu élaborer, mais dont seules les circonstances lui avaient permis de tirer parti.

La douleur pouvait faire souffrir, en effet, de bien des manières ; l'enfant aimé pouvait amener la chute de son père presque aussi sûrement que l'enfant banni et détesté.

Perdu dans cette pensée, fasciné par ses nombreuses ironies, DeVane envoya l'ultimatum électronique dans le cyberespace.

Palo Alto. Le matin. Un ciel bas au-dessus des collines menaçait d'une nouvelle journée de pluie et de brume.

Dans la maison de Gordian, Megan Breen marchait depuis des heures au café et à la tension nerveuse et trouvait que son niveau de caféine devait être rechargé de plus en plus souvent. Elle avait passé le plus clair de la soirée à faire son possible pour réconforter et soutenir Ashley, et le reste à conférer avec les agents de l'Épée qui avaient transformé le séjour en PC d'opérations improvisé. À l'intérieur, leur matériel de surveillance occupait toute la surface disponible. Dehors, leurs véhicules encombraient toute l'allée. Le domaine de quinze hectares avait été bouclé par des patrouilles armées pour assurer à Ashley Gordian une sécurité totale contre toute menace... mais Megan savait que son cœur ne pouvait être aussi bien protégé, et cela la chagrinait profondément.

Le mail arriva à huit heures précises. Ash était tombée dans une somnolence qui même avec un épuisement total ne pouvait se prolonger trop longtemps. Megan était dans la cuisine, en train d'une main de jeter le filtre à café dans la poubelle et de l'autre de remettre des grains moulus dans la machine.

Un des agents – Lehane – passa la tête dans l'embrasure.

« Madame Breen... quelque chose vient d'apparaître dans votre courrier entrant. On pense que ça pourrait être... »

Megan n'entendit pas le reste de la phrase pour se précipiter dans le séjour.

Le sujet du mail indiquait :

Aria di Bravura : Un chant d'amour et de sacrifice

Megan se laissa choir sur une chaise, voulut saisir la souris et puis se rendit compte qu'elle était venue de la cuisine avec la dose de café en plastique.

« Est-ce que quelqu'un veut bien me débarrasser de ce fichu truc ? » Elle passa la cuillère à l'un des hommes sans quitter des yeux l'écran. « Merci. »

L'agent resta la main tendue et baissa les yeux, un rien surpris.

Elle avait lâché la cuillère avant qu'il ait eu le temps de la saisir, répandant un petit tas de mélange torréfié sur le sommet de sa chaussure.

Roger Gordian regarda le mail s'ouvrir sur l'écran de l'ordinateur portable qu'il avait branché dans sa suite au domicile de Thomas Sheffield.

L'image qui emplissait presque tout l'écran était celle d'une large main de feu, levée, ses doigts orange vif largement écartés. Se matérialisant graduellement en travers de la paume ouverte, le texte suivant apparut en lettrage noir :

> Les conditions de la libération de Julia sont simples. Nous n'exigeons nulle rançon, nulle part de la fortune du père. Juste une promesse faite devant toutes les oreilles du monde – et les atteindre toutes n'a-t-il pas été l'objectif de toute son existence ?
>
> À vingt et une heures ce soir, à bord de la plate-forme pétrolière de Sedco, Roger Gordian doit renoncer à son rêve de liberté par l'information, déclarer la dissolution totale et définitive d'UpLink et de toutes ses filiales, et exiger de ses actionnaires qu'ils renoncent à leurs parts par agrément légal sans autre forme de compensation, y compris par remboursement financier des assureurs.
>
> Toutes les opérations commerciales d'UpLink devront alors cesser. Tous les personnels devront être évacués des installations de par le monde. Tous ses projets devront être abandonnés, ses réseaux de communication démantelés.
>
> La mise en œuvre complète de ces termes devra intervenir dans un délai qui n'excédera pas quarante-huit heures après cette annonce sinon Julia Gordian sera exécutée.

Le texte en noir demeura visible trente secondes avant de fusionner dans une sphère en rotation qui subit rapidement une autre transformation en douceur devant la paume enflammée, changeant de forme pour adopter celle du logo d'UpLink : un globe terrestre entouré par les tracés entrecroisés d'orbites de satellites.

Une autre demi-minute s'écoula. La main se

referma en un poing, se mua en boule de feu rouge orangé, devint éblouissante. Puis elle plongea soudain vers le bas de l'écran comme une comète en chute libre, laissant derrière elle un grand vide blanc.

Gordian détourna les yeux de l'écran et regarda Pete Nimec dans le siège voisin du sien.

« À quoi cela rime-t-il ? » Son visage était cendreux. « Mettons que je sois d'accord pour me retirer du jeu, comment quelqu'un peut-il s'imaginer que je serai capable d'aller convaincre mes investisseurs de faire la même chose ? C'est inconcevable. On parle là de fortunes. Rien que parmi nos employés, il y en a des milliers qui ont leurs économies liées à notre actif. Des dizaines de milliers. Ils seraient balayés. Je ne suis même pas sûr de ce qu'ils voudraient faire de leurs actions. » Il marqua une pause, passa une main dans ses cheveux dégarnis. « Mais je ne sais pas pourquoi je pense même à appliquer un raisonnement sensé à de telles exigences. Pas une seule n'a la moindre once de réalisme. Elles sont impossibles à remplir... même si l'on avait des mois devant nous. »

Nimec prit une inspiration.

« Personne ne s'attend à vous voir y répondre, dit-il. Toute cette histoire est abracadabrante. Elle est destinée à vous déstabiliser. »

Gordian hochait la tête. « Mais si c'était le cas... »

Il se tut. Nimec attendit. Ils échangèrent un regard.

« Si c'est le cas, Pete... et si c'est pour me harceler... me briser le cœur... alors que va-t-il arriver à ma fille ? » Gordian dévisagea Nimec. « Que comptent faire ses ravisseurs ? »

Nimec hésita, écartant tous les mots creux de

réconfort qui lui venaient à l'esprit. Gord méritait mieux de sa part.

« Je n'en sais rien, dit-il. Je n'en sais vraiment rien. »

Il s'appelait Fred Gilbert et il était en rogne après celui qui lui faisait décrocher son téléphone à sept heures du matin. D'après ce qu'il avait déjà dit à Glenn à trois ou quatre reprises lors de réprimandes circonstanciées, le fait que ce soit un appel professionnel ne faisait qu'accroître son déplaisir.

« C'est un abus scandaleux, dit-il. Ou bien ne sommes-nous pas convenus qu'un homme était en droit de choisir son propre emploi du temps ?

– Bien sûr, monsieur, dit Glenn à l'autre bout du fil. Et je vous présente mes excuses si je vous ai dérangé dans vos activités...

– Dans mon *sommeil.*

– Oui, monsieur. Votre sommeil...

– Dont il me faut huit pleines heures, ajouta Gilbert. Vous avez pris mes coordonnées sur la page d'accueil du club, c'est exact ?

– Oui », confirma Glenn. Cette partie de l'histoire, à tout le moins, était vraie. « Monsieur Gilbert, j'ai essayé de vous expliquer...

– Si les heures où je suis disponibles n'étaient pas indiquées sur le site, vous seriez encore excusable. Mais elles sont parfaitement en évidence.

– C'est entendu, monsieur Gilbert. Encore une fois, cependant, j'ai bien mentionné...

– Je sais. J'ai écouté. Vous êtes ici en Californie à faire des heures supplémentaires, vous avez pris l'avion de Baltimore à dix heures, et vous devez repartir pour l'aéroport dans moins d'une heure. Cela n'excuse pas le manque de courtoisie. On ne peut pas ignorer les règles simplement parce qu'elles ne sont pas pratiques. Que vous soyez en ville pour une journée, un mois ou une décennie, le respect et la discipline doivent être observés. » Une pause. « Les chiens pas moins que les humains apprennent par l'exemple et je vous suggère de vous inculquer vous-même ces qualités si vous avez l'intention de posséder un chien dressé pour le schutzhund. »

Assis en face de Ricci de l'autre côté de la table de cuisine, Glenn semblait aussi las que frustré. Ayant passé la nuit entière sans fermer l'œil, excepté pour se masser les paupières, il avait du mal à plaindre Gilbert. Au cours des longues heures depuis leur arrivée à l'appartement de Ricci, les deux hommes avaient travaillé d'arrache-pied à charger sur ordinateur les photos numériques des preuves médicolégales et des notes de la clinique de Parkville, à trier ce qu'ils avaient appris et à décider de la conduite à tenir à partir de là. Tous deux s'étaient concentrés sur les éléments qui avaient attiré d'emblée l'attention de Ricci à la clinique – un flacon étiqueté et numéroté contenant des fragments de fourrure noire, et une entrée cochée à la main sur le calepin de Moore qui indiquait :

03/09
19 h 00
Fourrure canine et matériau dermique extrait du maxillaire subgingival et de la mandibule du lévrier. Essentiellement logés entre canines et incisives sup. d. et g., quantités

infér. collectées à l'intérieur de la joue et à la surface de la prémolaire antérieure (cf. graphique dentaire joint).

Concl. prélim. : Morsure infligée par lévrier à un autre chien.

Inhabituel, suivi d'un prélèvement d'ADN sanguin sur la scène. Analyse visuelle et microscopique des échantillons de fourrure (résultats détaillés joints) correspondent à berger.

Concl. prélim. : berger noir à poils longs possible. Rare. (Chien d'attaque ?) Faire suivre av. tests comparatifs. Spécimen de référence nécessaire. (Fichiers de systèmes pileux et de fibres du FBI ?)

Montrant à Glenn les notes, Ricci avait pointé l'expression « chien d'attaque », ce qui lui avait valu une expression curieusement distante et un hochement de tête.

« C'est près, mais pas tout à fait exact, avait-il dit. Ce devait être fatalement un schutzhund. Un animal qu'il pouvait totalement contrôler.

– Il ? »

Ricci avait regardé Glenn, presque aussi surpris par la question.

« Celui qui a enlevé Julia », avait-il dit, et il en était resté là. Comme si nulle autre explication n'était nécessaire. « Il faut qu'on trouve qui vend ces chiens dans la région. »

Et dès six heures du matin, une recherche relativement rapide sur Internet leur avait fourni une abondance de matériel sur la classification en général, et un certain nombre d'informations très précises sur le Schutzhund Club de la Baie Nord, dont Gilbert était le président, le fondateur et le principal éleveur.

Glenn éloigna le combiné de sa bouche, gonfla les joues et soupira pour évacuer en partie sa tension.

« Monsieur, vous pouvez croire que je suivrai votre conseil, dit-il au bout d'un moment. Je reconnais absolument mon erreur...

– C'est bien le moins...

– Mais puisque le mal est fait, et que vous êtes déjà sorti du lit, j'espère que nous pouvons transformer mon erreur... aussi inexcusable soit-elle... en quelque chose de productif...

– Anagkazo, dit abruptement Gilbert.

– Pardon ?

– Vous m'avez dit avoir vu un individu promener un berger allemand noir depuis une voiture. »

Glenn se souvint de l'histoire improvisée en hâte qu'il lui avait servie. « Effectivement, d'un taxi...

– M'avez dit qu'il était à poil long.

– C'est exact.

– M'avez dit que vous envisagiez d'acquérir un tel animal pour garder votre famille et votre maison pendant que vous êtes en voyage d'affaires. Ce qui est tout à votre honneur.

– C'est exact... euh, et merci...

– J'essaie de reconnaître les traits positifs dans toutes les espèces », expliqua Gilbert sans la moindre once de sarcasme. « Quoi qu'il en soit, si vous aviez passé un peu plus de temps sur votre ordinateur, vous auriez découvert la base de données génétiques en ligne du *stud book* des schutzhunds américains. Elle liste les évaluations basées sur l'ADN de tous les pedigrees de bêtes certifiées, leur conformation physique et leur susceptibilité à la dysplasie de la hanche et tout autre problème de santé remontant à cinq générations et plus. Vous y auriez également découvert que le noir à poil long pur est une race relativement rare. Il n'y a qu'une poignée d'éleveurs qui en vendent dans le pays. Presque tous sont importés d'Europe ou engendrés par des reproducteurs importés... »

Glenn voulait revenir à ce que Gilbert avait révélé au début de son laïus.

« Sans vouloir vous couper, monsieur, mais ce mot que vous avez utilisé il y a une minute...

– Un mot ?

– Qui commençait par un A... je crois, ana-quelque-chose...

– Anagkazo.

– C'est cela, oui.

– C'est un nom, fit Gilbert, sur un ton aigre. John Anagkazo. Un type très respecté, là-haut dans les collines. Notre page a un lien vers son site. Si le berger est bel est bien qualifié pour le schutzhund, et qu'il a été acheté dans l'État de Californie, vous pouvez avoir la certitude qu'il provient de son élevage. »

À cent vingt kilomètres environ à l'ouest de San Jose, le ranch Anagkazo s'étendait sur de nombreux hectares de collines herbeuses équipées de pistes d'entraînement, de haies, d'équipement de courses d'obstacles et d'*agility* en diverses circonstances, avec un vaste enclos pour les chiens, en retrait du corps de logis principal, une maison à charpente en bois restaurée qui devait bien avoir un siècle d'âge.

Ricci et Glenn trouvèrent l'éleveur devant sa porte quand ils se présentèrent à neuf heures. Lorsqu'ils descendirent de voiture, Ricci alluma son mobile et vit qu'une demi-douzaine de messages vocaux l'attendaient. La liste indiquait que quatre provenaient du bureau de Thibodeau. Les deux plus récents venaient d'un correspondant qui avait bloqué la présentation du numéro – Brenn chez les Gordian, il l'aurait parié. Ricci n'était pas prêt à y répondre tout de suite. La clinique vétérinaire de Parkville n'ouvrait pas avant dix heures mais il se dit que les flics à l'extérieur avaient dû se réveiller à l'heure qu'il était. Ou sinon, ils avaient dû être trouvés par des collègues venus voir pourquoi ils ne répondaient pas aux appels radio de routine. Erickson devait savoir à présent qu'on était entré par effraction dans la clinique, il avait dû reconnaître que c'était un travail de pro et flairé illico qu'il était lié à l'enlèvement. Mais Ricci n'avait rien pris ou déplacé, et l'inspecteur devrait se poser un certain nombre de questions. Erickson ne pouvait en être réduit qu'aux conjectures. Et le ravisseur inconnu de Julia devait venir en tête de sa liste de suspects. UpLink s'y trouverait-il également ? Pas en tant qu'organisation. Ricci pensait toutefois qu'il pouvait y figurer personnellement. Et peut-être même assez haut pour qu'Erickson conduise sa petite enquête avant de l'éliminer... même si cet autre inspecteur, Brewer, craignait d'être conduit à admettre qu'il lui avait laissé entrevoir le diagramme du lieu du crime. Erickson venant fouiller du côté d'UpLink, ça pouvait être un problème, et Ricci ne pouvait pas se permettre de s'en inquiéter pour le moment.

Il coupa le téléphone, le raccrocha à sa ceinture et, un instant plus tard, rejoignit Glenn à la porte.

« Bonjour, je suis John Anagkazo. » L'éleveur sourit sous sa barbe épaisse, la main tendue. « J'ai vu votre voiture au bout de la route… j'imagine que vous devez être MM. Ricci et Glenn. De chez UpLink International, c'est ça ? »

Glenn acquiesça et présenta sa carte de l'Épée.

« Sécurité de l'entreprise, M. Anagkazo.

– Bien sûr, bien sûr. Vous me l'avez dit par téléphone. J'ai entendu dire sur vous des trucs super, les gars. » L'homme paraissait curieux. « Entrez donc… et appelez-moi John, je vous prie. Pas besoin de vous battre avec mon nom de famille. »

Ricci regardait derrière lui dans l'embrasure la tête d'un énorme berger allemand.

« Si votre ami n'y voit pas d'inconvénient », dit-il avec un signe de tête vers le chien.

Anagkazo sourit.

« Ne vous en faites pas pour Bach. Il n'embêtera personne si l'on ne m'embête pas. »

Ils le suivirent dans un séjour à forte connotation du Sud-Ouest : motifs géométriques couleur terre sur les tapis et les tapisseries, mobilier de bois brut taillé à la main. Le berger les fila, attendit qu'Anagkazo s'installe dans une chaise et vint alors s'étendre à côté de lui par terre et s'amusa avec un jouet en cuir.

« Ça vous a fait une belle trotte depuis San Jose, remarqua l'éleveur. Je peux vous préparer du café…

– Merci, ça va bien, dit Ricci. J'aimerais en venir directement au but de notre visite. »

Anagkazo haussa les épaules. Il attendit.

« Nous essayons de recueillir des informations sur les bergers noirs à poil long, dit Ricci. D'après ce que nous avons entendu, vous êtes le seul dans la région à en élever. Et à donner un entraînement au schutzhund. »

Anagkazo acquiesça.

« À tous les niveaux. Y compris l'entraînement spécialisé. Je m'y consacre depuis un moment, et environ soixante pour cent de mon activité professionnelle se fait aujourd'hui avec les services de police et de pompiers dans tout le pays... j'en suis très fier. »

Et la fierté semblait sincère. Comme son comportement amical et serviable. Ricci avait étudié son visage et son expression corporelle et n'y avait noté aucun changement révélant qu'il pourrait être sur la défensive.

« Donc, quel genre de questions avez-vous à me poser ? Je dois vous dire d'emblée qu'il y a une longue liste d'attente sur les sables[1] à poil long.

– Ils sont si populaires ? » s'enquit Glenn.

Anagkazo haussa les épaules.

« Ce n'est pas tant pour moi une question de popularité. » Il passa la main par-dessus l'accotoir de sa chaise pour gratter le cou de son chien. « Les noirs et rouges comme Bach sont une lignée bien établie dans ce pays, et nous avons un grand nombre de reproducteurs et de reproductrices. Mais je viens juste d'établir les sables il y a quelques années – quatre générations en tout à présent – et je ne veux pas faire de surélevage. C'est ainsi qu'on transmet les maladies congénitales, les problèmes caractériels, tout un tas de faiblesses dont on préfère se débarrasser. » Une pause. « Un chien doit avoir au moins dix-huit mois pour pouvoir prétendre à la classification schutzhund. Il y a une portée de noirs qui doit naître en janvier, plus deux jeunes de seize mois qui sont presque prêts à

1. En élevage comme en héraldique, sable est la couleur noire.

être placés, des arrhes ont été déjà versées. Ce qui n'est pas de chance... »

Ricci intervint. « Vous en avez vendu récemment ?

– C'est justement ce que j'allais dire », reprit Anagkazo. Il caressait toujours son berger. « Si vous êtes intéressé par les noirs, je dirais que ça tombe vraiment mal. Les arrhes sur cette paire de chiens ont été versées il y a quelques jours seulement par un grand metteur en scène qui a un domaine à South Hampton, dans l'État de New York. Et j'ai vendu mes trois seules autres beautés il y a quinze jours à un photographe qui réside en ce moment sur la Péninsule... en fait, je les lui ai même livrées moi-même en voiture à son chalet, à l'écart dans le comté de Big Sur. Trois chiens. Un gars qui travaillait pour lui les avait payés d'avance le mois dernier. J'imagine pendant qu'il finissait de s'installer. »

Ricci le regarda.

« Il a un nom ?

– Estes, dit Anagkazo. Rien de confidentiel. Il débarque dans le pays. Je crois qu'il vient... d'Europe. »

Ricci continuait de le fixer.

« Où en Europe ?

– Il n'a pas précisé. Ou je n'en ai pas gardé souvenance. Mais j'ai l'impression qu'il fait partie de ces gens qui vivent un peu partout. De l'argent à dépenser, vous voyez. Il a un accent qu'on ne peut pas situer... une sorte de mélange international, il m'a fait un peu penser à celui de Yul Brynner, l'acteur... C'est pour cela qu'il pouvait jouer un pharaon, le roi du Siam ou un bandit mexicain, en restant toujours aussi crédible. »

Ricci sentit un mauvais pressentiment s'éveiller en lui.

« Le photographe », insista-t-il. Ses yeux étaient rivés sur celui de l'éleveur. « Décrivez-le-moi. »

Anagkazo se raidit un peu sur son siège. La curiosité qu'il avait montrée à la porte était à présent mâtinée d'un léger malaise.

« Menton carré. Grand. L'air robuste... un vrai dur. » Il cessa de caresser le berger pour reposer la main sur l'accotoir. « Ce gars a-t-il fait quelque chose de mal ? »

Les muscles de la joue de Ricci se crispèrent. C'était comme si, soudain, son cerveau s'était verrouillé sur les mots qu'il aurait pu fournir en réponse, bloquant peut-être même son aptitude à les articuler.

Glenn regarda dans sa direction, vit son regard fixe, et se tourna vers Anagkazo.

« John, fit-il. Vous feriez mieux de nous dire exactement où on peut le trouver. »

Thibodeau avait passé la matinée à son bureau à répondre aux coups de fil, mais chaque heure qui s'écoulait avait vu croître sa certitude que l'appel qu'il attendait ne viendrait pas.

Quand son dernier bond vers le combiné lui eut prouvé qu'il avait tort, il se demanda aussitôt s'il devait s'en montrer heureux ou désolé.

« Ricci. Où etais-tu... ?

– T'occupe, coupa Ricci. Occupe-toi juste de ce que je m'apprête à te dire.

– Je t'ai laissé des messages sur ta boîte vocale, ça fait des heures que j'attends de tes nouvelles, s'irrita le Cajun. Idem pour Megan...

– Arrête ton cinéma et écoute. »

Thibodeau rougit. « On a Erickson qui fouine partout, les emmerdes qui s'accumulent. Et tu fais comme si on ne pouvait pas contacter monsieur...

– Si tu veux retrouver Julia Gordian et le salopard de tueur que t'aimes bien appeler le Chat sauvage, t'as intérêt à la boucler et écouter. »

Thibodeau se tut, haletant. Après qu'Erickson lui eut téléphoné ce matin pour l'interroger sur le cambriolage à la clinique vétérinaire, il avait deviné aussitôt que Ricci devait y être jusqu'au cou... deviné et désiré surtout avoir un compte rendu quelconque avant de pouvoir pendre le misérable. Mais il avait pris garde à ne pas alerter l'inspecteur. Malgré sa colère, il s'était demandé si Ricci avait éventuellement trouvé une piste.

Julia..., songea-t-il. *Le Chat sauvage...*

Thibodeau n'aurait jamais pu imaginer entendre ces deux noms réunis dans la même phrase.

« Vas-y. » Il haletait presque à présent. « Il n'y a pas de temps à perdre.

– Je roule vers Big Sur. Il me faudra peut-être une heure pour monter là-haut et j'ai besoin de renforts. Ed Seybold de mon ancienne équipe. Newell et Perry si tu peux mettre la main sur eux. Peut-être une demi-douzaine d'autres hommes, mais pas plus... Dis à Seybold de choisir les autres. »

Thibodeau déglutit. « Big Sur, c'est grand... tu peux préciser ?

– Assure-toi simplement que ces hommes sont réunis. Je te recontacte », l'interrompit Ricci.

Et il raccrocha.

Siegfried Kuhl était pensif.

Tandis qu'il contemplait la pluie derrière les baies vitrées donnant sur la terrasse, la regardant ruisseler de la falaise en rideaux et en tourbillons emportés par les vents, son esprit était revenu à l'enlèvement du rouge-gorge qui était à présent ligoté à une chaise en face de lui, le ramenant au moment où Lido avait été attaqué par le lévrier.

La morsure n'avait guère blessé le schutzhund, sa fourrure épaisse empêchant les crocs de l'autre chien de trop s'enfoncer dans les chairs. Et l'arme de Kuhl avait rapidement fini le travail. Pourtant il s'était demandé dès lors si le vrai mal n'avait pas été fait au moment où les deux animaux étaient entrés en contact.

La chair morte et les os du chien qu'il avait abattu ne recéleraient-ils pas des indices susceptibles de mener à lui ? Il avait été incapable de s'ôter de l'esprit cette idée qu'il pouvait y avoir du sang, des poils et d'autres indices matériels concrets permettant d'identifier le berger. C'était une bête peu commune, après tout. Et si les preuves étaient assez directes, si l'éleveur Anagkazo parlait à ceux qui recherchaient la fille de Gordian...

S'il leur parlait avant que les hommes de Kuhl n'aient eu le temps de se charger de lui, le délai nécessaire avant de devoir se rabattre dans sa planque pouvait bien être limité à quelques heures, sinon quelques minutes. Et même si la tempête rendait le trajet difficile, il avait ordonné à Anton et Ciras de charger l'Explorer du strict nécessaire – eau, barres protéinées, trousse de premier secours – pour qu'il puisse évacuer le chalet dans les plus brefs délais.

Après tous ses préparatifs, il était ébahi de songer

que le succès de son entreprise pouvait être menacé par une simple erreur d'évaluation des réactions du lévrier à son entrée par effraction dans le refuge pour animaux.

Kuhl quitta des yeux la terrasse pour se tourner vers son rouge-gorge capturé. Il regarda dans ses yeux au-dessus du bâillon noué autour de sa bouche. Précaution bien inutile, en fait. Se rendant compte qu'elle était dans un endroit où ses appels à l'aide ne serviraient à rien, elle avait gardé un silence que Kuhl trouvait admirable. Elle n'avait trahi aucune faiblesse, n'avait jamais plaidé, sinon pour la vie de la femme et de l'enfant au refuge, et pour celle du chien qui avait tenté de la protéger.

Même à présent, songea Kuhl, son regard ferme ne présentait pas le moindre signe de faiblesse.

Il s'éloigna d'elle pour se rendre au bureau devant lequel il était resté assis de longues nuits à son ordinateur, regarda dans le tiroir du dessus. S'y trouvait le couteau de combat en acier dont il ferait usage quand viendrait le moment de se débarrasser d'elle.

La tête rabattue en arrière sans crier gare, une profonde entaille en travers de la gorge.

Dans son admiration, Kuhl offrirait à Julia Gordian une mort aussi soudaine et indolore que le permettrait sa main experte.

C'était, après tout, bien le moins qu'elle méritât.

Les nuages s'étaient amassés toute la matinée pour former une bande grise épaisse qui s'étendait tout au long de la côte de Half Moon Bay, au sud, jusqu'à Point Conception, et en largeur, des monts Santa

Lucia jusque vers l'est, le désert de Ventana et la forêt nationale de Los Padres. À midi, la pluie s'était remise à tomber à verse, le ciel gris anthracite griffé d'éclairs, le tonnerre grondant comme de grandes meules dans les turbulences de basse altitude.

Ricci et Glenn regardèrent deux hommes quitter le chalet et se diriger à grands pas vers le Ford Explorer garé à quelques mètres seulement de l'endroit où ils étaient tapis côte à côte sous le couvert des arbres. L'un des hommes transportait un sac de portage, son compagnon deux pochettes en nylon zippées.

Bref regard de Ricci vers Glenn.

« Je parie que c'est du matériel de survie », murmura-t-il.

Glenn opina.

« M'en a tout l'air. »

Tandis que l'eau s'écoulait du toit de feuillage poreux au-dessus d'eux, ils continuèrent d'observer les deux hommes en silence. Dans ce qui avait presque semblé une répétition de leur opération nocturne de la veille à la clinique vétérinaire, ils avaient quitté leur voiture à environ huit cents mètres de là et gravi le reste de la colline à pied. L'épais couvert végétal sur la pente offrait une protection vitale contre les regards mais présentait également quelques rudes obstacles – pente ardue, fourrés impénétrables, torrents gonflés par les pluies incessantes, et passages de sol bourbeux qui les avait obligés à plusieurs détours. Mais ils avaient réussi à progresser sans perdre de vue la chaussée pavée, restant en permanence le plus près possible de celle-ci. Au bout d'une heure environ de parcours, ils avaient finalement aperçu un des piliers de grès décrits par Anagkazo, à l'écart sur leur gauche, repris le chemin de terre qui menait à la crête, puis longé celui-ci jusqu'à leur présente position.

Ils continuaient d'observer tandis que les deux personnages sortis du chalet passaient derrière le 4×4 de loisirs, en déverrouillaient le hayon, le soulevaient, chargeaient les sacs à l'intérieur, puis rabattaient dessus le store du coffre.

Ricci dégaina son Cinq-Sept à silencieux.

« T'es prêt ? » demanda-t-il.

Glenn inspira un grand coup et acquiesça derechef. Il avait une matraque en cuir au creux de la paume – il trouvait l'instrument plus direct que la bombe d'anesthésiant.

Ils se déplacèrent de quelques dizaines de centimètres pour se placer juste derrière l'Explorer, puis attendirent un moment.

Ricci indiqua l'homme sur la gauche, puis s'indiqua lui-même et obtint un dernier signe affirmatif de Glenn. Il leva trois doigts et se mit à décompter.

Quand son troisième doigt se rabattit, ils bondirent.

Bien que grand et baraqué, Glenn fut le premier à jaillir du fourré et à se ruer sur M. Droite en un clin d'œil. Il frappa l'homme à la base du crâne et ce dernier s'effondra en tas.

Ricci s'était dans le même temps jeté derrière M. Gauche, l'avait immobilisé d'une clé au cou et avait plaqué le canon de son flingue contre sa tempe. Le gars rabattit la tête en arrière, essaya de le frapper sous le menton malgré la clé et la pression du neuf millimètres – du cran, de bons réflexes. Ricci esquiva le coup, le fit pivoter en le tenant par l'épaule et lui expédia son genou dans le diaphragme.

M. Gauche s'affala contre l'Explorer, le souffle coupé.

Cette fois, Ricci lui fourra le neuf millimètres juste sous le nez, pressant le canon contre l'aile de celui-ci, juste au débouché de la glande lacrymale. Puis, le fouillant rapidement au corps, il trouva un Sig .380 dans un étui d'épaule dissimulé et un porte-cartes dans la poche arrière de son pantalon.

Ricci glissa le Sig sous sa ceinture et, d'une chiquenaude, ouvrit le porte-cartes.

« Barry Hugues, dit-il en regardant le permis de conduire. C'est ton nom ? »

Comme M. Gauche commençait à hocher la tête malgré la pression du canon, Ricci jeta le porte-cartes dans une flaque d'eau et lui expédia son poing dans la joue. Quelque chose céda à l'articulation de la mâchoire.

« Donne-moi ton vrai nom. »

Silence du gars. Du sang ruisselait au-dessus de sa lèvre inférieure.

« Ton nom. » Ricci le dévisagea, enfonçant son Cinq-Sept un peu plus au coin de l'œil. Il voyait la peau sous l'orbite commencer à se rider sous la pression du canon. « Tu me le dis ou je te tue. »

Le gars le fixa peut-être trois secondes encore avant de céder.

« Anton, enculé », lâcha-t-il, les dents rouges de sang, l'élocution gênée par la fracture de sa mâchoire.

Ricci acquiesça. Du coin de l'œil, il vit Glenn déverrouiller la portière droite de l'Explorer avec la clé récupérée sur le hayon, se pencher pour donner un quart de tour au contact, puis baisser la vitre électrique et menotter les poignets de l'autre type à la barre verticale de l'encadrement.

Saisissant son homme par le col de chemise, Ricci le tira brusquement vers lui.

« Anton, je sais que t'as mal à la gueule, mais va falloir que tu nous racontes deux-trois trucs avant qu'on te fiche la paix. »

Il y avait une porte sur le côté du chalet qui donnait accès à la cuisine et, dans l'enfilade, au séjour.

Ricci se fit guider par Anton qu'il tenait en respect, une main sur l'épaule, l'autre tenant le Cinq-Sept contre son oreille, derrière la bosse difforme de la mâchoire. Derrière eux, Glenn avait la crosse de son VVRS calée contre le bras, prête à tirer.

« Ouvre la porte », dit Ricci. Il poussa Anton avec son canon. « Et pas de surprise. »

Anton tourna le bouton, tira. Le susurrement constant de la pluie masqua le bruit de son ouverture. Prêtant toutefois une oreille attentive, Ricci entendit un bref froissement dans les fourrés sur sa droite.

OK, se dit-il.

Immobile à l'angle de la porte, caché par le pan de mur, Ricci jeta un regard derrière Anton dans la petite cuisine inoccupée. Derrière l'arcade donnant sur le séjour, trois hommes attablés jouaient aux cartes. Un quatrième, installé sur un canapé à l'extrême droite semblait y somnoler, les bras croisés derrière la nuque, les jambes tendues et les chevilles croisées Les bergers noirs étaient étendus sur le tapis entre eux L'un des chiens leva légèrement la tête en entendant la porte s'ouvrir, reconnut la présence familière d'Anton et rabaissa sa grosse tête sur le sol.

Ricci se tourna légèrement, fit un signe du menton, s'effaça.

Une main massive vint par-derrière se fermer sur la bouche ensanglantée d'Anton, et l'attira en arrière sous la pluie. Ricci entendit le sifflement de l'aérosol sur sa gauche, puis un bruissement de feuillage au moment où Anton était évacué hors de vue.

Thibodeau émergea de la végétation humide, se libéra de l'homme inconscient et glissa la bombe de DMSO dans son étui de ceinture. Le reste du commando était en position de part et d'autre de la porte.

Ricci regarda l'espace d'un instant le visage barbu du Cajun puis se tourna vers la porte ouverte. Anton avait tout balancé près de l'Explorer et il avait semblé suffisamment terrifié pour dire la vérité quand il avait indiqué que le tueur était en haut – ce qui voulait dire que les chiens, en bas, ne seraient pas une menace. Ils n'auraient aucun comportement belliqueux sans son ordre direct.

« J'y vais », murmura-t-il et il se précipita dans le chalet sans un regard en arrière.

L'estimation par Ricci de l'honnêteté d'Anton sous la menace d'une arme s'avéra exacte. Le type lui avait dit qu'il y avait un escalier en colimaçon dans le séjour, passé l'arche, immédiatement sur sa gauche, et l'escalier était bien là, comme prévu.

Son Cinq-Sept en main, il traversa la cuisine en trombe. Devant lui, les hommes du tueur s'étaient levés d'un bond mais Ricci obliqua vers les marches et bondit dessus : désormais, l'agitation et le mouvement étaient derrière et en dessous de lui. Il gravit les marches quatre à quatre, sachant qu'il n'avait que quelques secondes au mieux pour entrer dans la chambre. Il y avait des cris, des échanges de coups de feu, d'autres cris, échos lointains au-delà de l'étroit puits de sa perception consciente. Derrière, dessous, dehors, quelque part dans un autre monde. Ricci n'avait qu'une préoccupation : atteindre l'étage, et ce goût dans sa bouche, le goût de son désir.

Et voilà qu'il était en haut, sur le palier dans un petit couloir. Il marqua un temps d'arrêt. Combien de temps depuis qu'il était entré dans le chalet ? Cinq secondes ? Dix ? Peut-être en avait-il encore cinq. Cinq maxi. Quatre, trois...

Il y avait deux larges portes dans le couloir sur sa droite, adjacentes. Une autre, plus étroite, sur sa gauche : un placard. Cette seconde porte sur la droite, Anton lui avait dit que c'était celle de la chambre principale où le tueur la détenait, où le tueur serait...

Ricci fit son choix, se précipita, s'arrêta une demi-seconde, donna un coup de pied contre la première porte, à l'endroit où le loquet rencontrait le moraillon. Le battant s'ouvrit à la volée, s'écrasa contre le mur, et il bondit dans la pièce, son Cinq-Sept agrippé à deux mains, comme les flics...

Le dos tourné aux baies ouvertes sur la terrasse dominant la falaise sur la mer, le Tueur se tenait de l'autre côté de la pièce, à côté d'une banale chaise en bois.

Elle y était assise. Bâillonnée. Ligotée au siège, les mains dans le dos.

Au-dessus du bâillon, sur son visage, une expression de terreur sans reddition.

Ricci chercha son nom au fond de lui-même, le fit jaillir du hurlement de rage atavique qui lui emplissait l'esprit.

Julia.

C'était. Elle. Julia.

Le Tueur tenait un couteau de combat plaqué contre sa gorge.

« Lâche-la », dit Ricci. Ses yeux rivés dans ceux du Tueur. Le Cinq-Sept brandi devant lui. « Lâche-la tout de suite. »

Le Tueur ne bougea pas.

La lame dans la main, sa pointe acérée contre la gorge de la jeune femme, il ne bougea pas.

Ricci lâcha d'une main le flingue, tâtonna dans son dos, trouva la porte, la rabattit. Quelque part derrière lui, de l'autre côté, les cris et la fusillade diminuaient. On entendait des pas gravir rapidement les marches.

Le Tueur continuait de le fixer en silence. Il n'avait pas bougé le couteau de la gorge de Julia.

Les pas avaient atteint la porte. Derrière, un cri pressant :

« Ricci ! (La voix de Glenn.) Ricci, t'es là ? »

Ricci ne répondit pas.

« *Ricci...*

– Reste dehors, dit Ricci. Dis à tout le monde de reculer. »

Derrière la porte, Glenn reprit : « Que se passe-t-il ? Est-ce que Julia... ?

– Elle est OK. Thibodeau et les autres restent derrière toi dans l'escalier. Que tout le monde reste dans le couloir. Ne pose pas de questions. »

Ricci regarda le tueur.

« Lâche-la », répéta-t-il une troisième fois. « C'est fini. »

Le Tueur ne bougea pas son couteau.

« Elle n'est qu'un contrat pour toi. Rien. Un autre boulot, rien de plus », dit Ricci. Son pistolet restait braqué sur le cœur du Tueur. « Tu la liquides, je te liquide, quel intérêt ? Mais il reste une chose dans cette pièce que tu désires. Quelque chose que tu désires depuis le Kazakhstan. Depuis l'Ontario. Et je te donne une chance de l'avoir. Je te promets cette chance. »

Le Tueur dévisageait Ricci.

L'étudia encore un long, long moment.

Puis il fit redescendre la main au couteau sur la chair douce et blanche de la gorge de Julia, pour passer derrière la chaise, trancher d'un coup bref les cordes qui lui liaient les poignets, s'accroupit pour trancher les liens des chevilles, se redressa. Seul le bâillon demeurait intact.

Ricci acquiesça lentement.

« Elle n'a plus de circulation dans les jambes, dit-il. Écarte-toi de la chaise – deux pas sur ta droite – que je l'aide à se lever. »

Le Tueur s'écarta.

Sans cesser de le tenir en respect avec son arme, Ricci s'approcha de la chaise, glissa un bras autour de la taille de Julia et l'aida à se relever, l'empêchant de tituber, la maintenant debout par sa seule force, avant de sentir les jambes de la jeune fille graduellement reprendre le dessus. Au-dessus du bâillon, les traits demeuraient calmes.

« Vous pouvez tenir toute seule, à présent », lui dit Ricci. Puis il inclina la tête vers la porte, éleva la voix : « Glenn... tu m'entends ? »

De l'extérieur : « Ouais. Bien. On dirait qu'on a la situation en main, en bas.

– Bien, dit Ricci. Je t'envoie Julia. Reste à l'écart, ne t'approche pas de la porte. Ne laisse personne d'autre s'en approcher, non plus. Qui que ce soit, pigé ?

– Ricci...

– *Pigé* ? »

Une pause.

« Ouais, dit Glenn. Ouais, mec, pigé. »

Ricci recula vers la porte, le flingue toujours sur le Tueur, sa main libre tenant Julia, la maintenant, la guidant. Il tâtonna de nouveau dans son dos, ouvrit la porte juste assez pour la laisser passer et lui fit signe de sortir.

Elle hésita, le regarda.

« Allez-y. Tout se passera bien. »

Julia soutint son regard un moment encore. Puis elle acquiesça et franchit l'ouverture.

Ricci claqua la porte derrière elle.

« Nous y sommes presque », dit-il. Son arme toujours braquée sur le Tueur. « Mieux vaut que tu me fasses glisser cette chaise. »

Elle fut poussée en avant. Ricci la fit pivoter pour la caler contre la porte, le dossier coincé contre le loquet. Puis il déposa le flingue sur la petite table qu'il avait aperçue du coin de l'œil gauche.

Derrière la porte, il entendit la voix de Thibodeau crier d'en dessous, puis Glenn lui répondre, lui dire que Ricci avait fait sortir Julia, qu'elle était à l'abri de toute menace. Il y eut encore des mots échangés, suivis par une cavalcade pesante dans l'escalier.

Ricci vit comme l'esquisse d'un sourire sur le visage du Tueur quand celui-ci déposa le couteau sur le sol, puis l'écarta du bout du pied.

« Maintenant, dit le Tueur, chacun sa chance. »

Ricci acquiesça.

« Maintenant. »

Kuhl et Ricci avancèrent l'un vers l'autre pour se mettre en position vers le centre de la pièce.

Les poings serrés, ses bras nerveux relevés pour se protéger la tête, Ricci sautilla en pliant les genoux pour les assouplir. Son adversaire le dépassait de huit bons centimètres, il avait plus d'allonge. Et sans doute dix ou douze kilos de muscles en plus sur sa grande carcasse. Il allait devoir jouer serré, se rapprocher et compter sur la vitesse pour surmonter ces avantages.

Kuhl changea de position, feinta. Ricci ne se laissa pas avoir. Les mains toujours en position de blocage, il tourna autour de lui, trouva une ouverture sous les bras massifs, et décocha un uppercut du droit en direction du menton.

Plus rapide qu'il n'en donnait l'impression, Kuhl para le coup, tenta de saisir le poing tendu de Ricci pour le désarçonner. Mais Ricci échappa à l'étreinte, recula et le contourna de nouveau, s'apprêtant à envoyer un nouveau coup.

Cette fois, Kuhl était encore mieux préparé, son pied gauche jaillit au moment précédant le contact, s'insinuant entre les jambes de Ricci pour taper l'intérieur du tibia et le déséquilibrer. Avant que Ricci ait pu se rétablir, un crochet du droit s'écrasa contre sa joue.

Ricci titubait, le côté du visage explosant de douleur, le sang emplissant sa bouche, la vue momentanément obscurcie. Et Kuhl déboulait de nouveau, le frappant d'une série de coups puissants, ses poings martelant à répétition le visage et le cou de son adversaire.

Ricci sentit la gravité l'attirer vers le bas, attirer ses jambes et sa tête, et il réussit à résister juste à temps pour esquiver un direct du droit qui semblait avoir jailli d'un néant granuleux pour se diriger doit vers ses yeux. Il inspira pour emplir ses poumons, inhala encore et encore, puis sautilla un peu pour faire accélérer son cœur et chasser les mouches noires du néant tourbillonnant qui obscurcissaient sa vision.

Kuhl n'était pas prêt à lui laisser cette opportunité. Il se rua en avant, les doigts tendus, visant les yeux de Ricci, essayant de l'aveugler, de lui arracher les yeux des orbites, du bout de ses doigts pointés comme des poignards. Ricci recula, baissa la tête, inspira encore un coup, évacua un peu plus de ce noir qui lui voilait la vue, et se releva juste sous la gorge du Tueur, très vite, expédiant son coude droit de toute la violence dont il était capable, entrant en contact juste sous la saillie de la pomme d'Adam.

Kuhl grogna, chancela. Un petit bruit mouillé s'échappa de sa gorge. Ricci pressa son avantage, conscient que ce pourrait être le seul, et essayant d'en tirer le plus parti. Le menton baissé, les pieds écartés, il se jeta sur Kuhl, lui martelant des poings les côtes et l'estomac, dans une succession de gauches et de droits, pressant toujours, insistant, ses phalanges le martelant, coup après coup.

Puis Ricci sentit Kuhl lâcher prise, ou peut-être glisser, il s'en fichait, tout ce qui lui importait était qu'il l'avait à présent à sa botte, avant d'expédier sa rotule dans son entrejambes.

Kuhl s'affala, à genoux, penché vers l'avant, les paumes ouvertes, les mains tendues pour éviter de s'effondrer à plat ventre. Mais Ricci gardait le dessus, le frappant au visage, aux bras, aux jambes et au corps, le faisant saigner par de multiples blessures ouvertes, regardant tout ce rouge s'échapper de ses chairs déchirées, lacérées.

Essayant de le rétamer le plus possible.

Et puis, soudain, apparut dans le poing de Kuhl un éclair d'acier éblouissant.

Le couteau de combat.

Il avait réussi à le récupérer par terre.

Il jaillit vers le haut, puis l'extérieur, comme Kuhl réussissait à l'expédier dans la direction de Ricci, enfonçant sa pointe à l'arrière de sa jambe droite.

Ricci sentit la brûlure glaciale s'enfoncer loin dans le muscle de sa cuisse, décocha avec l'autre jambe un dernier coup de pied en direction de la main du Tueur, coup qui réussit à atterrir entre le poignet et le coude.

Les doigts de Kuhl s'ouvrirent, lâchant le manche du couteau. Titubant, tête baissée, sang et salive mêlés dégouttant de sa bouche, le Tueur se releva sur un genou, essaya de se remettre debout, échoua et se mit à basculer vers l'avant.

Ricci l'intercepta par le col de sa chemise.

« Tiens, assassin », dit-il, le couteau toujours planté dans sa cuisse. « Tiens, un petit coup de main. »

Il redressa Kuhl sur ses jambes en coton, tout en le

faisant pivoter vers la terrasse, le forçant à reculer, le plaquant contre les baies vitrées, usant de tout son poids pour bloquer la masse à présent inerte et affaiblie de Kuhl contre le panneau, tandis qu'il se penchait par-dessus son épaule pour le faire coulisser partiellement en le tenant par la poignée, avant de pousser Kuhl, par l'ouverture, dans la pluie et le vent, en arrière, toujours en arrière, sur la terrasse et jusqu'au garde-corps.

Tandis que la pluie tournoyait autour d'eux, les lacérait, lavait leurs sangs jusqu'à ce qu'ils se mêlent sur le sol en rigoles qui cascadèrent par-dessus le rebord de la terrasse jusque dans le vide, Ricci redressa le Tueur pour le regarder dans les yeux, le secouer comme un prunier, les poignets autour de l'étoffe froissée et mouillée de sa chemise, le tenant, le tenant là, contre le garde-corps en fer au-dessus de la plongée vertigineuse du canyon balayé par la tempête, fixant ces yeux pour un ultime et long moment.

« Espèce de fils de pute, dit-il. Espèce de fils de pute, j'aurais bien fini par savoir. »

Avant de le pousser dans les abysses.

Thibodeau avait entendu le craquement dans la chambre au premier et s'était demandé au nom du ciel ce qui pouvait bien s'y passer.

Il se précipita à l'étage, déboulant dans le couloir devant Derek Glenn, tandis que derrière lui, on évacuait en hâte Julia du chalet. C'était le silence de mort soudain qui l'avait fait cogiter.

Thibodeau essaya de pousser le battant, trouva la

porte bloquée, et ordonna aux hommes derrière lui de l'enfoncer.

Sitôt franchi l'encadrement éclaté, il nota deux choses qui lui firent écarquiller les yeux.

La première : Ricci assis par terre, sous la pluie tombant par une baie ouverte de la terrasse. Il s'était calé contre le mur, une large flaque de sang sous sa jambe gauche, un couteau à la lame rougie posé sur le sol à ses côtés.

La seconde : le fait qu'il était seul.

Thibodeau écarta momentanément la question, se précipita et s'accroupit à côté de lui.

« Tu saignes comme un porc égorgé, va falloir quelque chose pour stopper l'hémorragie. » Puis il vit que Ricci avait ouvert la pochette de survie à sa ceinture et qu'il essayait tant bien que mal d'en extraire quelque chose. « Qu'est-ce que tu cherches, là ? Je peux t'aider à le sortir... »

Ricci le regarda, hésita une fraction de seconde.

« Ton gel pour fermer les blessures », souffla-t-il, avec un signe de tête pour l'inviter à chercher à l'intérieur.

13

San Jose
Gabon

Pénétrant dans sa salle à manger, Ashley Gordian regarda la pendule murale au-dessus de la tête de l'agent de l'Épée et découvrit avec ébahissement que le matin était devenu l'après-midi. Le peu de sommeil qu'elle avait pris depuis la disparition de Julia n'était venu que lorsqu'elle laissait tomber sa garde et, chaque fois, ses yeux n'étaient restés fermés qu'un bref instant. Dix minutes par-ci, quinze par-là, elle ne voulait pas s'accorder plus. Ses soumissions réticentes à l'épuisement avaient plus ressemblé à des coupures automatiques qu'à de vraies périodes de repos – l'équivalent physique de délestages pour entretien, supposait-elle – et entre deux phases, elle avait perdu tout sens de la progression normale du temps. Pourtant, c'était bien l'après-midi. Les aiguilles de la pendule s'étaient déplacées depuis la dernière fois qu'elle s'était trouvée dans cette pièce... même si l'agent de l'Épée n'avait pas bougé entre-temps.

Assis devant le guéridon à tiroirs en acajou qui lui servait de poste de travail, les manches retroussées, il était penché sur le portable ouvert devant lui, les yeux rivés à l'écran. Ashley n'était pas sûre de son nom ;

son badge était sur son veston, et son veston était posé sur le dossier de sa chaise. Il y avait tellement de membres de la sécurité de son mari dans toute la maison et sur le terrain alentour qui donnaient tout ce qu'ils avaient, travaillant en dehors de leurs heures normales, défiant l'épuisement de manière impensable. Certains étaient des hommes et des femmes qu'Ashley reconnaissait, d'autres qu'elle n'avait encore jamais vus avant la veille, mais tous arboraient le même air de résolution implacable. Son admiration et sa gratitude étaient inexprimables, et elle leur avait procuré toute l'aide qu'elle pouvait, leur rendant le séjour aussi confortable que possible, leur apportant à boire et à manger pour qu'ils tiennent le coup, autant de petites choses lui donnant le sentiment de se sentir utile d'une façon que, paradoxe, elle trouvait presque égoïste. Elle avait besoin de faire quelque chose, besoin de participer, même si sa participation semblait bien maigre comparée à leurs efforts. L'autre choix eût été de succomber à ce sentiment écrasant de futilité et d'impuissance qui semblait toujours sur le point de la menacer.

En s'approchant de l'agent, elle remarqua les restes d'une croûte de pizza dans une assiette en carton près de son coude, et posa une main sur son épaule pour attirer son attention.

« Je vous ai apporté cette part il y a des heures, dit-elle en prenant l'assiette. On dirait que vous n'avez pas bougé d'un pouce depuis. »

Ses yeux bouffis quittèrent l'écran.

« Ça n'a pas été aussi long, fit-il. Si ? »

Devant son expression perplexe, Ashley sourit malgré elle.

« Pourquoi ne feriez-vous pas une petite pause ? Je peux vous préparer... »

Elle s'interrompit, de l'agitation dans le séjour voisin leur faisant tourner simultanément la tête vers la porte. Tout le monde dans le PC improvisé bougeait à la fois, questions et réponses fusaient, chacun sortait de sa poche un téléphone mobile.

Ashley sentit la sueur lui coller aux paumes, sentit ses jambes trembler sous elle. Quelle que soit la nouvelle qui était arrivée et s'était répandue comme une vague sur le poste de commandement, elle était décisive, bonne ou mauvaise, et l'agent à côté d'elle s'en était douté lui aussi.

« Madame Gordian. » Il fut soudain debout à ses côtés et lui fit signe de s'asseoir dans le siège vide. « Madame, pourquoi ne pas attendre ici, le temps que je...

– Non. (Elle secoua la tête.) Je suis OK. C'est vrai. Allons-y, c'est tout. »

Elle se rua dans le séjour, percutant presque Megan Breen qui arrivait par l'autre côté.

Megan agrippait un téléphone mobile et les larmes ruisselaient de ses joues. C'était la première fois qu'Ashley la voyait pleurer et, prenant conscience de ce fait, son cœur s'arrêta presque.

Puis elle nota le sourire sous les larmes, le sourire humide de larmes ruisselantes, et prit ce qui devait être à jamais la plus grande inspiration de sa vie.

« Ashley...

– Meg...

– Julia est au téléphone, dit Megan et elle lui tendit l'appareil. Elle est au téléphone, ils l'ont retrouvée... et elle veut dire bonjour à sa mère. »

La plate-forme pétrolière de Sedco. Au large du Gabon. Roger Gordian se tenait derrière un podium dans la lueur des projecteurs montés sur des mâts, face aux regards sinistres dans des visages qui auraient dû arborer des sourires, au milieu du silence quand une musique festive aurait dû être jouée.

Dans chaque poche de son pantalon, il y avait une feuille de papier pliée. Sur chaque feuillet, une allocution différente : celle près de sa main gauche, une concession écrite à la folie, l'autre rédigée dans un espoir obstiné, acharné contre la défaite.

Gordian regarda sa montre, puis de nouveau les visages solennels alignés devant lui.

Quelques instants encore, et l'amertume au fond de sa langue.

Il énoncerait les mots qui devraient être dits. Pour la vie de sa fille, pour la plus mince chance de sauver sa vie, il le ferait, il ferait tout ce qui était nécessaire. Qui que soit celui qui lui avait enlevé Julia, quelle que soit l'intention monstrueuse derrière cet acte, le ravisseur avait su une vérité essentielle : dans le cœur de Gordian, le rêve était né. Mais tandis que le passé et le présent appartenaient à la dure réalité, seul l'avenir vivait dans les rêves d'un homme... et Julia était vraiment, au-delà de tout doute, l'enfant qui le portait sur ses épaules.

Il avança d'un pas, monta sur le podium, commença lentement à prendre le feuillet dans sa poche gauche.

Et soudain, il entrevit un mouvement derrière les visages, derrière les yeux. Quelqu'un qui se précipitait vers lui derrière les lumières aveuglantes.

Un cri excité : « Patron... *Gord...* »

Roger Gordian resta interdit, tandis que Nimec s'approchait, bousculant les hommes et les femmes assis devant lui. Le cœur battant à tout rompre, Gordian se surprit à ne plus songer aux mots qu'il devait prononcer mais uniquement à ceux qu'il voulait plus que tout entendre.

« On l'a retrouvée ! s'écria Nimec. Elle est saine et sauve, elle est OK, on l'a retrouvée ! »

Gordian inspira.

Peut-être la plus longue, la plus profonde inspiration de toute son existence.

Et puis, il glissa la main dans sa poche droite.

Le golfe de Guinée. Trois cents mètres sous la surface de l'océan. Le submersible habité lancé de la cale de *La Chimère* glissait vers une plate-forme d'évasion au large de la côte du Cameroun.

Dans la petite cabine à l'arrière, Harlan DeVane regardait, par-delà Casimir et son copilote, la pénombre liquide à l'extérieur du dôme avant. Derrière eux, dans les eaux abandonnées, on sablait le champagne sur la plate-forme Sedco dont les projecteurs irradiaient la nuit. Diffusées dans le monde entier, les paroles de succès de Roger Gordian avaient suffi à signer l'échec de DeVane. Transmis en secret, ses propres communiqués adressés à Kuhl et demeurés sans réponse n'avaient fait que confirmer celui-ci.

Le rouge-gorge était libre. Père et fille seraient réunis.

Père et fille.

DeVane contempla le vide liquide, visage exsangue

et sans expression, malgré les pensées qui emplissaient son esprit comme quelque toxine néfaste. Y avait-il un soulagement quelconque à savoir ce qui attendait Étienne Bégéla... ? À savoir qu'avant la nuit son cerveau se viderait par l'orifice d'une balle dans son crâne pas aussi bien foré que celui de la rondelle qu'il s'était vu remettre ? Ou trouverait-il un plus grand réconfort dans le passé ?

DeVane revit son retour d'antan vers la haute tour de son père, ses portes déverrouillées pour sa seconde visite par la vidéo secrète qu'il avait prise de ses ébats avec Melissa Phillips, et sa preuve génétique de paternité de l'enfant qu'elle avait engendré hors des liens du mariage... produit bâtard de leurs ardeurs nocturnes.

Ses petites dents se dénudèrent dans ce qui aurait pu passer pour un sourire de satisfaction retrouvée. DeVane avait scrupuleusement étudié la vie de son père après leur première rencontre autour de la longue table de verre. Il y avait deux fils légitimes, et une fille...

Son nom à la naissance avait été VanderMoere. Après son mariage avec le président multimilliardaire d'un empire de matières premières hérité, Arthur Phillips, elle avait adopté le nom de famille de son époux, le gardant jusqu'à sa mort prématurée.

DeVane avait appris tout ce qu'il y avait à savoir sur la veuve Melissa Phillips... tout ce qu'il pouvait bien avant le jour où il s'était présenté devant l'immeuble de sa demi-sœur à New York et qu'il lui avait laissé penser qu'elle pouvait le séduire.

En fait, cela avait été l'inverse.

Oh, quel retournement de situation... le père qui

avait fait tant d'efforts pour dissimuler à sa famille l'existence de son fils bâtard, récompensé par un petit-fils doublement bâtard. La récompense que DeVane avait extorquée tant du père que de la fille pour garder leur vil secret lui fournissant largement le capital de départ pour la première de ses entreprises commerciales. Et le fils DeVane avait engendré...

Il ferma les yeux, reposant la tête dans son siège ergonomique tandis que le submersible l'éloignait à grande vitesse dans les profondeurs.

Ce petit bâtard-là, on l'avait laissé se débrouiller dans quelque orphelinat.

Épilogue

Alors que le soleil matinal se déversait sur le mont Hamilton dans le lointain clair comme le cristal, Roger Gordian s'apprêtait à avaler sa gélule quotidienne d'huile de lin – riche en Oméga 3, bon pour la pompe, insistait Ashley – quand sa ligne directe sonna.

Il reposa son verre d'eau, remit la gélule dans le pilulier hebdomadaire qu'Ash lui garnissait tous les dimanches soir, et décrocha.

« Gord ! » dit la voix de Dan Parker à l'autre bout du fil.

« Je l'ai enfin trouvé ! »

Gord fronça les sourcils.

« Trouvé quoi ?

– Le mot.

– Quel mot ?

– Allons, fais pas l'idiot. L'autre jour, au grill... quand tu as dit que tu étais content de tout ce que t'avais accompli, mais que tu ne voulais pas que les choses restent exactement telles qu'elles étaient. Comment tu voulais à la fois arrêter et ne pas arrêter. Tu m'as dit que tu cherchais le mot parfait pour décrire comment tu te sentais, tu te souviens ? Pour décrire ce que tu désirais. »

À vrai dire, Gordian l'avait oublié jusqu'à cet instant, avec tout ce qui lui était arrivé au cours du mois écoulé. L'idée, toutefois, était restée bien présente à son esprit.

« Eh bien, dit-il. Dis-le-moi. »

Parker marqua un temps au bout du fil.

« Retraite. Qu'est-ce que t'en dis, mon ami ? »

Vêtue pour son jogging habituel, Julia Gordian ouvrit la porte de derrière et sortit mettre en laisse les lévriers. C'était une matinée superbe – les grosses pluies de septembre étaient depuis longtemps passées – et les chiens se prélassaient au soleil depuis qu'elle les avait fait sortir, une heure plus tôt. Mais à présent, il était temps de leur faire faire un peu d'exercice... même aux traînards.

« Jack, Jill, allons-y ! » lança-t-elle. Puis elle regarda le troisième chien étendu dans un rayon de soleil derrière les deux autres. « Toi aussi, Viv ! Les vieilles blessures ne sont pas une excuse dans cette maison ! »

Du même auteur

aux Éditions Albin Michel

Romans :

À LA POURSUITE D'OCTOBRE ROUGE
TEMPÊTE ROUGE
JEUX DE GUERRE
LE CARDINAL DU KREMLIN
DANGER IMMÉDIAT
LA SOMME DE TOUTES LES PEURS, tomes 1 et 2
SANS AUCUN REMORDS, tomes 1 et 2
DETTE D'HONNEUR, tomes 1 et 2
SUR ORDRE, tomes 1 et 2
RAINBOW SIX, tomes 1 et 2
L'OURS ET LE DRAGON, tomes 1 et 2
RED RABBIT, tomes 1 et 2
LES DENTS DU TIGRE

Une série de Tom Clancy et Steve Pieczenick :

OP'CENTER 1
OP'CENTER 2 : IMAGE VIRTUELLE
OP'CENTER 3 : JEUX DE POUVOIR
OP'CENTER 4 : ACTES DE GUERRE
OP'CENTER 5 : RAPPORT DE FORCE
OP'CENTER 6 : ÉTAT DE SIÈGE
OP'CENTER 7 : DIVISER POUR RÉGNER
OP'CENTER 8 : LIGNE DE CONTRÔLE
OP'CENTER 9 : MISSION POUR L'HONNEUR
NET FORCE 1
NET FORCE 2 : PROGRAMMES FANTÔMES
NET FORCE 3 : ATTAQUES DE NUIT
NET FORCE 4 : POINT DE RUPTURE
NET FORCE 5 : POINT D'IMPACT
NET FORCE 6 : CYBERNATION

Une série de Tom Clancy et Martin Greenberg :

POWER GAMES 1 : POLITIKA

POWER GAMES 2 : RUTHLESS.COM

POWER GAMES 3 : RONDE FURTIVE

POWER GAMES 4 : FRAPPE BIOLOGIQUE

POWER GAMES 5 : GUERRE FROIDE

Documents

SOUS-MARINS. Visite d'un monde mystérieux : les sous-marins nucléaires

AVIONS DE COMBAT. Visite guidée au cœur de l'U.S. Air Force

LES MARINES. Visite guidée au cœur d'une unité d'élite

PORTE-AVIONS. Visite guidée d'un géant des mers.

LES FORCES SPÉCIALES. Visite guidée d'un corps d'élite de l'U.S. Army.

Composition IGS
Impression Bussière, mai 2006
Éditions Albin Michel
22, rue Huyghens, 75014 Paris
www.albin-michel.fr

ISBN : 2-226-17326-9
N° d'édition : 24360 – N° d'impression : 061945/4
Dépôt légal : juin 2006
Imprimé en France